L'ÉTERNEL

Dessinateur et scénariste de bande dessinée, réalisateur de cinéma (César du meilleur premier film pour *Gainsbourg, vie héroïque* et César du meilleur film d'animation pour *Le Chat du rabbin*), Joann Sfar est né à Nice en 1971. Intarissable raconteur d'histoires, il puise son imaginaire délirant dans la fiction populaire et le folklore lié à ses origines juives, qui imprègne nombre de ses albums comme *Klezmer* ou *Le Chat du rabbin* – la série qui l'a imposé auprès du grand public et s'est vendue à ce jour à plusieurs millions d'exemplaires. *L'Éternel* est son premier roman.

JOANN SFAR

L'Éternel

ROMAN

ALBIN MICHEL

ISBN : 978-2-253-00072-3 – 1re publication LGF

Pour Sandrina
sans qui je n'aurais jamais écrit ce livre.

Le Pays des Fantômes

I

— Je vais la réveiller si je joue du violon.

— On s'en fout, elle dort tout le temps.

— Elle a besoin de dormir, Caïn. Les femmes enceintes dorment beaucoup.

— Tu veux voir ses loches, petit frère ? Elles étaient déjà conséquentes, mais là, ça devient…

— C'est pas ma fiancée, Caïn.

— Pas la mienne non plus, ça n'a rien à voir ! C'est juste une paysanne et je la baise.

— Oui mais mon enfant, c'est le tien, murmura l'Ukrainienne sans ouvrir les yeux.

Elle s'étira avec la grâce d'un plantigrade, jeta contre la paroi du bateau à fond plat quelques coussins et se mit assise, nue, sans s'émouvoir de la présence de Ionas. Les cales du navire regorgeaient de nourriture volée dans la région. Il faisait très chaud et lorsque Haydée traversa la pièce pour piquer dans une jarre de quoi grignoter, Ionas regarda ailleurs.

— J'ai l'air d'un lion, répétait-elle en agitant la tête.

Ses cheveux roux lui retombaient jusqu'aux fesses. Elle se drapa dans une peau d'ours, puis se remit sur le lit, en tailleur. Ionas saisit son violon. Il s'efforçait de ne pas trop voir ses taches de rousseur, ses grands yeux bridés et verts, ses lèvres de négresse sur un visage blanc. Les filles de Petite Russie ont souvent cette beauté qui s'accommode très bien d'herbe dans les cheveux, de nudité et qui supporte les mouvements grossiers. De fait, elle bougeait comme un homme. Caïn lui mordit un pied. Elle rit. Au mollet, il donna un coup de dents bien plus appuyé et la paysanne hurla.

— Moins fort tu vas réveiller tous les connards !

Du fond de la pièce, d'autres filles grognèrent. Les soldats qui gisaient entre leurs bras ne bronchèrent pas, tant ils avaient bu quelques heures auparavant. Caïn lui mit la main sur la bouche pour qu'elle se taise et continua de la mordre. Dans l'intérieur des cuisses. Au sexe. Ionas commença à frotter doctement le crin de son archet sur les cordes afin de garder une contenance. Aux premières notes, les dormeurs se mirent à maugréer. Caïn mordait un sein. Ionas joua plus fort et une chaussure vola dans la nuit, pour atterrir sur son crâne dans un nuage de colophane.

— Respectez les gradés, merde ! beugla le jeune officier.

— On te respecte beaucoup, petit maître, grommela un des cosaques.

— C'est totalement vrai, ricana Caïn. Nous devons être les deux seuls juifs dont ils n'ont jamais arraché la langue à la tenaille.

— Absolument, petit maître Caïn. Alors en échange, respectez notre sommeil.

— Hmm hmmmm, ajouta Haydée.

— Quoi ? demanda Caïn en retirant ses doigts de la bouche de la grande rouquine.

— Je dis qu'il peut me mordre la chatte lui aussi, s'il veut, mais son violon c'est chiant.

— Viens ! Viens, Ionas, chuchotait Caïn. Tu vois bien que ça la dérange pas.

Ionas alla s'allonger le plus loin possible d'eux, dans un fauteuil à bascule défoncé, son violon sur les genoux. Son frère se jetait sur Haydée. La fille réclamait de la douceur, eu égard à son état. Il ne fallait pas être sur elle. Il fallait faire attention au bébé. Caïn s'en foutait complètement. Ionas ralluma une pipe à eau et tenta de ne penser qu'aux bulles dans le liquide. À l'autre bout du bateau, Haydée réclamait à présent qu'on la griffe. Caïn aussi. Ils riaient. Ils baisaient en discutant. Lui ses doigts dans la bouche de la géante, elle lui labourant le dos, comme pour y laisser le plus possible de traces qui signifiaient « tu es à moi ».

— Tu ne m'abandonneras pas ? Tu me promets que tu n'as personne à Odessa ? Il n'y a pas d'autre fille ? Tu me présenteras tes parents, ça ne me dérange pas si c'est des juifs.

— Tu veux rire ! Rien du tout ! Suce-moi ! Suce-moi et mets un doigt dans mon cul.

Haydée le gifla bruyamment. À travers le verre soufflé du narghilé, Ionas aperçut le dos musclé de son frère, les traces d'ongles de Haydée sur ses joues.

— Dis que tu m'aimes, suppliait-elle d'une voix à peine audible.

— Suce-moi.

Son violon sous le bras, le plus jeune des frères Fuhrman quitta la cale du navire. Il enjamba le corps endormi d'un imbécile qui traînait dans l'escalier, les bras serrés sur une balalaïka et une cartouchière. Il se courba en deux afin de ne pas buter dans les autres abrutis qui ronflaient en pétant dans les innombrables hamacs. Puis il accéda au pont du bateau à fond plat. Quelques hommes dormaient là, dans leurs couvertures réglementaires. Celui qui aurait dû monter la garde se tenait debout, à la place habituelle. En le frôlant, Ionas s'approcha de son visage et constata sans surprise qu'il roupillait, accoudé au bastingage. Un gradé ordinaire lui aurait hurlé dessus. Ionas, dans son état normal, se serait amusé à lui balayer les pattes d'un coup de pied afin de le fiche par terre, pour lui apprendre que l'ennemi vient toujours de l'endroit où on l'attend le moins. Mais Ionas, comme souvent, portait le monde sur ses épaules. Il aimait une fille d'Odessa. Il ne pensait qu'à elle. Elle lui avait offert un pendentif d'argent qui s'ouvrait comme une huître et du fond duquel le toisait sa photographie : une brune en noir et blanc, cheveux attachés, très belle. Pas excessivement drôle. Ionas, depuis le début, avait décidé que cette affaire serait grave, douloureuse, et terrible à porter. Cette fiancée ne lui avait jamais rien offert d'autre que ce collier contenant sa photo. Tout être sensé aurait interprété ce cadeau comme : « Essaie de ne pas te faire tuer, comme ça, éventuellement, on se mariera quand tu reviendras, et je te ferai une vie banale à te donner des ordres impossibles et à tordre la bouche quand tu ne les exécuteras pas de façon satisfaisante. » Mais Ionas était un bon juif, il croyait tout ce qu'on lui racontait : Dieu, l'amour, les projets. Grâce à ce pendentif et à la vie infernale qu'il lui promettait, la guerre devenait une formalité assez facile à traverser. Bien entendu, il ne profitait de rien. Il ne regardait pas les autres filles, il ne se masturbait pas en pensant aux autres filles. Il ne se branlait pas non plus en pensant à Hiéléna puisque sa fiancée était sacrée et qu'on n'aurait su jeter dans la nature dix millions de spermatozoïdes en évoquant en vain son nom qui valait au moins autant de roubles que celui du Créateur. Et quand, en ces périodes de famine, son régiment parvenait à défoncer la tête d'une vache afin de s'en repaître, quand on assassinait des cochons de lait pour s'en remplir la panse, Ionas n'y prenait aucun plaisir. Ce n'était pas pour des questions religieuses. Le Talmud autorise à consommer de la nourriture non cachère, non cachérisée, bénie par personne et pleine de sang quand c'est une question de survie. Donc le cochon, le crabe, la chair humaine si on en avait trouvé : autorisé. Mais comme Ionas aimait se lamenter, on le voyait souvent mâchonner tristement sa viande *taref* en se désolant que la belle Hiéléna ne puisse partager ce repas de choix. « J'ai la chance, pensait-il en de telles occasions, de manger du porc, parce qu'il y a la guerre, parce que nos ancêtres le permettent quand c'est pour survivre. J'ai le plaisir, grâce à la guerre, de me remplir les organes digestifs de ce cheval crevé et plein de sang illicite qu'on a découvert à moitié bouffé aux vers dans une grange où ses anciens propriétaires achevaient de boucaner, tous pendus à la plus haute poutre, et Hiéléna ne goûtera jamais ça. Je dois me souvenir de tout, pour bien lui raconter. » Voilà le genre de sottises avec lesquelles ce jeune homme qui croyait en Dieu, et aussi en l'amour, se gâchait les années de guerre.

Il traversa lourdement la passerelle branlante menant à la terre ferme. Le gros de sa troupe dormait là. Les uns sur les autres, ses pauvres cosaques tentaient de se donner chaud. Les feux étaient restés allumés. On voyait aussi des lanternes, ainsi que des braseros. Peu de fusils, puisqu'il y en avait moins d'un pour cinq soldats. Les sabres se retrouvaient pour la plupart plantés au sol, des cordelettes attachées aux pommeaux faisant office de cordes à linge. Traverser cette horde endormie consistait à se frayer un passage parmi les liquettes qui claquaient au vent. Ionas se dit qu'il régnait sur un régiment de chaussettes. Personne ne broncha sur son passage. Ils étaient là depuis les premiers jours de 1917. Après plus de quatre mois à se planquer dans les circonvolutions de la Volga, levant le camp au moindre signe de vie des armées allemandes ou de leur propre bord, plus personne ne faisait attention aux grades. Ça n'était pas à proprement parler des déserteurs. Des planqués, oui, certainement. Chacun d'eux se fichait complètement de la guerre mondiale et du tzar dont on savait qu'il n'en avait plus pour longtemps. C'était une période folle où les Allemands disposaient de bombes, d'obus, de trains blindés et de bateaux bourrés d'artillerie. À quoi la vieille Russie n'opposait que des bandes de plantigrades n'ayant pour combattre que le nombre, la sauvagerie et le courage.

Paradoxe pour un croyant, Ionas se disait anarchiste et ne voyait d'un bon œil ni les tzaristes, ni les révolutionnaires qui pointaient leurs nez. Il aimait ses cosaques. Il adorait que son frère et lui soient sortis décorés de l'Académie militaire. Ça lui plaisait de survivre dans un environnement traditionnellement tellement hostile aux juifs. Peut-être ses hommes avaient-ils accepté si facilement son commandement parce qu'il ne leur demandait jamais rien : se planquer, piquer des vivres, éviter de mourir. Pour toute la troupe, la guerre allait finir, pensaient-ils. Ils se sentaient si bien ensemble que nombre d'entre eux envisageaient une reconversion dans le grand banditisme. Certains soldats parlaient même de coller les deux frères Fuhrman chefs de leur future association de malfaiteurs, c'est dire si les jeunes officiers étaient appréciés.

On campait là depuis longtemps. Dans un coin perdu du fleuve que personne n'était capable de nommer. On avait choisi l'endroit parce qu'il était inhabité, planqué et sans intérêt stratégique particulier. Personne ne venait « d'ici » puisque cette guerre, sur son front oriental, était sans tranchées et qu'on avait bougé beaucoup. En guise de connaissances géographiques, chaque homme s'avérait seulement capable de dire le chemin qui un jour le ramènerait chez lui. En fonction des conditions météorologiques ou des informations du front, on tirait le bateau à dos d'hommes pour éviter les soucis. Ça durait. « Si les Allemands nous tombent dessus, avait dit Caïn, ça sera sans le faire exprès, parce qu'on était sur leur chemin. » De fait, on n'avait eu, pendant les derniers jours, aucune nouvelle ni des uhlans ni de l'armée russe.

Caïn adorait cette inaction puisqu'il baisait sans cesse. Le grand frère n'avait rien de très juif : plus fort, plus vachard que ses soldats, solaire, riant sans cesse. Pour plaire à Haydée et aux autres, il organisait des bagarres et des séances de tir dangereux : il fallait poser un objet sur une femme qu'on convoitait et essayer de ne pas l'assassiner tandis qu'on pulvérisait la cible. En cas de succès, on recommençait trois pas plus loin. Il gagnait systématiquement puisque l'Éternel, depuis toujours, chérit les brutes et les favorise en tout. Caïn était trop aimé et trouvait ça normal.

Un jour, une paysanne jamais vue auparavant avait souhaité dormir avec lui, sur les couvertures en peau d'ours du bateau à fond plat. Haydée avait fait mine d'accepter à condition de pouvoir participer aux ébats. Mérij, sa jeune sœur, avait mis en garde l'intruse. Elle lui avait expliqué que c'était une mauvaise idée, mais l'inconsciente n'avait pas tenu compte de cet avertissement. Comme à chaque fois que ce genre d'effusions avait lieu, Ionas avait quitté le bateau et s'était rendu sur les hauteurs du camp pour jouer du violon et pleurnicher sur le portrait de sa fiancée odessite au regard sévère. Caïn, vaillamment, avait montré à Haydée qu'elle n'avait rien à craindre et qu'une fille supplémentaire au paddock ne la priverait d'aucune des manifestations musculaires vigoureuses dont elle avait l'habitude, ni des échanges de fluides qui la rassuraient tant. Il avait tenté, pendant l'acte, d'embrasser sur les lèvres sa nouvelle conquête, mais Haydée s'y était opposée et l'avait attiré à lui. Il s'était dit que ça en resterait là. On pouvait donc baiser d'autres filles, avec Haydée, mais pas la bouche sur leur bouche. Voilà le maximum d'interdit biblique dont Caïn était capable d'entendre parler. Puis, les serrant toutes deux contre lui, il s'était endormi. Peu avant les premiers rayons du jour, Ionas avait cessé de jouer. Il était revenu vers le bateau. Ses bottes, tandis qu'il s'approchait du ponton, avaient buté contre le cadavre de la fille qu'il ne fallait pas embrasser sur la bouche.

« Haydée l'a noyée ! affirma plus tard Ionas. Tu sais très bien qu'aucun de nos hommes n'a fait ça. Tu sais très bien qu'elle ne s'est pas étouffée toute seule !

— Tu parles de Haydée, la mère de mon bébé, avait répondu Caïn avant d'éclater de rire. Elles enfantent, elles se noient, quelle importance ? On ne fait que passer. »

Mille autres choses du même ordre avaient eu lieu pendant ces mois de planque. Sans courrier pour ne pas se faire pincer. Sans lien direct avec l'état-major. Quand un meurtre était commis dans le bataillon, on regardait ailleurs. Caïn avait imposé à cette meute paresseuse sa république idéale : on devait rire, on devait baiser. Et les plus forts avaient tous les droits.

Ionas n'intervenait pas et se gardait bien de jamais reprocher aux cosaques ou à son frère leur manque de tenue. Il se bornait à leur infliger le spectacle de sa mise exemplaire : calot impeccablement posé sur le crâne, bottes cirées, pourpoint parfaitement boutonné et armes chargées, lubrifiées, prêtes à tuer.

Malgré leurs railleries, les hommes appréciaient la présence de ce petit juif ectomorphe. Ils avaient le sentiment, en voyant passer cette redingote réglementaire, qu'un infime échantillon de la bureaucratie russe partageait leur sort. Grâce à Ionas, l'Académie militaire veillait symboliquement sur leurs carcasses.

Personne ne l'avait vu combattre. C'était l'objet de beaucoup de discussions, puisque son frère Caïn avait la sauvagerie d'un ataman. Se pouvait-il qu'une juive de Petite Russie eût enfanté DEUX garçons affublés de couilles de tigre ? « Peu probable », répondait la majorité de la Sietch. « Notre petit capitaine est juste bon à jouer du violon en pleurant sur sa fiancée… qui doit baiser tous les pouilleux de la Moldavanka pendant que lui brame tristement », ajoutaient immanquablement d'autres soldats. « Pas sûr ! Pas sûr, arguait une infime proportion des cosaques. Ils n'acceptent pas tant de circoncis à l'École des officiers. Il y a un numerus clausus. Celui-là doit avoir quelque chose. »

Ionas s'était fabriqué un « sucre ». Un parallélépipède en ferraille qu'on pose, sur le pont en bois blanc du violon, en guise de sourdine. Ainsi les hommes entendaient moins sa musique et il pouvait jouer toute la nuit. Haydée gémissait si fort cette fois-là que Ionas finit par retirer la pièce métallique, confiant à son instrument le soin de couvrir le vacarme qu'infligeait à la troupe somnolente son frère énergique.

— Ton frère baise ma sœur et toi tu ne me baises pas.

— Indubitablement, répondit Ionas. Tu es obligée d'être toute nue ?

— C'est parce que mon linge sèche, se justifia Mérij. Ça me va bien ? Réponds ! Je m'en fous de ton violon, réponds. Et si je sautille ? Je danse bien ? C'est triste votre musique de juifs, c'est chiant.

— C'est pas juif, c'est du classique. Rhabille-toi.

Elle était plus jeune et infiniment moins plantureuse que sa grande sœur. Recouverte de taches de rousseur. Des cheveux aussi raides que ceux de l'autre étaient ondulés. Assez longs pour caresser ses hanches mais ne cachant rien. Ionas constata à quel point ses aréoles différaient de celles de Haydée. Plus larges, plus sombres. Il se sentit coupable d'avoir noté de tels détails. Le jeune officier pensa à Hiéléna très fort en signe de contrition et pinça la bouche. Il fallait un peu se mordre la lèvre pour que de la douleur vienne sanctionner ce petit plaisir.

— Donne-moi ton manteau, je n'ai rien d'autre. Je te dis que ma robe est mouillée.

— Si je te le prête, les hommes penseront…

— Et c'est très bien ! S'ils croient que je suis à toi, ils n'oseront pas m'embêter.

— Tu sais parfaitement que je suis fiancé.

— Je ne vois aucune fiancée dans les parages, s'insurgea Mérij. Tu parles de la petite photo rabougrie dans ton pendentif ? Dis donc ! Je suis tout de même mieux qu'une photo ! Regarde ! Je danse ! Nooon ! N'arrête pas de jouer. Je m'en fiche, même si tu ne joues plus je danse encore.

— Arrête, Mérij.

— Embrasse-moi.

— Va te coucher, arrête.

Sans se couvrir d'aucune façon, l'adolescente descendit la colline en gambadant et traversa le campement endormi. Sur le chemin, elle arracha sa robe d'une corde à linge et s'engagea sur le ponton grinçant. Avant de pénétrer dans le bateau à fond plat, elle se retourna vers Ionas qui la suivait du regard et hurla :

— Et si ton frère veut me baiser, je ne dirai pas non. Ça t'apprendra !

En demi-sommeil, une grande partie des soldats pouffèrent de rire.

— Si tu t'envoies Caïn, ta folle de sœur te noiera, Mérij, répondit pour lui-même Ionas.

Et il reprit son violon.

Son aîné le rejoignit bientôt. Torse nu sous son pardessus militaire, les bretelles battant sur ses genoux. Caïn pissa contre le vent. Très près du caillou où se tenait Ionas. Même en pleine nature, il fallait qu'il prenne toute la place.

— Tu sais que je suis un héros ! Tu sais que bander malgré ta musique déprimante, c'est un tour de force ?

Ionas jouait. Sans tenir compte des remarques de son frère.

— C'est une conne, dit Caïn.

— Haydée ?

— Hiéléna.

— Caïn, je t'ai déjà dit…

— Ta fiancée est une conne, Ionas.

— Tu ne parles jamais d'elle, tu entends !

— Elle te casse les couilles avant même que tu l'épouses. Tu as vu son air bête ? As-tu constaté que dès qu'elle est contrariée elle louche en arquant un sourcil ? Tu as remarqué comme tout est grave avec elle ?

— Ta gueule ! dit Ionas.

Et il joua plus fort tandis que son grand frère, tournant autour de lui et parlant plus haut pour couvrir le violon, poursuivait :

— On est dans le troupeau d'Israël depuis trente siècles, alors tu ne peux pas me suspecter d'ourdir contre notre lignée des complots dépréciatifs ! Mais regarde le *sérieux* de cette fille ! Il faut éviter les juives, c'est pourtant simple.

— Elle me plaît. Je t'écoute pas.

— Elle a les yeux du père. Son père, ton père. Tous ceux qui nous les ont brisées depuis toujours avec « croissez et multipliez ». Tu la vois, tu débandes, parce que tu penses qu'en la baisant tu rends les parents heureux. Tu peux baiser, toi, avec toute la famille qui applaudit ? Tu as vu sa tribu, des luthiers de père en fils qui font des prières en vernissant leurs instruments, à se demander si on a le droit de faire danser des gens en jouant là-dessus ? Ils ne baisent que pour shabbat, cette engeance-là, à travers un drap. La plupart des orthodoxes font un trou dans leur linge de nuit pour passer leur queue, cette vieille tortue anxieuse qui se souvient des ciseaux du circonciseur. Mais Hiéléna, c'est pire ! Son père est si strict que je le soupçonne d'avoir conçu sa fille à travers un drap non troué. Tu es amoureux de la fille de spermatozoïdes qui ont traversé le coton rêche !

Le coude de Ionas vint s'enfoncer près du tympan gauche de Caïn qui tomba au sol, totalement désarçonné. Ionas posa délicatement son violon sur une pierre. Caïn se relevait en riant. Un coup de botte en plein visage le projeta à nouveau à terre. Puis son souffle s'arrêta lorsque le talon du cadet, de tout son poids, lui comprima le plexus solaire.

— Tu ne parles plus JAMAIS de Hiéléna !

Caïn attrapa le pied de Ionas et le fit tourner. En un instant, le jeune frère tombait dans le sable, et l'autre lui sautait dessus. Le chatouillant. Ionas rigola, rendit les chatouilles.

— La vérité, riait Ionas, c'est qu'elle n'a pas voulu de toi et ça tu ne peux pas l'avaler.

— Ta fiancée, je la baise quand je veux, objecta Caïn, hilare, tout en plaquant sur le visage du violoniste une énorme gifle.

Ionas, avec délectation, passa aux vrais coups de poing dans la figure. Caïn répondit. Les deux frères, toujours au sol, se bagarraient comme des enfants.

— Peut-être que nos cosaques nous aiment parce qu'on est totalement idiots, fit remarquer Ionas.

— Toi, tu es idiot ! Moi je sais qu'on va mourir, alors je fais de mon mieux pour ne pas m'ennuyer.

Il lui arracha son médaillon fétiche et voulut l'envoyer valser. Ionas lui saisit la main et cessa de rire.

— Ça non ! Ça, c'est sacré, Caïn.

— Quel plaisir tu prends à pleurer là-dessus ?

— J'aime cette fille.

— Je vois pas le rapport.

— Je me suis engagé. Si je fais comme toi, si je vais avec d'autres, elle le saura. Et quand je la retrouverai, notre mariage sera moins beau.

— Non. Si tu ne dis rien, elle ne saura rien.

— Moi, je saurai. Rends-moi le pendentif.

— Quand elle sera morte, il y aura le même genre de photographie triste sur sa tombe et tu iras là-bas faire le singe en jouant du violon.

Ionas, des deux mains, tenta d'écarter les doigts de son frère. Caïn lui envoya un genou dans l'aine et profita de ce qu'il se tordait de douleur pour le mettre sur le ventre. Puis, avec entrain, il lui sauta sur le dos.

— Si tu meurs à la guerre…

— Fous-moi…

— C'est pas une question ! On va mourir ! Ils meurent tous ! Tu vas mourir sans Hiéléna et tu n'auras pas eu les autres.

— Je ne vais pas mourir, répondit Ionas. J'ai rêvé très précisément des enfants qu'elle aura avec moi. Je les ai vus. Je ne suis pas juste croyant en Dieu. Les gens se reconnaissent, ils ont des choses à accomplir. Leur histoire est écrite avant même qu'ils la vivent.

— Tu me dégoûtes ! riait Caïn en chevauchant son frère. Tu transformes tout en miel poisseux.

Caïn relâcha son étreinte, s'allongea sur le dos près de son frère. Ionas se blottit contre lui.

— Toi aussi, tu es croyant, dit Ionas.

— Ha ! Moi non ! Ha ! Ha !

En dessous, on n'entendait plus que les ronflements du campement. Ionas profita de cet instant paisible, juste avant l'endormissement, pour penser à Hiéléna. Dans le secret de son cœur, il osa s'avouer que son frère n'avait pas tort, Hiéléna était stricte. Il se remémora aussi l'absolue unilatéralité de sa décision amoureuse. Hiéléna n'était devenue le centre du monde de Ionas que parce que Ionas l'avait décrété. Elle avait, de son côté, exigé les preuves d'engagement habituelles dans les familles sérieuses, mais…

— Mais elle ne t'a jamais sucé, soupira Caïn avant de sombrer dans le sommeil.

— Quoi ?

« Non, mais… inutile de répliquer, pensa Ionas, il dort déjà. Mon frère et moi sommes comme le chevalier Dupin d'Edgar Allan Poe. On n'y peut rien si l'on devine toujours les pensées de l'autre. »

Ça criait chez les filles. Depuis son monticule, Ionas entendait Mérij et Haydée qui se disputaient. Probablement un écho assez semblable aux conciliabules qu'il venait d'avoir avec Caïn. « Ça aurait de la gueule, songea-t-il fugacement, les deux frères avec les deux sœurs. » Il s'endormit en souriant. Le pendentif serré dans sa main lui faisait un peu mal. Il serra plus fort, comme pour se punir d'avoir un souvenir aussi vivace de la danse de Mérij.

Ionas se réveilla tandis qu'une flaque de sang dégoulinait de ses oreilles. Brièvement, sa respiration fut interrompue. Il ouvrait une bouche de poisson crevé mais aucun air n'arrivait. Puis il eut comme des graviers dans le nez et il s'efforça de s'asseoir au milieu de cette tempête de poussière. « L'avance décisive des obusiers allemands. Je n'ai même pas entendu la détonation, pensa-t-il. Ça a dû me tirer du sommeil, mais je ne me souviens pas du bruit. »

En bas de la petite colline, ses soldats couraient en tous sens. Une deuxième bombe vint exploser au milieu du campement. De son promontoire, Ionas aperçut un bateau allemand bardé de canons et totalement caparaçonné. Sur la rive l'escortait tout un régiment de uhlans. « Nous n'avons que des sabres et moins de fusils que d'hommes », se dit-il. Le sang coulait jusque dans sa vareuse. Il se hissa sur ses jambes et fit jaillir du fourreau son sabre de cavalerie. Les chevaux, d'ordinaire attachés en contrebas, avaient été les premières victimes du bombardement. Beaucoup d'entre eux lui apparurent alors que la fumée se dissipait. Ils galopaient sans but, heurtant les cosaques dans leur course erratique. Certains d'entre eux tentaient de fuir malgré d'atroces brûlures. La plupart, les organes intérieurs soufflés par la déflagration, battaient des pattes comme des scarabées sur le dos. Sans plan précis, Ionas fit un pas vers le carnage, pour aider, pour se battre quand l'ennemi tenterait une stratégie plus courageuse que de les bombarder de loin.

La main de Caïn saisit son poignet. Caïn lui parlait. Le bourdonnement continuait dans ses tympans.

— … ne pourrais rien faire !

La cavalerie allemande fondait sur leur campement. Ionas fut frappé par leur extrême propreté. Moustaches paraffinées pointant vers le zénith, balafres impeccables sur les visages, sabres captant l'intégralité des rayons du jour naissant. Leurs chevaux semblaient avoir été enduits de cirage brillant, puis lustrés par un cordonnier consciencieux. Les uhlans craignaient la saleté et la sauvagerie des cosaques. Mais cette peur n'était rien à côté de la superstition respectueuse que la supériorité technologique et hygiénique allemande inspirait aux Zaporogues.

Les cosaques en caleçons, hébétés, ne se redressaient que pour qu'on les égorge. Le temps de saisir une arme, ils mouraient.

De toutes ses forces, Caïn tentait de retenir son petit frère. Ionas n'entendait que partiellement les arguments de son aîné. Pour lui, ça ne pouvait être, de toute façon, que de la lâcheté. On ne laisse pas mourir ses hommes sans crever avec eux.

— C'est la moindre des choses ! hurla Ionas en constatant que les oreilles de Caïn étaient aussi sanglantes que les siennes et que, visiblement, toute cette conversation avait été inutile.

— Tu diras à Hiéléna que…

À cet instant, un fringant cavalier ramassa une lanterne qui pendait d'une branche basse d'un arbre et la balança sur le pont du bateau à fond plat. Deux des moujiks qui montaient la garde sur l'embarcation commencèrent à épauler leur fusil. On les descendit avant qu'ils puissent tirer. Les uhlans lançaient d'autres torches. Certaines des filles qui, un instant avant, sommeillaient, tentèrent de s'enfuir. En riant, à coups de baïonnette, les uhlans les en empêchaient et jetaient encore plus d'ustensiles inflammables.

Dans un autre coin du campement, comme s'il se fût agi de bétail, les cavaliers ennemis rassemblaient les cosaques. Ils n'allaient pas faire de prisonniers. La peur du Zaporogue était trop forte chez ces civilisés. C'étaient comme des ogres à leurs yeux, ou des nègres d'Afrique, des hommes primitifs qu'il vaut mieux assassiner avant qu'ils ne se repaissent de vos entrailles. Il courait trop d'histoires sur la sauvagerie cosaque pour que cette sorte particulière de prisonniers espère un traitement humain. « Quel dommage que les nôtres ne soient pas aussi sanguinaires qu'on le dit, se désolait Ionas. Ce sont de gentils clochards qui se foutent de la guerre et souhaitent seulement survivre à tout cela. »

Caïn hurlait encore. Ionas entendit juste :

— Et alors ?

— Alors on va mourir de toute façon, répondit le jeune homme.

Et il s'arracha à l'étreinte de son aîné. Les deux chevaux qui gouvernent les âmes, celui immaculé que dirigent nos pensées et le cheval noir qui possède un cœur de flammes à la place du cerveau, se disputaient en lui : le noir piaffait, il ne mourrait pas avec une blessure dans le dos en fuyant son devoir. Son frère lui expliqua qu'on pouvait se cacher, qu'on n'allait pas crever et que pour les cosaques, on ne pouvait plus rien. L'ennemi tuait indifféremment ceux qui tentaient de s'échapper en gravissant la colline, au milieu des chevaux aussi perdus qu'eux.

L'écume à la gueule, les montures s'entrechoquaient, titubaient, se cassaient les pattes sur la roche escarpée. On vit soudain Mérij jaillir sur le pont du bateau. Les sanglots de la paysanne couvraient le brouhaha des assaillants. On entendait ses pleurs jusqu'au sommet de la colline où se tenaient les deux frères. Les soldats la visaient avec des pierres, espérant qu'elle tombe dans le brasier, mais la gamine sauta dans l'eau noire.

Ionas et Caïn n'en virent pas davantage : un cheval s'était effondré devant eux, les barbouillant de sang. Les autres carnes devinrent folles. Ionas saisit à la crinière un étalon furieux semblable au destrier noir qui piétinait dans sa tête, il lui fit faire demi-tour et, sabre au clair, chargea les assaillants. Haydée surgit à cet instant du fond du bateau. Elle suppliait Caïn de venir la sauver du brasier. Mais Caïn n'avait d'yeux que pour son jeune frère chevauchant vers la mort et n'eut pas une pensée pour la paysanne échevelée. Haydée tenait son ventre des deux mains, comme pour implorer les flammes de faire grâce à son enfant à naître. Couché sur sa monture, Ionas galopait vers les cavaliers uhlans qui encerclaient ses hommes. D'autres chevaux, emportés par sa détermination, se mirent à le suivre. L'attaque fut tellement folle qu'aucun Allemand ne parvint à atteindre Ionas ni même à le viser. Les balles se perdaient dans le ciel matinal, finissaient ailleurs. Alors, une clameur retentit parmi les cosaques. Ils bousculaient leurs bourreaux, ils tentaient de riposter tandis que Ionas chantait à tue-tête des prières juives que ses propres oreilles, dégoulinantes de sang, ne pouvaient entendre.

Ionas, à qui on avait enseigné que les sages meurent souvent sous le couteau zaporogue en invoquant l'Éternel, chantait « Écoute Israël » pour que Dieu protège ses amis cosaques.

Une lueur insensée s'alluma dans les yeux des soldats russes loqueteux. On venait de leur rappeler qu'ils étaient sur terre pour mourir en fauves.

Les dents parfaitement alignées d'un jeune officier prussien explosèrent sous le sabot du cheval de Ionas. Haydée pleurait. Caïn vit passer près de lui une jument égarée, saisit l'animal au collet, hésita à l'enfourcher. Les cosaques, imitant Ionas, s'agrippaient aux chevaux, grimpaient aussi aux montures des Allemands, volant les couteaux, fichant leurs ongles sales dans les yeux bleus des ennemis. Ionas hurlait en hébreu des imprécations inintelligibles. Haydée appelait. La troupe pouilleuse se libérait et convergeait vers le bateau à fond plat. Haydée planta ses yeux verts dans le visage, si lointain, de Caïn.

Caïn évita une balle, attira sa jument derrière un arbre mort. Ionas chargeait, les rênes coincées entre les dents, sabre dans une main et revolver d'ordonnance dans l'autre. Une lanterne vint se briser aux pieds de Haydée. La paysanne poussa un cri atroce et prit feu instantanément. Toutes les têtes se tournèrent vers elle. Caïn appelait son frère. Ionas chargeait sabre en avant la masse des cavaliers prussiens rassemblés près du bateau, ses cosaques loqueteux imitaient en beuglant chacun de ses gestes. Au milieu de ces visages crasseux, sanglants, édentés, il y avait plus de sourires que de larmes. Près du bateau, les officiers élégants aux moustaches cirées expirèrent sous cette horde primitive. Haydée, à genoux et du feu jusqu'aux pointes des cheveux, n'était pas encore morte. Planqué derrière son cheval, Caïn pleurait. Le gros de la cavalerie ennemie arriva en renfort à cet instant. Ils fondirent sur les cosaques en rangs serrés, de trois côtés à la fois.

Sur le bateau en flammes, Haydée avait cessé de crier. Elle était morte en griffant son ventre. En appelant Caïn. Dans ses yeux se reflétait le visage hilare de Ionas qui tirait à bout portant dans la bouche des ennemis. Deux marins russes firent irruption sur le pont du navire. Ils actionnèrent la seule mitrailleuse dont disposait leur unité. Les salves, tirées à l'aveuglette et au milieu du feu, fauchèrent autant d'Allemands que de cosaques. À ces funèbres percussions répondit bientôt la mitrailleuse d'une barge blindée prussienne. Le bateau à fond plat se transformait en passoire. Les rares survivants sautaient à l'eau, se précipitaient sur le ponton en battant des bras. Sur la terre ferme, Ionas et ses fous de guerre étaient à présent totalement débordés.

Caïn essuya son visage raviné par les pleurs. Il vit son petit frère, debout comme un diable sur une pyramide de guerriers ennemis. Un coup, donné du pommeau d'un sabre allemand, lui démolit la mâchoire. Les gencives de Ionas explosèrent mais il continua ses prières insensées, en crachant à chaque syllabe des flaques de sang sur l'adversaire. Très vite, il disparut sous la masse des uniformes uhlans. Puis il y eut le silence. Et des rires prussiens.

Comme s'ils avaient peur que ces Russes fraîchement massacrés reviennent d'entre les morts, les Allemands entreprirent de les entasser sur les planches qu'ils avaient récupérées du bateau et qu'ils avaient jetées sur la terre ferme. Ils construisirent un mausolée d'où émergeaient des membres de cosaques, de chevaux, de paysannes. Le feu encore. Et de l'essence. Caïn entendit à gauche du brasier le cri d'une gamine. C'était Mérij, nue et grelottante, que les ennemis emportaient avec eux pour se divertir.

Tirant prudemment son cheval par la bride, Caïn s'enfuit dans la direction opposée.

II

Hiéléna ignorait que son fiancé venait de mourir. Aucun frisson, pas le moindre acouphène surnaturel ne vint l'avertir du funèbre instant. Elle préparait avec application des galettes de pommes de terre. Ses longs doigts blancs malaxaient un magma tiède de féculents, d'œufs et de beurre. Il faisait chaud dans la cuisine familiale. La jeune fille s'essuyait souvent le front. Ses cheveux noirs comme les plumes d'une corneille tombaient en éclats de vitrail sur son visage lunaire. Elle portait un chemisier offert par une vague cousine lituanienne, très ouvert sur sa poitrine puisqu'il n'y avait que des femmes dans la cuisine. Sa mère et sa tante l'avaient rejointe, qui brûlèrent un morceau de pain à cuire en guise d'holocauste, puis parsemèrent la pièce de bénédictions et de gestes superstitieux. Plus loin, dans son atelier, le père cerclait dans de lourdes formes de bois des pièces de violon afin qu'elles s'habituent, elles aussi, à se tenir courbées. Il chantonnait joyeusement car la fin d'un jeûne quelconque approchait. On allait manger des patates et c'était une bénédiction qui justifiait une fois de plus qu'on loue la mansuétude divine.

Pendant ce temps, dans une anse de la Volga, le feu avait cessé de rôtir un imposant tas de cadavres. Le fiancé de Hiéléna gisait parmi eux, caramélisé tel un canard chinois. Il faisait enfin partie de la grande armée russe qui cessait, au seuil de la mort, de stigmatiser ses petits soldats pour leurs origines religieuses. Les derniers cavaliers allemands venaient de rejoindre leur train blindé. Quelques corbeaux se tenaient sur les plus hautes branches des mélèzes. Ils n'osaient pas encore picorer les cadavres. L'un d'eux plongea sur le charnier, planta le bec dans une orbite cramoisie et fit sauter dans un *plop !* le globe oculaire de sa victime. Il le recracha bien vite, dégoûté par les relents d'essence. Tant pis. On attendrait la pluie.

Caïn puait le déserteur à plein nez. Aussi prit-il la direction d'Odessa en évitant les chemins les plus fréquentés, sachant que toute rencontre avec des militaires lui serait fatale. S'il croisait des Allemands, il était mort. S'il croisait des Russes – représentants de son état-major –, il devrait justifier de plusieurs mois d'inactivité pour son régiment fantôme et serait fusillé ou, pire, renvoyé au front. Le front : une ligne interminable qui parfois se déplaçait de cinq cents kilomètres en trois jours, composée de cavaliers affamés et de moujiks aux pieds en sang, sommés de ralentir l'inexorable avancée d'une armée allemande bien nourrie, formidablement équipée, et dont le génie posait les rails de chemin de fer plus vite que l'armée tzariste n'acheminait ses vivres.

Deux jeunes juifs sur une charrette vétuste arrivaient en sens inverse. « Voilà bien, se dit Caïn, la seule société à qui mon uniforme inspirera un minimum de respect. »

— Vous êtes israélite, officier, je le vois ! s'écria le premier avant même que Caïn ne fît mine de s'intéresser à lui.

— Pitié, mon amiral ! Ne nous faites pas de mal, supplia aussitôt le second.

Les deux voyageurs avaient des bouilles naïves constellées de comédons et hérissées – comme sur les portraits du pirate Blackbeard Teach – de ficelles de barbe frisée. Sans attendre un signe de la part de Caïn, ils sautèrent de la carriole et vinrent, courbés en deux, lui embrasser les bottes.

— Que transportez-vous dans ce chariot ? demanda Caïn.

— Juste des bibles, répondit un des gamins.

— La Torah, la Gemmouroh, le Tolmoud, les Pirké Avoud, ajouta l'autre.

— Vous êtes un bon yid, officier, ça se voit, dit le premier. Êtes-vous croyant ? Vous allez nous…

Caïn venait de remarquer un détail intéressant. Sans descendre de sa monture, il saisit entre deux doigts les papillotes d'un des deux voyageurs : de chaque côté, la mèche de cheveux lui resta dans les mains.

Le gosse qui venait d'être démasqué ouvrit de grands yeux. Son camarade, instinctivement, protégea ses propres couettes de ses mains tremblantes.

— Vous, dit Caïn, vous êtes de vrais youpins mais de faux religieux !

— Pitié ! Pitié, officier ! supplia l'usurpateur.

— Pitié ! Vous aussi, vous êtes pour la révolution, ça se voit ! plaida son camarade.

Et ils lui montrèrent comment chaque couverture hébraïque dissimulait Bakounine, Marx et la littérature d'usage. Les feuilles à l'encre encore humide du journal du Bund. Les caricatures humoristiques du *Groyser Kundes* américain, les contes de Sholem Aleichem. Une littérature désespérée qui voulait encore croire que les pauvres juifs auraient quelque chose à gagner dans la polyphonie ouvrière des révolutions en marche.

— À poil ! Tous les deux ! Donnez-moi vos manteaux. Prenez vos bouquins. Prenez mon uniforme et mon cheval aussi. Filez !

— Merci ! Merci ! glapirent les deux rêveurs en hissant leurs précieuses utopies de papier sur le dos d'un cheval militaire. Merci de nous laisser vivre. La révolution vous doit…

Caïn n'écoutait pas. Il enfila une redingote de religieux, écrasa sur sa tête une des toques de fourrure et releva le bas de ses pantalons, à l'imitation des culottes de golf qu'affectionnent certains observants. Pendant ce temps, les deux idéologues s'en allaient sans se retourner, heureux d'avoir échappé à la mort, avec l'aide de l'Éternel qu'en cachette de leur chef de cellule ils priaient à tout bout de champ.

— Tu vois, ça veut dire que l'Éternel nous aime…

— Ne dis plus l'Éternel, dis le Peuple. Mais avec la même ferveur. Oui. L'important c'est de garder la foi…

Caïn visa longuement le plus jeune des illuminés et l'abattit d'une balle dans la nuque. Le second se mit à galoper comme un lapin. La première balle l'atteignit en pleine fesse. Une autre dans le bas du dos lui ôta toute mobilité. Soucieux de ne laisser aucun témoin, Caïn s'approcha de lui et lui en tira, à bout portant, une troisième dans la tête.

Pendant ce temps, sur les berges du fleuve, une neige épaisse commençait de tomber sur le tas de cadavres, ce qui contrariait un peu plus les corbeaux. Pelotonnés sur leurs branches, les sombres volatiles décidèrent d'un commun accord qu'il faudrait attendre que la viande se réchauffe pour la consommer.

Il neigeait aussi sur les chemins forestiers où s'enfonçait la carriole du grand frère. Sa panoplie de juif hassidique le rendait vulnérable puisque cette population servait traditionnellement d'exutoire aux paysans russes. Aussi Caïn gardait-il revolver, fusil et sabre cachés sous les plis du manteau. Par chance, il n'avait plus de parents ou de famille proche à qui raconter la mort de Ionas. Il se borna donc à prier pour son frère. Seul sur son chariot, il parlait très fort :

— Je ne suis pas croyant mais j'ai l'habit approprié, petit frère ! Si Dieu se penche du haut de sa montagne, il ne verra qu'une tête de con calottée comme toutes les autres. Ma prière ira jusqu'à lui. Je t'aime, petit frère. Je n'ai pas été lâche, je n'ai rien pu faire. C'est toi qui es un con. « J'ai vu les enfants qu'on aura avec Hiéléna. »

Con. Ha ! ha ! Que j'ai du chagrin. Ha ! S'il y a un paradis, ça doit être très ennuyeux et tu y es sans doute, à force de ne rien faire d'amusant et de mourir bravement. Si tu veux, j'égorge ta princesse et elle te rejoint là-bas. Mais s'il n'y a rien ? Tu crois que je peux tuer cette fille sans certitude ?

Il neigeait encore plus fort. Les corbeaux s'en allèrent en se promettant de se rappeler la place de ce garde-manger. Une meute de loups passa, arrachant quelques membres aux défunts. Ils firent goûter aux louveteaux – dont les dents sont comme des dents de brochet – la tendre chair d'un intestin qu'on déroule et se dispute avant de le laisser tracer dans la neige un chemin sinueux et rouge. Puis, rassasiés, lassés, ils passèrent leur chemin.

À présent, les morts sur la colline disparaissaient presque totalement sous la neige. Et près de la Volga, à l'intérieur du tertre glacé, Ionas, Haydée et d'autres encore… Les loups hors de vue, quelques chevaux errants réapparurent. Leurs pensées, guère plus élaborées que celles d'une poule, ne leur dictaient aucun projet judicieux. Les montures abandonnées se bornaient à hanter les lieux du carnage, la faim au ventre.

Caïn avait roulé toute la journée et toute la nuit suivante. Sa carriole minable arrivait en vue d'Odessa. Il longea la côte, passa par le port maritime où s'affairaient déjà des dockers venus de Marseille, de Boston et d'Égypte, puis il mena son véhicule vers les quartiers estudiantins où son frère et lui avaient jadis vécu. Un hôtel peut-être ? Se reposer tout le jour avant de porter à Hiéléna la triste nouvelle ?

— Hé ! fit un étudiant qui fumait dès le petit matin sur son balcon recouvert de vigne. Tu ne serais pas… ?

Caïn ne répondit rien et fouetta ses chevaux. Il ne fallait pas qu'on le reconnaisse. Il était totalement fauché. « Soit je me réfugie dans une yeshiva et je me coupe du monde, pensa-t-il, soit… »

Il était plus de neuf heures lorsque Hiéléna s'éveilla. Comme chaque matin, elle claqua trois fois ses joues avec de l'eau claire, puis elle fit sa prière. Après quoi, en se disant que ce rituel ne regardait personne, la jolie brune passa cinq bonnes minutes à admirer ses fesses dans le grand miroir qui trônait dans sa chambre, cadeau de son papa. Elle se contorsionnait beaucoup pour bien tout regarder. Un sourcil se fronçait un peu lorsqu'elle n'était pas totalement satisfaite de l'examen, mais c'était rare.

Une robe verte tachetée de jonquilles sur le dos, pieds nus parce qu'elle vivait toujours sans chaussures et qu'une neige printanière ne l'effrayait pas, Hiéléna descendit l'escalier en bois. Les parents étaient sortis depuis longtemps, la tante aussi. Dans la cour de la maison, une troupe de chats tigrés attendaient leur petit déjeuner. Hiéléna, femme-enfant, régnait sur ces petits brigands. Elle leur distribuait leur content de harengs, orchestrait les disputes, veillait à ce que chaque félin reçoive son dû. Elle les connaissait tous mais ne leur donnait pas de noms. Dans les familles juives, tous les chats s'appellent « chat ».

À l'extérieur, la Moldavanka se réveillait. C'était un quartier de maisons basses et de pavés disjoints où les marchands ambulants persistaient à trimballer des charrettes à roues totalement incompatibles avec les accidents du sol. Périodiquement, un chargement finissait par terre dans un fracas joyeux de casseroles ou de bouteilles brisées. Hiéléna connaissait les moindres sons de la rue. Aussi identifia-t-elle parfaitement l'arrivée d'un véhicule inhabituel. À quatre roues celui-là. Les carrioles des marchands en ont deux. Elle sortit du jardin, se planta sur le seuil de la maison familiale. Un jeune hassid couvert de neige roulait vers elle. Deux canassons en nage et mordus en plusieurs endroits par le fouet claquaient péniblement du sabot en tirant la charrette. Le religieux qui tenait les rênes avait un air grave, des épaules très larges, d'immenses yeux bleus et… il semblait quasiment imberbe. En lieu et place de la barbe réglementaire, il arborait un duvet de deux jours. Il retira la toque de fourrure qui avait laissé son visage dans l'ombre.

En reconnaissant le grand frère de Ionas, déguisé et seul sur un véhicule inapproprié, Hiéléna se mit à trembler. Elle resta immobile afin de retarder le moment où il faudrait parler à ce garçon, écouter ce qu'il avait à dire. Un petit chat égoïste, à force de grignoter le bout de hareng qu'elle avait oublié dans sa main, lui mordit le doigt. Hiéléna porta son index à ses lèvres et aspira machinalement la perle de sang qui venait d'apparaître. Caïn sauta du siège dans un nuage de neige, de sueur et de poussière. Il n'avait pas dormi. Ce garçon avait manifestement pleuré toute la nuit et n'avait pas cherché à essuyer ses larmes. Hormis les armes qui lui barraient la ceinture, aucun de ses vêtements n'évoquait l'univers militaire. Mais il avait déchiré sur toute la longueur de sa poitrine sa chemise blanche. Il l'avait fait lui-même, ça n'était pas un accident mais une coupure droite et propre. Les juifs procèdent ainsi lorsqu'ils viennent de perdre un proche parent.

Le père se trouvait chez sa maîtresse. La même depuis cinquante ans. Elle était vieille fille mais le voyait finalement plus qu'il ne croisait sa propre épouse. Ils étaient parvenus, prodige de l'amour, à ne jamais se faire attraper bien que leurs maisons fussent fort proches et que leur idylle eût lieu dans le quartier le plus bavard de tout le Yiddishland. Il prétextait, afin de filer chez elle, des livraisons de violons.

Reb Mordechaï l'embrassa sur le front et l'assura qu'il l'aimait plus que tout. Il remit sa casquette qui le faisait ressembler à un vieux marin, entra dans ses gros pantalons les pans de sa chemise en laine et quitta le petit appartement de la femme de sa vie, celle qu'il avait vraiment choisie. Content de lui et remerciant le Seigneur qui autorise le mensonge et la peur de se faire prendre, et ce sentiment très relatif de pécher qui rend la vie plus belle, Reb Mordechaï descendit l'escalier qui séparait le paradis du monde séculaire en gratifiant l'atmosphère de petites flatulences joyeuses. Un chapelet de pets brefs, puis un pet très long qui tirait des larmes et qu'on entendit à peine. « Comme le son du shofar », songea Reb Mordechaï.

— À qui ai-je livré un violon ce matin ? demanda-t-il à sa mule qui le contrariait rarement.

« On ne sait pas, se répondit-il. On trouvera bien. On ne nous interroge plus depuis longtemps de toute façon. Le temps illicite que je donne à cet amour, personne n'en voudrait, en réalité. On n'a pas besoin de moi tout le temps. Mon épouse, bénie soit-elle, n'attend ma présence qu'aux heures domestiques et se satisfait très bien de mes absences. Ma fille ? Tant de pudeurs entre elle et moi. Elle veut un papa qui fait les prières, qui traverse la maison en chantonnant et qui dit que tout va bien, que le monde tient en place. »

Avec la certitude de constituer pour son foyer ce qui se rapprochait le plus d'une évocation en marbre sculptée par Michel-Ange de la figure mosaïque, Reb Mordechaï rentrait chez lui. Un marchand de musique le retarda. « Zut ! Il va me faire travailler pour de vrai, celui-là », regretta Reb Mordechaï.

— Reb Mordechaï ! C'est les brigands ! C'est Michka Yaponchik et ses amis ! Ils ont cambriolé ma boutique ! Je sais que c'est eux mais on ne peut rien dire. Ils envoient des têtes de souris aux gens qui parlent trop.

— Bénis soient les voleurs, répondit Reb Mordechaï, car ils me font venir des clients. Que t'ont-ils volé, cette fois ?

— Des mandolines italiennes, Reb Mordechaï.

— Italiennes d'Odessa ?

— Oui. Italiennes fabriquées par vous.

— Combien ?

— Trois. Et un violon.

— Ont-ils cassé quoi que ce soit ?

— Rien.

— Tu devrais bénir le Très-Haut que nous ayons dans la Moldavanka des brigands si bien élevés qui ne prélèvent que ce dont ils ont besoin et qui n'abîment pas le reste. Hé, cesse de geindre Reb Yehuda, marchand admirable ! Imagine ça : nos bandits jouent de la musique. Vois comme même nos voleurs sont mieux que les voleurs des autres.

— Croyez-vous réellement qu'ils jouent des choses valables, Reb Mordechaï ?

— Qui peut le dire ? Va ! Va ! On m'attend. Tu auras tes instruments et ils seront abordables.

« Ah ! On va me demander où j'étais juste parce que pour une fois il y a eu VRAIMENT du travail », pensa-t-il. Et il se mit à rire, partageant avec le Créateur ce savoir si bien gardé : le monde est très bien écrit, par un auteur comique. « Oui, se dit Reb Mordechaï, qui peut dire s'ils sont bons musiciens, nos voleurs d'Odessa ? Un jour ils avaient envoyé un gamin chercher ma Hiéléna, pour qu'elle aille chez eux leur donner des leçons. Parce que Yaponchik lui-même souhaitait apprendre la musique. Et mon épouse, bénie soit-elle, avait prétendu que la petite ne savait pas jouer, afin qu'on ne laisse pas une jeune fille aller chez ces gens-là. Depuis, je la contrains à jouer en cachette, et j'ai une douleur lombaire qui ne s'en va pas puisqu'il a fallu monter le piano au premier étage. Hiéléna a ordre de ne jamais se mettre au piano quand elle est seule. Ainsi, quand un espion demande qui interprète si bien la musique sacrée et les tangos argentins dans notre maison, on répond que c'est la sœur de ma femme qui ressemble à une musaraigne et dont les dents sont plus jaunes que les touches de notre vieux piano. »

Les morts reviennent sur terre quand on leur brise le cœur. C'est pourquoi les savants de jadis recommandaient qu'on le leur pulvérise avec un pieu en bois. Les plus stricts commandaient aussi qu'on leur enlève les yeux, qu'on crève leurs oreilles, puis que l'on obstrue avec des cailloux, de l'herbe tressée et de la cire leurs orbites vides et leurs tympans percés, afin qu'ils ne sachent rien de ce qui se déroule après leur trépas. Il ne faut pas leur donner envie de revenir. Les savants modernes, plus soucieux de ne pas avoir à se salir les mains, ont généralement considéré qu'une pierre tombale très lourde suffisait à calmer chez les défunts toute envie de retour au monde. Malgré les querelles de générations, les thaumaturges de toutes obédiences s'accordent, aujourd'hui encore, sur ce point précis : il n'est pas prudent de laisser un mort sans sépulture.

Attablé confortablement, Caïn racontait à sa manière le calvaire de Ionas. La mère rentrait des courses, des papiers administratifs sous un bras et de la viande hachée débordant d'un panier recouvert par un mouchoir humide. Elle poussa plus de hurlements que Hiéléna en apprenant le trépas du pauvre Ionas. Puis la tante glapit encore plus fort, et les deux matrones entamèrent des courses folles autour de la table de la salle à manger. Il fallait, pour se calmer, nourrir tout le monde.

Reb Mordechaï entra. Voyant les jeunes gens assis et les vieilles qui leur trottinaient autour, il ne saisit pas tout de suite la gravité de la situation.

— Alors, se moqua-t-il gentiment, c'est l'exode autour de la table en quatre-vingts jours ?

Sa fille, les yeux embués, le fusilla du regard. On le mit au courant. L'armée ennemie avait taillé en pièces le valeureux régiment. Ionas n'avait pas été assez fort. Caïn avait tout fait pour le sauver et ne se pardonnait pas d'avoir survécu. Pauvre garçon ! Il croquait des cornichons en narrant son infortune. Il constituait, à l'entendre, un danger pour quiconque l'accueillait parce qu'il était déserteur. Il ramassa ses affaires, fit ses adieux et se dirigea, lentement, vers la sortie.

— Attends ! l'interpella la tante. Tu ne penses donc qu'à toi ?

— Pardon ?

— Si tu t'en vas, que va devenir ma nièce ? Qui va vouloir d'elle ?

Reb Mordechaï peinait à suivre la conversation tant sa belle-sœur parvenait vite à des conclusions pratiques. Il en était encore à la tristesse du trépas de Ionas. Le vieux luthier avait aimé sincèrement ce garçon. « On ne me l'a jamais présenté officiellement, pensait-il, les pères ne sont mis au courant qu'à la veille des fiançailles, mais ces deux-là s'adoraient, c'était évident. Et Ionas aimait plus Hiéléna que Hiéléna ne l'aimait, ça, c'est important. Si l'un des deux avait dû souffrir, ça n'aurait pas été ma petite fille. J'ai vu tant d'hommes depuis mon enfance et jamais un seul, pas même moi, ne m'a semblé capable d'être fidèle. Ionas oui. Jouer du violon et regarder ma fille avec admiration et lui faire plein d'enfants, voilà ce qu'il voulait de la vie. Je n'y croyais pas au début. J'avais attentivement scruté ses yeux pour y déceler de la tricherie, mais non. Il n'y avait pas chez lui cette soif qui tourmente les autres hommes et les pousse à ne jamais interrompre leur errance. L'Éternel a dû être offensé par tant de qualités. »

— ... Hiéléna ! Tu dois épouser Caïn ! Caïn, tu m'entends, mon garçon ?

« Que dit cette folle ? » se demanda Reb Mordechaï.

— Quand un mari meurt, son frère ne doit pas laisser l'épouse toute seule ! aboyait la tante en plissant le museau.

Hiéléna n'avait pas eu le temps de pleurer. Tout de suite, sa famille lui était tombée dessus et l'étouffait par ses gestes, sa nourriture et ses paroles. Sans que la jeune fille pût dire un mot, sa mère répondit à sa place :

— Ils n'étaient pas mariés. Fiancés seulement.

— Ça ne change rien, expliqua la vieille sœur en époussetant anxieusement la nappe. Un mari mort au combat...

— Un fiancé !

— C'est pareil, ça porte malheur. Les hommes ne voudront pas d'elle ! Ils diront qu'elle n'a pas assez prié.

— Ça suffit, tenta timidement Reb Mordechaï.

— Comment tu peux rompre des fiançailles avec un mort ? insistait la tante. Qui va...

— On demandera à un rabbin ! répondit la mère.

— Ça suffit ! hurla cette fois-ci le père. Yente, que ta sœur sorte !

La commère galopa vers la porte en pestant.

— Tu es fou, Mordechaï ! explosa la mère. Rifkè, reviens ! Reviens, je te dis !

— J'ai ma dignité. Si on ne veut plus de moi, je m'en vais.

— Laisse-la sortir au moment du marché et toute la ville saura notre situation, expliqua la mère.

Reb Mordechaï en avait assez. Il prit un violon et se mit à jouer *La Traviata*. Les deux femmes braillaient, pleuraient, se griffaient le visage. Nerveusement, et sans avoir totalement conscience de son geste, Caïn tripotait le barillet de son revolver d'ordonnance, armait le chien et le laissait retomber délicatement au cul d'une balle.

Tel un fantôme, Hiéléna se leva, quitta la table, grimpa dans sa chambre et jeta au sol l'intégralité de ses flacons de parfum, de ses savons et de ses pots de sels odorants. Le silence se fit brièvement au rez-de-chaussée.

En pleurs, la jeune fille se regarda dans le grand miroir de sa chambre et ne s'aima pas du tout. « Je voulais Ionas, pensa-t-elle. Je le déteste de m'avoir fait ça. Je lui avais interdit de partir dans cette guerre. S'il m'avait vraiment aimée, il serait resté ici. Il est impardonnable. »

Les cris reprenaient en bas. Hiéléna sortit de sa chambre, s'assit au piano qui encombrait l'étroit couloir du premier étage et se mit à jouer un air très différent de celui que son père interprétait au même moment. Elle donnait un prélude que l'on réserve d'ordinaire aux enfants en tapant de toutes ses forces sur les touches d'ivoire, appuyant sur les pédales comme si elle courait à bicyclette et poussant le cadre en bois du vieil instrument aux limites de sa résistance.

À entendre Chopin ainsi violenté, Caïn ne put réprimer un sourire. C'était une famille de fous. Et la fille ne valait pas mieux que les autres. Il fallait cependant rester là car c'était une bonne planque. Et l'héritière n'était absolument pas moche. « La peau moins claire que dans mon souvenir, pensa Caïn, et des seins énormes, très étroite des hanches, des coups de tête suggestifs quand elle est mécontente, habituée à régner et probablement vierge. Quand elle pleure, quand elle suffoque et renifle, c'est très excitant. Mais je ne peux pas faire ça à Ionas, se reprit-il. Et pourquoi ? Si c'est pas moi, elle en épousera un autre ? Ionas aurait voulu que je l'épouse. Le seul problème, c'est que je ne peux pas le lui demander directement. »

Caïn se reprocha d'être la proie d'interrogations aussi enfantines. Il eut un instant le sentiment de verser dans un romantisme aussi déraisonnable que son défunt cadet. « Il n'y a plus de Ionas, conclut-il. Le frère que j'aimais, mon centre du monde, c'est fini. Il y a juste un tas de peau, de viande, de tendons et d'os qui fermente sous la terre, inconscient du ballet des vers, des mouches, des moisissures. Il y a juste le présent et le vrai monde. Moi qui ai besoin d'argent et d'une maison ; et cette petite capricieuse à qui il faut un vrai homme qui lui apprenne que dans la vie on ne peut pas tout avoir. »

III

Mérij ne parvenait pas à évaluer le temps pendant lequel on l'avait laissée dans l'obscurité. On ne lui avait pas donné de vêtements, elle n'avait pas mangé. Les parois en fer du wagon lui glaçaient les omoplates, les fesses, les pieds. Elle ne sentait plus sa main gauche, accrochée à des menottes à plus d'un mètre du sol. Depuis que les ennemis l'avaient jetée là, l'adolescente était restée assise, un bras entravé au-dessus de la tête. Elle pouvait tendre et détendre les jambes, masser son bras immobilisé avec sa main libre. Il devait s'être écoulé plus d'une journée puisque par deux fois elle n'avait pu se retenir d'uriner sous elle. Le train s'était remis en marche à plusieurs reprises. S'arrêtant souvent. Aucune lumière n'entrait.

La lourde porte coulissante s'était finalement ouverte, et des hommes avaient attaché assez loin d'elle un autre prisonnier. Dans le contre-jour, Mérij l'avait brièvement aperçu : il s'agissait d'un homme d'une quarantaine d'années en uniforme de l'armée tzariste. Il avait déjà été torturé. Trois Allemands l'avaient traîné au fond du wagon et ses pieds nus dont les ongles avaient été arrachés avaient laissé par terre des serpentins écarlates. Mérij emplit ses poumons d'un peu de l'air du dehors. Le visage camouflé sous ses interminables cheveux raides, elle écarquilla les yeux et inspecta le compartiment : partout, des menottes pendues à cette barre qu'on avait fixée à un mètre du sol comme pour des exercices de danseuse classique. Et d'autres traces de sang, d'excréments, d'impacts de balles. On ne nettoyait pas souvent ce wagon. La lourde porte se ferma sans que quiconque se préoccupe d'elle. Le silence revint, troublé par la faible respiration du second prisonnier. Elle appela le torturé. Il ne répondit pas.

Le train se remit en mouvement. Plusieurs heures durant, lui sembla-t-il. Sous les jambes de Mérij, l'urine formait une flaque glaciale. Elle tentait de s'écarter mais les menottes ne lui laissaient qu'une mobilité de quelques centimètres. Le train freina brusquement et elle fut projetée vers l'avant. Son poignet déjà à vif lui arracha un cri bestial au dernier coup de freins. Le torturé ne broncha pas. La porte du wagon métallique s'ouvrit à nouveau. Il faisait nuit au-dehors et il neigeait. Un gradé apparut, seul. Il actionna, à gauche de la paroi coulissante, un gros interrupteur électrique. À quatre endroits du plafond, des ampoules au carbone inondèrent la prison de fer d'une lumière insoutenable. Ce Prussien n'était guère plus vieux que Ionas, constata Mérij. Ses bottes amoureusement entretenues contrastaient avec le sol souillé des lieux.

— Même lorsqu'on trimballe des bêtes, on met de la paille. Pourquoi vous nous laissez dans notre merde ? demanda Mérij en russe.

Le jeune Prussien se dirigea vers le coin opposé du wagon. Il souleva du bout de sa cravache le menton du soldat prisonnier. Le Russe se mit à geindre faiblement avant que sa tête ne retombe sur sa poitrine. Dans la lumière électrique, Mérij put voir ses mains horriblement déchirées, ainsi que les zébrures qu'un rasoir avait laissées sur sa figure barbue, tranchant en deux la lèvre inférieure d'où s'écoulait un filet de bave, découpant largement les commissures de la bouche pour y mimer l'Homme qui rit de Victor Hugo. D'un de ses yeux, poché, percé au-dessus des paupières, s'écoulait jusqu'aux épaules une rivière de sang coagulé. L'Allemand sortit un revolver. Depuis l'endroit où elle se trouvait, Mérij ne pouvait pas le voir enfoncer brutalement le canon de son arme dans la bouche du prisonnier. Elle entendit un hoquet au moment où l'extrémité de l'arme heurtait la voûte palatine, puis une déflagration dont les six murs en fer du wagon décuplèrent la violence sonore. Ensuite, elle baissa la tête, protégée par ses cheveux, et jeta un œil, par en dessous. L'ennemi avançait vers elle, son arme toujours en main. Au fond de son champ de vision, un mur de fer maculé d'une immense explosion de sang frais. Il y en avait aussi au sol, partout.

— Ils t'ont violée ?

C'était un jeune homme rose et propre. Deux yeux ronds et très bleus pouvaient lui donner du charme. Pas selon les critères d'une fille de Petite Russie. Rien en amande dans ce visage. Des emboîtements de ronds et de cubes. Cheveux pommadés mais déjà clairsemés. Nez très retroussé, lèvres rouges, comme blessées. Extrême délicatesse des mains. Caïn l'aurait fichu par terre d'un coup de tête. Ionas aussi sans doute. Il était plus grand qu'eux, mais mou. Une diction de professeur, disant « heuuu » entre chaque mot. Il s'efforçait d'avoir la voix le plus grave possible pour masquer sa timidité. Mérij darda dans les yeux du chef ennemi ses grands yeux verts, aussi pénétrants que ceux de sa sœur, sans y laisser voir aucune intention, sans même montrer qu'elle avait compris la question, qui avait été formulée dans un russe parfait. Sous couvert de se frotter le visage, le jeune homme en tenue militaire avait imperceptiblement détourné le regard. « Même quand les femmes sont nues et attachées, pensa Mérij, il n'ose pas les regarder. » Alors elle se mit à rire et chantonna calmement :

— Je n'ai pas osé te dire que je t'aimais la première fois que je t'ai vue. Parce que je sais que je suis moins bien que toi. J'ai toujours eu ma maman qui me protégeait, alors j'ai peur des autres femmes. Alors je t'ai enlaidie. Nue, attachée, pleine de pisse. Alors tu étais dans le noir et tu disais « Je me sens si seule ». Alors je ne m'occupais pas de toi. Alors tu as cru que tu étais laide, que tu étais abandonnée, que même moi je ne te regardais pas et je suis venu, et tu m'as aimé.

Mérij chanta tout ça sur un air de comptine, un sourire vague aux lèvres, puis elle se tut et baissa la tête.

L'Allemand dont le menton agrémenté d'une fossette juvénile fuyait affreusement, laissant apparaître des dents de lapin, reposa sa question. Son parler russe comportait bien moins d'accent que celui de la petite Ukrainienne qui, à ses pieds, baignait dans une mare d'urine.

— Les cosaques, est-ce qu'ils t'ont violée ?

— Non, monsieur.

— Alors tu étais avec leur chef ?

— Non, monsieur.

— Les cosaques violent les filles, affirma avec un calme d'épistémologiste ce jeune homme qu'on appréciait sans doute beaucoup à l'Académie militaire de Dresde.

Il avait probablement coutume d'assister à de nombreux bals de la haute société. Il participait, sans aucun doute, à des discussions philosophiques dans le cadre desquelles on expliquait comme il incombait à la nation germanique de porter haut cet esprit des Lumières qui, par le passé, avait flotté sur la France et que le XXe siècle naissant confiait aux Allemands. Et l'excellence. Et les fruits confits. Et les danses où l'on tient les dames qui ne sont que pur esprit par le bout du gant. Et aller voir sa maman comme si on était encore un bébé, afin qu'elle vous trouve un travail. Qu'elle vous trouve une femme. Qu'elle vous fasse réciter la philosophie qui élève l'homme.

Faisant preuve d'une pudeur tellement dégueulasse qu'une petite Ukrainienne ne pouvait la comprendre, le jeune homme retourna vers la porte du wagon, vérifia que la serrure était bien verrouillée de l'intérieur, puis, d'un ample mouvement théâtral, il ferma l'interrupteur électrique. L'obscurité revint. Calmement, il marchait vers Mérij. Au grand déplaisir du héros prussien, le train se remit en marche. Le soldat tomba. Vraisemblablement sur une flaque douteuse. Elle l'entendit qui se relevait, sans un mot. Il s'approcha d'elle, ouvrit la boucle de sa ceinture.

Mérij eut les narines pleines des relents de savon, de talc et de sucre qu'exhalait le sexe du jeune homme. Des deux mains, il l'agrippa par les cheveux. Ses gants de coton produisaient un contact quasi médical. Afin de s'assurer la totale collaboration de l'adolescente, il cogna l'arrière de sa tête, par trois fois, contre la paroi du wagon.

Mérij ouvrit grandes les mâchoires et une verge qui ne bandait pas totalement vint cogner le fond de sa gorge. Le gradé donnait des coups de reins nerveux et son ventre bardé de ceinturons blessait le nez de sa victime, il bougeait de plus en plus brutalement, la faisait suffoquer, mais ne pouvait toujours pas justifier d'une érection complète. La bouche pleine de cette chair molle et grasse, Mérij commença de sourire. Il y avait dans son regard la même folie que chez Ionas ou ses cosaques lorsqu'ils chevauchaient vers le massacre.

«Je n'ai jamais compris les connes qui disent qu'on les a "forcées" à sucer un garçon», pensa Mérij. De sa main libre, elle saisit les bourses du tortionnaire ingénu qui crut à une caresse. Elle les tira violemment vers son visage, afin de s'assurer que la totalité du sexe propre et aussi peu vigoureux qu'une part de saucisse entrait dans sa bouche. Le petit soldat prussien émit un soupir que jamais aucune compatriote n'avait obtenu de lui, puis passa à la langue de Goethe pour proférer un compliment dont Mérij ne tint pas compte. De toutes ses forces, elle le mordit. C'était une viande élastique, quasiment impossible à trancher d'un seul coup de dents. Mérij serrait comme un molosse au combat et commença d'agiter très violemment la tête en tout sens à l'instar de ces fauves qui n'ont que peu de temps pour décrocher les entrailles d'une charogne. Le joli soldat désemparé lui cogna le crâne avec la crosse de son parabellum. La tête en sang, Mérij ne lâchait pas le petit oiseau qui agonisait entre ses dents et broyait ses œufs de sa main libre. L'Allemand frappa à nouveau. Mais la queue spongieuse et souvent savonnée du prodige militaire finit par se décrocher. Le soldat tomba au sol dans une mare de sang. Mérij saisit le pistolet mauser et lui tira dans le ventre, dans le menton. Elle ne voyait pas où elle l'atteignait.

Le silence retomba. Il faisait noir. Mérij, le visage baignant dans le sang de l'ennemi, riait de bon cœur.

— Maintenant je suis tranquille. J'ai quelques heures pour me reposer avant que les autres viennent s'occuper de moi.

De sa main libre, elle fouilla le cadavre à la recherche des clés de ses menottes.

Les restes de Ionas étaient encore inertes dans leur gangue de neige. Le cadavre goûtait ses derniers moments d'inconscience. Il n'avait pas froid. La promiscuité de ses congénères ne l'indisposait pas. Où est-on, dans la mort ? Dans le lieu où se pensent les branches, les cailloux, ainsi que toutes les autres choses. Présent sans la perception d'être là.

IV

— Si je prends le deuil dans ta maison, je devrai rester ici tant que je ne serai pas libéré de mes obligations religieuses.

— Tu es religieux, toi ? demanda Hiéléna.

— Non. Mais Ionas oui, répondit Caïn. Donc par respect…

— Tu peux t'en aller si tu veux. Ne te sens pas obligé.

— Non. Toutes mes pensées sont avec mon frère. Ici, c'est tout ce qu'il aimait, il y a les instruments de musique, il y a…

— Moi ?

Caïn regarda Hiéléna.

— Ne te fatigue pas, ajouta la jeune fille. Ionas m'a très bien expliqué le mal que tu disais de moi. Tu ne m'as jamais aimée.

— Je n'aimais pas qu'on me prenne mon petit frère. J'étais en colère…

— Contre qui, maintenant, ta colère ?

— Mon frère ! Il est mort parce qu'il n'avait rien à faire dans une guerre.

— Toi oui ?

— Moi, j'ai le goût du sang. Je sais quand il faut mordre et quand il faut se planquer. Ionas agissait en fonction d'idées abstraites : l'honneur, le devoir. La guerre, c'est plus lâche, plus bête, plus…

— Emmène-moi dehors.

— Je ne peux pas, je suis en deuil.

— Moi aussi, répondit la jeune fille.

— Non. Vous n'étiez pas mariés. Selon la tradition, ça ne t'affecte pas. Moi je ne dois pas quitter la maison où j'ai pris le deuil pendant… oh, je n'y connais rien.

— Huit jours. Tu n'as le droit de sortir que pour la synagogue.

— Il faut y aller quand ? demanda Caïn.

— Demain très tôt. Sors-moi. Je ne sors jamais.

Ils s'éclipsèrent par la porte du sellier. On ne les vit pas partir. Elle avait mis sur le dos de Caïn un manteau trop petit qui appartenait au père. Il neigeait à nouveau et Hiéléna prit le bras du jeune endeuillé pour ne pas trébucher sur les pavés ou les rails du tramway. À la lumière des réverbères à gaz, les deux jeunes gens marchèrent bientôt parmi d'autres couples, le long de la rue de Richelieu. Une représentation venait de se terminer à l'Opéra d'Odessa et une foule bien vêtue se répandait dans les cafés alentour. Les cuisines des restaurants commençaient leur dernier service.

Hiéléna voulait boire. Ils s'attablèrent.

— On est amoureux pour ne pas être seul, non ?

— Je ne sais pas, répondit Caïn.

— En réalité, on est toujours seul. Mais lorsque l'amour est présent, on se figure que ça va. Comme

Dieu. Les gens se disent qu'il y a Dieu alors ils peuvent dormir.

— Je n'en sais rien.

— Bois encore ! Je ne veux pas boire seule. Ton frère avait une chose, un vrai artiste, ça le débordait. Il regardait les gens et on se mettait à exister.

— Du romantisme !

— Non. Il faisait exister tout. Quand il me parlait, la voix me venait de l'intérieur, comme si j'avais eu ses paroles en moi depuis ma naissance. Tout prenait une signification. Je cessais de croire en la vacuité.

— Tu sais dire « vacuité » ?

— J'ai l'air si conne ? Vraiment ?

— Il paraît que les filles malignes ne montrent pas leur intelligence au premier rendez-vous pour ne pas effrayer les hommes.

— C'est un « rendez-vous » ?

— Non. Pardon. Excuse-moi. Je vais rentrer, murmura Caïn.

— Sans moi ?

— Non. J'ai bu inconsidérément.

Mais le mal était fait. Caïn s'était levé, avait laissé Hiéléna seule un instant. Un autre buveur, accompagné d'amis élégants, en avait profité pour s'approcher, un sourire en coin. L'intrus tenait un chapeau huit-reflets et masquait son ébriété avancée en s'appuyant sur deux riches messieurs de son genre. Chacun arborait une écharpe en satin blanc sur les épaules, des moustaches blondes comme à Paris, une canne à pommeau.

— Mademoiselle, puisque le monsieur a fini, souffririez-vous que je tente ma chance ?

Hiéléna eut un petit rire triste. Avant qu'elle puisse répondre, Caïn attrapait le nez de l'importun et le lui pressait, y imprimant d'affreuses torsions, puis il tira vers le haut, obligeant le bourgeois à se lever du siège qu'indûment il venait d'occuper.

— Monsieur ! fit un des compagnons de l'ivrogne en mettant la main à sa poche.

Sans chercher à savoir si le cave allait faire jaillir de son pourpoint un gant pour le gifler ou un Derringer, Caïn lui écrasa la carotide du tranchant de sa main libre. Le troisième larron leva sa canne, prêt à frapper. Caïn lâcha le nez de sa première victime qui tenta mollement de retomber sur le siège. Mais avant qu'il y pose ses fesses déformées par les heures de bureau, Caïn s'empara de la chaise et la brisa sur la tête du type à la canne. Les trois messieurs se retrouvèrent piteusement par terre, suffoquant, se tenant le nez, massant leur crâne endommagé. Hiéléna se leva brusquement et trottina vers la sortie, peu désireuse de se faire remarquer dans un tel lieu le jour où l'on avait appris le trépas de son fiancé.

Caïn la rejoignit, sans savoir si son comportement de brute avait eu un effet positif sur sa réputation. Un coup de feu retentit derrière eux et une balle vint s'écraser sur le linteau de la porte du bistro, à quelques centimètres de la tête de Caïn. « Donc, c'était un Derringer », pensa-t-il.

La foule paniquait. Des gens s'enfuyaient, plusieurs se ruaient sur le tireur, d'autres encore couraient voir comment se portait le petit couple de l'entrée... Caïn prit la main de la jeune fille et l'entraîna dehors. Ils filèrent sous la neige, les braves gens sur leurs talons. Personne ne devait savoir qu'ils avaient traîné là. Ils passèrent un coin de rue après l'escalier Potemkine, grimpèrent entre deux rangées d'arbres et se mirent à longer un grand bâtiment administratif. Puis ils franchirent d'autres escaliers, toujours en courant. Un tramway manqua les écraser. Hiéléna trébucha mais le bras puissant de Caïn l'empêcha de tomber. Il prit sa taille et l'attira vers lui. Ils riaient. Elle eut honte de rire. Personne ne les suivait. Sous un porche d'immeuble, protégés de la neige, les jeunes gens échangèrent un baiser. Caïn pressait sans aucune délicatesse les seins de Hiéléna, il pétrissait ses hanches, glissait ses mains partout. D'abord timide, la petite brune se mit à laper le visage du soldat, puis elle suça avidement son cou. Les mains du garçon, sous les jupes, cherchaient la peau nue. Ionas n'avait jamais eu de tels gestes. Leurs lèvres se trouvèrent à nouveau pour un interminable baiser où les morsures succédaient aux plus infimes frôlements. Blâmant l'alcool, Hiéléna répondait à chaque geste. Laissant faire ce qu'elle devinait dans le désordre de sa robe, elle s'accrochait à la bouche de Caïn comme un poisson à l'hameçon.

Au moment où leurs lèvres se rencontraient, loin d'Odessa, sous un monticule de neige et de corps, le cadavre d'un jeune soldat reprenait vie. Deux yeux anxieux et perdus s'ouvrirent au cœur du charnier. Des doigts fébriles comme des pattes de scolopendre se frayaient un chemin. Ionas voulait comprendre où il se trouvait. Il s'aperçut de sa faiblesse extrême. Pas de terre autour de lui, mais les corps gonflés de ses compagnons. «Je ne peux pas les déplacer, songea-t-il. Je suis sans force.»

Caïn ouvrit la porte de la petite chambre qu'on lui avait attribuée. C'était une pièce attenante à l'atelier du père, elle donnait sur le jardin et l'on pouvait y entrer sans être vu. Hiéléna le poussa à l'intérieur, passa les mains sous sa chemise. Très maître de lui, Caïn l'éloigna doucement. Il déposa sur sa bouche un dernier baiser et lui conseilla d'aller dormir dans sa chambre.

— Pardon, c'est l'alcool, tu as raison; oh, je suis folle.

Sans se déshabiller, Caïn s'affala sur la banquette recouverte d'un édredon brodé qui lui servait de lit. Hiéléna retira ses bottines et entra dans la maison. Ses pieds nus ne produisirent guère plus de bruit que le trot d'une souris lorsqu'elle traversa le salon. Un chat fit quelques pas derrière elle et émit un petit miaulement. Elle le repoussa du pied et entama l'ascension des marches en bois qui grincèrent quand elle fut au milieu de l'escalier. La jeune femme s'immobilisa, une main sur la rampe, ses yeux noirs grands ouverts dans l'obscurité. À l'étage, elle entendit les ronflements rassurants des parents. La lumière s'alluma au rez-de-chaussée: la tante! Hiéléna courut sans un bruit vers sa chambre, ferma doucement le loquet et se jeta sous les draps, son manteau encore sur le dos. À l'étage inférieur, la tante ouvrait un placard de cuisine, en sortait un verre de schnaps et une pêche au sirop, puis retournait dormir. Elle n'avait rien entendu.

Sous les draps et avec délectation, Hiéléna retira ses vêtements en répétant « Je suis folle ». Elle jeta tout au bas du lit. Caressa ses épaules, ses joues, se recroquevilla. Elle s'amusa un moment à reproduire sur son corps ignorant les gestes de Caïn. Ce n'était pas assez brutal, il fallait que chaque contact fût comme un ordre. « Ouille ! Là c'est trop. Lui ne me fait pas mal. Je suis folle. Je vais dormir nue. »

Ionas ne savait rien de tout ça, pas consciemment. Il se souvenait vaguement de la bataille, comme s'il l'avait observée de l'extérieur. Des images sanguinaires qui semblaient arrachées à un cauchemar. « Ou alors c'est maintenant que je rêve ? » se demandait-il tandis que ses bras grelottants luttaient contre l'amas de chair, de vêtements et de neige qui le maintenait prisonnier. Il se sentait totalement vide. Il avait l'impression qu'un air glacial gonflait ses veines à la place du sang. Aucun battement perceptible dans ses tempes ou ses poignets, juste ce souffle régulier qui le maintenait en éveil et créait un vide atroce.

Ionas constata avec effroi que l'odeur des cadavres ne le dérangeait pas. Il était avec eux, avec la terre et les suintements divers, en situation d'intimité, comme si tout cela faisait partie du même corps. « Je vais me rendormir et je serai ailleurs », pensa-t-il, et il cessa de lutter. Le sommeil ne vint pas. Le vide effrayant de ses veines déferla brusquement dans ses valves cardiaques, le faisant suffoquer. Il fallait répandre sur le monde cette colère et ce froid pour retrouver la paix.

Trop d'images parvenaient à ses grands yeux malgré l'obscurité totale du charnier. Il distinguait les fibres des vêtements, les macules, leur provenance, les mille nuances qu'affectait l'épiderme des morts, les parasites qui nichaient dans leurs barbes. Il lui fallut bien vite fermer les paupières pour calmer la nausée que lui causait ce trop-plein d'informations. Ce fut alors au tour des autres sens de le submerger. « Je me suis réincarné en animal », pensa-t-il. Il pouvait se figurer la forme et l'épaisseur du tas de cadavres rien qu'en aspirant le vent nocturne qui de tous côtés lui parvenait, plus ou moins étouffé. « J'ai un sonar ! Comme les antennes hydrophones des navires anglais ! Je suis une avancée technologique russe ! » Et il se mit à rire. « Je suis au milieu d'une fourmilière haute de quatre mètres, constituée en son cœur de mes amis soldats et des chevaux, tous uniformément grillés, le tout nappé de neige. L'humour est intact, je suis content, constata-t-il. Dehors, j'ai le sentiment de percevoir distinctement chaque flocon de neige lorsqu'il touche le sol. Tous les mouvements de la nuit malgré le tas de viande qui m'entoure. » Il prit conscience d'un battement régulier qui n'était pas son cœur : « Mon cheval marche là dehors. Il est perdu, le pauvre. »

Il percevait la chaleur de l'animal. Comme une lumière. « Je suis un papillon de nuit », tenta-t-il d'articuler, mais ses mâchoires craquèrent. Il ne se rappelait plus qu'on lui avait cogné le visage. « Papillon », tenta-t-il à nouveau. Et des dents brisées dansèrent sur sa langue. Il cracha. « *Farfalle*, en italien, comme les pâtes. J'ai faim. Pardon. Pardon, pardon, pardon», essayait-il de dire aux morts qui l'entouraient. Il se tortillait, effectuait des mouvements de batracien. Périodiquement, il lui fallait s'interrompre. Le moindre effort musculaire le laissait sans force. Le cheval marchait d'un pas régulier, effectuant des rondes nerveuses allant de l'orée du bois aux bords de la rivière. À chaque voyage, ses pattes maigres frôlaient le tas de morts, détachant un peu de neige. Parfois il en approchait les naseaux, agitait lentement sa lourde tête et poursuivait sa ronde.

Une main jaillit de la masse de corps. L'animal fit un écart. Ionas dégringola au sol. Une dizaine de cadavres lui tombèrent dessus. Il dansa un peu là-dessous. Le cheval s'était éloigné. Ionas parvint à s'asseoir. Il tenta de dire à l'étalon des paroles rassurantes mais le son qui lui sortit de la gorge ne valait guère mieux qu'un grincement de porte. Il s'écroula. Deux autres corps que sa mémoire refusait de nommer dégringolèrent sur lui. Le hasard de sa chute l'avait mis sur le dos. Incapable du moindre mouvement, Ionas contemplait avec ravissement les lignes ascendantes des bouleaux qui semblaient toutes converger vers la lune. «Je ne savais pas que la nuit pouvait aussi se décliner en vert pistache, en blanc beurre frais et en paillettes de savon.» Les astres se mirent à tourner. Il lui fallut fermer très fort les paupières. Le monde continuait de tourner malgré ses yeux clos. Il vomit. Puis il sentit sur tout son corps des caresses insistantes. On le chatouillait. Comme avec d'innombrables pinceaux. Il se dit que des détrousseurs de cadavres particulièrement délicats étaient en train de lui faire les poches. Et de le piquer avec des poinçons, et de lui tirer les cheveux. « Combien sont-ils ces morveux ? » se demanda-t-il, excédé. Il ouvrit les yeux et ce furent les plumes, les becs et les pattes insistantes de l'armée des corbeaux. Ils le recouvraient totalement. Ionas parvint à porter la main à sa ceinture. Il saisit la crosse de son revolver. La force lui manquait pour le faire jaillir du fourreau. Les oiseaux s'affairaient sur lui, produisant des frôlements et des grattements insupportables. Ionas trouva l'énergie nécessaire pour actionner la gâchette. Il ressentit tout au centuple, le mécanisme, le chien, la cartouche, la déflagration, une brûlure terrible sur sa cuisse et le bruit apportant une excellente nouvelle : il n'était plus sourd. Les corbeaux s'envolèrent. Ionas retrouva la position assise. Il n'avait pas le courage de partir. Comme les fous qui se pelotonnent contre le mur de leur cellule, il se blottit dans la masse des cadavres, espérant que d'autres macchabées auraient la faveur des oiseaux. Du haut des branches, les volatiles lui lançaient des regards fixes. « Qu'est-ce qu'ils me veulent ? Ils ne m'ont pas mangé. Je ne leur en ai pas laissé le temps. Le jour se lève, je vais y voir plus clair. Je ne sais pas comment j'ai survécu à ça. Je veux voir Hiéléna. Tout lui raconter. La guerre ne sera pas terminée, bien entendu, mais j'aimerais qu'elle sache que dans ces moments difficiles… »

Un cliquetis dérangeant sortit de sa gorge quand il tenta de hurler. Les rayons pâles de l'aube lui cramaient la peau. Il se recroquevilla. Vers la boue. Le visage blotti dans le ventre des morts. Malgré ses vêtements épais, c'était son dos qui brûlait à présent. Il sentait la fumée, les fibres carbonisées par son épiderme incandescent. Alors il entendit le vol des oiseaux noirs. Un à un, les corbeaux quittaient leur branche et volaient vers lui, constituant bien vite une couverture de plumes. « Ils ne voulaient pas me manger, finalement. »

Ionas s'endormit avec un sourire de nouveau-né. La journée se passa ainsi, couvé par les oiseaux.

Les corbeaux s'en allèrent au coucher du soleil. Ionas parvint à en attraper un. Il échangea avec l'oiseau un regard plein de gratitude. Puis, poussé par une impérieuse nécessité, il lui fallut déchirer de ses longs doigts le bréchet du volatile, y planter les dents, aspirer le peu d'énergie que contenait cette petite mécanique. Quelques gouttes de ce sang primitif suffirent à remettre en marche, brièvement, l'anatomie du soldat. Son cheval errait toujours dans les parages.

Prenant appui sur d'autres morts, le jeune homme se dressa sur ses jambes. Il souhaitait marcher vers sa monture, caresser son mufle inquiet, lui donner une poignée d'herbe et l'enfourcher pour aller dire à Hiéléna la bonne nouvelle : « Je suis vivant. » Après trois pas, ses jambes flageolèrent et il tomba à genoux. Ses muscles lui parurent raides comme des lanières de cuir. Désespéré, il se prit la tête dans les mains. De grosses mottes de cheveux restèrent accrochées à ses phalanges.

On entendait, pas loin, le clapotis des vagues sur le fleuve. Conscient que personne ne viendrait à son secours, Ionas songea à ramper jusqu'à la rive et à se laisser entraîner par le courant – vers une ville ? Accroché à une branche ?

— C'est la mort assurée, si je fais ça. Je suis beaucoup trop faible, dit-il à haute voix.

Il s'entendit parler. Ce n'était pas sa voix habituelle mais il y avait un progrès par rapport aux croassements de la veille. Le souffle anxieux qui sortait de sa bouche devenait intelligible. Au moment où il commença de chuchoter, son cheval dressa les oreilles et se mit à le regarder.

— Viens ! Viens !

D'un pas incertain, l'étalon s'approcha du soldat. Conscient qu'il n'aurait pas assez d'énergie pour tenter cette opération à plusieurs reprises, Ionas restait immobile. Il attendait que le cheval squelettique baisse vers lui sa grosse tête. Le plus près possible. Puis, brusquement, il lança ses longs bras vers l'encolure de la bête, se retenant comme il pouvait à la crinière, au mors. L'animal se cabra. Ionas serra plus fort, se laissa soulever de terre, consacrant ses dernières forces à ce projet primordial : ne pas tomber. Tant bien que mal, il se retrouva bientôt couché sur la selle. Et sa monture partit au galop. Ionas se sentait tellement faible qu'il n'essaya même pas de s'asseoir. Il avait entortillé les rênes autour de ses frêles poignets et de ses épaules, afin que sa position soit assurée même s'il perdait connaissance. De loin, on aurait dit un cadavre inerte qu'on avait ficelé au canasson et qui rebondissait au gré de sa course. Il s'agrippait désespérément au cou du cheval. L'étalon, que personne n'avait jamais chevauché ainsi, filait entre les arbres, cherchant le contact avec les plus basses branches, sautant dès qu'il le pouvait. Il grimpa au sommet de la colline en prenant appui sur les éboulis et déboucha le long des rails de chemin de fer récemment posés par l'armée ennemie. Ionas serrait l'encolure comme un enfant empoigne son oreiller. La sueur de l'étalon baignait son visage. Il sentit battre contre ses lèvres une veine gonflée de terreur et y planta les dents. La peau de sa victime se dérobait à la morsure. La veine roulait sous la langue. Il avait contre ses frêles mâchoires le poil, le cuir, tous les boucliers dont la nature dote certains êtres pour rebuter les vampires. Ionas étreignit amoureusement sa monture et mordit bien plus fort. Le cheval s'aperçut de ce qu'on lui infligeait. Aucun contact oculaire entre Ionas et la bête. Pas moyen de rassurer l'animal et de lui faire savoir qu'il participait à une noble romance : retrouver Hiéléna qui allait être bien contente de revoir son fiancé. Rendre vraie cette vision où un Ionas bedonnant et entouré d'enfants poserait avec elle sur la photographie monochrome qu'on trouve sur la commode d'un foyer prospère.

Le cheval s'écarta des rails. Sentant que le sang s'écoulait par sa jugulaire, il roulait de grands yeux et il commença de tourner sur lui-même. Ionas, dans un demi-sommeil, rêvait de Hiéléna. Son destrier, exprès ou pas, galopa contre une branche très basse qui lui mit la tête en sang et parvint à le désarçonner. Brusquement arraché à sa proie, le jeune soldat tomba en arrière sur la voie ferrée. Son crâne manqua d'éclater au contact des rails. Le cou du cheval cracha dans l'atmosphère une gerbe de sang, un sabot heurta les pierres à quelques centimètres du visage de Ionas. Puis l'animal repartit au galop. Dans un mouvement fulgurant qui tenait plus du réflexe que de la décision, le cavalier s'agrippa à l'une des pattes antérieures de l'animal terrifié. Malgré sa blessure, sa maigreur et son épuisement, le cheval se cabra à nouveau puis redoubla de vigueur. La vue de cette goule en haillons accrochée à sa patte comme une gigantesque tique lui conférait une énergie désespérée. Il basculait, cognait dans le vide, claquait ses grandes dents rectangulaires en direction du parasite. Aucun humain ordinaire n'aurait ainsi pu coller à la patte d'un cheval au galop, planter ses griffes dans la peau étique de la bête et l'escalader, s'aider des pieds et des crocs. Ionas se regardait faire en s'effrayant de ses nouveaux pouvoirs. Chaque ruade l'incitait à griffer plus profond, à mordre davantage. Il découvrait avec terreur qu'aucun saut de l'étalon ne lui faisait lâcher prise. Mais le sentiment de faiblesse extrême revenait, et l'ascension de l'équidé fut un combat interminable. Il progressait centimètre par centimètre. Le cheval roulait des yeux pleins de détresse. Il redescendit vers la rivière et tenta d'y noyer son parasite en plongeant dans l'eau marécageuse. L'insecte gigantesque grimpait inexorablement le long de sa cuisse. La tête de Ionas bringuebalait. Un observateur aurait pu croire qu'elle allait se détacher sous la violence des ruades.

Au bout d'une éternité, Ionas parvint à enserrer de nouveau le cou rachitique de sa monture. Ses mains longues et maigres se rejoignirent de part et d'autre de l'encolure. Il remit sa bouche sur la plaie et Ionas absorba à petites lampées le sang de sa victime. Comme apaisé, il s'endormit. L'étalon avait retrouvé la voie de chemin de fer. Il galopait à présent, comme hypnotisé.

V

Elle n'avait pas trouvé les clés de ses menottes. Dans l'obscurité, Mérij ne voyait qu'avec le bout des doigts. L'officier disposait d'un couteau, d'un grand sabre, de plusieurs boutons de manchette (une paire de rechange dans la poche ventrale). Afin de trouver un outil qui permettrait d'ouvrir ses bracelets de fer, Mérij poussa plus loin l'examen du cadavre. Malgré l'angoisse, elle tirait un certain plaisir de ces investigations tactiles. Au moment où ses mains s'enfonçaient dans les plaies en particulier. Elle se demandait si elle avait perdu la raison. « Non, se justifia-t-elle. Ces trous, c'est mon œuvre. C'est la première fois que je fais usage d'une arme à feu. Dans le noir en plus. Pas mal. » Au fond de la blessure, une paroi organique. De l'os ? Du cartilage ? Elle s'autorisa à pousser à fond. Il y eut un craquement. Mais rien d'à proprement parler jouissif. Pas de porte ouverte vers un potage de boyaux dans lequel touiller franchement. En quête d'une aiguille que le soldat aurait ingérée. Elle songea à faire une fois encore usage du Lüger pour démolir les bracelets, mais la déflagration aurait attiré du monde. « Pas sûr. Les parois du wagon sont solides », se disait-elle. À l'aide du sabre, protégé dans son fourreau métallique, elle tenta de désolidariser du mur la barre d'acier où pendaient les menottes. Peine perdue. « Vraiment, se lamentait-elle, quel dommage qu'il n'ait pas avalé une épingle à nourrice ! »

Pour des raisons obscures, Mérij était joyeuse. Jamais elle n'avait espéré survivre à la rencontre avec le jeune gradé. Chaque seconde lui paraissait un cadeau. Les idées lui venaient avec une grande clarté. Elle ne pensait pas vraiment qu'elle parviendrait à s'enfuir. « Je ne suis qu'une paysanne pas tellement guerrière. Il y a toute une armée autour. Le temps qu'ils s'inquiètent de l'absence du petit chef et ils ouvriront le wagon. Ils vont me massacrer. Je rigolerai pour leur faire peur. Par patriotisme. Ils se diront "Les gens de ce pays sont fous, partons !" Quel dommage qu'il n'ait pas avalé d'aiguilles, mon soldat troué. » Puis elle songea aux décorations militaires. Ses doigts retournèrent à la vareuse et repérèrent une quantité considérable de breloques hérissées de croix, d'aigles, d'étoiles, chacune accrochée au vêtement par une longue épingle à nourrice.

En peu de temps, il n'y eut plus de menottes. Enfin libre de ses mouvements, Mérij vola les chaussettes du soldat, ses caleçons longs, ses pantalons et ses bottes cirées. Rien de tout ça n'était à sa taille. L'odeur de son violeur la rendait malade, mais elle avait décidé que les envahisseurs ne la verraient plus nue et qu'elle n'aurait plus jamais autant froid aux fesses.

Toujours par respect pour l'Empire russe, l'Ukrainienne trouva le temps d'arracher les brassards, manchettes et épaulettes prussiennes de la vareuse qu'elle enfila avant de jeter sur ses épaules la cape de loup du soldat assassiné. Elle avait procédé avec vélocité, comme un rongeur pressé de cambrioler un garde-manger qu'auraient gardé de nombreux chats. La gamine finit par trottiner jusqu'à la porte du wagon. On ne percevait rien du monde extérieur. C'est seulement à cet instant qu'elle songea à allumer la lumière. Le wagon constituant un espace parfaitement hermétique, ça ne pouvait pas attirer l'attention du dehors. Il ne lui fallut que quelques instants pour atteindre l'interrupteur. Un claquement métallique se produisit lorsqu'elle le poussa vers le haut. La lumière inonda le compartiment. Elle eut alors la vision instantanée et concrète de son crime, et de l'autre cadavre. D'un côté de l'habitacle en fer bleuté gisait le soldat émasculé et criblé de balles qu'elle venait de détrousser. À l'autre bout, la tête réduite en bouillie par un coup de Lüger, reposait le prisonnier russe. Sa propre urine était répandue au sol, flaque de confiture collante et parfaitement visible sous la lumière électrique, se mêlant à des flots de sang. Mérij sentit que ses mains ne lui obéissaient plus, que ses dents commençaient à claquer et que, faute d'une décision rapide, elle n'allait pas tarder à pleurer ou à tomber dans les pommes.

L'Ukrainienne éteignit bien vite la lumière. Dans l'obscurité revenue qui convenait mieux à la situation, elle alla faire les poches de l'autre mort : une ceinture, une toque de fourrure tombée au sol. « Pas le temps de la nettoyer. Il ne faut pas avoir froid, se disait-elle. Je ne sais pas quand ils vont ouvrir, mais lorsqu'ils entreront, je devrai être prête. » À quoi ?

Elle ignorait s'il restait des balles dans le pistolet de l'Allemand. « C'est parce que je crois en la Vierge que j'ai été sauvée, mais je ne sais pas si ça suffira pour que cette arme m'obéisse de nouveau. Les lames, oui. Les lames je connais : saigner un lapin ou un soldat, quelle différence ? » Elle rangea le Lüger dans sa ceinture russe. D'une main elle brandissait le poignard de guerre et de l'autre le sabre de cavalerie sorti de son fourreau. Puis elle se mit à rire.

— Pourquoi j'attends ? Je ne suis pas enfermée !!!

Elle venait de se rappeler que son bourreau avait verrouillé le wagon de l'intérieur. La fugitive agrippa la poignée métallique de sa prison roulante, trouva le trousseau de clés enfoncé dans la serrure, lutta quelques instants avec ce mécanisme et un abominable grincement de ferraille se produisit.

Aucune réaction ne vint de l'extérieur. Prudemment, elle entrouvrit un peu la porte coulissante. Il faisait grand jour. Le train était arrêté en pleine campagne. Du côté de la voie où donnait l'ouverture, on ne voyait personne. Un silence complet régnait alentour.

S'imaginant que la garnison était occupée à d'autres tâches, Mérij se jeta à droite de la voie dans un petit ravin. À trois mètres d'elle, barrant la route qui menait aux sous-bois, étaient assises deux sentinelles, la tête sur les genoux. Retenant son souffle, la gamine rebroussa chemin vers le train, ne comprenant pas bien comment les deux soldats avaient pu ne pas la voir...

Elle se retrouva à nouveau sur la voie de chemin de fer. À quatre pattes, elle se pencha sous le wagon et jeta un regard de l'autre côté. Alors elle comprit : dans l'éblouissant soleil du matin, parmi le bourdonnement des mouches, au milieu des chevaux et des ustensiles de leur campement, tous les hommes du régiment étaient morts.

D'abord méfiante, Mérij crapahutait de plus en plus vite d'un cadavre à l'autre. Certaine qu'il n'y avait plus âme qui vive alentour, elle se remit à rire très fort.

La plupart avaient été surpris dans leur sommeil, la trachée et la carotide affreusement arrachées. Leurs dépouilles gisaient au milieu d'un enchevêtrement de casseroles, d'effets personnels et de piquets de tente. Certains avaient encore les pieds dans leur sac de couchage. On aurait dit qu'ils avaient tous fait le même cauchemar : une armée entière à cheval qui piétinait leur campement. Et avant qu'ils aient pu se frotter les yeux, ils avaient tous succombé. Mérij virevoltait de l'un à l'autre, tête en arrière comme une derviche. Elle regardait bien en face le disque blanc du soleil, riant à gorge déployée.

Épuisée, hilare, elle finit par entrer dans le train blindé et retrouva les mêmes blessures, et les traces d'une razzia récente. Le wagon hermétique l'avait privée d'une bataille mémorable. Certains raffinements, comme par exemple des pendaisons au bout d'un fouet, lui étaient familiers. On pouvait se réjouir, car il s'agissait d'un travail totalement cosaque.

Les mystérieux assaillants avaient également volé tout ce qu'il y avait à prendre. Sauf le train lui-même. « Mes compatriotes sont-ils trop arriérés pour conduire un véhicule moderne ? » s'interrogea la gamine.

Elle se rendit dans la cabine du conducteur dont les bottes sortaient du fourneau de la locomotive. Le pauvre ingénieur achevait de se consumer dans le ventre de sa machine. Mérij tourna par jeu quelques roues métalliques. Aucune vapeur distrayante ne vint chanter à ses oreilles. Elle donna deux coups de crosse sur la cloche dorée pour faire ses adieux au train et partit en sautillant le long des rails. Les chevaux ne manquaient pas autour du massacre. Elle choisit le mieux nourri et en fit son compagnon d'errance.

— Suivons les traces des cosaques, proposa-t-elle au canasson qui ne fit rien pour s'opposer à ce projet.

La petite paysanne ne pouvait pas deviner ce qui s'était passé. Ionas avait bu la nuit précédente assez de sang d'étalon pour retrouver des forces. Il était parvenu à s'asseoir presque normalement sur sa monture. Le sang lui ressortait par les narines et les yeux, le masque facial déformé par un rictus de nouveau-né. Suivant la voie de chemin de fer flambant neuve, le cheval et son maître avaient abordé un village mille fois envahi. Une de ces bourgades dont on avait depuis longtemps massacré tous les juifs et où l'on était obligé, à chaque attaque, d'assassiner d'innocents orthodoxes. Ce village au nom oublié avait été plusieurs fois russe, allemand et polonais. Il abritait cette nuit-là un régiment cosaque. Les gradés s'étaient installés dans la ferme du maire et violaient sans y prendre un plaisir excessif son épouse, ses domestiques et ses enfants les moins blessés par les attaques récentes. Les hommes du rang, afin de tromper l'ennui, jouaient avec la populace et le bétail. Ils tiraient à bout portant dans la tête des volailles. Pour varier les occupations, ils farcissaient les veaux et aussi certains paysans de liquide inflammable, y mettant le feu ensuite. C'étaient de pauvres soldats humiliés n'ayant plus guère l'espoir d'inquiéter l'armée allemande suréquipée. Ils passaient donc leurs nerfs sur la population civile. Deux Tatars s'amusaient avec la soupe d'une vieille, lui en versant une cuiller tantôt dans la bouche, tantôt dans les cheveux.

— Un gradé, fit celui qui tenait la soupière.

Son camarade interrompit son geste, cuiller levée, tandis que la vieille louchait vers le liquide comme un oisillon à la becquée. Il venait d'apercevoir le cavalier à la face barbouillée de sang.

— C'est un des nôtres.

On s'attendait à ce que ce jeune officier très raide mît pied à terre, les rejoigne et demande la meilleure piaule eu égard aux décorations qui tintaient sur son poitrail. Mais le nouveau venu, trottant doucement, passa devant eux sans leur faire l'honneur d'un regard. De toutes parts, les cosaques cessaient leurs activités et fixaient cette silhouette phtisique, sanguinolente, les cheveux aux deux tiers arrachés, la mâchoire disjointe et l'uniforme en loques. Il traversait le camp sans s'arrêter.

— Un raid de nuit ! dit un idiot.

Une clameur suivit. Les hommes rêvaient d'héroïsme, de folie et de revanche. Chacun sauta à cheval et emboîta le pas à l'étrange cavalier.

— C'est un diable ? demanda un ignorant.

Et la chiourme s'enthousiasma pour cette idée. Les officiers virent passer sous leurs fenêtres cet imposant cortège mené par un homme dont toute la face n'était plus qu'une plaie béante. Ils fermèrent aussi vite que possible leur braguette à boutons, saluèrent de façon réglementaire et se précipitèrent en bas pour suivre le mouvement. Un soldat sortit un sabre. Tous l'imitèrent. Puis un hurlement retentit, poussé en même temps par toute la Sietch. Et Ionas dormait, encore enivré par le sang de sa monture.

On cognait du talon les ventres vides des chevaux. La masse guerrière accélérait. Galvanisé, l'étalon de Ionas continuait de mener la troupe. Essayait-il encore de fuir ? Ionas psalmodiait, comme en rêve, des prières hébraïques. Il n'avait conscience de rien. L'air glacial allumait aux yeux des soldats une lueur gourmande. Ils hurlèrent et se mirent à charger au triple galop. Un cavalier lucide osa demander qui on était en train d'attaquer. En pleine nuit ? Sans autre éclairage que la lune ? Le long d'un chemin de fer qui ne pouvait mener qu'à une forte concentration d'ennemis ? Personne ne l'écoutait.

Derrière le train blindé, une sentinelle allemande considérait sa situation comme la planque idéale. Jamais quiconque n'avait attaqué un convoi ferroviaire ainsi bardé de mitrailleuses et de canons. Ils n'avaient croisé depuis plusieurs semaines que des clochards mettant plus d'énergie à fuir qu'à se battre. Lassé par la puanteur des wagons, le commandement avait autorisé les hommes du rang à former un campement dans l'herbe grasse et à dormir dehors. Malgré une mince pellicule de neige, les températures printanières autorisaient de telles dispositions. Le soldat alluma sa longue cigarette fichée dans un tube en ambre. Les yeux mi-clos, il s'emplit les poumons de la première bouffée et expira par les narines. Puis il ouvrit grands ses yeux… Sabre au clair, une centaine de cosaques galopait vers lui, les rênes coincées entre leurs dents, un pistolet dans une main et l'épée dans l'autre. Les sabots des chevaux produisaient sur le ballast d'innombrables feux follets. À leur tête chevauchait un homme raide aux allures de cadavre qui semblait attaché à sa monture. Lucide et professionnel jusqu'au dernier souffle, le soldat allemand calcula qu'il avait le temps de mettre en bouche son clairon et de souffler au moins une bonne fois pour donner l'alerte. Il toussa un peu : la cigarette. « Mes camarades ne pourront rien faire, se dit-il dans un clignement de paupières. Ils se feront saigner le cul dans leurs sacs de couchage, mais j'aurai accompli mon travail, j'aurai donné l'alerte. Je n'ai pas le temps de retirer mes gants. Juste de porter le clairon à ma bouche. » Avant d'expirer, la jeune sentinelle crut voir le chef des cosaques se dresser à pieds joints sur son étalon, sourire du sang plein la bouche et les yeux fermés, puis s'envoler dans le ciel froid pour lui piquer son clairon.

VI

Par un mouvement réflexe malencontreux, Caïn venait de détruire d'un coup de pied l'accoudoir du canapé qui lui servait de lit. Le genre de ruade qu'on donne ordinairement quand le sommeil nous prend ; ça lui venait au réveil, bizarrement. Le colosse blond jura en russe, se déplia, rota, constata une forte envie de pisser mais préféra commencer par réparer l'accoudoir. Il était encore nu. Un des chats de Hiéléna vint sans autorisation se frotter à ses organes reproducteurs. Caïn le saisit par la queue et produisit un effort louable pour ne pas le faire tournoyer au-dessus de sa tête. Il contempla la porte en bois peint contre laquelle il eût aimé envoyer exploser le chat. Il imagina la tache que l'animal aurait dessinée et le bruit étouffé qu'eût produit cette bestiole en retombant par terre. Il se dit qu'un garçon habile comme lui aurait pu sans difficulté viser la poignée en faïence. Le chat, ignorant qu'on rêvassait au son qu'aurait produit sa petite tête en se brisant contre un bouton de porte, repassa près de Caïn qui se força à le caresser.

— J'ai bien dormi, dit-il au chat.

— Miaou !

— Oui, le lendemain de la mort de mon frère, c'est mal d'être tellement reposé.

— Miaou !

— Tu ne me juges pas, c'est très aimable.

Pendant ce temps, à l'extérieur, comme souvent lorsque des bandits venaient chez lui, le père de Hiéléna s'excusait d'exister. Il enfonçait son menton dans le thorax, agitait les mains comme s'il remplissait d'invisibles boîtes, et trottinait de la porte de sa maison à la grille ouverte du jardin. Malgré ses gestes accueillants pour le type qui ouvrait largement son portail, il rêvait que ce visiteur n'entre pas.

Caïn observait, derrière la lucarne de l'atelier où il avait si bien dormi. Depuis l'étage, derrière son rideau, Hiéléna regardait Caïn.

— Si je t'avais écrabouillé, chat, elle m'aurait vu.

— Miaou !

— Je vais pas te remercier non plus.

L'arrière d'un camion rouge apparut soudain. Il manœuvrait afin que sa remorque pénètre dans l'allée. Debout parmi le chargement, le brigand qui avait ouvert le portail actionna un levier, et un éboulement de pastèques se répandit dans le jardin. Trois explosèrent contre les cailloux. Une vingtaine d'autres se répandirent partout autour du père.

— Merci, dit Reb Mordechaï d'une voix tremblante.

— C'est pour ta fille, répondit le bandit.

Puis il sauta du camion, une mandoline en main, et l'offrit au vieux.

— C'est aussi pour ta fille. Elle aime la musique.

— Merci, dit le papa, mais…

— Tu ne veux pas de mes cadeaux ?

— Non, non, c'est très bien.

Caïn avait dormi au milieu d'instruments semblables dont le vernis n'était pas encore sec.

— On lui vole ses affaires, dit-il au chat, on les lui rapporte, et il dit merci.

— Mrrrrr !

— Toi, non, tu ne peux rien faire, mais moi si.

Il avait encore très envie de pisser. Le brigand, à l'extérieur, expliquait qu'il avait eu vent de la mort tragique de Ionas. Ainsi Hiéléna était veuve avant que d'être épouse. Il fallait faire quelque chose. Lui, lieutenant favori de Mishka Yaponchik, il était généreux… Caïn apparut sur le pas de la porte. Pieds nus. Seulement vêtu d'un caleçon long et sur les épaules sa redingote de juif observant.

— Vole-lui donc sa fille, en plus des instruments !

— …

— Après, tu la lui rapporteras et il dira merci.

— …

Caïn marchait vers le voleur.

— Non, tout va bien, c'est un invité, il n'est pas d'ici, s'excusa le père auprès du brigand comme s'il était en faute.

— Tu ne sais pas qui on est ? fit le voleur.

Caïn continuait de marcher vers lui.

— Si tu ne sais pas, on te pardonne. Il y a encore une toute petite chance qu'on ne te tue…

Caïn lui envoya un coup du plat de la main. La claque résonna dans tout le quartier. Le voleur, l'oreille rougie, tomba au sol en rageant. Des oiseaux s'envolèrent. La victime mit la main à sa ceinture. Le pied nu de Caïn lui défonça le ventre, l'empêchant de saisir son arme. Puis Caïn lui dansa sur la tête. Il avait toujours envie d'uriner. Mais Hiéléna regardait d'en haut, l'empêchant de faire subir à sa victime cette humiliation supplémentaire. On pisserait sur autre chose. Plus tard.

Le second bandit, celui qui conduisait le camion rouge, avait enfin compris que les choses tournaient mal. Il se ramena avec un grand fusil. Caïn prit l'arme de l'homme à terre, son genou comprimant toujours la carotide du vilain, puis il arma le chien du revolver et visa l'homme au fusil.

— Ce sont les hommes de Mishka Yaponch…, glapit le père, comme s'il pouvait encore rattraper les choses.

BLAM !

L'oreille du deuxième truand vola vers le haut d'un arbre. Son sang gouttait sur l'écorce vert émeraude d'une pastèque.

— NE TIRE PAS ! lui hurla Caïn. Ou je tire à nouveau et tu as vu, je suis maladroit, je suis désolé ! Tu penses bien que je ne voulais pas te toucher, et à présent ton oreille est avec le Seigneur. Viens, viens frère…

Mais en disant cela, c'est lui qui s'approchait. Caïn saisit le fusil du blessé, le jeta en l'air puis attrapa le malheureux par ce qui lui restait d'oreille avant de le jeter au sol sur son compagnon.

— Je te prends par cette oreille-là, parce que j'ai ABSOLUMENT besoin que l'oreille valide entende. Ce que vous faites, c'est MAL.

— Nous sommes les hommes de Yaponchik, gémit celui d'en dessous.

— Des hommes, oui, je ne vous reproche pas le vol, c'est normal, c'est humain. Vis-à-vis des hommes, qui peut vous juger ?

— Tu vas…

— Je suis observant ! Je dois prévenir un frère quand il commet un péché. Ce que vous faites, c'est mal aux yeux de Dieu ! Vous courtisez une fiancée. Dieu me…

— Le fiancé est mort.

— Ça m'étonnerait, répondit Caïn.

— Il est mort, tout le monde le dit.

— Le fiancé a le pied sur ta gueule.

De son étage, Hiéléna sentit une bouffée chaude monter de ses orteils à son cuir chevelu. Comme personne ne regardait, elle se ficha les pattes sur le bas-ventre, grattant les poils, caressant les muqueuses, avant de se renifler les doigts : félicité.

— Je l'épouse demain, poursuivait Caïn.

— Non. Demain, c'est shabbat, osa le père.

— Je l'épouse après shabbat. Tu peux venir, tu peux amener tes brigands. Faites-nous des cadeaux, bénissez-nous, soyons amis.

Les voleurs se levèrent, couvrirent la luzerne de regards mauvais, s'aidèrent mutuellement à marcher avant de glisser sur une pastèque. Ils grommelaient des menaces inintelligibles.

— Non ! Vous n'allez pas vous venger ! Vous n'allez pas nous tuer ! Mon armée est plus grande que la vôtre et vous offensez Dieu. Allez-vous-en. Je suis de la maison du rabbin Shneerson, le rabbi vous bénit, je vous bénis, allez vous faire enculer, venez à mon mariage !

Ils partirent avec leur camion rouge. La mère et la tante sortirent de la maison pour nettoyer les pastèques fracassées et récolter celles qui étaient intactes.

— Pardon, s'excusa Caïn, j'aurais aimé faire ma demande de façon plus officielle. Mais mon frère aimait Hiéléna. Et si ces rats savent qu'elle reste disponible… donc… après shabbat… vous consentez ?

— Moi je suis d'accord ! cria Hiéléna en ouvrant grande la fenêtre de sa chambre.

— Mais…, bafouilla le père.

— Quoi ? demanda Caïn.

— Tu veux l'épouser dès la fin de shabbat ?

— Maintenant que c'est dit. Si on revient sur ce que j'ai dit… pourquoi ? Vous ne voulez pas ?

— Tu te rends compte que tu vas célébrer des noces moins de huit jours après la mort de ton frère ? Ça signifie que…

— Que le deuil ne sera pas terminé, ajouta la mère.

— Tu vas l'épouser avec la chemise encore déchirée, glapit la tante. Ça portera malheur.

— Je préfère nous protéger des vivants, répondit Caïn. Les morts, on s'en arrangera.

Silence terrorisé des vieux.

— Ionas aurait compris. Il aurait fait pareil, ajouta Caïn dont les pieds nus crissaient dans la neige.

— Miaou !

— Même le chat est d'accord, ajouta-t-il pour détendre l'atmosphère.

Hiéléna arriva au rez-de-chaussée, embrassa furtivement ses parents et se jeta dans les bras de Caïn. Heureuse. Le visage dépourvu de larmes. Caïn posa de façon protectrice et digne la main sur la tête de la jeune fille, comme un Cohen qui bénit pour Kippour. Sous la ceinture en corde de son caleçon militaire, un début d'érection le disputait à l'envie d'uriner. « C'est drôle, pensa Caïn, comme elle était stricte avec Ionas et comme dans mes bras elle se libère. »

— Ne touche pas la mariée avant les noces, menaça la tante.

— C'est de ma tante Rifkè qu'il faut se méfier, avertit Hiéléna dans un rire insouciant. Les autres périls, mon époux m'en protégera.

La journée passa vite, sans événement notable. Avant le coucher du soleil, derrière chaque fenêtre de la Moldavanka, apparurent les bougies du shabbat. Deux veilleuses dans chaque maison, comme des yeux qui guettent, qui protègent ou qui attirent ; des phares dans les vagues, narguant les vaisseaux à la dérive.

Alors que la nuit était bien entamée, à moins d'un jour de cheval d'Odessa, Ionas reprenait conscience. On lui avait ouvert la bouche et on l'avait remplie d'ail et de pierres. Il mâcha un moment, puis recracha tout. Il portait au front une couronne d'épines. Une couverture à pompons emmaillotait ses épaules. Son buste peinait à se mouvoir, immobilisé par une lourde croix de fer forgé. « C'est très joli, pensa-t-il. Ils m'ont décoré comme un œuf de Pâques. »

De fait, on avait érigé un véritable mausolée constitué d'objets de culte orthodoxes, d'urnes, d'offrandes. Et Ionas allongé au-dessus, tel Sardanapale.

— C'est très aimable de ne pas y avoir mis le feu, dit-il bien fort.

Sa voix résonnait, claire, séduisante, plus assurée, sans doute, que de son vivant. Surpris par l'écho, Ionas leva le nez pour s'apercevoir qu'on l'avait fichu dans une synagogue.

— Ah, finalement, même mort, ils me voient toujours juif, marmonna-t-il. Et les croix ? C'est pour me soigner ? Je ne me souviens de rien.

Il se rappelait juste avoir sauté dans la bataille. Quelle bataille ? Elles se mélangeaient, mais le joyeux sentiment d'avoir bondi, tué, vaincu, tout ça lui plaisait beaucoup.

Il fit tomber la croix de fer, ce qui provoqua un grand vacarme, puis le silence revint. Il entreprit alors de descendre du mausolée sans le faire s'écrouler, prêtant attention aux urnes, aux plantes et aux assiettes. À force de mouvements précautionneux, il se vit quitter le sol. Son ombre, sous lui, prenait de la distance. Il constata, avec délectation, que son nouvel état lui autorisait de belles libertés avec les lois de l'attraction. Il se cogna la nuque contre une poutre, remit pied à terre et marcha en conquérant dans le temple abandonné. Il eut un renvoi de sang, se tacha un peu la vareuse et remarqua à cette occasion que ses soldats l'avaient habillé de frais, comme un prince en uniforme. « Ne gâchons pas cette belle nuit, se disait-il. Qu'a-t-il pu se produire ? Sans doute ont-ils eu peur de mon état. Mais ils étaient reconnaissants parce que je leur ai fait gagner une petite guerre. Ou bien m'ont-ils pris pour la mort elle-même ? Et ils ont eu peur que je me venge s'ils me brûlaient comme ils font avec les rabbins. Moi-même, je suis assez peu avancé au sujet de ma condition actuelle. Les anges volent, non ? Je suis peut-être ça. Avant la naissance, on est un ange, paraît-il… Omniscient. On sait tant de choses qu'un autre ange nous fiche un doigt enduit de lave au-dessus de la bouche. Par cette brûlure, il nous cautérise le savoir et l'on ne connaît plus rien. On naît à l'état de ver aveugle et sot, n'espérant que l'amour pour faire cesser nos beuglements. J'ai bien l'impression, sans en concevoir orgueil ni triomphalisme, qu'on m'a renvoyé dans les séjours angéliques », se félicitait le vampire. Et tandis qu'il franchissait le seuil d'une autre pièce, il la vit…

Mérij, ses vêtements arrachés, uniquement recouverte du manteau militaire russe qu'elle avait volé, gisait écartelée, le visage contre le parquet du temple. On s'était amusé avec elle, puis elle avait expiré. Une offrande supplémentaire pour lui ? Il s'accroupit près d'elle et il la reconnut avec certitude. Il se demanda si dans sa folie sanguinaire il avait pu causer son trépas. Il ne se souvenait de rien.

— Les soldats ont fait ce travail quand je dormais, Mérij, murmura-t-il. Je n'aurais jamais toléré ces débordements. Tu dois pardonner mon impuissance. En ce moment j'ai le sommeil très lourd. Je crois que je suis un ange. Il me semble que je suis capable de te faire vivre à nouveau. Je crois que mes prières ont acquis une nouvelle puissance. Lorsqu'on n'est pas un ange, on se borne à prier pour remercier. On t'assassine et tu dis « Merci, Élohim, ça aurait pu être pire ». Moi, Mérij, je crois que j'ai acquis le pouvoir d'interpeller le Très-Haut.

Il l'embrassa sur le front.

La jeune fille avait le visage tuméfié et du sang au coin de la bouche. On lui avait cassé le nez. Son ventre et ses côtes portaient des traces de coups de poing. Au lieu de chercher dans sa mémoire s'il avait un souvenir de ce massacre, Ionas ressentit une petite satisfaction : « Ouf ! Ce n'est pas Hiéléna. » Après quoi, éprouvant une réelle culpabilité d'avoir eu une telle pensée, il résolut de réparer la poupée brisée. « Si ça n'est pas moi, ce sont les soldats qui m'ont suivi. D'une façon ou d'une autre, je n'y suis pas pour rien. Pardon, Mérij. Mais j'ai une magie dorénavant. Utilisons-la sur toi, même si je ne sais pas bien comment. »

Il souhaitait la rendre semblable à lui, résistante à la mort, sans se demander si c'était vraiment un sort enviable.

— J'ai le droit de faire des caprices ! Dieu est désolé de ce qui se passe. Il souhaite se rendre utile, il ne peut pas se montrer, ça briserait le charme. Zeus se transformait en pluie d'or, en taureau, en cygne… Mais notre Dieu est tellement orgueilleux qu'aucune femme n'est plus assez bonne pour lui. Il ne viendra pas pour toi, Mérij. Alors, je crois que nous devons faire l'opération à sa place, nous, les anges. Je dois… je ne peux pas te mentir, je ne sais pas encore ce que l'Éternel attend de moi. En revanche, je sais ce que MOI je veux qu'il fasse. Tu entends, Saint-Béni-Sois-Tu ? Rends-la vivante ! Pourquoi elle ? C'est injuste, tant d'autres meurent, vas-tu dire. Oui, pourquoi celle-là ? Parce que ça m'aiderait, ça serait gentil, ça me ferait croire davantage. Je me dirais « puisqu'il a écouté mon caprice, je vais prêter l'oreille à sa loi et relire la Bible bien qu'elle déborde d'incestes, de viols, de mort et de vengeance ». Je me dirais « Dieu est un bon ami ».

Puis Ionas redevint humble et pria doucement. La supplique ressemblait très exactement aux psaumes qu'il disait de son vivant. Peut-être que rien n'avait changé, finalement. On se réveille transmuté en ange et l'on n'est guère plus avancé quant aux tenants et aux aboutissants du mystère cosmique.

Il prit Mérij dans ses bras et referma bien le manteau militaire sur sa peau blanche, comme s'il avait fallu encore lui éviter un refroidissement. Après quoi, le vampire sortit du temple, portant le corps de la jeune Ukrainienne, et s'envola avec elle. Il n'y avait personne pour le voir car les soldats, avant de partir, avaient pris soin de faire mourir tout le village. Des gamins dont on avait cogné le visage à coups de marteau, des barbes brûlées ; une fête dont les habitants avaient constitué le combustible s'était déroulée là.

Le manteau de Ionas claquait comme une voile de navire. Il vola plus haut. Ses bottes frôlèrent la cime des arbres. Il prit encore plus d'altitude, les yeux rivés sur le ciel, bien que la nuit fût aussi éblouissante pour lui que le soleil de midi pour des yeux ordinaires. Néanmoins, il finit par s'y habituer un peu et commença d'identifier les étoiles.

Le vampire se dirigea plein nord et, le cadavre au bras, vola sans but précis. Il avait le vent dans la figure et plus aucun cheveu sur le crâne. Ils s'étaient détachés pendant son sommeil. Ses oreilles membraneuses vibraient à chaque mouvement d'air. Les pieds nus de Mérij pendaient dans le vide, cent mètres au-dessus du sol.

VII

Il fallait faire shabbat avec cette famille. Caïn accompagna le père à la synagogue. Reb Mordechaï en fut très ennuyé car cette présence l'empêchait d'aller voir sa maîtresse en chemin. D'un autre côté, la proximité du gaillard le rassurait en cas de représailles de la part des bandits. Les malfaiteurs étaient déjà au temple, celui avec l'oreille arrachée et celui qui avait pris la claque. Ils se tenaient au premier rang puisqu'ils figuraient parmi les plus généreux donateurs de la communauté locale, ce qui leur garantissait le paradis malgré leurs crimes. Assis tout près d'eux, se trouvait leur maître : Mishka Yaponchik, le roi des brigands, qu'on appelait ainsi à cause de sa tête soi-disant japonaise. Le père les évitait du regard, n'osant même pas s'asseoir sur son propre siège. Caïn se dirigea tout naturellement vers eux. En bonne intelligence, il baisa la main de Yaponchik, lui remit discrètement un présent et lui demanda si l'invitation lui était parvenue, s'il serait là au mariage. Yaponchik sourit. Il avait ce nouveau venu à la bonne. Il empocha les billets, dit qu'il viendrait avec plaisir… et qu'il ferait un don. Ses deux lieutenants comprirent qu'ils n'obtiendraient jamais leur vengeance. Mais au moment où Caïn se relevait, Yaponchik lui saisit le bras, l'attira vivement à lui et lui fit remarquer :

— Il y a DEUX choses que je ne veux plus JAMAIS que tu fasses...

Les hommes pensaient qu'il allait (enfin) être question de leurs oreilles et de leur honneur. Caïn ne bougeait pas.

— ... Je ne veux jamais plus, poursuivait le roi des voleurs, que tu amènes de l'argent à la synagogue et je ne veux JAMAIS plus que tu portes le shabbat.

Les hommes étaient déçus. Caïn écoutait respectueusement. Yaponchik avait un bec-de-lièvre, des moustaches de chat et une tenue digne d'un guerrier satrape. De sa voix suave, presque enfantine, il précisa son credo :

— Je suis embêté ! J'ai tes billets, et c'est interdit de porter quoi que ce soit, le shabbat ! Et c'est interdit de manipuler de l'argent, le shabbat ! Et tu me fais faire tout ça ! Des péchés, tu me fais commettre ! Est-ce que je dois me venger de toi ? Tu le sais, que je suis un grand voleur. Je suis presque italien tellement je vole, et tu me fiches face à ce dilemme. Parce que avec Dieu non plus, je ne rigole pas : soit je transgresse en prenant ton fric, soit je le laisse ici. Et si je le planque là pour revenir le chercher à la fin du shabbat, il n'y aura plus rien. Même si je me creuse la tête pour cacher ça intelligemment. Les pouilleux d'ici n'ont que ça à fiche. Ils fouillent comme des termites dans du bois.

— Cette histoire est arrivée à un grand rabbin, répondit Caïn.

— Ça n'a rien à voir ! Les rabbins, ils sont fauchés. Les pauvres s'en fichent de l'argent ! Qu'est-ce que tu veux qu'ils en fassent ? Mais moi je suis fortuné et j'ai un rang à tenir, comme voleur et comme notable. Alors si je perds ton don, je transgresse et la loi des riches et la loi des voleurs. Note que je ne te dis pas ça par appât du gain. Ton don, c'est exactement la somme que je t'offrirai demain soir pour ton mariage. Je dis ces choses parce que tu es nouveau, pour que tu saches les responsabilités qu'il y a sous ma toque en fourrure. C'est très difficile d'être à la fois le plus grand brigand, le plus riche du district et un vrai croyant. Alors ton argent, j'en fais quoi ?

— Le rabbin…, osa Caïn.

— Merde, ton rabbin !

— Le rabbin dont je parle avait par hasard deux billets dans la poche. Il les avait découverts en plein office de shabbat, pendant la *parasha*. Il a eu le même souci que vous. S'il continuait de les porter, il devenait un pécheur, et s'il les laissait, on les trouverait.

— Et ?

— Et il a mis les deux billets dans son livre de prières, à la page de « tu ne voleras point », en se disant qu'on aurait peur de Dieu, et qu'après shabbat il retrouverait son bien.

— Ha, ha ! C'est une jolie plaisanterie, répondit Yaponchik, mais ça n'a pas pu marcher.

— Non, ça n'a pas très bien marché.

— On lui a tout volé ?

— Pas tout. Quand il a retrouvé son livre, il n'y avait plus qu'un seul billet. Mais le voleur l'avait déplacé. Il l'avait mis à la page où figure le commandement d'aimer son prochain comme soi-même.

Mishka Yaponchik éclata de rire, se leva malgré l'office religieux et embrassa Caïn. Ensuite, il mit l'argent dans sa bouche ; il y avait bien plus que deux billets ; il mâcha toute la somme, puis il avala.

— Ainsi, tu vois, je ne porte plus.

— Mais…

— Ne t'en fais pas ! Ce n'est pas moi qui vais trier ma merde. J'ai des hommes pour ça.

La prière reprit. Reb Mordechaï n'en revenait pas. Il éprouvait un mélange d'effroi et d'admiration pour l'inconscience de son futur gendre. S'asseyant près de lui, Caïn murmura :

— J'espère qu'il nous offrira d'autres billets que ceux-là.

— Qu'est-ce que je vais faire d'elle ?

Ionas somnolait en volant. Il parvenait juste à penser que Mérij était chrétienne, qu'il fallait lui offrir une sépulture respectueuse. « Si je souhaite qu'elle revive, je dois me faire bien voir de son dieu, songeait-il. On dit que c'est le même créateur, au sein de chaque religion, mais je crois que non. Il y a plein de dieux. Il faut avoir des égards pour leurs petites manies, comme on ferait avec les lubies des vieux, pour qu'ils se rendent utiles. Elle a besoin de croix. »

Ionas se souvenait d'un amoncellement, pas loin, une chose balte. « Les Lituaniens sont devenus chrétiens si tard qu'ils prennent ça très au sérieux. Leurs grands-parents sautaient encore autour des feux en priant des lutins, alors ils construisent des croix très puissantes», se répétait le vampire, l'esprit embué par la faim. Il lui vint l'idée que Mérij n'était pas un prénom très ukrainien. Et si elle était d'islam ? La probabilité de trouver un carré de tombes musulmanes en Petite Russie était très faible. Ionas préféra se dire qu'il y avait peut-être juste des origines turques et qu'elle s'était acclimatée. Elle était chrétienne, ça serait plus simple. Vite. Régler les formalités d'inhumation et aller boire du sang.

La colline des Croix lui apparut bientôt. Il l'avait gravie plusieurs fois de son vivant mais jamais jusqu'en haut, à cause des amoncellements de métal tranchant, rouillé, noirci par des décennies de pluie et de foudre. Y parvenir depuis le ciel rendait ce grand tertre plus praticable au visiteur. Vu de haut, c'était comme un volcan couvert de piques au milieu de la grande forêt. Les milliers de crucifix en fer forgé, ornés de rayons solaires, de formes pointues, tavelées, pouvaient passer pour des brindilles dont un oiseau monstrueux aurait orné son refuge. Ionas, pour descendre, opéra des cercles concentriques. Un crachin glacial commença à lui tambouriner sur la tête. Puis une bourrasque nocturne le précipita dans les branches d'un chêne monumental qui trônait au sommet de la colline des Croix. Il dégringola au pied de l'arbre avec le corps de Mérij et se mit à rire. Depuis son trépas, tout le bouleversait et l'amusait en même temps. Ce garçon sensible avait acquis une certaine conscience de lui-même.

Il présenta des excuses à la morte au sujet de l'atterrissage. Après quoi le vampire lui trouva un emplacement de terre meuble. Parmi les racines. Tout autour, comme les lances d'une armée, les croix baltes dissuaderaient quiconque d'approcher. « Personne, depuis des lustres, n'a posé le pied ici », pensa Ionas, satisfait. Un pan de tissu lui caressa la joue. Il leva le nez, regarda plus attentivement : au milieu du feuillage, pendus à chacune des branches, se balançaient une foule de gens. Pour certains, il ne restait que les os et la peau tannée, mais d'autres avaient encore des vêtements et de longs cheveux qui faisaient des nœuds dans les branchages. L'arbre semblait accablé par ces grappes humaines qu'on lui avait assujetties par le cou, comme des manteaux dans une penderie. Depuis longtemps, aucune bête ne s'était nourrie sur leur dos. Ionas pensa que certains étaient sans doute même plus anciens que les croix. « Peut-être que ce sont des saints à qui on a infligé un martyre collectif », songea-t-il pour se convaincre que c'était une bonne sépulture pour Mérij, qu'on allait vite en finir et ensuite chercher du sang frais. « Tu seras bien ici, Mérij. Et moi je dois faire des choses. Ma chérie, tu as beau être froide, si je ne bois rien dans les minutes qui viennent, je vais te manger toi. »

Il creusa profond pour qu'on ne la déterre pas et colla une grosse pierre sur la terre en guise de stèle. C'était dans un entrelacs de racines, juste sous l'arbre. Les feuilles et les pieds des défunts se mouvaient doucement au-dessus de sa tête. Il fit une prière afin que renaisse la petite Ukrainienne et se promit de venir la chercher bientôt. Puis il opéra un demi-tour sur lui-même, essuya la pluie de son visage et prépara son envol, narines dilatées, en quête de fluide vital.

— Dis donc, zut ! fit une grosse voix.

Ionas sursauta. Lequel des morts venait de lui adresser la parole ? Il scruta chaque visage.

— Qui a parlé ?

— J'ai dit zut ! Je suis pas un cimetière.

Les pendus bougeaient tous. Le vampire se prépara au combat. Il s'attendait à voir toute la multitude lui sauter dessus. Machinalement, il porta la main à sa ceinture et fut reconnaissant aux cosaques de lui avoir laissé ses armes. Il dégaina deux revolvers et les pointa vers la masse bruissante.

— Et tu vas faire quoi ? Me tirer dans les branches ?

Ce n'était pas les trépassés mais bien l'arbre tout entier qui lui adressait la parole, en grommelant.

— Pardonnez-moi, je ne savais pas où la mettre, c'est une fille bien. Vous n'allez pas lui faire de mal ?

— Et tu voudrais quoi ? répondit l'arbre. Que je la dévore ?

— Pardon. Je dois la reprendre ? Dites-moi ce que vous souhaitez. Vous êtes réellement un arbre qui parle ou bien c'est mon nouvel état qui favorise ce genre de perceptions inhabituelles ?

Mais l'arbre aux pendus avait replongé dans son mutisme. Seuls subsistaient le chant monotone de la pluie et les raclements de cordes des locataires du feuillage.

Le vampire repartit plein de perplexité. Il s'interrogeait sur les raisons de sa survivance. « Je suis encore sur terre pour Hiéléna, songea-t-il. C'est la seule explication. Je lui avais promis une vie satisfaisante, des enfants. Si on m'a redonné le souffle, c'est pour faire exister ce projet. »

L'idée d'un vampire père de famille ne le défrisait pas, puisque les arbres parlaient. Tout lui semblait possible. « Comment les choses se construisent-elles ? se demanda Ionas. Est-ce qu'il y avait au début un grand arbre au sommet d'une colline vide ? Et on s'est mis à y pendre les gens ? Et des autorités séculaires ont constaté que c'était joli, alors par conséquent on a pris l'habitude d'y enterrer les morts du coin ? Et après des années de croix en fer sur les sépultures, tout cet agencement s'est retrouvé presque inaccessible à pied ? Et c'était mon destin, bipède libéré du poids de son propre corps, d'aller y célébrer d'autres funérailles ? Ça ne donne pas un sens profond à l'existence, mais ça dit un petit chemin. Ainsi faudrait-il, malgré ma disgrâce, mon trépas et ma situation, que j'invente le chemin qui m'autorisera à mener ma vie comme c'était prévu. On dévie un peu de la route, mais on peut s'efforcer de reprendre notre place. Où est-ce écrit, que les anges comme moi n'ont pas droit à une famille ? » Il pensait à des choses agréables : un feu, du vin, des enfants à qui on dit « Ne reprends pas de pain ». Le sexe aussi. Il n'avait jamais obtenu de Hiéléna davantage qu'un baiser. Et encore. Sans la langue. Sans morsure sur les lèvres. Sans arrachage de la jugulaire et... Les images se troublaient. Il colorait en rouge les rêves les plus ordinaires. « Les vivants ont des crampes d'estomac en situation de famine, c'est supportable », se dit Ionas. Mais il découvrait que, dans son cas, même les nerfs optiques tournicotaient quand il avait besoin de se repaître. « Lorsque j'ai faim je vois différemment. Même mon imagination devient plus primitive », constata-t-il.

Les reliefs sinueux de la forêt se déroulaient sous ses pieds. Il volait à vingt mètres de haut, façon chiroptère, changeant de direction à chaque mouvement palmaire. Contrairement aux oiseaux, il ne planait jamais. Son vol relevait d'une chute perpétuelle, épuisante, les oreilles attentives aux bruits qui proviendraient d'autre chose que de la pluie ou du vent. Il fallait qu'il mange. Vite.

VIII

Un mariage, c'est une grange avec un drap au milieu, les hommes qui dansent d'un côté et les femmes de l'autre. Au bout d'un moment, on met les mariés sur des chaises, on les fait sauter en l'air et c'est fini. Chacun rentre chez soi.

Ionas ne vit rien de tout cela. Il n'eut aucun frisson dans l'échine pendant que son frère était porté à dos d'homme et rebondissait vers le plafond, tandis que Hiéléna lui souriait, comblée au-delà de ses espérances. Ionas avait laissé Mérij dans les racines de l'arbre. Quand il aurait mangé, il irait voir Hiéléna. Il comptait lui expliquer la situation. Il y avait bien entendu des inconvénients à sa condition nouvelle, mais il pouvait voler. Les filles sont sensibles à de telles dispositions, la littérature qu'on leur met dans les mains dès l'enfance les rend réceptives à l'éther. « C'est mieux que si je revenais les jambes coupées ou un bras en moins, tout de même ! » pensait le vampire. La faim donna un nouveau coup de poing dans sa carcasse fragile. Le même vide que la nuit précédente l'envahissait. Tous les conduits sanguins se tordaient en même temps, comme s'il y avait eu dans ses veines de l'air glacé et de minuscules cristaux aussi tranchants que des rasoirs. En un instant, son sang devint un filet de sable dur qui déchirait tout l'intérieur de son corps. Le vampire poussa un cri qu'il ne connaissait pas. Si l'on avait écrasé une scolopendre et qu'en expirant elle se fût vidée de son air, et si l'air expurgé avait traversé une crécelle, peut-être aurait-on obtenu un bruit semblable. Il se mit progressivement à moduler sa voix et prit un certain contrôle sur le chant. « Je parle une langue que je ne comprends pas, se désola Ionas. C'est vraiment inquiétant. »

Le vampire atterrit à l'orée d'un bois, à quatre pattes, et se griffa frénétiquement le ventre. « Ça rend supportable la douleur du dedans. » Au prix d'un gros effort, il se remit sur deux pieds. « Il faudra du sang avant la famine, dorénavant. Cet état de sable et de vide, je ne le supporterai plus », se répétait le malheureux. Il recommença son cri, moins fort : un chien s'approcha presque aussitôt. Ionas se dit que ça ne signifiait pas grand-chose. Les clébards viennent presque tous quand on les appelle, quelle que soit la langue employée. Celui-ci était un gigantesque griffon, appartenant vraisemblablement aux occupants d'une ferme que le vampire apercevait à portée de fusil. Lorsque le chien se retrouva face à Ionas, qu'il n'identifiait ni comme animal, ni comme être humain, il hésita sur l'attitude à adopter. Ionas découvrit ses dents et lui sauta dessus. Le griffon parvint à se dégager et s'enfuit en aboyant. Tordu par le manque, Ionas reprit une démarche de quadrupède et lui courut derrière. Il vola quelques centimètres au-dessus de l'herbe, retomba, prit un caillou sur le crâne avant de réussir à ceinturer l'animal. Le grand chien le mordit au visage. Ils luttèrent et ce fut la bête qui eut le dessus. Ionas était déchiré à la gorge et aux joues, son uniforme militaire dégouttant de la bave du molosse. Le soldat ressuscité saisit un revolver à sa ceinture et fit feu dans le ventre de l'animal. La déflagration le déstabilisa. Ses nouvelles oreilles ne supportaient pas un tel vacarme. Il faudrait s'en abstenir désormais.

Quelques centaines de mètres plus loin, à la ferme, on avait entendu et le chien et le pistolet. Ionas avait toujours autant faim. Il trouvait la situation absurde. Se cacher dans les fourrés, chanter des mélopées de type babylonien pour attirer ses victimes... Il lui sembla qu'il avait pris la chose de façon désordonnée. Un peu de bon sens et de calme allait permettre de trouver une solution à tout ça.

Les fermiers, fusil au poing, avaient allumé des lanternes ; ils avançaient vers le bois avec précaution. Caché dans l'ombre, Ionas montra ses mains désarmées et fit quelques pas vers eux.

— Pardon, pardon.

On arma les fusils.

— J'ai fait peur au chien, excusez-moi.

— Vous êtes combien ? demanda un fermier.

— Rassurez-vous, répondit Ionas, mon régiment n'est pas là.

— Il est seul, tuez-le !

Les fusils claquèrent avant que Ionas ne puisse rien faire. Les projectiles métalliques lui traversèrent l'habit et l'épiderme. Il eut alors le sentiment que sa faim décuplait. Il se sentait encore plus vide par la faute de ces trous supplémentaires. Mais il ne tomba point, n'arrêta pas d'avancer vers les campagnards et, lorsque la lanterne éclaira sa figure, les moujiks s'enfuirent en braillant, la mine épouvantée. Le vampire, luttant de toute sa volonté pour rester dans des dispositions constructives, attrapa un des fuyards.

— J'ai des contraintes alimentaires !

Le moujik hurla de plus belle.

— Trouvez-moi un veau d'urgence, trouvez-moi un mouton, demanda le vampire.

Le paysan se débattait, c'était insupportable. Ionas céda aux injonctions de sa nature nouvelle et planta toutes ses dents dans la figure du malheureux qui fit enfin silence. Les deux lèvres du cultivateur, un morceau de sa langue et des reliquats de barbe rebondirent bientôt sur le givre du sol. Ionas se nourrissait au geyser que formait la gorge de sa victime. Le sang du moujik lui éclaboussait la tête et la vareuse. En se repaissant, lui vint la pensée romantique et satisfaisante qu'il était peut-être aussi en train d'absorber les souvenirs ou l'âme de sa proie. « Non, conclut-il très calmement. Ce sont des choses que j'invente afin de me donner de l'importance. Ce sont juste les odeurs qui me confèrent ce sentiment. Je ne bois pas des pensées, ni des symboles, j'ignore même s'il existe une âme là-dedans. Ce que j'absorbe est infiniment plus animal : je ne bois que du sang. »

À l'intérieur de la ferme, la riposte s'organisait. D'autres gens sortaient avec davantage de chiens, on voyait plus de torches et beaucoup de fusils. Et le jour pointait.

Le cadavre de sa victime pendouillant entre ses bras, la bouche barbouillée de rouge, Ionas tenta encore de justifier sa conduite. D'autres balles l'atteignirent et il dut sauter comme un crapaud vers ses assaillants. La bataille commença alors pour de bon. Le vampire ressentit une excitation de chien de chasse, suivie d'un trou de mémoire.

Il reprit conscience à l'intérieur de la ferme. Autour de lui, il ne put que constater le carnage. Des paysans de tous âges jonchaient le sol, le corps dévoré comme par des morsures de loup. Ionas était couvert de sang et un monstre lui faisait face en le dévisageant : crâne gris argent, oreilles déchiquetées, dents de brochet et yeux fendus de pupilles félines. Il tendit la main vers cette silhouette conchiée de sang et de viscères, « afin d'en avoir le cœur net », se dit-il. Ses doigts rencontrèrent la surface froide d'un miroir tacheté de brun et il se mit à pleurer. Chaque larme, gorgée de sang frais, ajoutait à son maquillage d'enfer. Sa tête nouvelle ne lui revenait pas. Par un singulier réflexe volontaire, il parvint à ne la plus voir. À la place de la goule moitié chat moitié requin, il ne distingua plus que du vide. À ses yeux, Ionas n'avait plus d'image. « Je ne peux pas aller visiter Hiéléna dans cette tenue. » Il fouilla chez les paysans et ne trouva que d'affreux vêtements de toile. « Si elle me croit ruiné, c'est encore pire. Il faut faire une lessive. »

Et le vampire retira tous ses vêtements militaires, prit la bassine qui servait de lessiveuse, lava tout à grande eau. Il brossa également son manteau et ses bottes, puis fit même de la couture. L'odeur du sang restait malgré ses efforts, mais il songea que ses sens étaient particulièrement aiguisés. Hiéléna ne sentirait sûrement rien.

Caïn baisait sa jeune épouse très brutalement. Il adorait savoir qu'elle était vierge. Il se fichait totalement que ça lui fasse mal ou peur. Les parents, en dessous, se bouchaient les oreilles.

Les premiers rayons du jour apparurent. Ionas mit son linge à sécher à l'intérieur de la ferme sur une corde. Puis il descendit à la cave, bloqua la trappe comme il put, amoncela plusieurs caisses trouvées là et s'y allongea. Le sommeil ne venait pas. À chaque fois qu'il changeait de position, il entendait des cliquetis de verre sous lui. Il ouvrit une des caisses et eut la joie d'y trouver un vin blanc alsacien. « Où ont-ils volé ça ? » se demanda-t-il. Il fit sauter le bouchon et tenta de boire, sans succès. Au passage du liquide, ses muqueuses digestives se craquelèrent ; il dut tout recracher et conclut avec déplaisir que son nouvel état lui interdisait les nourritures usuelles. Un coq se mit à chanter, seul survivant du massacre. Ionas sombra enfin dans le sommeil.

Hiéléna n'avait pas trop aimé la nuit d'amour. Caïn dormait bien, elle non.

« Et si je la tue sans faire exprès ? pensa Ionas au réveil. Ce sont mes pertes de mémoire qui m'inquiètent. Lorsque ça devient tellement excitant, se nourrir, j'oublie les choses. »

Il sortit de la cave. Les cadavres, malgré le froid, empestaient déjà. Le vampire nu alla décrocher son linge. Il fit rougir du charbon, y mit un gros fer et commença de repasser ses affaires. Par bonheur, il trouva un nécessaire de couture, des chiffons et du gras pour ses bottes, il se sentit enfin présentable et retourna face au miroir : seuls les vêtements lui apparurent. À la place des mains et du visage, il ne voyait que le vide oxydé de la surface réfléchissante. « Il faut manger avant la faim », songea-t-il.

Il renversa les braises, mit le feu à du tissu et laissa derrière lui une ferme en flammes.

Ionas résolut de ne pas paraître face à Hiéléna tant qu'il aurait des trous de mémoire. Plusieurs nuits assez semblables se succédèrent. Avant la faim, il se cachait et commençait de chuchoter dans la langue de Babylone. Des mots d'avant l'invention de l'écriture apparaissaient dans ses chansons, sans qu'il pût expliquer d'où il les savait. Chaque nuit qui passait, il maîtrisait un peu mieux ses aboiements antiques, les changeant en mélopées tristes, presque inaudibles, comme des souffles attirants. Il planait ainsi, près des lieux de vie de la steppe : il chantait et les bêtes s'approchaient. Ionas apprit à les laisser venir puis à les mordre sans créer de terreur. Il fut très heureux, surtout, de parvenir à ne pas tuer. Sa condition lui semblait contrôlable et finalement pas si affreuse. Il s'inventa des commandements sur mesure :

– manger avant la faim, pour ne pas enrager,

– ne pas tuer,

– dans la mesure du possible, ne s'en prendre qu'aux bêtes.

Par une nuit où il n'avait plus faim, ayant hululé longuement son chant de Sumer et pris dans ses griffes une sorte de daim, parfaitement maître de lui mais hululant encore, il vit approcher un gamin pieds nus. Son chant avait eu le même effet sur le gosse que sur les animaux : les yeux ailleurs, d'une démarche de somnambule, le petit avait quitté son lit, la bergerie familiale, et il venait vers lui.

Dans des moments comme celui-là, on décide le vampire qu'on veut être. Ionas prit le petit par la main. Il sentait palpiter le sang dans tout l'organisme de l'enfant, il voyait le réseau veineux comme un maillage de routes lumineuses. Une nourriture infiniment plus inspirante que le sang des quadrupèdes. Ionas lâcha la petite main et s'envola. Puis, voyant depuis le ciel ce gosse livré à lui-même dans la clairière, il redescendit à ses côtés, le souleva du sol et l'emporta jusqu'à la bergerie. Personne ne le surprit quand il entrouvrit une fenêtre et traversa en voletant la demeure endormie pour coucher dans son lit le petit garçon. De ses lèvres grises, le revenant posa un baiser protecteur sur la tête de l'enfant et lui caressa les cheveux.

— Je ne suis pas le joueur de flûte de Hamelin, murmura Ionas avant de repartir. Et je suis prêt. Je peux maintenant me présenter à Hiéléna sans la mettre en danger. Je ne suis plus un méchant fantôme.

IX

Il toucha terre aux abords d'Odessa en se répétant qu'il fallait arriver à pied, toquer à la porte, ne pas susciter d'inquiétudes en débarquant par les airs. Son manteau militaire relevé au-dessus des yeux, le bonnet enfoncé pour masquer sa calvitie, les pointes d'oreilles bien rangées, Ionas marchait sur la route du bord de mer. Cela lui demandait un petit effort de concentration de ne pas décoller du chemin. L'état de vol lui devenait plus naturel que la mécanique ambulatoire. Quand personne n'était visible, il se fichait à quatre pattes, plaqué à terre, et effectuait des reptations puis des sauts de grenouille en apesanteur. Il avait une détente de criquet énervé quand il bondissait entre les pins parasols.

Il atteignit les grues du port industriel. « Il faudra emmener Hiéléna par ici, par souci romantique », se dit-il. À l'instar de bien des amoureux, Ionas ne doutait pas que, malgré ses nombreuses tares, on allait l'aimer. « Si je m'y prends bien, on passera outre à mes petites spécificités. Si je fais un effort, si j'y mets réellement du mien, on va vouloir de moi. » Il se mordait la lèvre inférieure et répétait en boucle: «Hiéléna, tu m'aimes.»

Malgré l'heure tardive, la maison basse du facteur d'instruments à cordes était très éclairée. Ionas se glissa dans le jardin, marcha avec componction sur les cailloux blancs du chemin et, d'une patte grise, gratta à la porte. Il constata avec gêne l'état de ses mains: depuis sa résurrection, il dormait sous terre et, lorsque le jour le surprenait, se creusait à la va-vite des terriers dans un sol plein de gravier et de givre. C'est pourquoi ses ongles étaient comme les serres d'un corbeau, les griffes usées d'un chat ou dix pattes d'araignée. «Cachons ça dans les manches, et sous aucun prétexte n'acceptons de nous mettre au piano avant un soin manucure.»

Personne dans la salle à manger. Il s'assit à la table. La grosse horloge qui occupait toute la hauteur d'un mur marquait onze heures. Sur le buffet, en face de lui, se trouvait un violon. «Voilà, nul ne joue comme moi.» Il se releva et marcha vers l'instrument. «C'est une façon aimable d'annoncer ma présence, de leur faire sentir que rien n'a changé et que je suis là.» Il constata qu'il s'agissait d'un violon neuf. Le père en fabriquait bien plus qu'il n'en pouvait vendre. Ionas frotta l'archet à la colophane, posa le crincrin sur ses genoux, comme un Arabe, et commença de jouer. Les airs tristes d'avant sa mort ne lui venaient plus. Il se rappelait la mélodie, faisait de son mieux pour l'interpréter de la même façon que de son vivant mais, curieusement, surtout au regard des circonstances, le résultat sonnait très joyeux. Le vampire russe, n'ayant jamais croisé un gramophone, ignorait tout du swing et de la musique nègre. N'empêche, il jouait jazz. L'archet sautillait, allait chercher des harmoniques mineures, des choses doriques. « On est moins con quand on est mort », se dit-il en souriant. Il prenait un plaisir vertigineux à se fiche en retard sur chaque temps, avant de rattraper en courant le flux mélodique, s'accompagnant en claquant de la langue et du talon. C'était dansant. Il lui fallait un public !

— Où est la jeunesse ?! s'exclama-t-il gaiement.

— Ils sont au théâtre, répondit une voix.

C'était la tante Rifkè qui venait d'entrer dans la pièce. Le vampire se retourna et elle se mit à hurler. Aussitôt Ionas s'approcha de la vieille, pour la rassurer, mais elle cria plus fort encore. Par réflexe nerveux, le vampire décolla du parquet.

À cet instant, les parents descendirent l'escalier, croyant à une attaque de brigands, à Yaponchik, à quelque chose de déplaisant. À la place, ils découvrirent ce grand garçon mince, un violon à la main, qui planait dans leur salon et moulinait des bras avec anxiété. Avant de se retourner vers eux, Ionas eut la présence d'esprit de rabattre son manteau sur le visage. Il retoucha terre et continua de jouer debout, dans une position peu orthodoxe. Sur le tapis, allongée sur le dos et grenouillant des pattes, la tante Rifkè avait de la bave aux commissures et disait des mots qu'on ne comprenait pas.

— Elle est folle, je suis désolé, dit Ionas sans cesser de jouer son jazz.

— C'est Ionas, balbutia la maman en état de choc. Oh, il ne sait pas, Dieu me savonne, Dieu nous damne, que se passe-t-il ?

— Son frère a menti ! surenchérit le père qui n'avait pas l'air de trouver bizarre que Ionas puisse voler.

— De quoi parlez-vous ? demanda le vampire sans cesser de jouer.

Il grattait avec application, afin que son jeu d'archet ne laisse aucun doute sur son identité.

— Pourquoi tu te caches la tête, mon enfant ? demanda la mère.

— Qu'est-ce qu'il y a à ton visage ? Tu as été touché ? questionna le papa. Assieds-toi. Bienvenue, petit. Assieds-toi, nous devons te dire une chose.

— Dieu nous aide, c'est une tragédie ! sanglotait la mère.

Ionas arrêta sa musique et les interrogea sur ce qui se passait. Se croyant définitivement reconnu et bienvenu dans le foyer amical, il découvrit ses grands yeux et ses joues osseuses. Les parents virent alors deux flammes, des iris d'aigle et commencèrent à trembler.

— Ton frère te dit mort.

— Je ne sais pas si c'est vrai, répondit Ionas.

Il montra enfin son visage. Les parents hurlèrent davantage encore que la tante Rifkè. Ils se tournèrent vers la porte et se mirent à courir. La mère tomba et se blessa les genoux. Ionas voulut l'aider mais, à cause de cette bousculade et des émotions, la faim le reprit.

Hiéléna marchait à petits pas depuis sa descente du fiacre. Elle n'avait pas tellement hâte d'être au lit avec son époux. Curieuse passion qui avait pris fin au soir de ses noces. Elle aimait qu'il l'emmène au théâtre et qu'il soit à ce point joueur: «On court! J'arrive avant toi à la porte!» Et il fallait courir. Elle tombait; il l'aidait à se relever. «Concours de glissades! Pas sur le cul, sur les chaussures! Je parie que je glisse plus loin que toi.» En quelques semaines de mariage, Caïn était devenu infiniment plus joyeux, bien plus enfantin et moins désirable. Elle aimait tout de lui, sauf les étreintes. Il se montrait brutal, mais dépourvu de bestialité. Avide, mais sans gourmandise. Restait son odeur, un peu trop douce mais rassurante. Malgré tout, il y avait sa force. Mais les sourires! Mais cette obstination imbécile à ne jamais sombrer dans la tristesse! Son mari constituait une réserve de puissance et de joie. «Pour l'amour, il reste mon piano», pensait Hiéléna.

En remontant le chemin enneigé menant à la maison familiale, le jeune couple aperçut d'abord la voiture rouge des brigands. Puis la grille ouverte, la porte d'entrée béante au fond de l'allée de cailloux, et la lumière qui s'échappait du salon et se répandait sur les feuillages de vigne vierge.

— C'est pas nous! fit le brigand à l'oreille raccommodée. Je te promets qu'on n'y est pour rien.

— Tu diras bien à Yaponchik que c'est pas nous, insista le second brigand.

— Nous, on travaille propre, renchérit le premier.

Le vampire reprit conscience quand il entendit hurler Hiéléna. Il voyait ça d'au-dessus. Les poutres du plafond lui cognaient le dos. Par un mouvement réflexe, il avait donc effectué un vol plané arrière et s'était recroquevillé dans le coin le plus sombre de la pièce, à l'ombre de la grande horloge. Les deux parents et la tante, saignés comme des bêtes de boucherie, avaient les viscères éparpillés dans toute la pièce, et des policiers perplexes pataugeaient dedans. Les cadavres étaient chacun affublés d'une grande entaille à la gorge et, par cette ouverture étroite, tout l'intérieur avait été sorti à la vue des visiteurs. Dans ce logis décoré de guirlandes de viande arriva Hiéléna.

Les agents de police prenaient leurs ordres des brigands. Yaponchik débarqua à son tour, signalant par sa présence que l'affaire était grave. On s'accroupit, on goûta le sang en faisant une moue d'expert. Personne ne songeait à regarder le plafond pour trouver le coupable.

Ionas, machinalement, caressa son menton rougi. Ainsi, même rassasié, il restait dangereux. Une émotion, un peu trop de remue-ménage autour de lui, et le carnage recommençait. Suivi d'un voile d'oubli bien commode... Une grosse goutte de sang lui dégoulina de l'index, allant agrandir une flaque sombre devant l'horloge, mais nul n'y prêta attention. Caïn prit Hiéléna dans ses bras. « C'est un geste fraternel. L'expression d'une sollicitude toute naturelle », songea Ionas dans un premier temps. Puis il aperçut les alliances et sa vue se brouilla à nouveau. Des taches noires vinrent obscurcir sa vision. Sous lui, chaque mouvement de pieds des vivants lui tambourinait dans le crâne. Il ne voyait plus que des sacs de peau emplis de sang. Il sentit une crise de rage le submerger et se dévora la lèvre inférieure. « C'est un progrès, pensa-t-il, je suis capable de prévoir un peu mes débordements. » Hiéléna, encore plus pâle que le vampire, s'accrochait à Caïn comme à un mât de navire pendant un naufrage.

On recouvrait de linges blancs les parents de la jeune fille. Ionas avait toujours sous le bras le violon du père. Caïn, visiblement ébranlé, regardait travailler main dans la main la police et les voleurs. Il prit sa jeune épouse par le bras et l'entraîna vers l'étage. Elle tremblait et claquait des dents, tentant sans succès de verbaliser les questions d'usage face à une telle abomination : Qui ? Pourquoi ? Qu'est-ce qu'on va faire ? On n'entendait aucun mot distinct, juste ses dents blanches, porcelaines fragiles, qui s'entrechoquaient. Arrivant à l'étage, ils passèrent à un souffle de Ionas. Le vampire s'était faufilé entre les meubles avant de grimper le long de la charpente pour les suivre. À présent, cherchant les coins d'ombre, il crapahutait le long du plafond.

— Qu'est-ce qu'on va faire ? Où on va aller ? Qui a fait ça ? parvint enfin à chuchoter Hiéléna.

Caïn la mit au lit, arpenta la pièce et chargea deux revolvers.

— Nous restons ici. C'est ta maison. C'est… c'est chez nous.

Il enfonça ses fesses dans un fauteuil, jambes écartées, dans une posture de propriétaire. Le meurtre des parents lui conférait une grande légitimité. On entrait dans son domaine de compétence : tenir le siège, se défendre.

Les chats grimpaient sur Hiéléna qui s'était endormie. En cas de tristesse, on peut faire confiance à ces créatures pour venir renifler chaque souffle de désespoir. Jugeant que sa femme ne courait aucun danger dans sa chambre, Caïn finit par se lever. Il referma la porte et rejoignit le rez-de-chaussée.

Les brigands, vexés qu'on ait pu sans autorisation faire couler le sang, promirent des rondes nocturnes, une protection de tous les instants. Un policier fit remarquer que, grâce à ce meurtre, le jeune époux avait la maison pour lui, une très bonne affaire, et que beaucoup d'enquêtes sont résolues dès qu'on se demande à qui profite le crime. Yaponchik lui jeta un regard lourd de reproches. On se lamenta sur l'indécence des forces de l'ordre. Les brigands donnèrent l'accolade à Caïn, puis abandonnèrent les lieux du massacre au cortège ennuyeux des religieux : des femmes rappliquèrent pour nettoyer les viscères de la mère et de la tante. Des messieurs les remplacèrent pour assurer la toilette du père. Même quand on vidait les tripes, il fallait maintenir une stricte séparation des sexes. On lavait à grande eau. On fabriquait des petits paquets de viande qu'on remettait bien en place, dans les ventres, avant de recoudre. Puis arriva le moment cosmétique de la toilette ongulaire, capillicultrice. Il y eut des poudres et des pommades et enfin on put dresser le décor de la veillée funèbre : les trois corps au sol reposaient sous des draps, chacun arborant une lumière à la tête et une lumière aux pieds. Dix hommes observants se joignirent à l'assemblée, sortirent leurs psaumes et commencèrent à les chantonner en dodelinant de la tête. Les défunts ne sauraient rester seuls avant leur inhumation. C'est pendant ces heures redoutables que des esprits funestes peuvent s'emparer d'eux.

Caïn se mit à prier avec les autres. Ce fut sa première vraie obligation de chef de famille et il la trouva fort abrutissante. Comme sa jeune épouse, il avait l'esprit rempli de « qui ? » et de « pourquoi ? ». Il eût voulu disposer d'un coupable ou de quelque chose sur quoi cogner. Mais bredouiller de l'hébreu ? Secouer la tête d'avant en arrière ? Ça, non ! Chaque lettre de son livre de prières lui semblait un insecte empoté qui marchait lentement sur le vélin. Il fallait cheminer au rythme de ces jambages tremblotants. Caïn, discrètement, comptait les pages, tout en sachant que c'était inutile. « Lorsqu'on aura fini le livre de psaumes, ils trouveront autre chose à nous faire rabâcher, se lamentait-il. Comme ça, jusqu'au moment où les morts auront de la terre sur le visage, il n'y aura jamais un instant de silence ni place pour penser. » Techniquement, puisque c'était sa belle-famille, Caïn n'était pas en deuil de ces morts-là… Il pensa alors à son frère Ionas. « Toi tu accueilles les parents dans ton nouveau pays, moi j'ai la fille et la maison. Comme c'est ennuyeux de prier ! Je ne vais pas faire long feu ici, moi ! »

Le vampire, parmi les moutons de poussière, s'était aplati sous le lit de Hiéléna. La jeune femme venait de se réveiller, après une heure de profond sommeil. Il l'entendait hoqueter et percevait le flot de ses larmes, le craquement de ses mains où le sang venait à manquer tellement elle les tordait. Elle attrapa une brosse sur la table de chevet et se peigna rageusement, arrachant sans y prêter attention des poignées de cheveux couleur corbeau. Puis elle retomba sur l'oreiller. Les sens exacerbés du revenant identifiaient même le fracas des paupières de l'orpheline lorsqu'elle fermait les yeux. Ensuite, sans doute sous l'effet de toutes ces émotions, sa respiration se fit à nouveau douce et régulière. Hiéléna venait de se rendormir.

Ionas sortit de sa cachette, il arpenta la chambre sans qu'à aucun moment les semelles de ses bottes touchent le parquet. Le monstre promena sa longue main sur la joue de Hiéléna et constata avec embarras qu'il venait d'y laisser une trace rouge. Il saisit un coin d'édredon, l'humecta du bout des lèvres et frotta la joue de la malheureuse. Le visage redevint propre, sans réveiller l'endeuillée. Il resta un moment immobile à la regarder. À mi-voix, il entonna quelques mots de Babylone et la belle dormit encore plus profondément. « Les parents sont sous leurs draps. Ils ne vont pas revivre parce qu'ils n'ont plus rien d'utile à faire ici-bas, murmurait Ionas. Enfin, je crois. Haydée est sous la neige, elle non plus ne reviendra pas. Sa sœur Mérij pas plus, je le crains, malgré mes prières. Mérij a été déçue par la Russie. Elle dort maintenant en paix sous ses croix. Et moi, pourquoi je suis ici ? Parce que j'ai encore quelque chose à faire sur la planète. » Il saisit un coupe-papier. « Et comme je ne sais que tuer… »

À cet instant, la porte s'ouvrit. Caïn ne reconnut pas son frère. À peine entrevit-il une silhouette en tenue militaire penchée sur son épouse et brandissant une lame. En un même mouvement, il lâcha son livre de prières, fit jaillir du ceinturon son revolver d'ordonnance et pressa la gâchette à plusieurs reprises.

Hiéléna se réveilla en criant. À l'étage en dessous, les prières s'interrompirent. Ionas avait une balle dans l'épaule. L'impact l'avait projeté en arrière, plaqué au mur. Le sentiment de faim revint au centuple quand le sang jaillit de sa carcasse. Il ne ressentait pas la douleur du projectile, plutôt une sorte de courant d'air dans ses tuyaux, qui nuisait au fonctionnement du corps et affaiblissait l'âme. Les autres balles avaient manqué leur cible. Ionas se précipita vers la fenêtre, voulant sauter dans le vide. Mais le temps de tourner la poignée, une autre balle vint perforer l'arrière de sa tête et lui fit sauter le visage. « Enfin une bonne nouvelle, pensa le vampire. Je peux m'affaler sur leur parquet, ils n'arriveront pas à me reconnaître dans cet état. » Il se laissa donc choir au sol comme une poupée de carton. Bien que son masque facial ait été transformé en cratère volcanique, un œil palpitait encore et distinguait vaguement la situation : les religieux arrivaient à l'étage. Hiéléna, une fois de plus, se blottissait contre son mari. Caïn la reposa sur son lit et s'accroupit près de Ionas, sans le reconnaître.

« Il constate que je respire, pensa le vampire. Il saisit le coupe-papier et me tranche la gorge. C'est bien. L'histoire se finit là. C'est mieux pour tout le monde. »

X

Les yeux ne fonctionnaient plus. Le sentiment de vide, de faim et de manque fit place à un engourdissement apaisant. On le porta, on le drapa, on l'enterra. Et rien ne prit fin. « Zut ! Zut ! » s'efforçait-il de dire à voix haute. Mais le linceul et la terre qui pesaient sur lui gênaient ses mouvements maxillaires. « Rien n'est fini, constata-t-il, désolé. Je veux bien ne plus rien faire. J'accepte, pour ne pas nuire à ceux qui vivent, de rester là-dessous, lové dans ma tombe à attendre que ça passe. Mais rendons-nous à l'évidence, la mort tarde à venir. J'ai acquis à son égard une sorte d'immunité diplomatique. »

Le vampire n'avait guère conscience du passage des jours. Les vers ne daignaient pas le dévorer, pas plus que les fourmis. La vermine ne s'en prenait qu'à son drap funèbre, comme si son enveloppe charnelle avait perdu tout attrait nutritif. Petit à petit, la terre vint jusqu'à sa bouche, humide, riche et mâchonnable. Semblable à une baleine enterrée, Ionas triait les nutriments microscopiques et recrachait le reste. Son visage se reconstituait lentement. Il disait des poésies, commençait à les comprendre. Ces mots semblaient lui revenir d'une ancienne vie. Ils évoquaient de grandes tours sous le ciel, des océans oubliés et des fêtes sanglantes. Ionas voyageait à chaque syllabe dans des paysages familiers qu'il parcourait en volant. D'autres êtres qui lui ressemblaient planaient en plein soleil au-dessus des remparts de ses rêves. Mais entre chaque son, c'était le retour au réel avec sa bouche morte qui se remplissait de glaise.

Il repensa aux autres défunts. Ionas n'avait pas envie de les fréquenter mais il sentait très distinctement leur existence. Les parents, un peu. D'autres inconnus dans ce cimetière, à peine. « Ça ne dépend pas de la situation topographique, se disait-il, on a un lien avec ceux qui nous veulent quelque chose, une connivence indestructible. » Haydée et Mérij patientaient quelque part, dans un état semblable au sien : des semences. Elles étaient en attente, il en avait la certitude. Mais pour quelle mission ?

Il se mit à parler à Hiéléna. Il la traitait de « grande fille-chat pleine d'ossements aux yeux immenses et qui sourit sans cesse ». Ça ne ressemblait pas à Hiéléna mais quelle importance ? Il lui proposait de patienter pendant qu'il hibernerait. Il attendrait les beaux jours dans ce terrier, tandis qu'elle serait dans sa chambre sous des couvertures avec du chocolat chaud.

Qui l'entendait quand il parlait sous les pieds des vivants ? La zone souterraine disposait-elle de terminaisons magnétiques ? Chaque mort, là-dessous, était comme un caillou. Et les concrétions minérales, comparables à du liquide. Dire « je t'aime toi qui souris sans cesse », c'était s'exposer à une erreur de communication. Les solitudes ondulatoires se répercutent, des crânes vides les répandent, comme des antennes radio. Qui recevait son message dans de telles circonstances ? Haÿdée dans sa neige ? Pas encore. Mérij sous les croix en ferraille ? Oui. Certainement. Mais Ionas s'imaginait qu'il ne parlait à personne. Puis il parvint à se convaincre que Hiéléna devait l'entendre. Il l'invoqua comme dans une séance de spiritisme inversé. Hiéléna, au-dessus, ouvrit les yeux dans son sommeil. Elle fit trois sauts de carpe dans son lit et retomba sur l'oreiller un sourire sur le visage. Au réveil, elle ne se rappelait rien. Et lui recommença. Il éprouvait à son endroit un sentiment de communauté : « Je lui ai parlé, elle a été réellement présente avec moi, pas juste en pensée, pas juste dans mes pensées. Lorsqu'elle dort, peut-être arpente-t-elle des limbes compatibles avec mon séjour minéral. Mais, et mon rôle ? Et ma survie, pourquoi ? »

Il essaya de se convaincre que son intuition de mission sacrée relevait de l'orgueil mal placé. Objectivement, on n'avait plus guère besoin de lui à la surface du monde. « Hiéléna, tant pis ! Elle a ce qu'elle veut, je ne pourrais lui donner que des regrets, pensait Ionas depuis sa tombe. Je pourrais quoi ? Jouer du violon pour lui rappeler qu'elle m'a aimé, et espérer que ça lui tordra le ventre ? Voler avec elle au-dessus des toits et lui faire miroiter des rêves irréalistes ? Elle a un mari très vrai, une maison de bois et de briques, et une famille de chair palpitante à répandre sur la croûte terrestre. Son mari, c'est mon frère et je l'aime. Elle n'a rien fait de mal. Voilà. Mon histoire est terminée, j'ai eu ma prise de conscience. C'était peut-être juste ça, ma quête : comprendre que mon destin, c'est d'être oublié. Maintenant, je lâche tout. Je peux disparaître. »

Mais du temps passa et il ne mourait pas. Il s'ennuyait atrocement. Son visage s'était reconstitué, et s'il avait pu le contempler, il l'aurait sans doute trouvé plus beau qu'avant. Il en avait assez de croquer des cloportes pour subsister. L'envie de sang frais le reprit d'un coup et il se mit à creuser la terre. « Tout ça ne rime à rien, se répétait-il. Je remonte là-haut par pur désœuvrement. Au moins me suis-je débarrassé de cette ahurissante lubie : la mission à accomplir. »

Il exhuma sa dépouille sur le sol terreux du carré juif alors qu'il faisait nuit. Combien de temps avait passé depuis ses funérailles ? Aucune idée. Il ne savait pas non plus ce qu'avaient conclu les autorités. Aucun nom ne figurait sur sa tombe. « Au moins, songea-t-il, on ne m'a pas reconnu. Est-ce qu'il y en a d'autres dans mon genre ? »

À l'exception du vampire, le cimetière était désert. Anciennement chrétien orthodoxe, le lieu avait été peu à peu envahi par les sépultures israélites. À mesure que les tzars restreignaient la zone de peuplement autorisée pour les juifs et les entassaient dans les parages d'Odessa, le cimetière devenait de plus en plus enjuivé.

— Et pas un copain ! se plaignit Ionas.

Il resta assis bêtement sur son monticule, après avoir piqué plusieurs petits cailloux blancs que les visiteurs avaient déposés sur les autres tombes. La sienne n'avait pas eu de telles faveurs. « Ils ont dû se raconter que j'étais un cinglé. Avec la guerre, on laisse des armes à n'importe qui… Je suis heureux pour Caïn. Il a une maison, maintenant.» Un chat qui traînait dans le cimetière lui frôla la jambe. Ionas se dit qu'il devait le connaître, qu'il s'agissait d'un des favoris de Hiéléna. Deux mots chuchotés dans la langue d'Astarté et le félin ouvrit de grands yeux crédules. Ionas le prit dans ses bras, lui prodigua une ultime caresse et planta les dents dans sa petite gorge. Le nez dans la fourrure, il aspirait la dernière goutte de sang primitif, quand une présence lui fit cesser tout mouvement : Reb Mordechaï, le père, il était là.

«Zut ! Ils se transforment en anges eux aussi, ceux que je tue ! se dit-il. Je suis le prophète Élie, je fais revenir les morts ! Ah, non… il n'y a pas la maman. Ça ne marche peut-être qu'avec les cadavres de sexe masculin… ou bien celui-ci a également une mission. Il a pour objectif de… se venger de moi ? Ça doit être ainsi. On revient pour une chose : lui, il doit me tuer, et moi, tel Isaac au sacrifice, je suis l'instrument de sa dévotion. Dévoilons-nous à lui, faisons vite !»

Et Ionas apparut au vieillard sorti du sépulcre.

— Pardonne-moi, vieux ! Égorge-moi et retrouvons tous deux la paix de l'Éternel, déclara Ionas en se postant, bras en croix, sur le chemin du spectre.

— Qu'est-ce que tu m'ennuies, *meshuge*. Laisse-moi passer !

Et le père, sans effort apparent, lui traversa le corps afin de poursuivre son chemin. «Celui-là n'est pas un ange, se dit Ionas, c'est un fantôme.»

— Hé ! Papa ! Où tu vas ?

— Je ne peux pas dire ! Va-t'en ! C'est mon secret !

À une petite distance et en volant, le vampire suivit ce fantôme qui ne retournait pas chez lui. Il avait laissé sa femme au tombeau et, en souriant, expulsant des pets ectoplasmiques et joyeux, il allait retrouver sa maîtresse.

Miracle de l'amour, en arrivant chez elle, à travers les portes et les escaliers, il la découvrit riante et heureuse. Elle avait disposé sur un guéridon des lettres d'alphabet cyrillique, un petit verre tête en bas et du sherry. Elle avait aussi décoré la chambre de voiles afin que l'esprit les fasse vaciller d'un souffle. Autant d'artifices pour qu'un visiteur éthéral se sente à l'aise. Ils commencèrent à converser par spiritisme. Après quoi, le père la souleva du sol, lui retira ses vêtements, et Ionas n'osa plus regarder. Le vampire fasciné attendit sur un arbre, en proie aux plus intéressantes considérations. Ainsi celui-là réfléchissait moins que lui aux aboutissants cosmiques et trouvait la situation supportable, grâce à certains expédients…

Avant les premiers rayons du jour, Reb Mordechaï déposa un baiser sur les lèvres de celle qui le retenait au monde et qui n'avait été ni son épouse, ni la chair de sa chair. Il retourna à la tombe sans un regard pour sa maison familiale. Peut-être que tout le reliquat de son âme était déjà au paradis. Probable que le papa et le mari qu'il avait été disposaient leurs strapontins contre les orteils de l'Éternel. Comme il semblait heureux !

« Sans doute qu'il n'y a rien d'autre », songeait Ionas. Puis il décida : « Je vais aller regarder Hiéléna. » Le jour ne tarderait pas à se lever. Il lui restait très peu de temps. « Je veux juste la voir dormir un instant », se répétait-il. Il se planqua derrière la fenêtre de la belle, planant à trois mètres du sol en vol stationnaire, son manteau comme les ailes d'un hibou.

Elle avait les yeux ouverts. Ionas se plut à penser que sa fiancée ne dormait pas à cause de l'ennui. « Elle aussi, il lui manque quelque chose », se dit-il. À cet instant, la lumière solaire heurta la façade et l'épiderme du vampire commença de croustiller. Ionas fonça à la tombe tel un obus et atterrit dans un nuage de poussière. Quand il était sorti du tombeau, il avait cent fois béni cette tradition ashkénaze d'enterrer sans cercueil, dans un simple drap. Mais à présent qu'il fallait se reficher pour toute la journée dans la terre, il aurait aimé disposer d'un refuge un peu plus confortable.

Le vampire résigné s'endormit paisiblement, puisque la nuit prochaine, il verrait son amoureuse. « Je ne lui ferai pas de gosses, certes, mais je l'aimerai chaque nuit. » Et pour la première fois depuis son trépas, le vampire fut satisfait de son sort.

On ment systématiquement sur les récits morbides. Ceux qui croient se souvenir et racontent ne sont pas réellement morts. Les lumières, les chemins, la danse des chevreaux autour d'un Dieu-Soleil… « La mort, se dit Ionas en clignant des paupières, c'est juste pareil qu'avant. » Il remonta le drap sur son visage, mais c'était une protection illusoire contre le froid et la glèbe. Et avant de sombrer dans le sommeil, avant de traverser cette journée paisible de rêves où il devait se dire « Je vais voir Hiéléna et nous serons heureux dans notre apesanteur », il sentit à nouveau deux présences : Haydée et Mérij. Comme des manifestations radiophoniques. « Ces filles sont semblables à des rubans élastiques, tendues. Elles sont encore, tout comme moi, en situation d'attente. Qu'elles cessent simplement d'espérer et sans doute leur vie s'arrêtera. » Comment dormaient les deux sœurs ? Haydée était congelée sous les soldats avec son enfant, promesse racornie au creux de son ventre, épingle douloureuse dans sa carte du monde autour de quoi tout gravite. Elle se retrouvait comme la nacre autour d'une perle, presque totalement minéralisée. Mais ce qui restait d'elle n'était pas exactement, pas totalement la mort. Ionas perçut un peu de sa terreur végétative. Elle aussi ressentait la faim. Il manquait simplement l'étincelle pour qu'elle se réveille. La cadette, quant à elle, était heureuse. C'était du moins l'impression qu'avait Ionas lorsque ses oreilles de chauve-souris se branchaient sur la fréquence Mérij. La petite pouvait se détendre. Elle s'était blottie dans un lieu au creux d'une racine. Et par l'action conjointe de la chute des corps et des insectes, elle était allée plus loin sous la terre meuble. Puis, involontairement, elle s'était immobilisée contre un nœud de l'arbre aux pendus. Ses cheveux poussaient encore, les racines s'enroulant autour. Et pour chaque peine, à toutes les ecchymoses laissées par l'existence, de la sève et du bois faisaient office qui de baume, qui de pansement. « Les tombes sont inutiles, semblait-elle murmurer dans son message radiophonique. Le vrai événement traumatisant, pour un défunt, c'est la mort elle-même. Ce qu'on nous fait ensuite, soi-disant pour apaiser les survivants, nous embaumer, nous brûler, répandre nos cendres, nous emmener à la tombe en carriole à cheval, ça fait pleurer ceux qui restent, mais pour nous c'est inopérant. Je suis une morte heureuse, puisque je repose sous un arbre qui pousse. »

— Tu n'es pas morte, lui répondit Ionas.

Puis il s'endormit.

Chacune de son côté, elles lui voulaient du bien, à leur façon. Il avait provoqué, en se brisant le cœur, une série de déflagrations, des échos. C'est ainsi qu'il s'expliquait les choses dans sa rêverie. Il y avait eu au même moment du monde plusieurs espoirs anéantis. Et trois âmes qui n'avaient plus rien à faire là palpitaient encore. « Je me suis réveillé, commençait-il à comprendre, lorsque mon frère a embrassé ma fiancée. Et ma rage et ma tristesse ont été telles que Haydée et Mérij, qui ne sont pas mortes loin de moi, et si peu de temps après, en ont eu le trépas dérangé. Rien de grave. Juste ces deux amies un peu trop incarnées. Un peu plus qu'un cadavre de femme enceinte dans la neige. Un peu plus qu'une gamine enterrée sous un arbre. Leurs deux âmes comme les petits pois du Mexique : coquilles de noix impénétrables, sautillements obstinés sous les écorces. Peut-être que je me donne trop d'importance, et que l'éclatement de mon cœur et de mes espoirs n'a pas un tel pouvoir. Peut-être que tout va très bien. »

Ionas se réveilla en pleine forme. Il avait hâte de voir Hiéléna. Très vite, il creusa la terre pour rejoindre la surface. La lune éclairait tout d'un halo vert pistache, selon la subjectivité de ses yeux de vampire. Il avait ruminé une organisation infaillible afin que tout se passe bien. Pour commencer, il sortit du carré juif, avisa une tombe chrétienne, y creusa le temps nécessaire pour trouver un cercueil digne de ce nom et alla le déposer dans son trou à lui. « Ainsi, pensait-il, il sera plus agréable de rentrer se coucher au petit matin. » Il vida la boîte de ses reliquats osseux. Puis, comme il avait du temps, il s'offrit le luxe d'essayer la bière. « C'est mieux que de reposer dans la terre. Pas de doute. » Et il se mit à rire, constatant que, même en état post mortem, il était déterminé à aller se coucher à l'endroit où on le lui ordonnait, autrement dit avec les juifs ! Ça lui sembla absurde. Il retourna vers le carré chrétien du cimetière, là où tout était construit en dur.

Après de brèves recherches, un caveau se présenta qui n'était pas fermé. « Il faudra y installer une serrure », pensa-t-il. Il s'agissait d'une sorte de pyramide égyptienne sur laquelle étaient sculptés en ronde-bosse des chevaux, des soldats, des filles et des chiens. À l'intérieur, on ressentait fort peu d'humidité. L'ensemble avait l'air très ancien. Personne ne visitait cette sépulture puisque aucun ménage récent n'avait été fait. Plus de fleurs, pas de vase, un habitat paisible. Sur les côtés se trouvaient six logements scellés, chacun abritant un cercueil en bois précieux.

Jugeant qu'il avait le temps d'emménager dès la nuit prochaine, le vampire se mit en quête d'outillage. Il s'envola jusqu'à une quincaillerie, passa par la chambre du commerçant, prit ce dont il avait besoin et produisit par maladresse un certain vacarme. Une chaîne qu'il transportait avait heurté le pied-de-biche qu'il avait sous le bras. Le boutiquier, au lit avec sa jeune épouse, se tourna en grognant. Le vampire lui murmura une chanson de l'âge du bronze et le calme revint. « Je devrais toujours faire une halte avant de visiter Hiéléna. Ainsi je serais certain de ne pas avoir faim, de ne pas lui faire de mal. » Et il mordit le dormeur. « Je n'avale que quelques gorgées, s'accorda-t-il. Maintenant, au tour de madame. Il ne faut pas mordre au cou, ça se voit trop. Au poignet, pas mieux. » Dans une posture digne d'un vaudeville, il se glissa sous les draps, disposé à reparler araméen à la moindre velléité de réveil des mercantis. Puis, faisant de son mieux pour ne pas prendre à cette opération un plaisir trop sexuel, il goba le gros orteil de l'épouse, le mordit franchement et engloutit en sang frais le volume de trois œufs de poule. Ça lui suffirait pour la nuit. Ses victimes dormaient paisiblement, enlacées et inconscientes.

« Il faudra faire ça chaque nuit, se dit-il. Les humains, c'est meilleur que les bêtes. Je leur prends juste ce dont j'ai besoin, guère plus criminel qu'un moustique, il me semble. Il faudra constamment changer de crémerie, réfléchir aux cicatrices. Peut-être mordre d'une seule dent, ça sera moins caractéristique. Rassasié, je ne suis plus dangereux. Ça n'est pas la faim, c'est simplement un transport amoureux et dépourvu de sauvagerie qui m'entraîne vers toi, Hiéléna. »

Il était au maximum de la félicité romantique. Pendentif avec la photo de Hiéléna dans la paume de sa main. Vol silencieux dans la nuit fraîche. Brève course-poursuite contre un engoulevent. Mansuétude lorsqu'il se laissa distancer par l'oiseau de nuit. La fenêtre de Hiéléna lui faisait de l'œil. Il se força à voler doucement afin de ne pas précipiter le moment historique.

Il aurait mieux valu, en cette nuit où pour la première fois Ionas embarqua Hiéléna, que les choses tournent au vinaigre. Malheureusement, ce fut un enchantement. Quelques soucoupes papillotèrent vers lui avec curiosité : c'étaient les yeux des chats. Ils ne donnèrent pas l'alerte en voyant le vampire enjamber le balcon et voler contre le plafond. Lorsque Ionas s'immobilisa juste au-dessus du lit conjugal, ils grimpèrent sur les couvertures, se roulèrent en boule et dormirent instantanément. La présence du visiteur les rassurait tellement que l'un d'eux se mit à ronronner.

« Il y a un monstre dans la maison », se dit Ionas. Il pensait à son frère. Caïn, sur le dos et les bras écartés, occupait les trois quarts du matelas. Hiéléna, recroquevillée dans son coin du lit, dormait du côté des courants d'air. Détail bouleversant, il y avait encore sur sa table de nuit l'ourson Meshkutis, reliquat enfantin. Sans doute n'osait-elle plus serrer une peluche sur son cœur depuis qu'elle était mariée. Alors, pour la garder près de ses bras, la jeune épouse avait fait de cette poupée un objet décoratif. « Les femmes, c'est pour mon frère », songea Ionas. C'était une phrase que de son vivant il avait déjà souvent prononcée. Il ne savait pas comment s'y prendre avec

Hiéléna. Voyant ses épaules dépasser des couvertures, son oreille ronde et blanche encadrée par une cascade de cheveux noirs, il eut envie de la vider de son sang. C'était primal, immature, ça lui semblait constituer le seul acte d'amour acceptable : la manger. Puis il songea à la poule aux œufs d'or. Dans l'état infantile où il se trouvait, seule une comptine pour bébé pouvait le sauver de ses penchants inacceptables : « Le fermier a dévoré sa poule, il a eu un bon repas, mais les œufs d'or pur, plus jamais ! Alors juste un baiser. » Il descendit un peu sans toucher le sol, s'immobilisa en position allongée, le ventre vers le bas, le bout du nez à trois millimètres de celui de Hiéléna. « C'est beau, des narines. Si on était obsédé sexuel, on adorerait avoir à la place de la cloison nasale deux pseudopodes en yeux d'escargot pour lui fourrer les narines, se brancher à elle comme à une prise électrique. Au lieu de ça, s'emplir les poumons de son parfum, voler l'air qu'elle exhale. » Il s'approcha de la bouche, y colla ses lèvres grises. Hiéléna ouvrit grandes les paupières et ne broncha pas. Elle le serra contre son corps endormi, de la même façon qu'elle avait dû faire avec son ours en peluche avant d'être mariée. Puis, serrant encore davantage, enfouissant son menton dans l'épaule du vampire, elle cessa totalement de bouger.

Ionas était tout de même un peu ennuyé. Il craignait que le mari se réveille et que cette situation scabreuse ne donne lieu à des explications sanglantes. Il resta cependant une ou deux heures dans cette position. Puis il écarta les bras de Hiéléna afin de prendre congé. Le vampire regarda bien les yeux de son amoureuse : c'était très ouvert mais ça dormait profondément. « On se rencontre en équilibre sur cette corde-là : ton sommeil, tes yeux écarquillés, ma bouche morte. »

Il s'envola. L'air était doux. Il eut le temps d'installer le cadenas et la nouvelle chaîne à son caveau. Ensuite, porte close, il descella les six opercules de pierre dont chacun donnait accès à une tombe. Par chance, aucun des cercueils n'était totalement détruit. Il enleva, respectueusement, les dépouilles de cinq des boîtes et les entassa dans la sixième bière. « J'ai cinq lits différents maintenant, pensa-t-il. Mais les capitons, le velours, tout ça est bien abîmé. Il faudra voler des coussins. Et ça sent la mort, là-dedans. Il faudra aussi voler des huiles. Ainsi que des fleurs. »

Le vampire se choisit une tombe, tira le couvercle et apprécia ce luxe : cette cachette hermétique le ravissait davantage que le plus confortable des matelas. Et demain ? « Demain je recommencerai. »

XI

La nuit suivante, il retourna la regarder dormir, et la nuit d'après aussi. Il résistait à son envie de déchiqueter Caïn à coups de griffes. Les chats ronronnaient dès qu'il se faufilait par la fenêtre, Hiéléna ouvrait les yeux sans le voir, ils partageaient quelques heures d'un contact chaste et ne menant nulle part. Ensuite, il mettait à profit les minutes qui précédaient le lever du soleil pour améliorer son intérieur.

Ainsi Ionas décorait nuit après nuit les murs de son caveau. Il prenait chez Hiéléna, chez les victimes qu'en secret il mordait, et aussi dans les boutiques accessibles, de quoi rehausser son standing. En quelques semaines, il se trouva l'heureux possesseur d'un canapé relativement neuf, d'un samovar, d'un petit arbre à agrumes, de plusieurs tapis… et d'un caniche. L'animal était là à cause d'un cafouillage. Lors de ses pérégrinations, Ionas avait pénétré chez une vieille pour la boire avant de constater qu'elle était déjà morte. À force d'entrer par effraction chez des concitoyens, ce genre de désagrément devait finir par arriver. Il s'apprêtait à quitter le domicile de la défunte lorsque les ongles d'un chien cliquetèrent sur le parquet comme si on y avait laissé tomber des pépins de pastèque. L'animal était moche, soufflait de façon déprimante, regardait sans cesse avec des yeux implorants qui interdisaient qu'on se concentre sur autre chose que ses problèmes de chien. Comme le vampire, cette bête avait été séparée de sa raison d'être par la barrière infranchissable de la mort. Dans un mouvement résigné où se mêlaient égoïsme, compassion et sens du devoir, Ionas prit le caniche abandonné sous le bras et le ramena dans son caveau.

Avant le jour, une fois qu'il se fut retrouvé assis dans les huit mètres carrés de son refuge, chacun de ses cercueils débordant de sachets de lavande et de coussins, il s'installa jambes croisées dans son canapé, tripota des journaux pas trop anciens posés en tas sur une console et alluma une pipe. Alors, jetant des regards vers un petit miroir à maquillage dans lequel il ne se reflétait plus, il vit le chien faire trois tours sur lui-même et s'endormir.

— Ne me manquent que des pantoufles, grommela Ionas.

À ces mots, le caniche leva un peu le museau pour quémander une caresse.

— Pantoufle. C'est ainsi que tu veux que je t'appelle ?

— Mfff ! répondit le chien.

Ionas fut tenté de mordre le quadrupède ou de le jeter dehors afin de ne pas laisser s'installer une relation durable. Au lieu de ça, comme l'avait fait récemment son frère avec un chat de Hiéléna, il s'abandonna à des gestes anxiolytiques et imbéciles : grattouiller la tête du chien.

— C'est bon, souffla le vampire. Il faudra donc s'attacher à toi. Te regarder qui vieillis et qui meurs, et à ton trépas prendre un autre animal.

Puis Ionas ferma à l'aide de la grosse chaîne la porte de son caveau afin de décourager les cambrioleurs. Tandis que dehors se levait le jour, il tenta de commencer un journal. Les premières lignes qu'il écrivit lui parurent médiocres. Il ratura, froissa du papier. « Demain, se dit-il. Remettre au lendemain lorsqu'on est mort et que manifestement on a devant soi l'éternité, voilà qui peut hypothéquer les plus ambitieuses promesses littéraires ! » Il reposa son carnet et sa plume, se mit à la tombe, remonta son édredon sous les narines et enfonça sur son crâne nacré le bonnet de nuit qu'il avait volé quelques nuits plus tôt à une victime. Il lut un peu, souffla une chandelle et s'endormit.

Sous les cadavres, Haydée était toujours paisible, l'enfant mort dans son ventre. Et au milieu des racines de l'arbre aux pendus, Mérij laissait le temps la recouvrir d'écorce.

« Cette nuit j'y vais ! Cette nuit on baise ! » Le vampire disait au chien Pantoufle ce genre de plaisanteries et il riait tout seul. Puis il ouvrait à la petite bête la porte du caveau. Il constata bien vite que son caniche n'avait pas l'instinct prédateur chevillé au corps. Il faudrait donc, en plus des déambulations habituelles, s'occuper de nourrir ce compagnon empoté.

Du jour qu'il eut un chien, Ionas alla mordre en priorité les victimes qui disposaient dans leur garde-manger de saucisses ou de petites boulettes cuisinées. Et les charcutiers d'Odessa eurent davantage de morsures que les autres artisans par la faute de l'attention qu'un certain vampire témoignait aux bêtes.

« Si tu dois choisir entre ton mari et moi, il faudra le choisir lui, murmurait le vampire au pied du lit de Hiéléna. Je veux ton bonheur », marmonnait-il au milieu d'autres bassesses. Elle ouvrait alors de grands yeux inexpressifs et scrutait le plafond. À ses côtés, Caïn dormait paisiblement. Le vampire ne poursuivait aucune vengeance particulière. Il n'avait pas l'intention de déclencher les feux de sa colère en réclamant justice. Il trouvait son bonheur un peu tristement, en ne tuant personne.

Le chien ne lui suffisait pas. Il fallait, nuit après nuit, donner plus d'importance à la lubie littéraire. Ionas le vampire avait cloué au mur de son caveau un coucou suisse. Il s'était figuré que l'on n'écrit correctement qu'en état d'épuisement. Dans cette perspective, il faisait de son mieux pour quitter le tombeau vers dix-huit heures, soit trois heures avant la tombée du jour. Il allumait un photophore et se mettait à son bureau, occupant les moments qui précèdent l'heure officielle de sortie des vampires à raconter sa vie.

Pantoufle ne s'adaptait pas très bien à un quotidien d'écrivain. Dormir le jour, chasser la nuit, ça lui allait. Mais dès le moment où son maître sortait de sa boîte, il ne parvenait plus guère à tenir en place. Il gambadait dans la pièce, geignait, remuait nerveusement l'appendice caudal. Quel que soit l'endroit où Ionas portait le regard, il croisait les grands yeux humides du caniche qui semblaient lui dire « Hé, maître, on va promener ? » Aussi chérissait-il les secondes où, ayant ouvert ses paupières encroûtées de sang, il ne faisait pas encore coulisser son couvercle de cercueil. Il pouvait alors, quelques minutes durant, faire semblant de dormir et ne pas subir la présence canine. Il préparait des phrases. Le plus possible. Après quoi, s'interdisant de penser à autre chose, il sortait de sa tombe, se ruait sur le papier et… les yeux du caniche.

— J'aurais dû te tuer… je pourrais encore… quoi ? Je te regarde comme si tu essayais de me dire autre chose que « J'ai faim, je t'aime, je veux sortir, je veux pisser ». Je vois ta gueule réjouie et si tu étais un personnage de roman, j'imaginerais plutôt des « Maître, les chiens ne vivent pas longtemps, je serai crevé dans cinq ou six ans et toi tu as toute l'éternité pour faire de la littérature, occupe-toi de moi c'est plus important »…

Ionas se disait que tant qu'il extrapolerait sur la volonté réelle de son animal familier, il stagnerait dans l'écriture de divertissement. Or, venant de Petite Russie, il ne pouvait s'empêcher d'avoir de hautes vues sur son travail. Tchekhov écrivait sur la steppe, Gogol décrivait avec justesse des hameaux où il n'avait jamais fichu les pieds. « La littérature n'a pas d'objet indigne, songeait Ionas. Un chien pourrait convenir, mais je ne le regarde pas avec le sérieux naturaliste qui fait les bons livres. "Le temps que tu trouves tes mots, je serai un chien-squelette." »

Immanquablement, le caniche gagnait contre l'écriture et Ionas finissait par ouvrir le portail rouillé de son logement. « Peut-être qu'un vrai écrivain s'en tamponnerait le coquillard, que tu gémisses. Il s'agit d'une épreuve littéraire et je ne la gagne pas. Un véritable écrivain t'aurait fichu dehors depuis longtemps. J'aime les livres mais dans ma situation, la présence d'un petit chien offre un réconfort plus déterminant. »

L'encombrant quadrupède ne cessait pas de nuire lorsqu'on sortait. Même quand Ionas décollait, Pantoufle le suivait fidèlement depuis le sol. Et lorsque le vampire volait trop haut ou disparaissait de sa vue, le toutou aboyait. Il fallait donc, pour ne pas réveiller les riverains, voler bas et faire de son mieux pour rester invisible. On avait pris l'habitude de donner à manger au caniche devant la maison de Hiéléna. Ça l'occupait un moment. Et l'accumulation de ces nuits bien organisées faisait de Ionas un vampire comblé. Il parvenait à se convaincre que cela constituait un édifice signifiant, un équilibre. On serait heureux ainsi. Écrire, promener le chien, se blottir tandis qu'elle dormait dans les bras de Hiéléna. Parfois, d'infimes incidents conféraient à la succession des nuits un semblant d'unicité. Un gros chien attaquait son petit chien. La première nuit où ça se produisit, le vampire eut un mouvement réflexe télékinétique : paumes ouvertes, mâchoires crispées, sa volonté projetée vers l'agresseur qui se retrouva contre un mur de briques. On trancha alors la gorge du molosse et on le dévora dans une ruelle en faisant bien craquer les os, pour la moelle, que les vampires et les caniches affectionnent davantage encore que le sang frais. En petit soldat aveuglément soumis à son commandant, Pantoufle attendit que Ionas soit repu pour aller laper les flaques écarlates où se reflétait l'astre lunaire.

Le vampire s'amusait de son pouvoir sur les choses. Il était donc capable, d'un geste de sa main arachnide, de faire claquer un volet, bouger un caillou, faire tourner et quasiment sans bruit la poignée d'une porte. « J'entends qu'il ne faut pas se lancer dans une apologie trop enthousiaste du métier de vampire, songeait Ionas. C'est un état que trop de gens ne doivent pas connaître sous peine de troubler le calme des nuits citadines, mais tout de même ! Tout de même, je m'amuse bien ! »

Un soir qu'il retournait chez Hiéléna, il eut l'idée de la faire lever. Caïn dormait à poings fermés. Le vampire lui chuchota une comptine de Babylone par précaution. Ensuite, plutôt que se pencher vers elle, il se mit face au lit des époux, lévitant à quatre-vingts centimètres du sol. Ses deux mains décharnées composèrent de gracieux moulinets, comme s'il mimait un spectacle de marionnettes, et Hiéléna, toujours profondément endormie, se retrouva à la verticale. Ses cheveux pendaient jusqu'à la taille. Elle portait une chemise de nuit ajourée. *Jour : petit rectangle qui manque au tissu à travers lequel l'épiderme de la femme que l'on aime devient visible.* Nombre de jours dont la mélodie rythmait cette nuit-là le vêtement léger de la brune : au moins trois cent soixante-cinq. Les yeux ouverts et inexpressifs, elle était suspendue en l'air, au-dessus de son conjoint inconscient. Ionas s'approcha d'elle, l'enlaça. Plus bas dans la rue, Pantoufle le chien commençait à aboyer mais on ne fit pas cas de lui. Ionas saisit la main gauche de Hiéléna et la mit autour de sa taille, l'autre sur son épaule. Doigts d'araignée dans les cheveux bruns. « Hiéléna ! » Dehors, Pantoufle dérangeait le voisinage. Par un mouvement de valse, le vampire s'évada par la fenêtre avec sa proie. Le chien les suivait d'en bas. Les aboiements cessèrent dans le quartier et Caïn put dormir plus tranquillement.

Ionas arborait un sourire imbécile d'amoureux persuadé que rien ne pourrait gâcher son bonheur. Il survolait la ville, pas trop haut pour que le chien puisse suivre, son amour en chemise de nuit serré contre lui. Une pluie supportable leur tomba sur la figure. Hiéléna frissonna et, d'un geste volontaire, se colla contre lui. Elle ignorait sans doute que pieds nus on la trimballait au-dessus des toits de la ville, mais même dans son état végétatif, elle considérait que les bras d'un mort valaient mieux qu'un gros rhume. « Lorsqu'on possède un tel pouvoir sur une femme aimée..., se dit Ionas, et qu'on la sait endormie, il ne faut pas se comporter comme un salaud. » Hiéléna enfouit la tête dans le creux de son épaule.

À mesure qu'ils volaient vers la mer, les rues sous leurs pieds se faisaient plus larges et droites, la cité devenait beaucoup moins juive. Au niveau du pavé, le chien voyait son maître avec une fille qu'il ne mordait pas. Ça l'inquiétait. Si l'on ne se nourrissait pas de celle-là, si on lui donnait trop d'importance, elle était capable de lui voler son travail ! Il fut d'autant plus préoccupé que l'événement se reproduisit. On allait chaque nuit la sortir de chez elle pour danser dans les airs. Et finalement, le caniche cessa d'y trouver quoi que ce soit à redire, puisque cette lubie ne bouleversait pas l'équilibre des astres : au matin, on remettait la chose inerte dans sa maison de poupée et le chien retournait avec délectation dans la niche souterraine, avec son vampire. Ionas puisait dans ces sorties matière à littérature. Il les relatait consciencieusement, en se donnant le beau rôle :

« Quelle chance que ça soit moi le monstre et pas mon frère, écrivait-il. Caïn aurait profité de la situation. Pour ma part, je développe un code de bonne conduite afin de ne jamais rougir de mes actes. Je la prends dans mes bras, je la fais voler et on danse. Je ne lui impose aucun mouvement superflu. Par exemple, parfois, je prends un violon, je l'emmène au port et je joue. Je ne la force pas à danser seule. Je pense au plaisir de ma partenaire, je la regarde lorsque les ondes musicales l'atteignent, je suis attentif à ses réactions. Un autre n'aurait pas hésité à agiter l'index comme un chef d'orchestre pour la faire tournoyer. Et je pousse encore plus loin le respect des vivants… je dois m'interrompre… le chien aboie… Dans un souci de réalisme littéraire, je note les interventions de Pantoufle mais ça n'est peut-être pas nécessaire. S'en abstenir désormais ! »

Il avait nourri le chien, il était allé chez Hiéléna, il l'avait emmenée au sommet du phare d'Odessa. De là on avait contemplé toute la ville. En se retournant, au rythme de cette tour dont le rayon balayait les vagues, on avait regardé la mer Noire. Hiéléna, paupières écarquillées mais semblant ne rien voir, entrouvrit la bouche. Ionas approcha de son visage.

— Je pousse très loin le respect des vivants, Hiéléna. Tu n'entends pas, tu dors, mais je dis quand même les choses. Je ne suis pas fier de moi. Si je ressens le bonheur de ta présence et que tu en ignores tout, j'ai honte. Je ne te réveille pas, je suis trop lâche. Je suis presque certain que tu hurlerais, tu ne voudrais plus me voir. Moi, dans la mesure où tu ne vis pas pleinement ces moments, j'ai des scrupules. Je me contrains donc, moi aussi, à une certaine… extériorité… Je nous regarde faire… c'est agréable de parler à une fille endormie, on n'est pas interrompu. Dans un sens, vois-tu, c'est bien que tu dormes, parce que sans doute si tu avais conscience de toutes les préventions et des culpabilités dont je m'encombre, tu trouverais que je suis…

Hiéléna approcha les lèvres et l'embrassa.

— … chiant, dit-elle.

— Tu ne dors pas ?

Elle ne prononça plus un mot.

— Tu fais semblant de dormir ?

Elle continuait de se comporter comme une somnambule.

— Si tu dors pour de faux, dis-le-moi !

Elle ne répondit rien.

— C'est pas drôle ! Sans doute, si tu fais semblant de dormir, y a-t-il des choses que tu voudrais que je m'autorise, malgré ma grande angoisse, pas mordre, j'ai bien compris, mais… tes seins…

Il plaqua les deux mains à travers la chemise de nuit sur la poitrine de la jeune femme qui ne prononça pas un mot de plus mais l'embrassa à nouveau. Elle mit ses mains sur son crâne de vampire, le serra fort, puis c'est elle qui donna au sommet du phare un coup de talon pour les projeter tous deux dans le vide. Et dans la lumière intermittente du phare d'Odessa, ils s'embrassèrent longuement en tournoyant au-dessus des vagues.

Le vampire rentra chez lui très heureux, avec une érection. Malgré sa pudeur et son excellente éducation, ce gonflement caverneux le rassura sur les possibilités morphologiques de sa situation. En dépit des tressautements de son chien, avant de retourner au cercueil, il reprit son journal et écrivit : « Soit elle vit ça comme un rêve, soit elle se fiche de ma gueule. »

Par nombrilisme ou pour ne plus souffrir, Ionas ne s'interrogeait pas sur l'existence diurne de Hiéléna. Aussi fut-il dévasté le jour où, la soulevant dans les airs, il sentit que le ventre de la jeune femme s'était arrondi.

La nuit suivante, il retrouva des croûtes sanglantes plein son édredon. Il en avait le visage barbouillé du front au menton, le trousseau du cercueil était fichu. « Il faudra avoir un jour le courage de déménager, songea-t-il, parce que, à force d'agrémenter mon caveau de tout le confort d'une maison, je finis par souffrir davantage. Les choses qui me manquent m'angoissent de façon encore plus criante. Elle est enceinte. L'eau courante me fait défaut. Comment ai-je pu, moi qui manifestement vais vivre toujours, m'installer dans une routine avec Hiéléna qui est otage du rythme des jours ? Je dois aller chercher l'eau au robinet du cimetière. Elle est glaciale. Je n'ai même pas un feu et des marmites pour la tiédir. Elle va accoucher quand ? Quelle salope ! Me faire ça ! Alors qu'on s'amusait bien ! Quelle pute ! »

Ionas vola jusqu'à une impressionnante demeure qui trônait à l'entrée de la ville. Quel jour était-ce ? À quel moment en était-on de la grossesse de Hiéléna ? Il était incapable de penser le temps de cette façon. Les jours n'étaient rythmés que par sa faim, son manque et ses sautes d'humeur. Il avait voyagé très vite, négligeant de laisser au caniche la possibilité de le suivre. « Je la punis ! Je ne vais pas la voir cette nuit ! Et j'ai des choses à faire ! L'état de ma literie, je dois tout reconstituer. » C'était son plan : consacrer la nuit à trouver des draps propres et profiter de cette intrusion chez des victimes fortunées pour se laver. Lorsqu'il savait qu'il allait prendre un bain, il s'autorisait à voler salement. En cognant les branches, tête la première, il fonçait sans éviter les obstacles végétaux. La chance de n'avoir pas de cheveux ! La sève des arbres ne peut s'y agglutiner. Mais les aiguilles des pins, les cônes, les écorces, tout ça meurtrissait sa chair de souris grise. Et ces coups de fouet ne suffisaient pas à calmer sa colère.

L'hôtel particulier, comme la majorité des belles maisons odessites, avait tout d'une demeure française : impossible de se cacher dans le jardin pour repérer les lieux ; où qu'on se mette, on pouvait être vu. Ça dormait, là-dedans. Même chez les gardiens. Seules des oies patrouillaient. Il les piétina sans causer de vacarme. Face aux volatiles écrabouillés, il se souvint en un éclair de sa désapprobation quand récemment un soldat face à lui avait meurtri des poulets. « Tout change. Des oiseaux, ça n'est pas grave. Il faut bien que la sauvagerie se réfugie quelque part, qu'elle se trouve un objet inoffensif. » Il ne mangea pas les oies parce qu'il avait fichu les pieds dessus et qu'il se sentait déjà sale. Il ne voulait pas ajouter le manque d'hygiène à l'image de lui-même, déjà écornée. « Pas de duvet aux coins de ma bouche. Je ne suis pas un renard ! » Ionas s'envola au sommet d'un arbre. Il avait des plumes accrochées aux godasses, ce qui le mit très en colère. Il devenait maniaque. Il retira ses bottes militaires et les jeta au loin. Geste incontrôlable qu'il regretta aussitôt puisqu'il se retrouva en chaussettes. Une fenêtre se brisa au contact des chaussures. Il n'avait pas réfléchi à la trajectoire de ses projectiles.

Des lumières commencèrent à se promener dans la maison. Une femme de chambre apparut qui tenait à la main une bougie. Elle n'avait pas pris le temps de se chausser. Le verre brisé la coupa. « Objectivement, elle est plus jolie que Hiéléna », constata le vampire. Puis il bondit du sommet de l'arbre sur la façade de la maison. La jeune servante se pencha à la fenêtre, il se planqua du mieux qu'il put. Elle avança davantage la tête et il ne put se retenir d'effectuer un geste capricieux du bout des doigts. Par le pouvoir de cette passe télékinétique, la malheureuse bascula du troisième étage et se mit à hurler. « Chut ! » fit le mort vivant, et ses deux mains ordonnèrent que cesse l'attraction terrestre. La fille resta suspendue dans le vide. Elle darda vers lui des yeux désespérés.

D'autres vivants rappliquèrent, des pas d'hommes et des piaillements de gosses retentirent. D'un mouvement de brasse, le vampire se propulsa vers le toit. La fuite le contraignit à cesser de soutenir la fille. Les gens se précipitèrent à la fenêtre et la virent tomber des trois étages et se briser les jambes. Ionas entendit énormément de bruit dans la maison. Puis la patronne descendit et gronda la servante qui gisait sur le gazon, ne pouvant opposer à ses interlocuteurs que des tressautements réflexes. La maîtresse de maison enguirlanda les autres domestiques, arguant qu'ils avaient dû pousser à bout la malheureuse pour qu'elle en arrive à sauter par la fenêtre. Certains employés tentèrent d'expliquer qu'elle avait volé, mais ça ne fit qu'augmenter le volume des réprimandes.

Depuis son refuge de tuiles, Ionas observait la scène sans y prêter réellement attention. « Elle est enceinte ! marmonnait-il. Quelle salope ! Elle me fait ça ! J'ai si faim. » Il voyait dans le gazon des sacs de sang qui s'agitaient autour de la fille aux fémurs brisés. Domestiques, patrons, tous semblables en cet instant, puisqu'il avait faim. Une calèche s'en alla, revint chargée d'un docteur. On emmena la blessée. Et pendant tout ce temps, le vampire resta sagement planqué. On pouvait donc contenir sa faim lorsqu'une obsession plus déterminante occupait le terrain, en l'occurrence, le dégoût de soi.

Il se sentait de plus en plus sale. Il descendit le long de la façade, la pulpe de ses doigts collant au mur comme les ventouses d'une grosse mouche, s'approcha de la fenêtre au carreau brisé et jeta un œil à l'intérieur. Il vit tout de suite ce qu'il cherchait : ses bottes, reliquats crottés que personne n'avait enlevés du carrelage, au milieu des débris de verre. Des plumes étaient encore collées aux semelles, ce qui lui

sembla intolérable. Il ne voyait plus q
recouchait. Des enfants cessaient leur b
les lumières, après une interminable agita
par s'éteindre. « Elle va avoir un enfant
c'est grave ? Qu'est-ce que ça change ? se disait-il, la faim toujours au ventre. Ce que je vis avec elle, c'est sur un autre plan. Je suis un rêve, pour elle. Personne ne peut me voler ce qu'elle me donne. »

En entrant dans la pièce, il se coupa au carreau brisé, suça le sang qui fut sa première ingestion de la nuit. Son ventre gargouilla et il ramassa ses bottes militaires. Par souci de discrétion, il conserva les chaussures en main et glissa en chaussettes vers la salle de bains : trop petite à son goût. « Ça doit être celle des enfants ou des domestiques », pensa-t-il. Alors il rejoignit l'escalier central de l'hôtel particulier et descendit deux étages. Lorsque ses pieds foulèrent le tapis, il prit la mesure de leur très haute sensibilité : « Sur une partie non négligeable de ma surface plantaire, je sens directement les piques de la fibre du tapis, et sur l'autre partie, le contact protecteur de mes chaussettes. Ainsi je puis compter le nombre de trous : considérable. Je ne me suis pas encore préoccupé de cette nécessité, avoir du beau linge. »

La salle de bains du premier étage était plus vaste que son caveau. Il se lécha les babines, déterminé à faire le moins de bruit possible afin d'en profiter longtemps. Ne pas déranger les dormeurs car cette nuit-là plus que jamais, il avait besoin d'un bain paisible. Il posa ses bottes sur un tabouret, ferma la porte à clé. « Quelle chance ils ont que ce ne soit pas mon frère le monstre ! Lui, il aurait tué tout le monde rien que se laver en paix. Je suis triste pour l'innocente qui par ma faute est tombée et ne marchera plus droit. Même mort, je persiste à me sentir coupable lorsque j'usurpe la propriété d'autrui. D'accord, Hiéléna attend un enfant et c'est une tragédie. D'accord, j'ai un caveau pour logis et un caniche pour seule compagnie, mais tout de même, voyons la situation avec optimisme : jamais je n'aurais rêvé de prendre un bain dans ce genre d'endroit quand j'étais vivant ! Si je ne disposais pas de ce pouvoir – entrer chez les gens en volant –, j'aurais effectué mon passage sur terre sans connaître l'eau courante, me contentant de faire bouillir au poêle les casseroles de ma toilette. »

Il ne voyait pas sa tête dans le miroir. Juste la forme des vêtements. Lorsqu'il s'approcha, les larmes solidifiées en croûtes de sang devinrent perceptibles. À la lueur de la lune, cette pellicule boueuse et rouge lui permit de deviner son nouveau visage.

— C'est très grec.

Son chuchotis s'entendait fort. Il se contraignit à baisser la voix pour ne réveiller personne.

— Je trouve que je suis plus attirant, maintenant que je suis mort, ajouta-t-il.

XII

Il était placé dans une situation affective difficile et n'y pouvait rien changer. Hiéléna voulait un enfant, que faire ? Le vampire plongeait conjointement dans le consumérisme et dans la compulsion. Ces deux idées faisaient obstacle à la sauvagerie : le caprice du confort et l'envie de propreté. « Face au tragique de l'existence, se disait-il, il faut s'embourgeoiser. » Assis en tailleur sur la grande vasque en marbre du lavabo, il se demandait, en bégayant des mots comme « fantôme », « conduits », « arrivée d'eau », comment installer chez lui, au caveau, un havre aussi propice à l'abandon ataraxique. Il voulut d'abord se laver le visage, en prélude au bain. Quand on est vivant, c'est le sperme qui vacille entre deux eaux qui vous indispose ; après la mort, ce sont les reliquats globuleux. Il avait prévu d'ouvrir en premier les robinets dorés de la baignoire romaine, puis ceux en forme d'anus prolapse de babouin qui commandaient au lavabo. Hélas, lorsque dans le silence nocturne il imprima une torsion au premier robinet, ce furent toutes les tuyauteries de l'hôtel particulier qui se mirent à rugir. Vampire ou pas,

Ionas n'avait jamais eu l'eau courante. Tout ça était franchement nouveau. Toujours tout régler en fonction de deux paramètres douloureux et inamovibles : le nombrilisme et la culpabilité...

Nombrilisme : « C'est pas moi, c'est les tuyaux. »

Culpabilité : « Je n'y suis pour rien. J'imagine que les canalisations produisent un bruit semblable quelle que soit la personne qui les actionne. »

« N'empêche que des gens risquent d'être alertés, pensa le vampire. Ça n'est pas de ma faute. Je n'ai rien fait. J'ai droit à mon bain. Si je ne peux pas faire le vide, me reposer tout de suite dans le confort embué de l'eau frémissante, je ne réponds plus de rien. »

Dans un état second, il ouvrit les robinets encore plus fort. La vapeur emplit la pièce. Le bruit des canalisations, le fracas liquide dans le lavabo et dans la baignoire lui cassaient les oreilles. Il passa ses bottes sous l'eau, les récura à l'aide d'une brosse dont la destination originelle ne lui était pas connue. Il se jeta de la flotte brûlante sur la figure et frotta comme un raton laveur, jusqu'à redevenir, à ses yeux et face au miroir, un homme invisible. Puis il se mit nu et sauta dans son bain. Sous la surface. Les paupières obstinément closes.

Il avait pris grand soin de ne pas couper l'eau afin que les cascades qui se déversaient des quatre robinets (deux dans le lavabo, deux dans la baignoire) masquent totalement les bruits extérieurs. À l'instar des enfants qui croient qu'on ne les voit plus quand ils mettent sur leur figure les paumes de leurs mains, le vampire ne souhaitait pas entendre ce qui se passait hors de la salle de bains. Il reposait, paisible, au fond de la baignoire. Un instant de calme, absolument *ensimismado* comme les gisants du Greco. Il venait de se persuader, contre toute logique, que tout irait bien : « J'ai des érections, soit, mais je ne peux pas imaginer que ma situation me rende capable d'enfantement. Et quand bien même ce serait le cas, je ne suis pas sûr de vouloir croiser le regard d'un enfant de vampire ! Et… et soyons réaliste, j'éprouve déjà de terribles difficultés à entretenir un caniche, alors la paternité, malgré mes inclinations naturelles humaines et tendres, ça ne me conviendrait pas. Du point de vue cérébral, sous l'eau et dans le calme, je parviens donc à dire froidement les choses : c'est bien si elle a des enfants, et tant mieux pour tout le monde si leur père ne vit pas au cimetière. Il suffit à présent d'en convaincre le cheval noir qui gouverne mon cœur. Facile. Même comme vampire, j'ai toujours été raisonnable. J'ai une ligne de conduite : à moi ses nuits, à moi ses rêves, qu'elle me range dans l'imaginaire, dans le superflu, le littéraire, elle devra s'occuper d'une famille et moi, en secret, je prendrai soin d'elle. Je peux devenir, si j'extirpe de mes entrailles la haine et le dépit, un ange bienfaiteur. »

D'un coup d'épaule, un domestique au torse d'hercule fit sauter le verrou de la porte. Derrière lui, le maître des lieux, deux servantes et la maîtresse de maison. Le vampire sentait tous ces sacs de sang. Il gardait obstinément les yeux clos, comme si cette ultime seconde de calme revêtait une immense importance. « Il faudrait sortir du bain avant qu'ils me flinguent. » Il se mit à rire. Quelques bulles s'échappèrent de son nez. Dirigé vers son torse nu, un fusil de chasse fit feu de ses deux canons. L'eau devint instantanément opaque du sang de Ionas. Puis, la paroi abdominale déchirée, ses entrailles traînant sur le bas-ventre comme un pagne aborigène, le monstre jaillit hors du liquide et n'eut plus le moindre contrôle sur l'expression de ses spasmes de survie.

Pour la première fois depuis sa mort sur le champ de bataille, le vampire fut parfaitement conscient des instants du carnage. Il se vit prendre à pleines mains le tuyau brûlant du fusil et l'arracher au larbin, lui envoyer la crosse dans la cloison nasale. Refaire à cinq reprises le même geste, en cognant à chaque fois plus fort, jusqu'à ce que le visage du majordome ne soit plus qu'un amas de pulpe et de poils de moustache.

Nombrilisme : « Je n'y suis pour rien puisque c'est mon instinct. Si quelqu'un a mal agi dans cette histoire, c'est Dieu, il n'avait qu'à pas mettre au monde un vampire. »

Culpabilité : « Non. Je suis conscient. Si l'on me donne connaissance de mes actes, c'est pour que j'exerce mon libre arbitre. Je vais faire de mon mieux pour éviter les morts inutiles. »

Obsession : « Trop de monde dans cette salle de bains ! »

Propreté : « Je dois faire le vide. Je ne parviens à rien dans cette agitation qui doit CESSER ! »

Il ne reprit connaissance que la nuit suivante. Toujours au fond de la baignoire. L'eau était limpide, mais froide. Plus aucune trace de sang dans la pièce. Il sortit du bain et se sécha jusqu'aux interstices entre les orteils. Il remit ses vêtements et constata avec plaisir que plus aucune plume ne lui collait aux bottes. Il se demanda si le massacre n'avait pas été un songe. Il tenta même de s'en persuader. Il avait dû s'assoupir dans l'eau bouillante et cela avait provoqué chez lui une espèce de bouffée délirante. Puis il remarqua le verrou brisé de la porte. Enfin il vit son ventre, assez bien cicatrisé, mais où subsistaient d'affreuses traces de l'impact du fusil… Il avait donc bien assassiné tout le monde et ne s'en souvenait plus. Par paresse intellectuelle ? Parce que les monstres disposent de ce type de protection contre une image trop dégradée d'eux-mêmes ? Le même genre de disposition qui les amène à refuser de se voir dans les miroirs ? Donc il avait dormi sous l'eau. Il se demanda à nouveau, avec le plus grand sérieux, comment installer une baignoire dans son caveau. « La salope, elle attend un gosse ! »

Après quoi Ionas sortit de la salle de bains et vit la famille qu'il avait assassinée.

Il était resté assez longtemps à regarder les cadavres de cette lignée inconnue et de sa domesticité, tous morts parce qu'il avait choisi leur maison pour nettoyer ses bottes. Il lui semblait injuste qu'après vingt-quatre heures, aucune police ni témoin n'ait encore fait irruption sur place. L'impunité lui paraissait insupportable. Il allait donc falloir prendre seul la décision de se mettre hors d'état de nuire. Tant pis pour le caniche qui devait depuis la veille errer dans les rues de la Moldavanka. Mais à part cette bête, à qui pouvait-il se vanter d'avoir fait du bien depuis son retour ? Même pas à lui-même, sans doute.

Il se trompait un petit peu. Hiéléna avait aimé voler avec lui. Et peu importe qu'elle s'en fût souvenue au réveil ou pas. Aurait-il su qu'elle avait à son contact ressenti une joie bien réelle, ça n'aurait rien changé. Il fit le compte des morts depuis son retour au monde ; aucun amour, aucune volonté de puissance poétique ne justifiait à ses yeux ce rapt constant de l'existence des autres.

En volant très haut hors de la ville, il songea à cette évidence : on n'annoncerait pas son trépas. Un individu souhaitant mourir pour la deuxième fois s'expose à un non-événement. Il se mit à pleurer. Le sang lui descendait sur les joues. Il regardait les gouttes à la pointe de son nez. À quelle vitesse pouvait-on voler dans son état ? D'une certaine façon, il avait décidé qu'il n'était plus là depuis longtemps, et c'était pour cette raison sans doute qu'il pouvait planer, n'ayant plus aucun poids dans le réel. Il voulait que tout ce cirque s'arrête : regarder par le trou de la serrure la femme qu'on aime constituer une famille vivante quand on n'a rien à faire d'utile sur la croûte terrestre sinon passer sa rage sur des innocents, ça ne valait pas le coup. Il survola longtemps le littoral en se demandant comment faisaient les vampires au moment de se foutre en l'air. « Il suffit sans doute de ne plus lutter, pensa-t-il. On ne va plus me soigner, ni me ramener sur la rive des vivants. Je ne vais plus rien obtenir qui embellira les choses. Je vais laisser venir. Les considérations morales sont derrière moi ; restent les dispositions pratiques à organiser. »

Sous son manteau qui claquait au vent, il y avait les vagues de la mer Noire et le désir d'y plonger. Suivi par la crainte, s'il se précipitait dans les flots, de survivre à l'immersion et d'en ressortir trempé, pas noyé, tout à fait ridicule. Puis il fut saisi par la terreur de laisser sa dépouille loin de tout. Il aurait aimé qu'au moment de disparaître, on eût la gentillesse de le serrer dans des bras (n'importe lesquels). L'envie lui prit de faire demi-tour, d'aller chercher le chien afin qu'à l'ultime instant, il lui prodigue de la gentillesse à l'aide de sa truffe mouillée. Mais récupérer Pantoufle lui semblait complexe et c'était courir le risque de ne plus vouloir disparaître. Il obliqua vers la steppe, se disant que d'autres animaux feraient aussi bien l'affaire. On hypnotiserait une bête quelconque, on se serrerait contre son ventre et le soleil ferait son œuvre.

Aux questions : « Qu'est-ce que je fous encore ici ? Pourquoi je suis revenu ? », il eut bientôt deux mots apaisants à opposer : « Par erreur. »

Culpabilité : « Ça n'est pas mon erreur. Je n'ai rien fait pour. »

Nombrilisme : « Je vais régler la situation. »

XIII

La colline des Croix apparut au loin. C'était là qu'il avait enterré Mérij, c'était là qu'il lui tiendrait bientôt compagnie. Il se mit à planer en cercles de corbeau à la verticale du monticule puis, brusquement, cessa de voler. Sa carcasse tomba comme un caillou. Ionas se voyait déjà détroncaturé par un crucifix lituanien, la tête proprement tranchée au contact d'un de ces soleils noirs de fer forgé. Mais, comme la première fois qu'il avait abordé la colline des Croix, une bourrasque traîtresse induisit au dernier moment une erreur de pilotage : il atterrit dans les branches de l'arbre aux pendus et se contenta d'abîmer sa chemise. Tous les morts accrochés à leurs cordes cliquetèrent des osselets au moment du choc. Il se dégagea de là, vira respectueusement un des squelettes de son nœud de cravate et après avoir vérifié la solidité de la corde, la mit autour de son encolure et sauta de la branche où il se trouvait. Un mouvement réflexe le mit en état de lévitation et il ne s'étrangla point.

« Merci pour ton silence, dit-il à l'arbre. Et pardon de te rajouter ce poids, mais chacun ses problèmes. »

Le grand chêne ne répondit rien. Ionas commença de se persuader qu'il s'était imaginé des choses la première fois. « Voilà bien l'attitude d'un coupable hyperbolique : s'excuser même auprès des plantes lorsqu'on les percute. » Puis il se remit à son suicide avec détermination.

Convaincu qu'il fallait simplement un peu plus de concentration pour réussir l'opération, Ionas remonta sur la branche. Il fit une prière en hébreu, regarda vers le sol sous lequel reposait Mérij, ferma les paupières et sauta. Les soixante-quinze autres pendus vibrèrent à l'unisson lorsque se tendit la corde. Ionas entendit claquer ses vertèbres cervicales et se dit que s'il les percevait, c'est qu'il n'était toujours pas mort... Il ouvrit des yeux hébétés, fit « ouille » et resta un moment ainsi, à se balancer au bout du chanvre tressé. Le jour viendrait bientôt et réglerait la situation. Soudain, il donna des coups de pied dans le vide, lança dans l'air froid une bordée d'injures. Il lui sembla alors que l'arbre réagissait et que les pendus s'agitaient plus qu'ils n'auraient dû, comme s'ils se moquaient. Il mit cette sensation sur le compte de la strangulation et des problèmes de capillarité du cerveau, « l'organe est moins irrigué, il débloque ».

Ignorant ces sensations de présence surnaturelle, le vampire résolut de s'en tenir à son projet d'auto-extermination : rester accroché comme un hareng au dessalage et attendre le réveil de l'astre purificateur. « Si les poissons savaient que tout va s'arrêter et qu'ils vont devenir des rollmops, ils accepteraient leur sort plus volontiers. » Imperceptiblement, la lumière commença bientôt à découper la lande, caressant les croix et ses voisins suppliciés. Il s'aperçut avec un certain déplaisir qu'il s'était pendu le nez vers l'ouest, ce qui lui interdirait de regarder le soleil en face au moment de l'anéantissement. La perspective de crever le dos brûlé ne lui parut pas satisfaisante et il commença à se tortiller en donnant alentour des coups de chaussure afin d'effectuer une rotation à cent quatre-vingts degrés. Son pied heurta le maxillaire d'un pendu des branches inférieures ; Ionas prit appui sur l'os jugal du malheureux, se tourna, vit enfin le lieu où s'apprêtait à paraître le soleil et tâcha de rester tourné dans cette direction. Hélas, dès qu'il lâchait le pendu du pied, la corde se tordait dans l'autre sens et il retrouvait sa position initiale. Sa colère décupla. Il donna sans aucun respect pour ses colocataires de l'arbre des coups dans tous les sens. Ses vertèbres cervicales craquèrent à nouveau sans que cela l'empêche de continuer à sautiller au bout de sa corde. Le soleil apparut enfin. Ionas agrippa une branche et hurla avant de ressentir les effets de la brûlure définitive.

Il éprouva une douleur insoutenable, sentit croustiller la chair de son visage. Une odeur de viande carbonisée lui emplit les narines. Il perdit connaissance.

La nuit suivante, il se réveilla sous terre, à la verticale du lieu où il s'était pendu. Il était donc victime de cette volonté inconsciente de rester au monde. Quand il s'infligeait une souffrance excessive, l'instinct prenait le relais et le mettait en sûreté. Tel un enfant qui s'obstinerait à un absurde caprice, il ressortit de terre en boudant, s'épousseta et bondit à nouveau en haut de l'arbre. Il délogea sans égard pour son repos éternel un autre pendu. CRAC ! fit le vieux cadavre en s'éparpillant dix mètres plus bas. Cette corde était plus longue que celle de la veille. La branche à laquelle elle pendait culminait tout en haut de l'arbre. Ne prêtant aucune attention aux névralgies cervicales résultant de sa pendaison précédente, le vampire se rependit. Sans plus de résultats. Il répéta l'opération assez souvent pour que le chêne s'en offusque :

— Maintenant, ça commence à suffire, oui !

— Pardon ?

— J'ai déjà assez des pendus ordinaires, bougonna le chêne immense. Va-t'en !

— Je me pends où je veux.

Regardant dans le vide afin de ne pas se surprendre à chercher dans les nœuds du grand végétal des formes buccales, oculaires, des aspérités pouvant évoquer un visage, le vampire resta pendu. Les deux créatures demeurèrent silencieuses quelques minutes. On n'entendait plus que le vent dans les feuilles et le grincement des vieux cordages.

— Va-t'en. Tu me déprimes, souffla l'arbre.

— Je fais ce que je veux. Et je n'ai pas l'intention de vous répondre.

— Je ne tiens pas non plus à te faire la conversation, je t'ordonne simplement de te dépendre de mon branchage.

Dans la zone nébuleuse de sa vision périphérique, Ionas le vampire avait bien distingué cette fois les grosses lèvres de bois. Et à l'intérieur, des dents plus claires que le reste de l'écorce, en fibre végétale comme des fanons de baleine. Il ne voulait pas s'interroger sur cette manifestation extraordinaire. Afin d'avoir la paix, il demeura inerte au bout de son cordage.

— Tu entends ce que je dis ? gronda l'arbre.

Le vampire resta silencieux.

— Tu fais le mort !

Comme on ne lui répondait toujours pas, l'arbre se mit à rire.

— Pardon ! Pardon, c'est pas la meilleure des blagues mais je suis seul sur ma colline avec pour unique compagnie des dépouilles pendulaires, alors il m'en faut peu. Je ris d'un rien. Mais c'est drôle, non ?

— Quoi ?

— Le mort qui fait le mort.

— Pas du tout. Je ne vous connais pas. Je ne parle pas aux étrangers. Laissez-moi. Je vais finir par disparaître réellement. Chut !

— MPFRRRRRR ! bruissa le chêne.

— HM ?

— Je n'y arrive pas ! Le mort pendu qui fait semblant d'être mort, vraiment, ça me fait rigoler.

Ionas regarda ses colocataires, puis le visage réjoui de l'arbre. Il sentait monter une sorte de hoquet impérieux et déployait toute l'énergie nécessaire afin que ça ne sorte pas. À l'image du jeune homme que l'on gâte pour la première fois et qui tente sans succès de retenir le jaillissement séminal, Ionas n'avait pas de contrôle sur son rire. C'était une force du ventre, plus puissante que les passions morbides. Le vampire rit alors très fort. Pour la première fois depuis son trépas, il s'autorisait à faire énormément de bruit. L'arbre se marrait encore plus fort et tous les pendus, agités par le tressautement des branches, se mirent à battre des fémurs.

— Maintenant tu as bien vu que ça ne marche pas, dit l'arbre. Tu n'es pas mortel. Descends de mes bois.

— Non. S'il te plaît. Enserre tes branches autour de moi. Quand le soleil se lèvera demain matin, tu me laisseras griller comme une saucisse.

— Ai-je l'air d'un assassin ? répondit l'arbre.

— Ça me rendrait service.

— Je ne fais pas ça, protesta le chêne.

On distinguait à présent dans son écorce deux grandes fosses circulaires qui cillaient comme des yeux, ainsi qu'un espace creusé en dessous qui pouvait faire penser à un sinus. Et sa bouche immense qui s'agitait. Une multitude de branches, comme autant de bras, rythmaient son discours.

— Ça ne serait pas un grand crime, protesta Ionas. J'ai tourné la chose dans tous les sens, je ne sers à rien ici. Je souffre et je fais du mal aux autres. Allez !

— Non. Je ne te tuerai pas.

— Techniquement, je suis crevé depuis un moment déjà. Personne ne te reprochera rien.

— Reproches ? Je n'ai peur de personne, petit rat.

Au fil des discussions, Ionas comprit que ce chêne aussi était dépressif. Le temps, malgré la lenteur du débit de sève dans les capillarités du bois, lui était aussi long que pour chacun des organismes terrestres. Il se dressait déjà là bien avant les croix et les pendus. Ses premiers locataires avaient été « branchés » à lui par la force, c'étaient des criminels. Entendre le récit des malheurs de l'arbre incitait Ionas à se lamenter davantage sur lui-même. « Personne ne me pleurera », répétait-il en boucle.

Il attendait le soleil qui devait le cramer… quand arriva le chien.

Pantoufle était à bout de souffle, les frisettes en bataille, d'avoir galopé depuis Odessa à la recherche de son maître. Il se tenait à présent sous l'arbre aux pendus, les babines grandes ouvertes, comme pour sourire. Ionas l'évita du regard, tressauta de la pointe des bottes sur le crâne du pendu d'en dessous. Le vampire faisait comme si de rien n'était. Alors le chien se mit à aboyer joyeusement. Le soleil se levait. Ionas, imperturbable, attendait le repos éternel, tentant de ne pas se laisser distraire par les jappements du caniche. Ses yeux brûlèrent, tout se brouilla.

Il se réveilla sous terre et désorienté. Se rappeler qu'on est mort, que chaque nuit tout recommence. Tenter de remettre de l'ordre, parce que les heures se ressemblent et qu'on ne comprend plus leur succession. « J'étais où ? Pendu ? Pourquoi ? Parce que j'ai trop de mémoire, se lamentait Ionas sans sortir de son refuge chthonien. Je me souviens trop de la fille que j'aimais quand j'étais en vie. Je me rappelle également ceux dont j'ai causé la mort. J'ai souhaité finir en grillade et c'est encore loupé. Quel jour sommes-nous ? Quelle année ? Ce qui ne va pas chez moi, c'est le réflexe de vie. Comme les poulets qui crapahutent après qu'on leur a coupé la tête, j'ai cette injonction désespérante à rester là. Donc, j'imagine que le soleil est venu et que mon "vouloir rester là" a pris le dessus, m'a commandé de fuir sous les croix. Combien de fois ça s'est produit ? »

Il parvint presque à se convaincre d'être patient et de demeurer sous terre. Il ne sortirait plus de là-dessous. « Après tout, rien de désagréable à rester ainsi tapi. Et la faim, on s'en arrange. » Ses longs doigts malaxaient la tourbe noire et humide quand une racine huileuse vint au contact de ses mains. Et dans l'obscurité, deux yeux s'allumèrent. Le regard exotique d'une fille aux pommettes hautes, avec des iris dorés totalement incongrus. Le vampire rétropédala dans une gerbe de tchernoziom. Des paupières battaient, on le fixait avec curiosité. Il sortit de terre et le chien lui fit fête. Ionas, sur les fesses et plein de boue, apostropha l'arbre :

— C'est quoi ?

— C'est quoi quoi ? lui demanda le chêne.

— Là-dessous.

Seules quelques branches couleur rainette affleuraient du magma terreux.

— Attache le chien, suggéra l'arbre.

— Pour quoi faire ?

— Obéis.

Ionas attrapa le collier du chien et l'emberlificota dans une des brindilles quasi phosphorescentes. Pantoufle n'avait pas coutume d'être ainsi entravé. Il lança au vampire un regard angoissé. Il attendait là depuis longtemps, et au lieu de caresses, on le martyrisait.

— Et après ? demanda Ionas.

— Éloigne-toi, répondit le géant de bois.

— J'abandonne pas mon chien, rétorqua Ionas qui pourtant reculait déjà. Je te préviens, je le laisse pas là.

— Recule davantage.

— Là, ça va ? demanda le vampire à dix mètres du tronc.

Croyant qu'on l'appelait, le chien tendit la tête vers son maître. Il décida de cesser d'être sage et se mit à gambader. La branche restreignait ses mouvements. Ionas, le voyant peiner, voulut l'aider.

— Hé, non ! Attends ! ordonna l'arbre. N'approche pas !

Mais avant que le vampire ait pu rejoindre son caniche, la foudre s'abattit au pied de l'arbre. Un éclair qu'on n'avait pas vu venir défonça la tête du chien. Le temps que Ionas le prenne dans ses bras, il expirait déjà dans un fumet de viande cuite.

— C'est ce qui se produit quand on cueille une mandragore, affirma l'arbre.

— Mais ! Qui t'a demandé de me protéger des éclairs ? brailla Ionas. Non seulement mon chien est mort, mais en plus tu viens de me faire louper une vraie occasion de me suicider.

— Vous faites quoi ? demanda une voix.

Ionas se retourna et vit la mandragore. Elle n'était pas à proprement parler déterrée, mais la traction opérée par le chien, suivie par l'éclair, tout cela, manifestement, l'autorisait à naître.

— Voilà, expliqua l'arbre. Tu dois t'occuper d'elle. C'est ce qu'il faut pour détourner une âme comme la tienne de sa… noirceur.

La fille agita la tête. Des tas de branches lui tenaient lieu de cheveux. Elle s'extirpait de terre, s'époussetait, eut un regard désolé pour le caniche. Cette créature disposait d'une physionomie humaine, elle avait bien deux bras, deux jambes, mais du bois tendre lui tenait lieu d'épiderme. Pas de vêtements. Elle sautillait pour se débarrasser des mottes de tourbe qui la salissaient, ses fesses et sa poitrine suivaient le mouvement avec un peu de retard. Ionas la reconnut à ses mouvements : impudique, sans gêne, gracieuse.

— Mérij ? fit Ionas.

— Comment tu m'as appelée ?

— Mérij, c'est ton nom.

— Je ne m'en souviens pas.

Elle secoua ses branchages à nouveau. Des particules de pollen, comme autant de lucioles, vinrent voleter autour de son visage. Ça la fit éternuer, joyeusement.

— On disait quoi ? demanda-t-elle.

— Tu t'es recouverte de bois pour te protéger, expliqua le vampire. Tu avais besoin d'un bouclier, d'un truc solide pour ne plus avoir ces souffrances.

— Trop de mots, fit remarquer la fille. Je viens de me réveiller. Je crois que je ne suis pas forte avec les mots.

— Sous ce bois dur, il y a Mérij, insista le vampire.

La créature saisit la main grise et froide de Ionas. Le vampire sentait dans les petites pattes vertes affluer la sève, les variations de chaleur. La mandragore, innocemment ou pas, l'obligea à poser sa paume ouverte sur le haut de son ventre, la fit remonter jusqu'au plexus, puis effectua un mouvement à l'issue duquel il fut difficile à la main de ne pas peloter franchement son sein gauche.

— Tu trouves ça dur, toi ? demanda-t-elle.

— Non. Non, c'est comme une peau de grenouille mais très chaud et moins…

— Moins dégueulasse, j'espère ! Je n'ai pas de bave sur le corps, moi ! Tu as vu, c'est…

— Oui, très, répondit le vampire en retirant sa main. Je dois partir.

— Laisse-la te prendre dans ses bras, suggéra l'arbre.

— De quoi je me mêle ? répondit Ionas.

La fille se jeta contre lui, puis ordonna :

— Tu dois t'occuper de moi.

— Oui, oui, c'est toi qui l'as fait naître, expliqua l'arbre. Elle et toi vous ne vous… consumerez pas…

Le vampire voulut s'éloigner. La fille verte s'accrochait. Il la bouscula poliment, mais d'un geste sans appel.

— Si personne ici ne veut me laisser mourir tranquillement, je dois…

— Tu dois quoi ? demanda-t-elle.

Elle éternua à nouveau, dans une explosion de pollen phosphorescent.

Les flocons brillants auréolaient Ionas, lui collaient aux épaules et partout. Il en avait même sur les cils. Il en inhala sans le vouloir une bonne lampée, à la suite de quoi il fut envahi par une sensation de calme inhabituelle.

— On est où ? demanda le vampire comme s'il venait de se réveiller.

— Dans la forêt, répondit la fille.

— Tu t'appelles comment ?

— On s'en fiche. Comment tu veux m'appeler ? répondit-elle.

— Tu as l'air d'une branche.

— Branche, c'est moche. Je craque pas, je suis souple, touche mon bras.

(C'était souple.)

— Liane. Tu ressembles à une liane, dit le vampire.

— C'est quoi ?

— Comme une branche mais plus long, plus jeune, plus fille. Tu vois, une branche, ça fait sorcière. Mais une liane, c'est très séduisant.

Elle parut très heureuse et l'embrassa sur les lèvres. Le vampire ne se récria pas trop. Du pollen leur tomba encore sur le coin de la figure.

— Et toi, comment t'appelles-tu ? demanda Liane.

— Je ne m'en souviens pas. C'est tes poussières qui me font ça ? C'est pas normal.

— On s'en fiche, viens !

Et la fille indiqua un chemin qui serpentait entre les croix métalliques. Elle voulait se perdre avec lui au fond des bois. Le vampire se laissa prendre la main, fit quelques pas avec elle.

— Je ne sais pas qui je suis, ça m'intrigue.

— Tu dis trop de mots, répondit Liane. Tu es sûr que c'est bien, Liane, comme nom ?

Il trouva un objet métallique au fond de sa poche : un médaillon avec une tête de brune. Il lui fallut quelques instants pour se souvenir qu'elle s'appelait Hiéléna. Liane regarda la photographie en fronçant les sourcils.

— Elle est moche. C'est qui ?

— Hiéléna. Ça doit être important.

— Où tu vas ?

— Au revoir, il faut que je me souvienne.

Ionas s'envola au-dessus de la forêt, laissant Liane toute seule. La mandragore, déçue, retourna près du grand arbre.

— Il m'a fait venir ici, il doit s'occuper de moi.

— Ne t'inquiète pas, dit l'arbre, moi aussi je peux être là.

— Tu es juste un arbre, ça n'est pas très intéressant. Quand est-ce qu'il va revenir, le… comment il s'appelle ?

— Tu ne peux pas rester là à l'attendre.

— Non. Tu as raison. Je vais tout préparer pour quand il reviendra.

— Non, tu dois…

— Tu as raison ! Je vais trouver l'endroit où il va. Je vais le suivre et…

— Non. Ça, c'est une idée catastrophique.

— Même s'il ne veut pas s'occuper de moi, moi je m'occuperai de lui.

— Visite la forêt ! La forêt c'est formidable, tu n'as besoin de rien d'autre ! Obéis !

— Comment il a dit que je m'appelais ? demanda la plante. Liane ? C'est moche ! Trouve-moi un diminutif. Il a vraiment dit Liane ?

— Je n'ai pas écouté. Pour moi, tu n'es qu'une mandragore.

— Et je dois faire quoi ?

— Normalement, tes semblables collent aux basques du type qui les a cueillies et, par amour, elles lui pourrissent la vie jusqu'à ce qu'ils aillent très mal tous les deux et que tout finisse en tragédie.

— Ah…

Liane pouvait encore apercevoir le vampire de loin. Il volait sans bien maîtriser les courants aériens. Si elle n'avait rien su, elle aurait pu le prendre pour un mouchoir couvert de suie que le vent baladait.

— … mais avec lui, ça aurait pu être différent, reprit l'arbre. Il a une malédiction aussi, donc ça s'annule, enfin je veux dire que lui et toi ensemble, vous n'auriez pas réussi à vous pousser au suicide, ça aurait été… mouvementé mais intéressant. Je l'ai incité à te faire éclore pour que tu sois son… médicament.

— Et maintenant, on fait quoi ? Je le rejoins ?

— Pas en ville. Sur les mortels, tu peux avoir un effet…

— Quoi ?

— Même sur moi qui suis en bois, ça n'est pas inefficace. Reste là. Ici, on est bien. Ne sors pas de la forêt. Obéis.

La mandragore quitta en sautillant le sommet du tertre, bien déçue que son vampire ait complètement disparu du paysage. Elle s'éclipsa bientôt entre les croix lituaniennes.

— Espérons qu'elle va obéir, grommela l'arbre. Ça fait beaucoup d'agitation en peu de temps.

Puis il sombra à nouveau dans le silence.

XIV

Hiéléna avait mis au monde une petite fille. Trop occupé par son projet suicidaire, Ionas ne fut saisi par aucun pressentiment à l'arrivée de l'enfant.

Mais par ses cris, par la place qu'elle usurpait, la fillette avait rallumé quelque chose, loin d'Odessa, dans la neige et parmi les morts. Haydée se mit à hurler au moment de la naissance. La masse du charnier et le givre l'empêchaient de jaillir hors de sa prison. Elle se vida les poumons de l'air vicié qui y stagnait depuis sa mort. Sur la paroi de ses muscles blancs, des cristaux de glace se craquelèrent. Elle se réchauffait. Elle mobilisa tout ce qui lui restait d'énergie pour hurler encore. C'était en pleine nuit. Chacun des morts autour d'elle reçut un peu de sa colère. Leurs yeux s'allumèrent brièvement. Les soldats ressuscités ne comprenaient pas ce qu'on voulait d'eux. Alors, comme des mécaniques en bout de course, les cosaques replongèrent dans leur long sommeil. Haydée ne bougeait plus. Elle n'avait plus d'énergie. Mais ses paupières restaient ouvertes. Sa gueule exhibait une dentition parfaite, prête à mordre. Elle continuait d'effectuer tristement le mouvement maxillaire de celle qui hurle, mais pas un souffle ne sortait de sa bouche. Haydée avait la colère, il lui manquait la force.

Au pied de la colline des Croix s'étendait une vaste forêt où la mandragore avait élu pour un temps domicile. Liane, puisqu'elle ne se rappelait aucun autre prénom, avait le don de débusquer les choses. Elle se fondait dans les formes végétales et voyait ce que même les animaux les plus attentifs ne pouvaient percevoir. Au vampire qui s'étonnait encore des moindres manifestations surnaturelles, elle aurait pu enseigner une encyclopédie du merveilleux. La mandragore découvrit avec beaucoup de plaisir que l'immense majorité des légendes enfantines étaient vraies : du monde se dissimulait sous les feuilles, de minuscules cités et des êtres qu'un pied maladroit aurait pu anéantir sans changer l'ordre de l'univers. Ces peuples avaient leurs chansons, leurs fêtes et beaucoup de tabous qui l'amusaient. On trouvait aussi des bêtes à cornes plus volumineuses dont aucun boucher ne trancherait jamais la gorge, et des entités vastes comme une colline dans le ventre desquelles on pouvait déambuler sans même les réveiller. Mais tous ces enchantements, aussi fascinants soient-ils, ne permettaient pas à Liane d'oublier le vampire qu'elle avait décidé d'aimer. Ne sachant ni son nom ni l'endroit où il était parti, la mandragore attendit sagement son retour. Parfois elle retournait voir l'arbre mais il râlait sans cesse : il ne fallait pas explorer le monde, elle devait se contenter des merveilles qui derrière chaque ombre sylvestre s'offraient à ses yeux jaune d'or.

— Comment je peux savoir que c'est « merveilleux » ? Je n'ai rien vu d'autre ! Et je ne suis pas le genre de fille qui « se contente » de ce qu'on lui donne, je te signale !

— Liane..., la suppliait l'arbre.

— Ce n'est pas joli, Liane. Trouve-moi un nom que j'aimerai davantage.

— Un diminutif ?

— Je ne sais pas.

— Nous allons y réfléchir ensemble, proposa l'arbre, désireux de trouver une astuce pour qu'elle ne se sauve pas trop loin.

Haydée était encore momifiée sous la neige, mais plus pour longtemps. Elle faisait des prières. Ce qui restait dans son corps d'énergie électrique et de haine adressait à Dieu des suppliques semblables à celles de la vieille Sara se plaignant de Hagar sa servante. Elle voulait un enfant, il devait naître au monde, d'ailleurs il était là. Elle ne pensait pas « je prie le Diable ». L'infime partie de son cerveau que la neige n'avait pas grillée faisait appel aux plus tendres représentations de la religion des campagnes. Haydée parlait à la Vierge qui devait comprendre sa situation et aux sévères icônes qui pleuraient de l'huile parce qu'elles savaient la condition des filles humaines. La mort coloriait tout cela. Ça n'était pas « Satan, rends-moi la vie ». Elle parlait à la Sainte Mère. Mais sa folie et l'état nécrotique pervertissaient les représentations sacrées. La Madone se recouvrait d'une armure poisseuse de sang. Un sein couvert d'ecchymoses affleurait aux déchirures de la cuirasse. Il donnait un lait noir qu'aucune bouche n'empêchait de tomber sur un sol de lave. Des cornes démesurées grandissaient à chaque nouvelle supplique sur le cimier de la Déesse. Plus Haydée la priait, plus la protectrice devenait sauvage, métallique et sanguinaire. À ses pieds rampaient des figures chimériques où se mêlaient dans d'atroces combinaisons l'animal et l'humain. Des guerriers affublés d'antennes et de pattes insectoïdes vrombissaient autour de l'adorée. Ni la planète ni le vide du ciel n'étaient encore constitués de façon stable. Le Dieu viril n'était pas puissant, dans cette représentation. Il apparut et téta le mamelon de la Déesse, nourrisson débile se gavant de goudron avant de pouvoir cracher des flammes. Toutes les offrandes de l'espace et du fond des eaux s'amoncelaient autour de l'avorton, pour la simple raison que le monde avait peur de la colère de sa mère. C'était cette Vierge-là que priait Haydée. Elle entendait entre chaque supplique les petits cris inconscients de la fille de Caïn. « Sainte Mère, je veux plonger mes ongles dans ses poumons et les déchirer comme on fait craquer un morceau de dentelle. Donne-moi la force parce que je crois en toi. J'amènerai ton règne. Et le fils que je porte te fera honneur. Je suis la Russie, je suis la colère. Viens à moi sur ta maison qui n'a qu'une patte de poule, Baba Yaga, viens et fais-moi ton soldat. Il faut ton règne, il faut ta justice. Si je crois en toi, alors tu existeras. »

À Odessa, les jappements joyeux continuaient ; la petite fille en bonne santé régnait sur ses parents. Plus il y avait de bonheur chez Caïn et Hiéléna, plus la folle, sous la neige, psalmodiait. Elle devenait le prophète de l'ancienne religion. La Déesse allait revenir. Le culte des femmes ne serait ni amour ni douceur. Il fallait la vengeance et la furie. Un ouragan se déclencha sur la forêt. Les éclairs frappèrent ensuite. Haydée y vit une réponse à son appel. Est-ce que l'électricité statique lui rendit la vie ? Qui peut le croire ? Elle s'était simplement persuadée de l'existence d'un dieu quelque part, un dieu femme qui croyait en elle.

Haydée ouvrit les yeux dans la neige, prisonnière du tas de cadavres amoncelé sur ses épaules. L'instinct maternel lui donnait une puissance inédite. Elle commença de tout agiter, elle hurla, et pas une bête ne resta dans les parages à l'audition de ses cris de colère. Elle avait senti, à l'intérieur de son ventre, que Caïn avait fait son nid ailleurs. Et quand elle s'extirpa de son tumulus, toute nue, cheveux rouges jusqu'aux pieds, le corps desséché et l'abdomen toujours gros, ce fut pour tomber à quatre pattes. Elle n'avait pas la puissance nécessaire pour rester debout. La furie, protégeant ses entrailles, rampa jusqu'à la rive du fleuve. Il neigeait, le vent glacial n'était pas retombé, mais elle n'était sensible à rien d'autre qu'à sa rage, sa faim, sa colère et aux devoirs dont elle s'imaginait investie à l'endroit du fœtus racorni qui au fond d'elle avait cessé de croître. Vraiment ? Elle l'entendait pourtant, elle lui parlait et faisait d'inconsidérées promesses à cette âme qui depuis un an n'avait pas beaucoup grandi. La folle rampait comme un ver, le ventre contre la neige, s'écorchant aux cailloux. Une gisante aux cheveux rouges, les chairs flasques et putréfiées. Ses muscles claquaient chaque fois qu'elle tentait d'en faire usage. Tout son corps relevait du batracien, caché sous une tignasse répugnante. En roulant au sol, tandis que les flocons se transformaient en grêle, elle se pencha au-dessus de l'eau gelée et se laissa tomber dans la rivière. La mince surface glacée finit par se craqueler, laissant couler au fond de l'eau le corps de la furie. Une gangue de vase se forma autour d'elle. Il fallait nager. Haydée la croyante se rappela son prénom et la bataille où on l'avait brûlée, sans que son amant vienne la sauver, ni elle ni son enfant. Elle regretta de n'avoir pu réveiller les cosaques lyophilisés qui durant son repos lui avaient tenu compagnie. Il eût fallu massacrer tout Odessa, extirper Caïn de là, laisser du feu et des larmes, et se trouver un lieu pour mettre bas. Quand ? Quand allait-il naître, ce fils qui avait dormi plus d'un an en elle ?

— Tu vis, hein ?

— Oui, maman.

Ses poumons se remplissaient d'eau et de terre, mais ça ne la tuait pas. Elle ouvrit ses mains tellement maigres qu'elles paraissaient palmées, comme si entre chaque métacarpien ne s'étendait qu'une membrane de chauve-souris. Puis la folle se mit à bouger, effectuant la brasse désordonnée de celle qui ne sait pas nager mais qui n'a pas besoin d'air. Sa tête raclait souvent le lit de la rivière, son corps plein d'eau peinait à remonter à la surface. Elle percevait, comme autant de signaux ondulatoires, les battements de tout ce qui charrie du sang, gastéropodes, mollusques, poissons de vase. Il faudrait la patience de se tenir immobile pour les attraper, puis on déchiquetterait d'un coup de griffes leur peau gluante. Mais cet effort ne lui venait pas, ça n'était pas elle...

Haydée naviguait comme le bois mort, sans conscience du temps et faisant des prières. Puis elle s'échoua sur une rive peuplée ; un barrage venait d'arrêter son périple. Des bûcherons la découvrirent, emberlificotée avec d'autres débris. Ils la sortirent de la boue. Malheureusement c'était le jour et elle poussa des hurlements bien involontaires quand l'astre solaire vint lui apprendre sa condition. Ses sauveurs, preuve que le monde est injuste, se retrouvèrent instantanément sans yeux, sans peau, traînés sous le premier coin d'obscurité, puis vidés de leur sang. Haydée eut la satisfaction, après s'être brièvement assoupie, de recouvrer, en mieux, l'épiderme laiteux, les seins lourds et les fesses rebondies qui avaient fait sa fierté quand elle vivait encore. « Il fallait juste se gorger de sang pour être à nouveau soi-même, pas compliqué », se dit-elle.

Son enfant lui parlait ou du moins le croyait-elle. Elle lui expliqua la suite des opérations : on devait lui trouver un père. Son fils était bavard. Le sang ne lui suffisait pas, ce petit emmerdeur voulait du sens. Il fallut donc en apprendre sur soi. Elle se mit en quête de documentation. Elle entra dans une église, mais le prêtre n'était bon qu'à hurler. Par superstition, elle ne lui fit aucun mal au début. Cependant il criait tellement et les oreilles de Haydée étaient devenues si fragiles qu'elle lui trancha la gorge sans excès de cruauté. Près de la dépouille agonisante, la géante nue vola des bibles et fut bien déçue de ne rien y trouver qui la concernât explicitement. Elle souhaitait se justifier en haut lieu au sujet du prêtre massacré dont le chapelet sur le carrelage et la tenue sacerdotale chiffonnée la rendaient superstitieuse. Démunie, elle leva la tête vers le Christ en bois, puis vers l'Enfant Jésus sur le vitrail. C'est son fils à elle qui répondit :

— Allons, maman, tu as fait ça pour l'espèce. On pardonne tout à une lionne qui protège son petit.

Elle pria donc vers son ventre. Des larmes rouges et délicates lui rebondirent sur l'ombilic pendant la conversation. Elle ne savait pas quoi dire à son enfant en gestation. L'état vampirique la rendait plus brutale encore que de son vivant. Pour le rassurer, elle reprit la Bible et lui en lut des passages. Merveille que ce texte qui donne des mots à ceux qui n'ont rien à dire ! À chaque fois qu'il était fait mention du sauveur, la damnée expliquait à son fœtus que c'était de lui qu'il s'agissait. Mais malgré sa situation, elle gardait l'humilité campagnarde, aussi n'osait-elle pas s'identifier à la Vierge Marie. Plus elle lisait les Évangiles, plus cette déesse Marie lui semblait en être le personnage central. Mais il y avait un code secret. Cette entité puissante était muselée par des siècles de phallocratie monastique. Haydée se sentait investie de devoirs impérieux envers son enfant et la vraie Déesse allait lui prêter main-forte ! Plus elle lisait, plus la Déesse lui parlait. Il fallait faire le tri entre les falsifications modernes et la voix de *Notre Mère Véritable*. Derrière tous ces mots d'amour et d'acceptation que distillaient les monothéistes, elle cherchait la légitimation de sa rage et de sa colère. «Je ne prie pas une autre

Vierge que toi, mais cette Bible a été écrite par des hommes. Ils s'arrangent avec ce qui leur fait peur. Ils ne gardent de toi que la gentille fille qui attend à la maison, qui ouvre les cuisses et qui accepte tout. On te baise, même si ça ne te plaît pas. Tu dis que tu adores ça parce que sinon on va t'abandonner. Et puis on te fait un enfant. Et là, on en baise une autre. Non tu ne veux pas ça. Tu veux remettre les hommes à leur place. À nos pieds. Ils ne peuvent pas commander. Ce qu'ils cherchent n'a pas de sens. Il faut leur expliquer qu'ils seront plus heureux s'ils nous obéissent. On va ramener Caïn. Il fera ce qu'on attend de lui. Et s'il se laisse distraire par d'autres femmes, il faudra les massacrer. Les gens sauront que nous n'avons plus ni patience ni pardon. Ils nous adoreront en se soumettant puisque c'est ce que font les chiens quand ils voient la colère de leur maître. Laisserais-tu un chien commander dans ton temple, ma Dame ? Moi pas. Moi j'établirai ton règne. Mais cette Bible ne dit rien sur… le mode d'emploi. »

Haydée avait aussi besoin d'informations biologiques sur son état, sa gestation, l'environnement nécessaire à la venue de son fils. C'est alors qu'elle se rappela qui dispensait la science dans son monde campagnard… Elle traversa quelques villages avant de rattraper la carriole du montreur de foire. L'homme disposait de cires anatomiques très suggestives. On pouvait, grâce aux statues qu'il exhibait avec force superlatifs, découvrir les races étranges qui peuplent le globe : des hommes aussi primitifs que des paysans ukrainiens, mais couverts de tatouages, le nez traversé d'os de mouton. On trouvait aussi dans son bestiaire le plus gros calcul rénal au monde, une sorte de galet, presse-papiers, enclume, on ne savait pas.

Le forain dormait. Quand il fut réveillé par une rousse plantureuse, totalement nue et qui sentait si bon, il eut un bref sourire qui ne dura pas. De la façon le plus gentille possible, mais Haydée ne savait absolument pas être gentille, elle le pressa de répondre :

— Qu'est-ce que tu as sur les vampires ?

— Je n'ai rien contre vous, soyez miséricordieuse, je peux vous faire mon spectacle gratuit ! Mais il ne faut pas prendre au sérieux ma science, je mélange...

— Et dans le cercueil, c'est quoi ?

— J'ai mis la boîte juste pour décorer, c'est un accouchement.

C'était là. Il suffisait d'ouvrir la tombe très décorée. Une femme en cire écartait les jambes, pubis et bassin totalement éclatés pour les besoins de la démonstration anatomique. Des mains d'homme, en cire également, avaient été sculptées qui pénétraient dans sa vulve et faisaient opérer à une tête de nourrisson, en cire aussi, une torsion visant à aider la naissance.

— C'est moi ! s'exclama Haydée. C'est ma déesse !

— Non, osa nuancer l'homme sous la terreur. C'est juste pour montrer aux gens comment on s'y prend, quand il y a un accouchement. Souvent, ils ont plus l'habitude des veaux. Il faut leur montrer comment on procède avec des êtres humains. La population d'ici, vous voyez... pour éviter un accident, ça n'est pas, non...

— Moi, on ne me dit pas non.

— J'ai... j'ai peut-être une chose pour vous, mais laissez-moi vivre.

— Une chose précieuse ?
— La Bible des Vampires.

Liane n'obéissait que partiellement aux ordres de l'arbre. Parfois elle s'aventurait à l'orée des zones habitées afin d'espionner les gens. Et lorsque se déroulaient des bals, des occasions d'entrer dans le monde sans prendre trop de risques, elle se faisait voir. La mandragore s'aperçut vite qu'en agitant la tête elle provoquait l'oubli, et quand elle fixait les hommes avec ses yeux jaune d'or, ils devenaient très désireux de la suivre. En ce qui concernait le pollen, il s'agissait sans doute de magie. Mais le pouvoir de son regard devait tout à son naturel, au charme qu'on a lorsqu'on s'en fout. Elle découvrait l'humanité en spectatrice nonchalante. Dès qu'un homme voulait tout quitter pour elle, instantanément il perdait tout intérêt à ses yeux. Parfois, des messieurs se battaient pour l'avoir, jusqu'à s'entre-tuer.

Témoin perplexe de toute cette agitation, Liane ne pensait qu'au vampire. « Vous n'auriez pas vu un type qui vole ? » demandait-elle aux gens qu'elle croisait. Personne ne savait rien. Un jour, pourtant, un étudiant lui répondit : « Un type, non. Mais j'ai vu une fille ! Rousse, enceinte ! Elle tue les gens. » « Qui c'est, celle-là ? » se demanda Liane, et elle fut très jalouse. Mais s'enivrant de son propre pollen, elle oublia et alla avec d'autres hommes. Tous étaient si enfiévrés quand ils la voyaient qu'ils lui témoignaient une sollicitude gênante. Petit à petit et sans le faire exprès, elle en fréquenta plusieurs en même temps. Était-ce le fruit du hasard ou bien sa nature ? Ils pratiquaient tous l'art de l'offrande : une chanson, une peinture, un sonnet. Il fallait qu'ils agitent une plume ou de la peinture et qu'ils déposent le résultat à ses pieds. Ça ne lui faisait ni chaud ni froid mais, poliment, elle prétendait que c'était intéressant.

En réalité, Liane ne comprenait rien à cette humanité-là, ni à l'expression des passions viriles. Tous ces sentiments lui devenaient douloureux, oppressants. Et ces inconnus qui ne pensaient qu'à promener leurs mains partout… Elle agitait périodiquement la tête pour les calmer, ce qui les endormait, mais elle eût voulu parfois les faire vraiment disparaître. Quand ses amants dormaient, elle s'amusait à les griffer un peu du bout de ses branches, à laisser des marques. Mais elle n'avait rien d'une meurtrière car tuer aurait créé encore plus de débordements, de passions. Et elle détestait ça.

Elle finit par s'échapper de toute cette agitation et retourna dans les bois. Certains ne se remirent jamais de son départ et eurent des gestes inconsidérés : il y eut ainsi quelques suicides et un nombre non négligeable de romans médiocres. Mais elle n'en sut rien puisqu'elle était dans la forêt. Un jeune homme plus efficace que les autres parvint à la suivre dans le labyrinthe d'arbres où elle se terrait. Il lui expliqua comme elle était « littéraire, poétique, bouleversante ». Lui, il écrirait et elle n'aurait qu'à montrer ses fesses, ça serait très intéressant, et sans ça à quoi bon vivre ? Ça faisait trop de mots pour Liane, et qu'on l'ait poursuivie dans son refuge, c'était insupportable. Elle agita la tête bien trop fort et ses émotions distillèrent sur le jeune homme un poison plus puissant que d'habitude. Le malheureux resta debout dans les bois, sans plus aucune mémoire. Il ne savait plus qu'il fallait marcher et se nourrir. Liane partit en courant, se sentant coupable à l'idée que ce pauvre garçon meure lentement de faim dans le labyrinthe des bois. Ça n'arriva pas. Comme il avait également oublié l'art de respirer, ses poumons cessèrent de fonctionner et il décéda quelques instants plus tard.

Liane retourna près du gros arbre qui proposa de l'aider plus activement :

— Je vais sortir de mon trou, dépendre mes squelettes qui sont encombrants, et tous les deux nous chercherons un endroit plus convenable où nous installer.

— C'est inutile, répondit Liane, je suis bien dans le coin. Et ne change rien pour moi. Moi, j'attends le type qui vole... mais reprenons nos discussions. On ne m'a toujours pas donné de surnom. Vraiment, c'est moche, Liane.

— Je ne sais pas ce que tu trouves à ce vampire.

— C'est lui qui m'a cueillie, je suis à lui, tu me l'as dit.

— Pendant les mois qu'il a passés sur mes branches à répéter chaque nuit les mêmes choses, je l'ai trouvé très ennuyeux. L'amour est aveugle, soit, quant à la surdité...

— Des mois ?

— Tu crois peut-être que tu as poussé en une nuit ? Si tu savais le nombre de nuits qu'il a employées à essayer de se pendre.

Ionas ne s'était pas aperçu que ça avait tellement duré. Il avait atteint pendant cette période une forme d'ascèse puisqu'il n'avait presque rien bu. Il revint à Odessa au début de l'hiver, porté par un vent glacial. Parmi les cristaux de glace qui coulaient des façades, on pouvait voir cette silhouette dégingandée, portant comme un drapeau son vieux manteau militaire. Un Odessite qui aurait levé le nez vers les toits aurait hurlé à la vue de ce volatile. Heureusement, c'était une saison où l'on rentrait chez soi très vite : moins vingt degrés par les plus chaudes nuits. Même le vampire en frissonnait.

Il fondit sur un passant, incapable de dire s'il s'agissait d'un monsieur ou d'une dame, ni quel était son âge. C'était bon, chaud, ça criait. On s'en mettait partout comme en croquant dans une tomate mûre. Puis le vampire observa sur le visage horrifié de la victime un tremblement d'agonie. Ensuite, plus rien. Il se rappela alors comme sa compulsion pouvait blesser les autres et en fut tout penaud. Mais il avait pris un plaisir trop évident à se gorger de sang. Des passants qui l'avaient vu s'approchèrent pour le faire déguerpir. Il donna quelques coups de griffes et s'envola, paniqué, la peau d'un visage fraîchement arrachée pendouillant entre ses doigts.

Plusieurs choses lui revinrent alors en mémoire, tandis qu'il cherchait refuge sous les tuiles d'un clocher : il ne fallait pas tuer ses victimes. Il ne fallait pas les vider de leur sang ni leur causer une douleur trop grande. Il convenait de se rappeler de faire les choses discrètement. La mémoire, les conséquences, la culpabilité… À mesure que le pollen disparaissait de ses bronches, il redevenait Ionas, le vampire qui avait honte d'être un vampire.

Malgré tout, il se léchait les lèvres et ne pouvait nier qu'il se sentait beaucoup mieux le ventre plein. Il se rappelait aussi sa main sur la mandragore, la façon qu'elle avait eue de loucher en le regardant si près que son bout de nez en bois avait buté contre le menton du vampire. Elle l'avait embrassé, ce qui n'avait pas fait trop mal. Ionas, manifestement, avait soif de choses plus vénéneuses.

Et d'un coup lui revinrent à l'esprit Hiéléna, Caïn, la terrible douleur de n'avoir pas le droit de détester son frère pour lui avoir pris la fille qu'il voulait. Il lui fallait retrouver tout ce petit théâtre et s'y vautrer : cette peine. Voir sans posséder. Se dire qu'on est triste et bien coupable, tout ça en se tordant complaisamment les phalanges. Peut-être, tout simplement, que le bonheur ne l'intéressait pas. Prononçant le nom de son frère tout autant qu'il disait « Hiéléna », Ionas voulut retrouver son traintrain douloureux.

XV

Son chien lui manquait. Il aurait voulu le retrouver au caveau et qu'il lui fasse fête. Au lieu de ça, il avait croisé un chat et l'avait grignoté en mémoire de Pantoufle. Un oiseau de type chouette et un hérisson complétèrent son repas, comme un Gitan. Il se mit alors à écrire : « J'ai envie qu'on m'embrasse. Je voudrais qu'on ait du désir pour moi et qu'on m'arrache mes vêtements. » Après quoi, il eut des considérations sur le présent, le temps, les impossibilités. Il tenait à préciser noir sur blanc que s'il retournait à son existence parasitaire, spectateur du bonheur des autres, c'était parce qu'il avait épuisé toutes les autres opportunités envisageables. Il fallait donc, puisque l'anéantissement n'était pas au programme, se trouver un petit équilibre depuis lequel on ne nuirait à personne. « Beurk ! » fit-il en refermant son cahier. Il quitta le caveau, persuadé qu'il ne valait rien comme écrivain et que sa vie amoureuse était lamentable.

Il retourna chez Hiéléna comme on irait au travail. « Son ventre aura grossi, pensa-t-il. On dansera quand même. Je ne dérangerai personne. » Il trouva fenêtre close. C'était une nuit fraîche, sa grossesse lui donnait peut-être d'autres habitudes. La goule agile qu'il était aurait pu facilement contourner l'obstacle, entrer par une lucarne ou emprunter le passage des cuisines, au lieu de quoi il resta longuement à voler derrière les carreaux. «Je ne vais pas là où on ne m'invite pas, se dit le vampire presque soulagé. Ça ferait encore plus mal, je crois, de la voir. On attendra la naissance. On espérera la fin de l'allaitement. On saura bien si à un moment son attitude laisse entendre qu'elle souhaite danser avec moi, les nuages, le port, le cirque. Avant ça, pas grave. Le temps n'a semble-t-il plus la moindre importance pour moi. Je reste à bonne distance et je veille sur leur maison.»

Mais il vit le berceau. À l'intérieur la petite fille agitait ses doigts potelés. Malgré la vitre close, il l'entendait qui gazouillait joyeusement. Ce n'était pas un bébé inquiet. Elle toussa un peu et son père accourut. Le dos massif de Caïn fit obstacle à la vision du vampire. Hiéléna, pieds nus, vint compléter le tableau. Elle aussi lui tournait le dos. Elle se pencha vers la petite et prit soin d'elle. Caïn tenait la jeune mère par la taille. Ionas devint fou. Ses yeux s'emplirent de sang. Les bonnes résolutions avaient disparu, il aurait pu à ce moment précis repeindre de rouge toute la Moldavanka. Sagement il fonça jusqu'au caveau, prit un livre, ne parvint pas à lire, tenta d'écrire et ne fit rien de bon. Il se mit alors au tombeau et s'efforça de penser à autre chose, ce qui ne fonctionna pas trop.

La nuit suivante, se croyant apaisé, Ionas retourna chez Hiéléna. Ce qu'il y découvrit le frappa de stupeur: devant la fenêtre de la chambre où se trouvait le berceau, volait un autre vampire. Une femme, nue et rousse, enceinte jusqu'aux yeux, qui passait et repassait devant la maison, comme un poisson carnivore qui aurait repéré une proie dans le trou d'un rocher.

Il avait reconnu Haydée avant qu'elle tourne la tête vers lui. Et avant même de voir avec quelle rage elle contemplait la fenêtre, il sut qu'il faudrait l'exterminer. À défaut de régler ses problèmes sentimentaux, cette intervention extérieure lui permettrait au moins de passer sa colère.

Ionas traversa la rue en volant, gagnant de la vitesse. Il percuta Haydée en traître, lui faisant craquer les vertèbres et la projetant, abdomen en avant, sur les briques de la maison. La femme vampire cria sous l'effet de la surprise, mais on n'entendit ni peur ni douleur dans son exclamation. Ils commencèrent à se battre dans les airs.

— Ionas ! Je suis contente de te revoir, lui dit-elle en riant.

Il lui griffait les joues et les oreilles, à la recherche d'organes vulnérables. Il aurait voulu l'assassiner avant qu'elle ne réveille tout le quartier. Elle se défendait sans peine, déchirant son ennemi comme si ses quatre membres étaient munis de serres. Les deux vampires prenaient appui sur la façade aussi facilement que s'ils avaient été des mouches. Ils boxaient en faisant fi des lois de l'attraction terrestre, de sorte que leur bataille se déroulait sur un plan perpendiculaire au monde de Newton. Haydée, entre deux attaques, se remit à sourire avec bienveillance.

— Je suis VRAIMENT contente de te voir.

— Moi, je suis horrifié, répondit Ionas.

Pendant ce temps il lui collait ses coudes dans les gencives. Chacun partait en arrière à chaque impact, perdant appui souvent. Ils finirent par dégringoler vers le sol. Tous deux se cassaient la figure, rebondissaient contre les pierres du jardin dans un craquement d'os. Puis elle s'envola à nouveau, très haut. Il la poursuivit.

— Je ne suis pas seule, grâce à toi, Ionas.

Comme un boulet, il fonça vers elle et lui colla un coup de tête dans le ventre. Haydée eut alors une tirade révoltée sur le respect dû aux femmes enceintes, même mortes. Elle en profita pour le ceinturer et l'entraîna de force vers les étoiles. Le vampire lui demanda de disparaître. Elle expliqua que Caïn était à elle. Qu'elle avait besoin de lui pour son enfant. Et…

— Mais dis donc ! Tu me fais la morale, Ionas, tu ne vaux pas mieux que moi !

Le vampire mâle raconta comment il avait organisé sa vie. Il se considérait comme un monstre plus âgé que Haydée et souhaitait la faire profiter de son expérience. Tandis que l'oxygène manquait et que les deux créatures luttaient en plein vol, il tentait de lui prouver que le terrain des opérations ne pouvait plus être le monde des vivants :

— Nous avons trop d'envies, trop de rage. Il faut trouver des expédients. Moi j'écris de la littérature. J'ai eu un chien.

Haydée riait et s'agrippait à lui. Son congénère mâle était distrait par le parfum de ses cheveux. On voyait que la proximité des seins considérables et le volume palpitant du ventre plein nuisaient à sa combativité. Il n'osait pas cogner de toutes ses forces. La furie en profitait pour le mordre vicieusement. À chaque coup de dents elle aspirait la plaie et buvait le sang de son adversaire. Elle lui signifiait ainsi qu'il était sa proie et qu'elle n'avait pas peur. Sa rage était tout entière dirigée vers Caïn et son foyer ; mais Ionas, même mort, la faisait toujours rire. Elle se laissa finalement tomber dans une chute libre tellement rapide que même Ionas en eut le vertige.

— Haw ! Haw ! Un chien ! C'est moi qui vais t'apprendre des choses. Viens, nous allons répandre le sang ! C'est notre nouveau métier.

— Tu te trompes ! Moi je ne tue personne ! Moi je ne leur fais pas de mal !

— Tu crois ?

— Oui. Je surveille chez eux. Je les protège.

— Tu n'as pas envie de déchiqueter le type qui t'a pris ta femme ?

— Non.

— Menteur ! Moi je veux crever cette pute. Mais si tu veux, je te la laisse. Je prends juste mon homme. Et leur gosse, il n'a rien à faire sur cette planète !

Puisqu'elle ne lâchait pas prise, Ionas accéléra à son tour vers le sol. Malgré la vitesse, la rousse restait accrochée à lui. Il visa le toit en tuiles d'un moulin à grain et leur duo percuta la structure agricole à pleine vitesse. Haydée, déchirée, couverte de son propre sang – mais elle semblait en avoir tant absorbé que ça ne l'atteignait pas –, riait encore.

— Si tu reviens ici, Haydée, c'est fini pour toi.

Elle bondit en haut d'une grange et de là atterrit au dernier étage d'une maison voisine. Ionas ne cédait pas un pouce de terrain, il sauta vers elle comme une puce, lui agrippa les cheveux. Elle se mit à rugir. Il l'immobilisa et l'emporta dans son vol, en cherchant un endroit où la coincer pour de bon. Une citerne de ferraille apparut dans son champ de vision. Il vola tête en avant, entraînant la folle à l'intérieur du récipient gigantesque. C'était plein d'alcool. Il lui cogna la tête contre la paroi métallique. Les vapeurs de vin les firent vomir tous deux.

— Je te laisse là-dedans, je mets le couvercle et je ferme à clé ! menaça Ionas.

Elle continuait de rire malgré les blessures. Il finit par l'immerger presque entièrement dans la boisson distillée, parvenant à lui faire réellement mal en tordant au-delà des limites humaines ses poignets et son cou. Haydée hurla. Ionas lui enfonça un index dans la bouche et lui entailla toute la joue droite. Une déchirure béante apparut et on voyait ses dents désormais. Il y était allé franchement, sachant très bien comme les vampires cicatrisent vite.

— La prochaine fois, c'est le ventre. Pars et ne reviens pas. Je monte la garde.

La folle se dégagea in extremis et prit son envol en hurlant de rire, sautant d'un toit à l'autre. Nul doute qu'elle allait passer sa rage sur d'autres familles. Ionas se promit de la retrouver et de l'empêcher définitivement de nuire… dès qu'il aurait compris comment en finir avec un vampire.

La nuit suivante, Ionas se réveilla encore plus désorienté que d'habitude. L'existence d'une autre créature semblable à lui le désespérait. Sa tragédie n'avait même plus le charme de l'accident unique. Comme la mort le mettait dans des états assez cotonneux, il tenta d'occulter le récent combat. Par le même phénomène de déni qui l'amenait à ne pas se voir lui-même quand il croisait un miroir, il réussit à oublier jusqu'à Haydée. Il fallait simplement reprendre son existence, même si elle ne rimait à rien, et se parer, dorénavant, du titre de « gardien nécessaire du bonheur des autres ». Quand Hiéléna le souhaiterait, on danserait sur les toits en la protégeant de tout sentiment de culpabilité grâce à l'état d'hypnose : ne pas déranger Caïn, bécoter sa femme, prendre le sang ailleurs.

Cette nuit-là, donc, il les trouva paisiblement endormis derrière leur fenêtre close. À côté du grand lit, le berceau était vide. Le nouveau-né reposait dans les bras de sa mère. Hiéléna s'était endormie en lui donnant le sein. Ionas fit nerveusement claquer le fermoir de son médaillon, le métal froid lui brûlait la main. Il se força à ne pas être en colère. Ça ne fonctionnait pas. Il finit par jeter le pendentif. Après quoi, il se sentit coupable et plongea dans le jardin pour le récupérer. Le vampire désespéré se mit à brasser la neige sans rien retrouver de plus. Il n'avait pas le droit d'en vouloir à quiconque, mais dans sa tête, c'était vraiment le foutoir… Il lui apparut que la situation devenait trop compliquée. « J'ai perdu le portrait, c'est un signe, il faut laisser les choses s'éloigner, sinon c'est… douloureux… incongru. »

Il avait beaucoup trop de larmes de sang au bord des yeux quand il pénétra, sans s'en rendre compte, dans leur maison, par la porte du rez-de-chaussée. Sa mémoire post mortem fonctionnait encore moins bien que d'habitude. Sous le coup de l'émotion, il parvenait juste à comprendre qu'on ne voulait plus de lui. Il avait oublié qu'il existait une Haydée et que, moins de vingt-quatre heures plus tôt, il s'était promis de rester là pour protéger la demeure. Le vampire volait très près du sol et tous les mètres, une de ses larmes rouges venait s'écraser sur le parquet. Il posa la main sur la rampe d'escalier et se laissa flotter sans hâte jusqu'à l'étage. Lorsqu'il franchit le couloir qui conduisait à la chambre des époux, un caillot remonta dans sa gorge. Il se mit à tousser, voulut expectorer mais s'aperçut qu'il n'avait pas de mouchoir dans ses poches. Ne pouvant se résoudre à cracher chez les gens, il tenta de tout ravaler : le sang, les croûtes, la peine. C'était trop… Dans un coin du couloir, recroquevillé contre un mur, Ionas le vampire se mit à vomir en prenant garde de ne pas faire trop de bruit. Quand il sortit le nez de son manteau, il vit des chats de la maison qui l'observaient. Sans doute se reconnaissaient-ils dans sa gestuelle. Dès qu'il s'éloigna, les petits carnivores, pas dégoûtés, partagèrent la production sanglante.

Assez mal en point, Ionas tituba vers la chambre. Devant la porte entrebâillée, il se redressa et se tint bien droit, afin de donner plus de corps à ses adieux. « Je vais entrer là, je vais les regarder dormir. Puis je les bénirai tous les trois et prononcerai un petit discours. En chuchotant, bien sûr, pour ne pas les réveiller. Et après, dignement, j'irai… je sais pas où j'irai. »

Il entendit un bruit provenant de la chambre. « S'ils sont debout, pensa Ionas, ça va me gâcher tout le cérémonial. » Le vampire poussa prudemment la porte, et il vit le couple paisiblement enlacé. Cependant, après un instant de soulagement, il frissonna quand il entendit gazouiller le bébé à l'autre bout de la chambre. Il tourna la tête dans sa direction. Dans l'ombre, se tenait cette femme rousse, enceinte et nue, Haydée. La furie mordait le nourrisson.

Ionas se détestait d'avoir si peu de mémoire. C'était comme s'il s'endormait toutes les cinq minutes et que des catastrophes risquaient de se produire à chaque assoupissement. Les pensées se racornissaient dans son crâne, chaque nuit semblable aux autres, avec cette incapacité croissante à ranger les événements. Il y avait eu Haydée, en flammes, dans le bateau à fond plat, avec son gros ventre, et elle était revenue. Il vit la cicatrice sur la joue de la grande rousse et se rappela plus ou moins la nuit précédente. C'était la Haydée d'avant les flammes et la bataille contre les uhlans. Très vivante. Pleine de force. Elle retira ses lèvres de derrière la tête de sa petite victime, toujours les yeux baissés vers elle. « Oui, oui, là, dors », murmurait-elle à l'enfant.

Ionas ne voulait pas lui sauter dessus tant qu'elle avait le bébé dans les bras. La folle n'avait pas remarqué sa présence. Comme une mère détendue et tendre qui accomplirait un geste quotidien, elle reposa dans son berceau le bambin qui s'endormit aussitôt. Elle continua de parler en caressant son propre ventre, entretenant manifestement une grande conversation avec ce qui résidait dans ses entrailles. Après quoi, elle l'aperçut. Tous deux se faisaient face, séparés par le lit des jeunes parents.

— Je ne la tue pas d'un coup. Un peu de sang à chaque fois, dit-elle très calmement. Ils croiront que c'est une maladie.

Ionas serrait les poings à s'en faire saigner les ongles.

— Ensuite, ce sera le tour de la femme. Je serai obligée. Pour Caïn.

— Pars d'ici, chuchota-t-il, se penchant dangereusement au-dessus du lit.

— J'ai cet enfant qui va naître, affirma-t-elle en massant son ventre. Il lui faut son père.

— Tu n'as rien. Rien ne va sortir de toi. Tu ne fais plus partie du monde. Moi non plus. Nous sommes juste des erreurs. Tu n'as rien à faire. Tu N'EXISTES PAS.

— Si ! Je suis un vampire, je tue des gens. C'est toi qui n'oses rien faire. Ne fais pas le professeur. Tu es plus perdu que moi.

Ionas sauta par-dessus le lit pour la saisir. Elle recula vers le berceau. L'enfant s'éveillait à nouveau.

— Je la mords derrière la tête, dans un pli, les parents ne s'en rendront pas compte.

Il la plaqua au mur.

— Attention, je porte un enfant !

Il tenta de l'étrangler, elle lui mordit le poignet. Ses dents de vampire se plantèrent loin dans la chair, allant jusqu'à fissurer l'os du bras. Pour ne réveiller personne, Ionas souffrit en silence. Tout en continuant de mordre, Haydée leva vers lui un regard pétillant de joie, la vampiresse s'amusait manifestement beaucoup.

— Je suis plus forte que toi, murmura-t-elle tandis que du sang lui dégoulinait du menton.

Ionas eut un vertige et la furie se dégagea de son étreinte. D'un geste d'ours des cavernes, elle le balança à travers les carreaux. Lacéré de débris de vitre, il perdit brièvement connaissance. Le réflexe de vol lui manqua et il dégringola les deux étages de la maison, se réveillant au moment où ses reins explosaient contre la barrière métallique du jardin.

Des lumières s'allumèrent aussitôt chez Hiéléna et dans les maisons alentour. Son frère Caïn apparut à la fenêtre, carabine en main.

Ionas, à quatre pattes et avec la vivacité d'un rat, crapahuta d'ombre en ombre jusqu'à son caveau. Péniblement, il retrouva la clé au fond de sa poche. Sa main couverte de son propre sang glissait sur le cadenas.

— Tu habites là-dedans ? dit une voix.

C'était Haydée, elle l'avait suivi et l'observait à deux pas d'un air cynique. Ionas tenta de l'affronter encore, mais ses coups tapaient dans le vide.

— Tu ne bois pas assez de sang ! sermonna la folle.

Elle se tenait le dos contre une pierre tombale, les cheveux tombant en serpents incandescents jusqu'à ses hanches, la bouche, les ongles et les mamelons plus rouges que ceux d'une mortelle, ou bien c'était la pâleur cadavérique du reste de son corps qui donnait à regarder vers les rares zones irriguées de sang. Ventre énorme, palpitant, longs pieds grecs dans la neige, les orteils n'évitant pas le contact des concrétions glacées : rien ne semblait l'effrayer. Encore plus jolie que lorsqu'elle était vivante, comme si elle était vraiment faite pour son nouveau métier. Ionas se jeta à nouveau sur elle, tête baissée. Elle s'écarta. Le crâne glabre du vampire alla cogner contre la tombe.

— Moi, j'ai la chance de ne pas avoir perdu mes cheveux, dit-elle. Par ailleurs, je te signale qu'il y a des dieux pour nous. Et des façons de se comporter. Tu dois apprendre tout ça.

Ionas gisait au sol, renonçant à compter ses fractures. Haydée le saisit par le col de chemise et le traîna, les fesses dans la neige. Elle ramassa la clé que durant l'altercation il avait laissé tomber, puis, comme si c'était chez elle, ouvrit le portail du caveau et jeta Ionas en tas à l'intérieur, avant d'inspecter les lieux avec dégoût :

— C'est moche !

Elle lui tendit un petit livre damasquiné avec des rubis incrustés dans la couverture et un marque-page violet orné d'une corneille.

— Il te faut du sang, c'est tout. C'est écrit là, lui dit-elle. C'est notre Bible.

Puis elle sortit du tombeau. Ionas tenta de se sauver avant qu'elle ne revienne mais la furie l'avait enfermé à clé. Exténué, les membres repliés, tordus, brisés par sa chute, le vampire finit par se transporter dans son canapé et prit en main le livre de Haydée. Il s'intitulait *De Vampiriis Mysterius. Généalogie des enfants du Dragon, depuis les premiers fils d'Adam jusqu'en Égypte, en passant par Tepesh l'Empaleur. Origines des vampires, les dieux qu'ils vénèrent, comment les éradiquer. Leur influence dans les gouvernements. Comment ils ont inventé le bolchevisme.* C'était un ouvrage ridicule, rédigé avec plusieurs fautes d'orthographe par page. Ionas feuilletait, grinçait des dents à chaque geste tant le moindre mouvement le faisait souffrir. Il était coincé comme une tortue sur le dos, il n'avait rien d'autre à faire ici qu'attendre le retour de Haydée.

Et Haydée revint, accompagnée de trois jeunes femmes en chemise de nuit, qui n'étaient apparemment ni des prostituées, ni des ivrognesses, ni des impotentes. Haydée avait volé à travers n'importe quelle fenêtre laissée ouverte, saisissant au hasard ses victimes.

— Je t'ai pris des filles. Les hommes, ça aime mieux les filles.

La géante rousse jeta au milieu de la pièce les trois captives. Pieds nus, hébétées, serrées les unes contre les autres, les otages tremblaient. Malgré les chants hypnotiques de Haydée qui les faisaient tenir tranquilles, on lisait la terreur dans leurs yeux.

— Tes couteaux, où les ranges-tu ? demanda Haydée.

— Je n'ai pas de... Arrête... tu vas faire quoi ?

— Il te faut plein de sang. C'est écrit dans le livre.

— Haydée, ce bouquin est un faux ridicule. Regarde : même les pierres précieuses de la couverture sont en toc !

— Tu ne croyais pas en Jésus, peut-être même pas dans le Dieu des juifs, maintenant tu rejettes la Bible des vampires, tu vois où ça te mène ? Tu es un prétentieux ! Il faut faire comme on nous dit, et c'est tout. Tout est simple !

— Lâche-moi !

Elle lui enlevait ses vêtements, elle le forçait à s'allonger au sol. Il luttait, dépourvu de force.

— Mon enfant dit que tu as peur de tout ! Il se moque de toi !

— Quel enfant ? Ce que tu as dans le ventre ne naîtra jamais, Haydée. Laisse partir ces filles.

— On t'aide et tu es méchant.

Elle lui écarta les bras et l'immobilisa : un pied en bois du bureau écrasé au creux de la main gauche, une armoire renversée sur le bras droit et sur les genoux, un cercueil. Dès que le vampire gesticulait, elle pesait de tout son poids sur lui, enfonçant ses orteils tantôt dans l'abdomen, tantôt sur le plexus. Ainsi Ionas se retrouvait-il totalement à sa merci.

— Ne fais RIEN à ces filles, parvint-il à articuler.

— D'accord, répondit-elle.

Après quoi elle se mit à chanter dans la langue ancienne que Ionas aussi comprenait, et il fut horrifié par l'ordre qu'il entendit. Des larmes plein les yeux mais incapables de faire autre chose qu'obéir, les trois jeunes femmes vinrent accomplir une ronde au-dessus du vampire entravé. Chacune finit par s'accroupir, puis pencha la tête vers sa voisine.

— Tu vois, dans la Bible des vampires, il y a dessiné un vase grec où elles dansent comme ça.

— Haydée, arrête !

La rousse eut un geste sans appel de l'index et chacune des filles arracha à coups de canines la gorge de sa voisine. Elles ne disposaient pas de dents de vampire, aussi la coupure fut-elle beaucoup moins franche. Très vite cependant, toutes trois avaient percé une artère et du sang en cascade coulait sur Ionas.

Haydée les saisit toutes par les cheveux et se mit à les agiter, à les presser les unes contre les autres comme on viderait de leur jus des agrumes. Elle se pencha alors vers son prisonnier qui gardait obstinément le bec fermé.

— Que tu as la tête dure !

Elle lui ouvrit la bouche de force. S'il résistait, sa mâchoire se briserait. Elle l'obligea à coller ses lèvres sur les plaies des femmes agonisantes. Il cracha. Mais sa peau grise, par chaque pore desséché, absorbait le sang frais.

Le jour se levait sur le cimetière d'Odessa. Ionas sombra dans le sommeil, recouvert par les trois cadavres. À son réveil, il était totalement guéri. Haydée se tenait dans un coin et l'observait, l'air satisfait. Son caveau ressemblait à une crypte sacrificielle. Tout ce qu'il avait tenté d'éviter depuis sa transmutation en vampire, Haydée le lui avait infligé en une nuit : menacer ses proches ; causer des douleurs inutiles ; faire mourir ; changer un intérieur bourgeois en boutique des horreurs avec cadavres empilés et rituels absurdes.

Ionas songea aux imbéciles qui avaient rédigé la bible de farces et attrapes à laquelle Haydée accordait foi. Il constata avec déplaisir que le remède sauvage avait fonctionné et que le trépas des trois innocentes lui avait conféré une vigueur nouvelle. « Le livre n'y est pour rien, cracha-t-il. J'avais bien compris qu'un tel substrat me donnerait du… tonus. Mais je ne marche pas sur cette voie. »

XVI

Caïn dut consentir à l'invasion rabbinique. Tout d'abord, parce que Hiéléna le lui avait demandé, elle qui croyait en Dieu ; mais surtout pour Yaponchik. Celui-ci, qui depuis toujours régnait par la terreur, ne pouvait qu'accorder foi aux superstitions. S'il était le roi des voleurs, pour sa tranquillité d'esprit il lui fallait penser au-dessus de lui une autre figure coercitive. Depuis des mois qu'il était à son service, Caïn avait fait connaissance avec le Dieu de Yaponchik. Dans l'imaginaire simple et poétique du bandit au bec-de-lièvre, le royaume des cieux ne pouvait être régi que par une organisation mafieuse. L'Éternel était au centre, on ne le dérangeait jamais pour des broutilles car il était capable, dans ses mauvais jours, d'ouvrir la mer et de remplir d'eau salée la bouche des souverains ennemis. Et autour de lui, à l'ombre de son rayon divin : peste, choléra, « tout un essaim d'anges malfaisants » pour faire respecter la Loi et tuer dans l'œuf les velléités de concurrence cultuelle.

— Qu'est-ce que t'as fichu ? demanda Yaponchik à Caïn.

Le jeune père était assis sur un tabouret en osier et tripotait le chien de son arme. Hiéléna, berçant leur petite fille, se tenait debout près de lui. Il y avait aussi un rabbin aux airs d'ours, des étudiants du Talmud, des hommes de main de Yaponchik et Yaponchik lui-même qui parlait plus que les autres.

— Pose ce flingue, Caïn. Tu m'agaces, glapit le roi des voleurs.

— C'est mon procès ou quoi ? demanda Caïn.

— Il y a une chose néfaste qui te poursuit, mon fils, dit le rabbin. Nomme-la.

— Tu vois bien, appuya Yaponchik. On te casse tes fenêtres. Il faut tirer au fusil pour te défendre. Et tu n'as même pas d'or à voler chez toi. Alors quoi ?

— Ou alors c'est une faute que tu as commise, suggéra Hiéléna.

Elle rêvait de Ionas sans cesse et n'osait pas le dire. La jeune mère avait enfoui tout ça sous les édredons de la vie quotidienne et sous les nécessités matriarcales. Mais en songe, toutes les nuits, elle dansait au-dessus des vagues du port, et une fois son mari lui avait signalé qu'elle avait émis des gémissements pornographiques. Hiéléna avait tellement peur de dire un prénom dans son sommeil qu'elle s'était mise à moins dormir.

— On ne sait pas qui t'en veut, conclut Yaponchik. On ignore si ça marche sur des pieds ou si c'est le dybbouk. Alors tu auras toutes nos protections, celles des hommes et celles des craignant-Dieu.

— Maître Yaponchik, qu'est-ce que vous voulez qu'on fasse exactement ? demanda le rabbin.

— Avec ce que je donne aux bonnes œuvres, vous allez bien trouver, cracha le roi des brigands. Je ne peux pas tolérer qu'on vienne sur mon territoire. Si c'est humain, on lui crèvera la figure. Et si ça vient de l'Éternel, Caïn, il va falloir comprendre ce qu'il attend de toi.

— Vous voulez quoi ? demanda Caïn. Que je me laisse pousser la barbe ?

— Si tu as offensé Dieu..., commença le rabbin.

— Il va falloir comprendre ce qu'il veut, insista Yaponchik. Et sans perdre la face. Parce que même contre lui, je ne peux pas trop donner l'impression de céder. Il va falloir négocier.

Caïn les trouvait tous fous. Il n'avait à aucun moment reconnu Ionas et aurait voulu que la gestion de ses soucis en reste à la poésie des coups de fusil.

— Fais ce qu'on te dit, lui ordonna Hiéléna en se tordant les doigts.

Alors il se rendit au mikvé, le bain rituel.

— Vous faites tout pour me couper les couilles, dit-il à l'appariteur des lieux. C'est une chose pour femmes. Vous les collez dans l'eau de pluie quand elles ont leurs règles.

— Il existe d'autres impuretés, répondit le vieillard qui versait les seaux d'eau. C'est ici qu'on se débarrasse de ce qui ne vit pas.

— Ça schtink ! Ça pue !!! Vous me traitez comme une carpe qu'on nettoie ! Appelez le prêtre que je m'explique. Il y a des confessions que je dois lui faire.

Le vieux se mit à rire.

— Tu aurais dû être chrétien. Chez nous, on n'a pas les moyens de payer un type pour effacer les fautes à notre place. On ne s'explique qu'avec soi-même.

Caïn pissa dans l'eau, avec le sentiment que c'était la seule liberté qu'on lui laissait.

XVII

Ionas s'était encore assoupi. À son réveil, il trouva la grille de son caveau grande ouverte. Haydée était partie, l'abandonnant au milieu des trois cadavres exsangues. Sans chercher à manger autre chose ni prendre le temps de nettoyer son refuge, il se précipita chez Hiéléna, espérant que Haydée ne s'y trouverait pas.

Ionas fut rassuré de voir autour de la maison quelques policiers qui montaient la garde, ainsi que le camion rouge de Yaponchik débordant de truands dont lui-même reconnaissait la compétence. La fenêtre avait été remplacée et on y avait ajouté d'épais volets en bois. Au rez-de-chaussée, la porte d'entrée était close, ainsi que celle de la cuisine, à l'arrière. « Tout va bien », souffla le vampire. Puis il vit Haydée sur le toit, planquée dans l'ombre de la cheminée. Elle marchait à quatre pattes en quête d'un passage. Traverser la rue, même en volant, c'était risquer de prendre une balle tant la nuit était claire. « MAIS IL LE FAUT », se dit-il, et il s'élança.

Une des sentinelles crut voir quelque chose. Une masse sombre venait d'atterrir sur le toit. Le voyou siffla puis épaula son fusil. Tous les autres accoururent. Caïn ouvrit ses volets.

— Il y a quelqu'un sur le toit, dit le guetteur.

Ionas se trouvait contre Haydée, puisque c'était le seul point d'ombre de la toiture. La rousse, resplendissante, le regardait. À part sa bible, coincée sous un bras, elle était aussi nue que les autres nuits.

— Tu vas mieux, toi ! Merci qui ? dit-elle.

— Tout ça doit s'arrêter, Haydée ! C'est risible, c'est absurde, c'est...

Elle l'embrassa sur les lèvres.

— Juste pour te faire taire.

— Je ne me tairai pas. Je ne suis pas là pour...

— Ne t'en fais pas, c'est ton frère que j'aime.

Caïn ouvrit une lucarne qui donnait sur le toit. Ils étaient bien cachés dans un renfoncement inaccessible. De là où il se trouvait, il ne pouvait pas les voir.

— Pas de bruit, fit Ionas.

— Et pourquoi ?

Haydée décrocha une tuile et, sciemment, la fit dégringoler.

— Il viendra, il glissera, je vais le sauver. Tout le monde verra qu'il a besoin de moi, murmura-t-elle.

— Ils vont t'abattre, idiote ! Et c'est lui qui te finira à coups de crosse.

Caïn grimpait sur les tuiles glissantes, presque aussi agile qu'un vampire. Pieds nus, torse nu et caleçons longs, il portait son fusil attaché dans le dos par une lanière de cuir.

Haydée le regardait amoureusement, rien d'autre ne comptait pour elle. Ionas se dit qu'il devait avoir l'air aussi vulnérable quand il observait Hiéléna. Il profita de cet instant de flottement pour arracher l'objet que la vampiresse gardait sous le bras : sa bible.

— Ton livre, chuchota-t-il. Si tu te montres, je le déchire.

— Idiot ! C'est sacré !

— Alors ne te fais pas voir.

À présent, le frère se tenait à quelques centimètres d'eux. Ionas serrait Haydée dans ses bras, comme une bombe qu'il devait empêcher d'exploser. Il se mit à murmurer une chose ancienne et son frère, au lieu de leurs corps recroquevillés, ne distingua rien d'autre qu'une flaque d'ombre. C'est alors que, sans l'aide de quiconque, Caïn dégringola du toit. Ionas se rua en avant pour lui éviter une chute mortelle et saisit in extremis les poignets de son aîné. Caïn le regarda avec stupéfaction. Ionas comprit qu'on l'avait reconnu. Avant qu'il puisse proférer un mot, Haydée la folle leur tombait dessus. De tout son poids, elle s'abattit sur Ionas et vagit :

— C'est moi ! C'est moi qui le sauve, tu entends ?

Elle cogna la tête de Ionas contre les tuiles et le vampire lâcha son frère. Caïn, dans un fracas d'ardoises, tomba dans le vide. Dans un même mouvement, truands et policiers levèrent les yeux et aperçurent très distinctement ce qui se produisait : le jeune mari chutait du toit, son fusil toujours dans le dos. Une femme nue bondissait derrière lui, attrapait la courroie de son arme et tous deux restaient suspendus dans le vide. Puis la lanière se déchira dans un claquement et Caïn chuta de trois mètres. Avant qu'il ne touche le sol, une troisième silhouette avait surgi : un homme chauve portant un manteau militaire, rapide comme une balle de revolver. Ce dernier n'atteignit le sol qu'après que Caïn s'y fut rompu la cheville et se fut mis à hurler.

Alertée par ses cris de douleur, Hiéléna ouvrit la fenêtre et vit son mari qui se débattait dans la neige. Près de lui se trouvait une forme masculine sur laquelle les sentinelles déchargeaient leurs fusils. Ionas leva les yeux vers elle et ne sut pas si elle le reconnaissait. Il eut juste le temps de voir Haydée se ruer dans la chambre, attaquer Hiéléna et repartir en trombe, le nourrisson dans ses bras. À son tour, Hiéléna se mit à crier. Caïn aussi avait vu la voleuse. Elle sautait d'un toit sur l'autre et bientôt serait hors de vue. Ionas repoussa les sentinelles qui lui tiraient toujours dessus, au visage puis à l'épaule quand il fut de dos, puis au talon lorsqu'il fut en vol. À présent, il fonçait librement à la poursuite de Haydée.

Au volant du camion rouge, un homme de Yaponchik faisait signe à Caïn, qui se précipitait vers lui en claudiquant : « Monte, mon frère ! On va leur donner la chasse, à ces Amalécites ! » Pour tout remerciement, Caïn saisit le conducteur par le paletot, le ficha par terre et prit sa place au volant. Le camion démarra en trombe avec ses passagers et les chiens d'attaque qu'il contenait. Des hommes couraient derrière, s'accrochaient au marchepied. Tous scrutaient le ciel et indiquaient à Caïn où tourner, où se rendre. Haydée était déjà trop loin mais l'autre créature, qui devait être son complice, demeurait visible. Ils parvinrent encore à lui tirer dessus et l'atteignirent à deux reprises.

Pendant cette course folle, le camion renversa un fiacre. Des blessés geignaient de tous côtés. Malgré sa cheville, Caïn bondit hors du véhicule et détacha un des chevaux de la voiture qu'ils venaient d'emboutir. Il le monta à cru et fila une claque dans les tempes de la bête qui partit au galop. Il s'accrochait à la crinière, hurlait des ordres impérieux. La ravisseuse d'enfant fonçait hors de la ville, l'autre monstre volait derrière elle. Caïn devait saigner sa monture pour qu'elle ne perde pas leur piste. Il lui fallait aussi fermer à tout prix son esprit pour ne pas devenir fou, pour ne pas mettre de noms sur les deux créatures d'outre-tombe qui avaient enlevé sa fille. « Penser à la petite. Retrouver la petite », se disait-il sans fin. Derrière lui, en ordre dispersé, il entendait les chiens, les truands et la police.

XVIII

Quelle malchance lorsqu'on aime tant l'ombre et la solitude d'être planté au sommet d'une colline conchiée de croix qui réfléchissent la lumière et dont le scintillement persiste la nuit comme un phare au-dessus des bois ! « Ça attire toute sorte d'indésirables, ces temps-ci », se disait l'arbre en voyant approcher une fille volante et nue, couverte de cheveux et de sang, qui tenait dans les bras un bébé. « Elle, en tout cas, ne cherche pas à engager la conversation. Ça a l'air d'une dure à cuire. J'espère qu'elle n'attend pas quelqu'un… » La fille s'éclipsa quand l'autre vampire, celui dont il avait récemment subi les jérémiades, apparut.

— Tu viens pour Liane ? dit l'arbre. Elle a besoin de…

— Où est la fille rousse ? interrogea le vampire, l'air pressé.

L'arbre commença une trop longue phrase. Ionas n'avait pas le temps pour la courtoisie, il pissait le sang et ne savait pas quelles étaient les intentions de Haydée. Il se pencha vers la terre, renifla. « Mieux qu'un clébard ! » pensa-t-il. Il percevait le chemin qu'avait pris la rousse, ressentait les relents de lait et de peur laissés par la petite fille. Il fallait quitter la colline aux pendus, plonger dans les arbres, s'écorcher aux branches, le chemin était limpide à suivre. Pendant qu'il crapahutait, abandonnant contre chaque écorce des morceaux d'épiderme et de manteau, il se fit cette affreuse réflexion : « Ils m'emmerdent, à la fin, c'est pas mon gosse ! » Trois kilomètres de plus dans ces conditions, et il eût sans doute poussé plus loin cette thèse : « Si Dieu crée les vampires, je suis orgueilleux de vouloir y changer quoi que ce soit, non ? »

Soudain, une créature verte se dressa devant lui : c'était Liane.

— Tu es revenu pour moi ? demanda-t-elle.

— Ça aurait mieux valu, répondit le vampire.

Elle aussi, manifestement, avait l'intention de discuter. D'un geste, Ionas la fit taire. On s'approchait d'une clairière impénétrable aux rayons de lune, car les arbres qui l'entouraient se rejoignaient à sa verticale en un berceau tressé.

— Tu me dis d'être silencieuse mais tu fais mille fois plus de bruit que moi, lança la mandragore.

— Chut !

On entendait la voix de Haydée :

— Qu'est-ce que tu veux, mon sauveur ? Je la tue tout de suite ou je la transforme en vampire comme nous ? Ça te ferait une copine.

Le nourrisson était posé sur une souche recouverte de végétation, ne pleurant pas encore tant il était surpris par le lieu où on l'avait mis. Face au bébé, assise en tailleur dans la mousse, Haydée massait son ventre et lui parlait amoureusement, certaine qu'il y avait là-dedans une personne capable de lui répondre.

Ionas s'avança dans la clairière.

— Non ! lui dit Liane. Reste... oh, il est bête, il écoute rien !

Haydée leva les yeux vers le vampire. Elle se mit debout et sortit les crocs ; lui aussi. Chacun faisait face à l'autre, tournait. Au milieu d'eux, le bébé commença à hoqueter.

— Attendez ! hurla Liane.

Haydée fut surprise par cette apparition. La chose verte aux yeux brillants marchait calmement vers elle. La vampiresse eut un instant d'hésitation, puis conclut que cette intruse devait être aussi une ennemie. Elle se jeta toutes griffes dehors sur elle. En tombant, Liane et ses branches céphaliques s'agitèrent beaucoup. Les deux filles se retrouvèrent dans un nuage de pollen. Sous l'effet des spores hypnotiques, Haydée eut une absence, elle ne savait plus où elle se trouvait. Le vampire prit Liane par le bras.

— Viens ! s'écria Ionas. Tant qu'elle n'aura pas repris conscience, on va l'achever ! Aiguise tes branches, Liane, il faut la découper en tranches.

Le bébé se mit à pleurer franchement. Ionas s'approcha de l'enfant de son frère et le prit dans ses bras. On entendit alors le cheval, les pas des hommes cavalant après avoir abandonné leur camion et surtout les chiens. Ionas se retourna, Liane et Haydée avaient disparu.

Trois molosses de bonne taille se jetèrent sur lui. Il n'était qu'une éponge dégoulinante de sang, une proie facile. Il fit des mouvements désespérés pour que la petite fille reste indemne. Et son frère arriva à cheval, le trouvant dans cette situation.

— Je la protège, expliqua Ionas.

Caïn sauta de sa monture. Il serra fort les dents quand sa cheville brisée toucha le sol. Son frère lui tendit l'enfant. Après quoi Caïn, tenant sa fille d'un bras, braqua son fusil sur le vampire et pressa la gâchette.

XIX

Quand Ionas reprit conscience, il se crut de retour dans le jardin de Hiéléna. Une bande composée de policiers et de voleurs le passait à tabac. Se concentrant sur le visage, ils y allaient à coups de crosse et de talon. Avant de défaillir à nouveau, le vampire eut très clairement connaissance de la singularité de chacune des chaussures. Les pieds avaient tous leur petit caractère. Ceux des flics : des bottes plusieurs fois ressemelées, vieilles godasses et semelles neuves. Clous mal enfoncés, saillants, éviter tout contact avec les dents. Trop tard. Les truands faisaient moins mal : parfois leurs souliers bâillaient comme des bouches de vache, alors ils les enrubannaient et le tissu contre les tempes de leur victime produisait comme une caresse. Certains, plus fortunés, pouvaient manifestement se payer des souliers pointus. « Ne pas perdre un œil. Même si ça repousse, pensait Ionas. Oh ! un des assaillants porte deux chaussures différentes. »

Le vampire parvint à pivoter la tête en arrière. Il crut voir Hiéléna dans le jardin qui berçait son enfant sous la lune. Il chercha le long de la façade, dans l'ombre du toit, s'il apercevait Haydée. Elle n'était pas visible. Il n'était pas certain de l'endroit où il se trouvait ni, finalement, de la présence de Hiéléna. Il chercha alors parmi tous les pieds qui le massacraient les bottes de son frère. Il crut les reconnaître et, soulagé, se laissa aller et ferma les paupières. On le tapa plus violemment encore et il sombra dans le sommeil.

Il se réveilla dans un lieu sans lumière, mais ça n'était pas sa crypte. Ionas sentait sous ses pieds le sol recouvert de sciure. Ses mains étaient attachées dans le dos. Ça tintait lorsqu'il tentait de bouger. On l'avait affublé de chaînes. Sur une table, il vit, grande ouverte, la Bible des vampires de Haydée. « Voilà. La croyance, la foi. Ils ont lu dans cet ouvrage qu'il me fallait des chaînes. Eux et la folle, ils croient aux mêmes choses. » Le vampire se dit qu'il serait assez reconnaissant à cette meute si elle se montrait capable de le faire disparaître une fois pour toutes.

Un pas lourd descendit les marches en bois qui menaient à lui. Ça craquait. « La perspective qu'avant de m'assassiner ils me torturent ne m'enthousiasme pas, pensa le vampire, mais c'est sans doute inévitable. » Les pas approchèrent : un seul type, mais trois pattes, Caïn avec une béquille. « Mon propre frère va me défoncer la figure en suivant une méthode trouvée dans un ouvrage de farces et attrapes. »

La porte qui les séparait encore s'ouvrit brutalement, son frère était là. Jambe immobilisée à la hâte, fureur dans les yeux.

— Où est Haydée ? l'interrogea Caïn.

— Si tu ne m'avais pas tiré dessus, je le saurais.

Son frère lui envoya sa béquille dans la tête, puis lui décocha un coup de poing qui produisit un craquement osseux sonore.

— Tu me reconnais pas ? demanda Ionas.

Caïn frappa encore.

— Va chercher Hiéléna, je veux expliquer à Hiéléna…

Son frère continuait de le cogner, demandant où était Haydée.

— C'est possible que tu ne me reconnaisses pas ? Caïn ? Caïn ?

Son aîné fit demi-tour et, avant de passer la porte, murmura, comme à regret :

— Je ne peux pas torturer mon frère.

— Mais tu n'as pas besoin de me taper ! Je suis là pour vous protéger, toi, Hiéléna…

— Hiéléna ne doit pas savoir que tu es revenu.

Il l'entendit partir, causer ; puis d'autres pas annoncèrent les chaussures enrubannées, les dépareillées et les souliers pointus. Chacun des truands manipulait d'imposantes tenailles. Manifestement, ils avaient remarqué les dents pointues du vampire. Ionas se lança dans des explications laborieuses au terme desquelles il ne parvint pas à se faire réellement comprendre. Il essayait de dire les choses simplement : une fille avait piqué le bébé et lui, il l'avait sauvé, et non, il n'était pas de mèche avec elle. D'ailleurs, elle devait être loin, en forêt, et vraisemblablement victime d'une autre créature et…

Ses oreilles de gargouille et sa denture atypique avaient un effet néfaste sur l'auditoire. On ânonnait des extraits du livre factice sans écouter ce qu'il avait à dire lui. On avait des discussions ineptes sur le danger qu'il y avait à fourrer des doigts dans son orifice buccal.

— Et s'y te mord tu deviens comme lui.

— Comment j'y arrache ses ratiches pour être sûr qu'y m'morde pas ?

— Comment je vais parler si tu me casses la bouche ?!!! hurla Ionas.

— Y fait sa magie, dézingue-le !

Le vampire reçut un coup de tenaille sur la partie gauche de la tête, il se mit en colère et commença de balbutier en babylonien. Trois dents tombèrent de ses lèvres.

— Pas grave, grommela-t-il, c'est comme les yeux, ça repousse. C'est inutile ce que vous fabriquez.

Il continua de chanter. Les brutes perçurent vaguement l'effet hypnotique de la comptine antique, mais avec des dents en moins, la diction du vampire rendait le rituel assez approximatif. Ce vieux langage les conforta juste dans l'idée qu'ils étaient en présence de sorcellerie et ils s'acharnèrent de plus belle sur la tête de l'infortunée créature. Ionas regretta d'être encore conscient lorsqu'il entendit un craquement plus fort que les précédents à la surface de sa boîte crânienne.

— Y'a d'la cervelle qui sort ! s'exclama un des tortionnaires.

Puis Ionas ressentit une blessure supplémentaire, car le soleil se levait. Entre les coups, il constata une brûlure sur son genou. Ça provenait d'un soupirail près du plafond, par où plongeait un rayon solaire, ténu, précis, dirigé vers sa jambe. Sa chair, à l'endroit de l'impact, commença à grésiller et aucun instinct de survie ne lui permit d'y échapper. La douleur était bien pire que ce qu'on venait de lui infliger à la tête. Les bandits, effrayés par la fumée, se mirent à le taper de façon plus énergique.

— Comme si je faisais exprès ! se récria Ionas.

Soudain, la porte s'ouvrit : une femme avançait vers eux, cachée sous un épais châle de laine. Les bourreaux de Ionas s'immobilisèrent, éberlués.

— Qui tu es ? demanda un des primitifs.

— Je prends des risques, répondit-elle, je sors en pleine journée.

Elle fit tomber le linge qui l'avait protégée du soleil naissant et apparut aux brigands seulement vêtue de sa tignasse rousse, son épiderme blafard luisant dans l'obscurité. Sur sa bouche, un sourire calme.

— C'est t'y elle ? C'est t'y elle la complice ?

Haydée lança la main vers le premier truand. En un éclair elle avait enfoncé deux doigts dans ses narines, l'avait attiré à elle pour le mordre là où il y avait le moins de prise, le moins de muscles, le moins de gras : le haut du front. Ensuite, d'une traction brutale, elle le repoussa en arrière, gardant entre ses dents toute la peau du visage, d'un coup arrachée. Il n'était pas encore mort et arpentait la pièce en hurlant. Ses camarades paniquaient. Haydée cracha le masque facial qui lui occupait la bouche, elle jubilait. Puis elle se rua sur les autres à une vitesse que même les yeux de Ionas eurent peine à distinguer. Bientôt la cave fut repeinte en rouge sang de bœuf. Les trois brigands gisaient en éventail autour de la chaise où Ionas demeurait enchaîné. On eût pu croire qu'il les avait massacrés lui-même.

— Où est la fille-arbre ? demanda-t-il.

— Je lui ai fait croire que je savais où tu te trouvais. Ça l'a intéressée. Alors elle a cessé de m'embrouiller la tête avec son pollen.

— Où est-elle ?

— Morte, j'imagine. J'ai fichu le feu à sa forêt.

— Elle est là ! La folle est ici ! Avec moi !!!! Venez ! hurla Ionas.

— Comme tu es décevant ! Tu vois, si j'étais venue pour te libérer, ça m'aurait fait changer d'avis.

— Détache-moi et tu vas voir !

— Il n'en a jamais été question ! Je ne suis pas là pour toi. C'est pour ma bible que je reviens ! Je ne te prêterai plus jamais mes affaires, tu perds tout.

Et en une pirouette, Haydée, son bouquin sous le bras, débarrassa le plancher, laissant le vampire seul avec trois cadavres sur le dos. Cette intervention n'avait guère amélioré sa situation.

Caïn revint, le regarda gravement. Il était accompagné d'un homme à toque de castor, les épaules couvertes d'un manteau de fourrure trop grand. Il portait aussi des bottes tatares aux bouts recourbés, un bec-de-lièvre lui fendait la face, des yeux jaunes et obliques : Mishka Yaponchik.

— Tu fais peur, lui accorda Yaponchik en souriant.

— Moi, même mort, j'ai peur de vous, répondit Ionas.

— Tu as vu, Caïn ? dit Yaponchik. Même attaché, ton frangin a tué trois de mes gars, et c'étaient de vrais bouchers, vraiment, c'est un *mensch*...

— C'est pas moi ! C'est un quiproquo...

— Bien ! Il ment même face à l'évidence.

— Pour sa complice…, demanda Caïn.

— Hum… pensons ! Rendons-nous à la raison, ricana Yaponchik en arpentant la pièce à grands pas dansants, sautant par-dessus les corps de ses hommes massacrés, évitant les amas sanguinolents comme à la marelle. Il faut reconnaître, rationnellement… ton frère est TRÈS bon ! En plus, il a sa magie… sa mise en scène… l'idée même du vampire ! Donc des siècles de légendes concernant des créatures comme lui qui ont préparé le terrain ! Tu dis qu'il est avec toi et ça suffit, on te respecte, même pas la peine de montrer une dent. Regarde, est-ce que tu as pu l'empêcher quand il a pris ta gosse ?

— C'est pas moi ! Vous n'écoutez rien !

— Ça va. Ça va. S'il avait voulu la tuer, tu vois, on n'en parlerait plus. Il veut quelque chose. Il faut…

— Je vous dis que…

— Tu vois, continua Yaponchik sans écouter les protestations du vampire, tu ne peux pas faire ça sur ma zone. Je passe pour quoi ? Alors, dis ce que tu veux, tu auras ce que tu demandes… Tu viens ici, tu as montré ce que tu savais faire, j'ai apprécié. Maintenant on s'assied et on discute… tu as ta place… on n'arrive pas à se faire aimer, nous, alors il faut se faire craindre.

— Nous quoi ? demanda Ionas.

Et le roi des voleurs se lança dans un grand discours sur la situation précaire de la petite nation juive au milieu d'un océan russe.

— Tu te rends compte qu'on n'a alphabétisé ces singes qu'il y a trois générations. Ce sont des préhistoriques ! Ils ont eu le servage jusqu'à il y a moins de cent ans ! Qu'est-ce que tu veux qu'on fasse ?! Moi, je me suis dit, il leur faut un roi des criminels, sinon on va tous y passer. Toi tu débarques et tu réponds : Non ! mieux ! un monstre !!! Qui vole les enfants ! Formidable ! Je suis d'accord ! Je prends ! Mais maintenant, promets que ta copine et toi, vous ficherez la paix aux gosses de CE quartier.

Ionas était désespéré. Il les trouvait fous. Il souhaitait juste qu'on le détache, qu'on aille chercher Haydée et qu'on la démantibule. Il tenta à nouveau de proférer des paroles sensées mais, comme dans un cauchemar, on lui répondait n'importe quoi. Heureusement, si on peut dire, les chairs de sa cuisse avaient continué de se consumer sous l'effet des rayons solaires du plafond. Yaponchik avait sans le vouloir prodigué un peu d'ombre, avec ses effets de manches. Mais dès qu'il s'était écarté, la lumière était revenue grignoter le vampire et d'un coup, son pantalon prit feu. De hautes flammes qui se communiquèrent quasi instantanément au manteau militaire, à la chaise, aux cadavres avoisinants. Caïn et Yaponchik partirent en courant.

— Ben mon cochon ! Ben mon cochon ! jappait le roi des voleurs.

— Il faut sceller la pièce, suggéra Caïn.

Le vampire se sentait complètement ahuri au milieu de son incendie. Les flammes lui cramaient les habits et la figure, mais ni la chaise où il était attaché ni les chaînes qui l'entouraient ne voulaient céder. Il songea aux réclames de l'Américain Houdini qui savait se tirer des pires mauvais pas. « Moi, se dit Ionas, je n'ai pas la formation nécessaire pour échapper aux ennuis. » La douleur devenait une information. Lorsqu'on sait qu'on va survivre quoi qu'il advienne, on perçoit les choses avec davantage de distance. Malgré les crépitements de sa propre viande et la fumée grasse qui lui emplissait les poumons, Ionas tenta de s'endormir. Il cherchait le lieu du cerveau où l'on s'échappe des événements. Au bout d'un moment, toujours conscient, il entendit le moteur d'un camion, des cavalcades au-dessus de lui, puis un son de poulie, comme si on déroulait quelque chose. Avant que les trombes d'eau n'inondent la cave, il avait deviné : lance d'incendie. En plein sur les genoux, le bas-ventre, là d'où étaient parties les flammes. Il se mit à grelotter. Lorsque le feu s'arrête, c'est ainsi, on a froid. Il se trouva alors dans un état presque squelettique, brûlé, toujours attaché mais complètement nu.

Certain qu'il ne pourrait plus rien lui arriver de pire, le vampire tenta à nouveau de dormir. Mais on ne lui laissa pas le temps de sécher. Bientôt, cinq ou six messieurs en costumes trois-pièces firent irruption dans la cave, accompagnés de gardes du corps, fusil à la main. On n'écouta rien de ce qu'il avait à dire. On se contenta de vérifier qu'il était solidement attaché. Enfin, on fit entrer un rabbin.

Le prêtre hurla car le vampire était nu. On le couvrit d'une sorte de linceul avant de l'abandonner à l'autorité religieuse.

XX

— Quand on voit arriver le rabbin, c'est que les docteurs ne peuvent plus rien faire, souffla Ionas en régurgitant un peu d'eau sur son drap neuf.

Après quoi, il eut un rire nerveux qui plongea le religieux dans l'effroi.

— On n'a jamais eu ça, monsieur le rabbin ? reprit Ionas. Je vous pose une colle, pas vrai ?

— Dis-moi où est ta complice.

— Un exorcisme juif ! Vous ne savez pas faire ce genre de chose, affirma le vampire.

— Parle.

C'était un rabbin moderne, âgé d'une quarantaine d'années et doté d'un peu d'embonpoint. Il avait des poches sous les yeux, comme si écouter sans relâche les histoires des autres l'avait épuisé. Un type massif, barbe très courte, et sous le nez, sa moustache se répartissait en deux babines bien nettes. Ça lui donnait un air de gros ours. Ionas fut tenté de lui faire confiance. Il avait besoin de parler. Le rabbin tripotait des choses dans sa poche. Ionas se demanda si on allait lui plaquer une étoile de David en argent sur le front.

— Vous avez quoi, dans la poche ?

— Un répulsif.

Ionas n'eut plus confiance et se mit à chanter les trucs hypnotiques. Le rabbin leva les yeux au ciel, se balança d'avant en arrière et dégaina, lui aussi, des airs de l'âge du bronze. Les deux rites s'annihilaient, le vampire et le prêtre en furent quittes pour une migraine. Ionas souffla dans la direction de l'officiant, il crachait. Plus ou moins consciemment, il « faisait » le monstre. Prestement, le rabbin sortit de sa poche une chose orange qu'il tordit à quelques centimètres du nez de Ionas. Un jus acide et des particules odorantes explosèrent dans sa direction. Il en eut le visage couvert et se mit à éternuer.

— Vous êtes cinglé ! Me presser une mandarine sous le nez !

— C'est mon répulsif, ça marche avec les chats.

Après quoi, calmement, le rabbin se rassit et se mit à triturer le fruit éventré. Il finit par mordre dedans, sans avoir enlevé toute l'écorce. Le jus dégoulinant le long de sa barbe, il leva à nouveau le nez vers le vampire captif.

— Qu'est-ce que tu es donc ? demanda le prêtre.

— Qu'est-ce que vous en pensez ? Je sors la nuit, je bois… enfin, vous voyez… rien d'autorisé.

— Comme tu l'as dit. Ces choses-là, les vampires, ça n'existe pas chez nous. Ça n'est pas notre tradition.

— Laissez-moi partir ! L'enfant est toujours en danger.

— Toi, tu ES le danger. Qui tu es, toi ?

— Je suis le frère de l'autre. C'est moi qui aurais dû être dans le lit conjugal. Et dans le berceau aurait dû reposer mon bébé. On nous avait liés depuis l'enfance, c'était prévu comme ça.

— Tu ne devrais plus être là. Tous les soucis sont de ta faute. Retourne chez les morts.

— Excusez-moi, non, je n'ai rien décidé ! Je n'ai pas fait exprès de mourir, je ne suis responsable de rien.

Le prêtre se leva et lui colla une terrible gifle.

— Alors c'est qui ? C'est l'Éternel ?

— Vous savez mieux que moi.

Il le gifla à nouveau.

— À chaque fois que tu blasphémeras, je recommencerai. Il n'y a pas trois choix dans le monde, il y en a seulement deux : soit Dieu, soit toi. Le mal, ça vient de toi.

— Je n'ai pas décidé. Et cessez de me cogner.

Il prit tout de même un coup de poing supplémentaire. C'était, semblait-il, une méthode d'apprentissage.

— Tu CROIS que tu n'as pas décidé. Mais si tu examines bien ton histoire et si tu la racontes… Tu as eu ce cadeau de l'Éternel, à chaque seconde, le libre choix.

Alors Ionas, d'abord en colère, puis pleurant du sang, et enfin simple comme un enfant, raconta son périple.

Le prêtre observa un long silence après ce récit dont aucune horreur n'avait été expurgée.

— Tu as décidé de risquer ta vie à la guerre ! Ton frère a été plus sage. Si tu avais aimé ta fiancée, si tu avais réellement voulu de tes enfants à naître, tu n'aurais pas couru dans une bataille perdue d'avance. Et tout ça pour quoi ? Pour la gloire ?

— L'honneur !

— Un tel orgueil face à Dieu ! (Encore une baffe.) Et tu as DÉCIDÉ de revenir des morts.

— Je savais qu'ils s'embrassaient. Ça m'a révolté.

— Les autres morts se bouchent les oreilles quand le monde appelle. Tout. Tout est de ta faute.

— C'est ça, la réponse ?

— Dieu ne fait pas le mal, il le combat. S'il y a du mal en toi, c'est toi qui l'y as mis.

— Dieu, il ne fait pas le mal ? Il fiche rien alors ? Il fait quoi ? Vous ne m'aurez pas !

— Moi, je ne suis rien pour répondre. Je te dis la loi de Dieu, à toi de décider si tu l'acceptes ou pas. Nous n'avons pas le temps d'approfondir, puisque la foule s'amasse au-dessus, avec des torches et des piques, mais il faudrait que tu lises le *Guide des égarés* de Maïmonide. On sait encore lire, après la mort ?

— On peut même écrire.

— Quelle bénédiction ! Tu vas subsister pour l'éternité, avec la capacité de lire. Imagine le savoir que tu pourrais accumuler. Et toi, au lieu de remercier Dieu, tu choisis de…

— Changez pas de sujet. Vraiment ! Voyez où je suis. Aux enfers. Ma simple existence fait peser un péril sur le monde. Et vous n'aidez pas !

— Pourquoi tu me mets dans tes crimes ? Il n'y a que toi !

— Je vous reproche exactement ça, dit Ionas.

Puis il agita ses chaînes et sa chaise.

— Que fais-tu ?

— Je me libère ! rugit le vampire. Et je vais vous vider de votre sang ! C'est la première fois que j'ai

VRAIMENT envie d'assassiner quelqu'un ! Merci ! Grâce à vous j'ai trouvé ma voie ! Dieu m'a fait ainsi, qu'il assume les conséquences !

Les chaînes ne cédèrent pas et Ionas eut une autre mandarine pressée sur le visage. Tandis qu'il faisait papilloter ses paupières irritées, le rabbin se rasseyait comme s'il avait tout son temps.

— Je demande des réponses ! se défendit Ionas. Nous sommes face à une tragédie proprement surnaturelle. Une chose dont parlent les légendes. Qui n'arrive jamais. J'ai l'impression d'être devenu l'ange de la mort qu'on chante pour Pessah, le dybbouk. Un enfant a disparu, je l'ai retrouvé, je vous raconte, il faut des réponses pratiques, utiles. Vous devez piocher dans le cursus de vos études ésotériques et au lieu d'aider… au lieu de dire la position divine puisque votre patron n'est jamais là en personne pour justifier ses créations…

— Tes actions.

— Quand je suis revenu. Des morts.

— Ta décision.

— Vous croyez vraiment que ma seule volonté peut provoquer ça ? Sans aide ? Et quand bien même. Si j'ai fait cette chose, renaître, c'est qu'on m'a rendu constitutivement capable de…

Les digues commençaient à céder, le vampire perdait le combat de l'esprit. Ses chansons babyloniennes ne pouvaient plus rien contre les syllabes de plomb qu'assenait le monothéiste. « Il doit avoir l'habitude, songea Ionas, je ne suis pas son seul client. Et comme on ne me propose rien d'autre, je crois que je vais acheter. »

Par épuisement, ou faute de puissance dialectique, le vampire se rendit aux arguments qu'on lui déversait dans les tympans. Qu'aurait-il pu faire ? Brûlé, trempé, dénudé, enchaîné.

— Tout est de ma faute…, finit-il par admettre.

Le prêtre fit un grand sourire.

— Donc il faut quoi ? Me soigner ?

— C'est fait. Tu as fait pénitence. Tu as compris.

— Je peux m'en aller, alors ?

— Oui. Si tu acceptes de partir, c'est bien. Tu n'as plus rien à faire sur terre.

— Je ne peux pas mourir. Vous refusez de comprendre.

— Pas grave. Il suffit qu'on te mette dans un lieu dont tu ne pourras jamais sortir.

— Et si la fille revient ? Si je ne suis pas là pour protéger ma famille ? Peut-être c'est ça, mon rôle : protéger les vivants contre les autres diables ?

— On va te mettre dans un cercueil en plomb. Tu seras très bien.

— Les gens vous paient pour ce genre de conseils ?

Après avoir agité ses chaînes sans conviction, Ionas finit par se rendre aux arguments du rabbin. Après tout, ça n'était plus son histoire, qu'ils se débrouillent.

— Vous êtes sûr qu'il n'existe pas de meilleur moyen de me soigner ?

— Non, non.

Il se rendit donc aux arguments de la religion. Tous les ennuis venaient de lui. Il fallait se débarrasser de soi et tout irait mieux. Pas se tuer, puisque c'était déjà fait donc impossible. Il convenait plutôt de se mettre en situation de ne plus jamais pouvoir rien faire. Puisque le mal est inévitable en état de liberté, puisque par nature « on » en est la cause, enfermons ce « on » dans du solide.

L'histoire ne fut ébruitée ni dans la communauté juive ni ailleurs. Sous l'autorité du prêtre, on fit venir des truands en grande pompe afin de procéder à la mise au tombeau du vampire.

Il se laissait faire. Ça ne s'appelait pas une thérapie, ni même de la rédemption. C'était juste la certitude que plus aucun mal ne surviendrait par sa faute, ce qui, pour un esprit écrasé de culpabilité, constituait déjà une satisfaction non négligeable.

Yaponchik, déçu de perdre un possible comparse, tint à assister à la mise en bière, pour être certain que cette recrue n'irait pas à la concurrence. Caïn était là aussi. Il proposa au vampire de lui trancher la gorge, à titre fraternel.

— Tu es gentil mais non, ça repousse, dit Ionas.

— Mais tu vas être quoi… vivant dans la boîte ?

— Ne t'en fais pas, mon frère.

— Tu veux que je vive ma vie en sachant que tu es là-dedans, les yeux ouverts ?

— Surtout, que Hiéléna ne l'apprenne pas.

— Et moi ? Comment je vis en sachant que mon frère…

— Pardon, Caïn, je te cause du souci. Ne pense pas à moi. Ferme bien tes fenêtres et garde-toi de Haydée.

On rabattit le couvercle. Il entendit les clous s'enfoncer dans la paroi métallique. On le trimballait. Il avait omis de demander où l'on comptait enterrer sa bière, à présent il était trop tard. Des capitons, du bois et du métal, on percevait chaque déplacement et le son ne passait pas trop mal à travers. Le cercueil, à dos d'hommes, grimpait les escaliers de la cave. Ionas se prit à regretter qu'on l'ait fichu là sans autre garde-robe que son linceul mais, pour ça aussi, il fallait du détachement. « Il faut même être loin de soi, pensa-t-il. Mon esprit doit gambader. »

Il devina qu'on hissait sa boîte sur une carriole. Puis il y eut des cahots et à chaque rebond du cercueil il gémissait. Cet espace géométrique dont il sentait les limites lui convenait. La certitude de ne plus nuire aux vivants lui faisait du bien. Il pouvait se concentrer sur ses sentiments. Grâce aux blessures endurées, il était paisible. Il arpenta mentalement chaque pouce de son épiderme brûlé. Il eut le loisir de se concentrer sur chaque petite fracture que les rebondissements du cercueil rendaient lancinante. « Toutes ces douleurs anatomiques, pensa Ionas, elles m'évitent de songer à quelque chose de plus profond. Malheureusement, elles vont bientôt se soigner toutes seules. » On roula sur les pavés disjoints de la Moldavanka, avant d'aborder des rues mieux entretenues où le cercueil sautillait moins. Longtemps après, il eut l'impression qu'on roulait sur des chemins de terre. Puis le cercueil quitta la carriole. Des hommes soufflaient qui le portaient à bout de bras.

Après beaucoup d'agitation et l'écho de pelletées de terre, il sentit qu'on faisait glisser le polyèdre de bois dans une fosse. Puis ce fut le silence. Mais, loin au-dessus de sa tête, le vampire percevait faiblement les bruits d'un foyer plein de gamins, des cavalcades. Il se demanda ce qui avait pu passer par la tête du prêtre pour ne pas l'isoler davantage. « Il aurait fallu me mettre là où avec certitude j'aurais été incapable de nuire », se disait-il. Il entendait souvent le pas et la voix du rabbin, comme un fœtus entend la voix de son père. « Cet idiot m'a enterré sous sa propre maison ! C'est d'une imprudence rare. »

Il cessa vite de compter les nuits. Et la faim mordante lui fit bientôt oublier sa compassion pour l'espèce. Il eut envie de sang. De toutes ses forces, il se mit à griffer les parois du cercueil. Heureusement, hormis la soie et les coussins capitonnés, rien ne cédait. La faim augmentait, mais dans ses rares moments de lucidité, Ionas se trouvait en fin de compte fort satisfait d'être incapable de nuire à ses voisins du dessus. Après un temps impossible à évaluer, le ventre tordu et n'entrevoyant aucune autre perspective intéressante, il entreprit de se grignoter la peau des poignets. Puis, n'ayant plus rien à manger, le vampire s'assoupit. La faim et l'obscurité le plongeaient dans un état presque végétatif du fond duquel il accomplit le prodige de ne penser à rien. Il s'avérait toujours conscient, profondément là, mais il ne s'agissait que d'un état. « Me voilà caillou » constituaient à peu près les seuls mots qui lui rebondissaient au ralenti dans la tête.

Quelque temps plus tard, peut-être dix jours, peut-être cent, des hurlements le dérangèrent. Le rabbin, sa famille, tout le monde criait. On était en train de les assassiner. « Ouf ! pensa le vampire dans un premier mouvement. Ça n'est pas moi le coupable cette fois-ci ! » Il entendit qu'on sautait à pieds joints sur la tête d'un enfant. Des claquements de tenailles lui parvinrent, suivis par le cri marécageux d'une bouche à laquelle on venait d'arracher la langue. Plusieurs viols. Le silence. Et enfin, on se mit à creuser vers lui.

Des moujiks au nez bleui par l'alcool grattèrent bientôt à la porte de sa tombe. Ils firent sauter les vis en métal au pied-de-biche et furent bien déçus en découvrant le vampire pour tout trésor.

Lui, battant des paupières, constata le désastre. On avait tiré sa bière au milieu de la cahute. Il était horrifié par la sauvagerie des vivants. Il aperçut en une image la famille du rabbin dans l'état où l'avaient mise les singes. On s'attache dans ces moments aux détails qui rappellent qu'il y a eu, avant la catastrophe, un semblant de cohérence. Les mèches encore coiffées qui pendent du crâne évidé d'une petite fille. Son père assassiné, les mains crispées, probablement quand il tenait contre lui le corps de sa gamine. Un petit garçon, les yeux crevés vers le plafond. Et les pieds sales des brutes qui pataugent là-dedans. La maman et d'autres filles, comme si on avait vidé des poissons tout en se branlant avec. Par la fenêtre, il voyait les femmes russes entasser les maigres biens du rabbin sur une charrette à bras, sans plus de considération pour les morts que s'ils avaient été de la viande comestible. Ionas était dans un abattoir et on se partageait la viande.

— Vous vous attendiez à quoi ? demanda Ionas aux paysans terrifiés par son apparition.

— On… on… on…

— Dites « c'est pas moi monsieur ». Faites ce contresens, par pitié, comme si j'étais là pour vous comprendre.
— Beu... beu... beu...
— Et c'est moi le monstre ?

Ils se précipitèrent vers la sortie en vagissant de façon inintelligible. Le vampire, vêtu d'un simple drap, encore plus maigre que d'habitude et les poignets en lambeaux, fit un geste de l'index et la porte claqua avant qu'ils aient pu la franchir. Puis, constatant avec plaisir que ses pouvoirs télékinétiques étaient intacts, il fit une passe des deux mains, comme s'il rembobinait une grosse pelote de laine. Alors les femmes qui remplissaient la carriole furent soulevées par les cheveux, traînées par terre, frottées le long de la façade rugueuse de la cabane. Il les pressa fort contre les vitres jusqu'à ce que les carreaux explosent. Elles s'effondrèrent près de lui, sur le parquet au centre de la pièce, leurs tignasses frôlant les visages de la famille que leurs maris et leurs fils venaient de massacrer.
— Alors, racontez-moi, demanda Ionas avec un sourire aux survivants.
Dans un sabir russe mal maîtrisé (« Comme c'est triste de ne même pas parler correctement sa propre langue », pensa le vampire), ils expliquèrent qu'ils étaient venus pour le sauver, lui.
Ionas ne comprenait pas.
— Les juifs, ils enterrent dans des linges, ils ont pas de cercueil ! Alors quand on a vu qu'ils trifouillaient une bière en ferraille...

— Qu'ils la fichaient sous la maison…

— Vous comprenez ?… On a cru…

— C'est tout naturel, répondit le vampire. Vous sentiez l'impérieuse nécessité de sauver un enfant chrétien en cas de rituel…

La formulation semblait un peu compliquée, mais la majorité des paysans avaient compris et ils acquiescèrent.

— Vous n'y êtes pour rien, répondit Ionas, c'est le contexte. Et surtout, une fois encore, c'est ma faute.

Sur ces mots, il les assassina. Il ne voulait pas boire une goutte de leur sang afin de ne pas accréditer les rumeurs déplaisantes qu'avec la bienveillance des autorités on répandait sur son peuple. Il refusa également de se repaître du rabbin et de sa famille, c'eût été manquer de reconnaissance. Aussi le vampire ficha-t-il le feu à la bicoque avant de filer, seulement vêtu d'un drap et toujours affamé. C'était le milieu de la nuit. « La religion a raison, pensa le vampire. Tout est toujours de ma faute. »

Après quoi il s'envola vers des zones peuplées, disposé, pour la première fois, à accepter de bon cœur sa capacité à tuer.

Ionas ne pouvait pas transpirer. Les vampires ne transpirent pas. Alors il fallait voler vite pour avoir moins chaud, en regrettant de n'avoir pas les grandes oreilles d'un éléphant, puisqu'il paraît que c'est ainsi que les pachydermes se refroidissent les sangs, en bougeant les oreilles. On était manifestement en plein été. Les champs qu'il survolait disaient la belle saison, le climat aussi. Il eut envie de retirer ses vêtements, s'aperçut avec déplaisir qu'il n'en portait aucun. Il étouffait. Une averse se déclencha bientôt et il se retrouva trempé, sans être rafraîchi. Il regarda son ventre, s'aperçut qu'à force de jeûne tout son corps s'était creusé pour coller au squelette. Ainsi son ombilic cognait très précisément sur l'avant de ses vertèbres. Et de part et d'autre, dans le creux des côtes, il aurait pu dissimuler deux poulets. Des gouttes de sang commencèrent à perler au bord de ses yeux et aux commissures des lèvres. Il n'en avait pas totalement conscience durant l'averse, mais quand la pluie cessa, il dut se rendre à l'évidence : le peu de fluide vital qui restait en lui s'échappait. Il eut le sentiment clair, à cet instant, que s'il s'était laissé aller, l'anéantissement aurait pu venir. Il était au stade où le corps ne garde plus rien. Il ne constituait à ses yeux qu'un souvenir décharné planant au-dessus des campagnes, sans consistance ni pudeur. Il descendit, toujours nu, et se coucha dans une meule de foin. Il allait se désagréger dans les herbes coupées, ne plus rester vivant que dans le ventre des asticots qui le dévoreraient, ça suffirait. Puis il entendit des pleurs dans le hameau voisin, ainsi que des prières hébraïques. Le spectre trouva la force de s'approcher, en vacillant à chaque pas.

Derrière la fenêtre d'une maison juive, il vit des parents assemblés autour d'un gamin mort emmailloté dans son châle de prière. Ionas disparut vivement, de peur qu'on ne le découvre à la lumière des flammes. Dans les foyers alentour, la même malédiction avait sévi. C'était parfois un vieux, plus souvent des enfants, pas une seule famille n'était sans victime. Certaines maisons se retrouvaient même totalement vides, comme si tout le monde y avait été exterminé. Ça n'était pas la guerre. C'était forcément une chose surnaturelle, une peste. Ionas pensa à Haydée, se dit qu'elle devait y être pour quelque chose. «Je suis un égoïste. Je ne pensais qu'à moi en acceptant qu'on me mette au tombeau. J'espérais que Caïn et ses camarades suffiraient à protéger Hiéléna et l'enfant, qu'ils pouvaient bien se débrouiller, que Haydée c'était leur affaire. Je n'avais pas mesuré le mal qu'elle peut faire aux autres, aux inconnus. Les pauvres paysans que j'ai assassinés chez le rabbin n'y sont pour rien. C'est Haydée qui les inspire. Ils ont dû la croiser, ils se sont mis sous son empire, elle devait chevaucher devant eux. Haydée fait le mal, Haydée inspire le mal. C'est une bonne nouvelle. C'est pas ma faute. C'est sa faute à elle. Depuis Ève il y a ce danger, avec les femmes. La problématique Haydée est universelle. Je dois agir. Et je ne peux pas rester tout nu.»

Des hommes arpentaient le village armés de lanternes, cherchant manifestement des survivants. Ils faillirent surprendre Ionas qui se laissa tomber par terre avant leur arrivée. Quand leurs lumignons dévoilèrent sa carcasse, il leur apparut comme une victime supplémentaire. On le souleva, par les mains et les pieds, puis on l'emmena avec d'autres corps. Là, des vieilles priaient, nettoyaient les cadavres, les enrobaient de lin blanc et de phylactères. Elles tentaient par tous les moyens de rendre aux défunts un aspect présentable. « Haydée s'en est donné à cœur joie, pensa le vampire. Non seulement elle les a massacrés mais il n'y en a pas un d'intact. Elle a creusé dans les cavités organiques, elle a délibérément fait souffrir. » Tous les visages morts disaient la torture et l'effroi. Ionas se persuada que Haydée était devenue encore pire qu'avant. « Elle ne tue plus simplement pour se nourrir ou pour dire sa vengeance, elle exerce un pouvoir absolu. Il faut que je règle définitivement le problème de cette fille. »

Tout à son émotion, et encore troublé par de longs mois de jeûne, Ionas se mit debout et se dirigea vers la porte de la grange qui servait de chapelle ardente. Les dames qui nettoyaient les morts l'aperçurent et se mirent à hurler. Dans son état, il eut le sentiment qu'on le grondait. Il avait envie que les cris cessent et se sentait disposé à se recoucher bien sagement pour qu'on ne lui reproche rien. Mais elles ne fuyaient pas, elles le traitaient de drôles de noms, comme « prophète Élie ». Il se rappela que c'était le type dans la Bible qui ramène les morts. Il voyait les grosses dames s'agiter vers lui et faire des prières. Ce fut à ce moment-là sans doute qu'il eut le plus conscience de son éloignement vis-à-vis de l'espèce. Il n'éprouvait plus cette terreur qu'ont les vivants, ni l'espoir qui d'ordinaire l'accompagne. Alors, pour que les choses soient claires, il s'approcha d'une des personnes hurlantes, la prit dans ses bras et mordit franchement sa gorge. Il but goulûment et fit de son mieux pour commettre un assassinat « par la force des choses ». Il lui apparaissait clairement que son malheur provenait, depuis le début de la guerre, de son incapacité à se résoudre au monde et à accepter la place qu'on lui donnait. Quand on l'avait fait soldat, il avait voulu de la grandeur d'âme. Au moment où tout indiquait que la terre n'était plus pour lui, il s'y était agrippé comme la moule à son rocher. Et quand de toute évidence il devait tirer sa joie des plaies béantes de ses victimes, il avait fait de la morale. Sans doute qu'accepter sa condition c'était ça : boire du sang lorsque tout indique qu'on est de nature sauvage. Et ne pas noyer cette nécessité sous des enjeux moraux.

La dame battait des bras mais n'osait pas s'enfuir, se disant que c'était peut-être tout de même un prophète qui était en train de la blesser. Ionas cessa de boire bien avant de causer des blessures définitives. Il lui avait aspiré assez de forces pour prendre son envol, mais toujours pas de vêtements. Les lampées de sang tombées du cou de sa victime dessinaient un voile rouge de son poitrail à son bas-ventre. Une corde à linge se présenta, qui n'était garnie que de vêtements féminins. Est-ce que c'était mieux que de voler tout nu ? Le vampire s'empara d'une robe à sa taille et l'enfila maladroitement en la tachant de rouge.

Rebecka Streisand

I

« C'est comme si j'attendais ma valise », se dit Rebecka. Elle se retrouvait au bas de l'avion, lunettes noires sur le nez, à masquer une tristesse qu'elle n'éprouvait pas. Dans le périmètre intime, à moins d'un mètre d'elle, attendaient des proches de Mendel, donc des inconnus. Autant d'employés de sociétés musicales qu'elle avait supportés des années durant autour des piscines et pendant les fêtes. Leurs petites barbes travaillées chaque matin pour suggérer le négligé, leurs pieds nus dans des chaussures de plaisanciers, leurs tatouages signés et numérotés comportant des arabesques insignifiantes, tout ça était caché, en cette matinée particulière, sous les costumes sombres et les tenues de deuil.

« Je ne suis plus une *femme de*. Je suis la *veuve de*. Je ne suis pas triste, tu sais... » Les fans hurlaient le prénom de son mari. Entendre d'autres gens qui répétaient ce prénom, ça la rendait folle. « Je suis juste en colère. »

Dans un bruit hydraulique, le sas arrière du petit avion s'ouvrit et un dispositif roulant électrique permit au cercueil de sortir. Derrière des barrières, quelques mètres plus loin, les amateurs de musique se mirent à glapir. Deux filles en tenue glam-rock, mais qui avaient l'âge d'être mères, parvinrent à passer la barrière de sécurité pour se jeter sur la bière. Rebecka regardait cette boîte en se disant que le public était plus ému qu'elle. C'était tout neuf, avec des poignées. Du bois blanc laqué, comme un piano japonais. Elle n'avait pas choisi ce modèle. On avait voulu l'épargner; les formalités s'étaient déroulées en son absence. Mais pour la protéger totalement, il eût fallu aussi lui interdire la télévision, la radio, Internet et les journaux, puisque la planète entière se faisait l'écho du suicide de Mendel Broke. Elle avait appris tout en même temps: son mari était mort, c'était un suicide, et la lettre qu'il laissait derrière lui n'autorisait aucun doute sur le fait qu'il s'était tué pour une femme. Dont on ne savait rien. Alors après un tel déballage, les débordements émotionnels des amatrices de musique moderne paraissaient un peu surjoués. Une marée froufroutante se bagarrait pour venir rayer la surface laquée du cercueil à coups de bagues orthodontiques. Tels des gastéropodes après l'orage, les fans léchaient presque la boîte.

Rebecka regardait chaque détail, comme si tout ça ne la concernait pas. « Mendel. Je ne vais plus t'adresser la parole. Même dans ma tête, je vais cesser. » Elle se demandait ce qu'elle foutait là, et avec qui elle avait vécu pendant si longtemps. On débarque d'Ukraine à huit ans. On ne comprend rien aux juifs de Brooklyn, on les trouve trop sages et trop fragiles et l'on s'ennuie beaucoup. Dix ans plus tard on en croise un qui vient d'Odessa aussi. Il est arrivé plus tard de l'Est, ils se souvient mieux à quoi ça ressemble. Il est fou et provocant et on se laisse embobiner. On lui dit « je ne m'attendais pas à toi » et avec orgueil, on s'imagine qu'on saura apaiser ses révoltes. On se persuade que le monde doit rimer à quelque chose. On se répète que si ce garçon a des blessures, c'est uniquement pour qu'on lui prouve qu'on peut les soigner. On se donne ainsi le sentiment d'être indispensable. Il devient une rock star, on est contente pour lui. On est plus intelligente que lui, on est diplômée en psychopathologie, même notre mari nous appelle docteur. Il nous admire, il est tout le temps en tournée et puis il crève. Et on éprouve un sentiment de flottement, auquel s'ajoute la culpabilité de ne pas être malheureuse.

Le personnel de sécurité s'imagina que Rebecka était trop émue parce qu'elle tardait à rentrer dans la limousine. En réalité, elle rêvassait. Mendel était allé se suicider au cap d'Antibes, dans la villa familiale. Qu'est-ce qu'il fichait là-bas ?

Le cortège des limousines quitta l'aéroport de Newark, suivi par des motos de la police, des motos de journalistes, des motos de fans. Rebecka aurait aimé, à ce moment précis, avoir les fesses sur sa propre motocyclette et tailler la route. À trente ans et depuis le décès de son mari, sa raison sociale ne se résumait plus à grand-chose. Comme métier, elle ne voulait pas faire « jeune veuve » ou « ayant droit ». Il allait donc falloir prendre au sérieux sa chaire de psychanalyse, récemment obtenue dans l'université la plus rétive à cette discipline, la Miskatonic d'Arkham.

La psychanalyse était en perte de vitesse sur la planète entière. On s'accordait désormais à lui trouver autant de qualités et de défauts qu'à toutes les autres religions révélées. Elle-même, de par sa fonction de femme de vedette, n'avait pas mis à l'écoute de ses patients une attention excessive ces dernières années. Et voilà qu'au lendemain de l'annonce de la mort de Mendel, elle songeait enfin à son métier avec envie, car elle constatait qu'il ne lui restait pas grand-chose d'autre. Même son logement de fonction loin de New York, au cœur de la plus rétrograde des universités de Nouvelle-Angleterre, lui paraissait un refuge possible.

Les motos donnaient un peu d'animation. Secrètement, Rebecka rêvait d'un accident. S'il avait pu y avoir la maîtresse de Mendel, une des, enfin, celle qui avait causé le trépas, et une chaussée mouillée… « Je ne sais pas la gueule qu'elle a mais je voudrais bien que les roues de la Lexus passent dessus et que ça explose comme une cervelle de singe sous le marteau du cuistot. Non, songea-t-elle. Je vais la trouver et je vais la crever, mais sous les roues de ma propre moto. »

Elle possédait une Triumph d'époque qui tombait sans cesse en panne mais qu'elle savait rafistoler. C'était, au moment présent, la seule création terrestre qui eût pu la réconforter. On la prenait en photo à travers la vitre du véhicule. Elle se mit la main devant le visage et n'eut pas d'autre pensée que « comment je me suis habillée pour le cimetière ? » Pas juste « qu'est-ce que j'ai comme robe ? » Plutôt « Quelle culotte aujourd'hui ? Est-ce que c'est dépareillé ? Tu sais pourquoi on porte exprès une lingerie dépareillée, Mendel ? Parce qu'on se dit tous les jours qu'on va peut-être rencontrer un autre homme. Et on se dit que s'il constate que nos dessous ne sont pas assortis, il pensera qu'on n'avait pas prévu de se mettre à poil devant quelqu'un. Et c'est mieux pour notre image. » Ces considérations lui donnèrent envie de rire mais il ne fallait pas. Et le petit train des pensées se mit en marche, comme dans une insomnie. Elle s'était rappelé que « chez nous les juifs » on ne porte pas de noir pour les enterrements. Après quoi elle s'était dit que les gens ne le savaient sans doute pas et s'était félicitée du mauvais temps sur Brooklyn qui empêchait de choisir une robe légère, ou un tissu trop coloré. Rebecka n'avait jamais aimé sa tête, aussi préférait-elle attirer l'attention sur sa poitrine. À cause de ses chemisiers systématiquement échancrés au-delà du raisonnable, elle avait le sentiment qu'il ne fallait pas qu'on la regarde trop d'au-dessus. Quand on porte un vêtement qui découvre le sillon mammaire, on se regarde face au miroir et on a l'impression que la situation est très décente. Mais on oublie que les autres gens vont vous aborder de haut, surtout si vous êtes petite (Rebecka était petite). Pour cette raison, et aussi afin de se donner de l'autorité, elle portait toujours des talons vertigineux. Mendel lui disait systématiquement qu'elle s'habillait comme une pute, il répétait ça gentiment, c'était son compliment favori et il en avait même fait une chanson. « C'est pour compenser mon regard noir », répondait Rebecka qui disposait d'une autorité et d'un sale caractère naturels. Chacun de ces traits agissait comme une barrière contre le monde. Montrer son décolleté, faire la gueule, froncer les sourcils, écouter plutôt que parler.

Ce mode opératoire lui avait suffi dans l'existence, jusqu'aux funérailles.

« C'est la première fois depuis longtemps, Mendel, que je pense un peu à mes fesses. Parce que tu n'es plus là pour me vampiriser. Tu sais, Mendel, on est toujours seul. Du début à la fin. Et tu sais quoi ? C'est une bonne nouvelle. »

Arrivée au cimetière de Brooklyn, elle vit une foule agglutinée de part et d'autre du corbillard, ainsi que des dizaines de caméras. Et des femmes par centaines qui trépignaient déjà en contrebas, là où on allait mettre son mari en terre. Elle eut des pensées honteuses. Combien en avait-il baisé dans cette assemblée ? Combien de plus jeunes ? Combien de plus fermes ? Et celle pour qui il s'était tué, est-ce qu'elle était là ? À regarder Rebecka et à trouver que malgré sa tenue élégante et ses hauts talons elle relevait de la catégorie petit boudin revêche. Était-ce digne de penser à ça dans de telles circonstances ?

Face à cette horde désespérée qui criait le nom de son mari et parfois même le sien, Rebecka eut un sentiment de révolte. « Je te préviens, annonça-t-elle à son défunt mari, je n'assure pas le service post mortem. Ce show-là, tu le fais sans moi, Mendel. D'ailleurs, je ne te parle plus. »

Quand la portière s'ouvrit, Rebecka prétendit qu'elle n'avait pas la force de sortir du véhicule. On mit ça sur le compte de l'émotion. Elle rêvait de s'en tirer si bien. Elle se sentait déjà coupable de ne pas tenir son rang. Et coupable aussi de n'être décidément pas triste. Puis, par masochisme, elle continua d'avoir des pensées ignobles. Elle en était aux considérations professionnelles, se disant qu'avec les rétrogrades d'Arkham Miskatonic, il valait mieux que sa photo ne soit pas en une de tous les journaux people. Même pour des obsèques et avec un voile de deuil, ça faisait frivole.

On gratta à la porte de la Lexus. La jeune veuve fit un geste sans appel car elle s'attendait encore à un garde du corps. Malheureusement, elle reconnut la mère de Mendel. Il fallait ouvrir. Liz. La dernière fois que Rebecka l'avait vue, c'était cinq jours plus tôt. Mendel était déjà mort mais on ne l'avait pas encore appris. Liz lui avait montré ses fesses afin qu'elle se prononce sur la réussite d'une opération plastique. Rebecka avait toujours eu du mal avec cette impudeur. On l'avait acceptée trop facilement dans la tribu de Mendel. Cette famille était tellement bien ! Finalement, Rebecka n'aimait pas les familles trop parfaites, ni les filiations sans problèmes. Mendel, depuis qu'elle l'avait rencontré, avait tout fait pour la persuader qu'il était déglingué, qu'il avait besoin d'aide parce qu'il vivait un drame, et qu'une psy à la maison ça serait formidable. Mais elle avait vite considéré que son époux entretenait sa noirceur plutôt que de la combattre, parce que ça lui faisait plaisir. Elle pensait qu'il n'était pas si malade, que c'était un jeu nécessaire à l'inspiration créatrice. Le suicide, clairement, ne faisait pas partie des extrémités envisageables quand elle regardait son mari. Il était parvenu, avait-elle cru, à circonscrire la morbidité russe dans le lieu de ses chansons. Il était devenu un juif américain épanoui, presque un protestant. Il avait même des piercings, même des tatouages, il chantait du klezmer où passaient des surfs et des souvenirs de courses automobiles. Et sa mère semblait jeune, et son père était mort, autant dire qu'il respirait la joie. Donc il avait voulu prendre des drogues, donc il avait souhaité cultiver son air européen et désespéré. Ça avait énormément plu. Du klezmer-punk d'art contemporain accessible aux plus jeunes. Rebecka n'avait rien écouté de ce que racontait la mère de Mendel. Liz agitait la bouche comme un poisson. Rebecka, shootée à ses propres pensées, était parvenue à couper le son, mais seulement pendant un bref moment.

— Ma chérie, ma chérie, oh, ma chérie ! Tu vas rater la cérémonie. Ça te manquera, tu sais, pour le deuil.

En disant cela, sa belle-mère lui agrippa le bras et fondit en larmes. Puis elle répéta en pinçant son ventre, « ça me lance », et « je suis ballonnée ». Ensuite elle exhiba sa graisse sub-trochantérienne en indiquant la cicatrice d'une liposuccion récente.

— Une amie est morte comme ça ! On lui aspirait le gras et ils en ont trop pris et hop : une famille dans l'affliction ! Tu vois. Alors, viens à la cérémonie. Il faut qu'on fasse le travail à la place de Dieu, donner une certaine gravité aux choses.

Liz se forçait à sourire pour lui insuffler du courage. Puis elle lui expliqua que Mendel n'en avait jamais aimé d'autres et que les lettres étaient sans doute fausses. Rebecka se sentait mortifiée de ne pas trouver la force de produire des réponses cohérentes. Jusqu'à ce que Liz dise « pour les gens, ça serait bien qu'on te voie ».

— Pardon, Liz, je fais grève.

— Tu es en colère, mon poulet, je comprends. Mais ne rejette pas la famille.

— Au revoir, Liz.

À voir la mère de son mari partir seule vers la cérémonie, Rebecka fut écrasée par une culpabilité encore plus grande. Alors elle tenta de se lever. Ses jambes se bloquèrent. Elle essaya encore et s'aperçut qu'elle ne pouvait plus bouger. Elle sentit des voiles gris devant ses yeux et ses gencives se mirent à picoter. Elle avait les mains glacées et moites. Elle voulut ouvrir l'opercule d'une bouteille d'eau minérale et renversa tout sur sa robe. On ne s'occupait plus d'elle. Il y avait les gardes du corps, de dos, et quelques photographes, mais ils se dirigeaient déjà vers la tombe. Elle crut apercevoir une femme rousse qui se penchait à sa fenêtre et qui la regardait en riant. Mais l'instant d'après elle eut une crise de panique et, ne disposant d'aucun sac en plastique dans lequel enfoncer la tête, elle ne se concentra sur rien d'autre que sa respiration : « respirer doucement ».

Un grand imbécile prit alors place à ses côtés, sur le coin de banquette laissé vacant par la belle-mère. Elle ne se rappelait pas précisément de qui il s'agissait. Elle l'avait vu mille fois et ça ne l'avait pas marquée. Il sentait les nouilles chinoises et la bière.

— Sa guitare… parce qu'en fait, c'était ma guitare… dès que tu peux je viens la chercher Rebecka… bon, je me dépêche… la cérémonie commence.

Il se mit à lui parler très près du visage et à poser des doigts sur ses genoux, comme si dès qu'on travaillait dans l'industrie musicale les contacts physiques n'avaient plus aucune signification ambiguë.

— … enfin… si tu veux te distraire… tu appelles…

Ensuite, il lui tapota la joue et elle déploya un effort herculéen pour ne pas verbaliser : « Casse-toi, connard, je rêve ! »

Le cortège descendait vers la tombe. Le temps qu'on achemine tout le monde en bas, quatre autres emmerdeurs parvinrent à se succéder dans la Lexus. Rebecka avait actionné son pilote automatique. Elle pensait à la ceinture avec laquelle Mendel s'était pendu. Elle se rappelait le nombre de fois où elle lui avait demandé de la retirer quand ils baisaient, afin d'éviter de lui laisser des marques. Elle se souvenait de cet accessoire bon marché, acheté à Londres sur Shaftesbury Avenue et qu'il possédait depuis l'adolescence : une tête de mort en fer-blanc en guise de boucle et des clous partout. Se pendre avec ça !

Le quatrième visiteur ne sentait pas l'alcool et n'arborait aucun des signes distinctifs de la grande famille de la chanson. Le voyant avec son costume trop petit et ses souliers en faux cuir thermocollé, elle s'imagina que c'était un notaire et s'apprêtait à replonger dans sa rêverie. Mais elle le vit sortir des ciseaux et les approcher de son chemisier.

— Hé ! Pas touche !

— Votre chemise. Vous êtes en deuil. Il faut en déchirer un morceau.

Ah, c'était un rabbin. Rebecka se dit que s'ils n'avaient pas la panoplie traditionnelle, elle se méfiait encore plus d'eux. Elle suggéra de déchirer elle-même le chemisier en regrettant de n'en avoir pas porté un qui lui plaisait moins. Il lui agita un talisman sur le nez.

— Et prenez ça !

— Quoi ?

— Le Sceau de Salomon. Une protection.

— Contre quoi ?

— Portez-le, je vous dis ! Si c'est la seule chose religieuse que vous faites dans votre vie, portez ce talisman. Caché. Mais gardez-le tout le temps.

L'amulette consistait en une étoile assez disgracieuse en cuir bosselé. Manifestement, elle était très ancienne. De couleur verte avec des dorures craquelées. « Ça ne va avec rien », songea Rebecka. Au milieu de l'étoile une silhouette d'éléphant en armure qui marchait. Sur la tête du pachyderme chevauchaient, main dans la main, un roi des juifs et une reine africaine. Dès que le rabbin quitta la voiture, elle voulut jeter le pendentif.

Le rabbin n'assista pas aux funérailles. Il trottinait aussi vite qu'il pouvait entre les allées de tombes, jetant derrière lui des regards inquiets. Haydée lui tomba dessus, comme si elle descendait d'un arbre.

— Qu'est-ce que tu lui as dit, cloporte ?

— Rien. Je ne sais rien.

— Qu'est-ce que tu lui as donné ?

Le rabbin se couvrit les yeux de la main droite et commença à murmurer « Shéma Israël, Adonaï Élohénou... ».

— Quoi ? J'entends pas ? demanda Haydée.

Malgré sa robe noire, son châle et ses lunettes fumées, la géante rousse était aussi agile que cent ans auparavant, quand elle régnait en tenue d'Ève sur les forêts d'Ukraine.

— Je fais une prière, expliqua le rabbin, puisque vous allez me tuer.

— Seulement si tu parles, répondit Haydée.

— Je ne parlerai jamais, promit-il.

— Amen, conclut Haydée.

Après quoi elle l'égorgea à coups de dents. Elle retourna dans l'allée du cimetière en se léchant les doigts, avant de se joindre à la foule. On n'entendrait plus parler d'elle pour l'instant.

Rebecka, nerveusement, tripotait son talisman.

— On va faire un concert. Avec un hologramme. Mendel ne disparaîtra jamais. Il est éternel. Il sera toujours avec toi.

Un impresario lui parlait par la fenêtre de la Lexus, qui énonçait cet affreux projet :

— Comme Two Packs.

« C'est quoi, Two Packs ? se demanda-t-elle. Ah oui ! un rappeur. On l'appelait comme ça en raison du geste qu'on fait pour soulever deux packs de bière, deux doigts dans la chatte et un doigt dans le cul. Et aujourd'hui qu'il est mort, la jeunesse subit encore les déhanchements de son pelvis holographique. On va éviter ça, n'est-ce pas, Mendel ? » Le cimetière se vidait. Même les filles se faisaient plus rares. La musique des sound blasters diminuait elle aussi. « Tant mieux, pensa Rebecka, je voudrais bien ne plus écouter tes chansons pendant un moment si tu permets. Ça pourrait être celle-là, ta maîtresse ? Ou celle-là ? Ou celle-là ?… »

— Et toi ? poursuivit l'impresario. Prof et psy, sincèrement, mon chou ! Dis-moi qu'on n'en est pas là ?

« Ou celle-là ? Ou celle-là ?… »

Quand tout fut terminé, elle ordonna que sa voiture reste sur place. Elle allait mieux. La nuit tombait et elle put donner congé au conducteur. Les gardes du corps étaient déjà partis. Elle avait bien compris que tous les privilèges dus à son statut d'épouse de vedette allaient bientôt disparaître. Mendel ne laissait pas une si grande fortune, puisqu'il claquait tout, et il avait eu une existence fiscale assez peu avantageuse pour sa famille, il ne s'attendait pas à se tuer si tôt. Au regard des autorités financières, Mendel Broke était une société éparpillée entre la Suisse, l'Irlande et les Caïmans. Il ne s'appartenait pas. Il faudrait du temps pour savoir ce qui revenait à Rebecka. Pas le chauffeur en tout cas. Il s'agissait d'un colosse mexicain avec un bijou en or incrusté entre les deux incisives supérieures. Il gardait un billet de banque roulé entre ses dents. Rebecka avait toujours trouvé ça dégueulasse.

— Je vous ramène en Nouvelle-Angleterre, madame Broke ?

— Streisand. Mon nom de jeune fille, c'est Streisand. J'ai été Broke-Streisand, maintenant, je veux être moi et rien d'autre. Merci, chauffeur.

— Madame…

— Non. Je vais garder la voiture. Je conduirai. Vous pouvez prendre le métro. Merci.

— Conduire ? dans votre état ?

— Quel état ?

Le malabar s'en alla à pied. Elle voulait rester là, dans l'immense bagnole, à regarder le cimetière vide. Elle eut l'espoir de parvenir à se faire pleurer un petit peu. À présent qu'il n'y avait plus personne dans le cimetière. Peut-être qu'elle ne s'était pas autorisée à extérioriser son chagrin. Elle s'était dit que Mendel ne lui appartenait pas plus que le cimetière puisque tant d'inconnus piétinaient tout ça. « C'est comme ses chansons. Il y racontait tant de choses intimes, j'avais parfois le sentiment que son public le connaissait mieux que moi. Et je me demandais à quoi je servais. Je me le demande ce soir avec encore plus d'inquiétude. » Elle ouvrit la portière, fit retentir la sonnerie du porte-clés du véhicule. « J'appuie, ça s'ouvre, j'appuie, ça se ferme. » Elle n'aimait pas. Elle pensait que la disparition des clés de voiture constituait une dangereuse perte sémantique. Elle se dit que surtout, il fallait arrêter le petit train des pensées.

La silhouette rassurante du chauffeur n'était plus visible, laissant Rebecka seule dans le cimetière de Brooklyn. La nuit était tombée depuis un moment et il commençait à faire vraiment froid. Malgré les heures passées à attendre dans la voiture, la jeune femme avait encore le contenu de la bouteille d'eau répandu sur sa robe. Un claquement soudain la fit bondir : tous les lampadaires du cimetière venaient de s'allumer. Puis ce fut le silence. Elle ouvrit la portière et sortit du véhicule. Malgré les lampes, il faisait encore extrêmement sombre. Impressionnée, elle se coinça le bas de la robe en refermant la portière. Elle fit un pas en avant et toute la bande inférieure de son vêtement se déchira sur une hauteur de dix centimètres. Afin d'arranger les choses, elle tira un bon coup, ce qui eut pour effet de réduire encore davantage la longueur de sa robe. « Tu avais une chanson sur ça, à mon sujet, non, Mendel ? *Rigid MILF with a Too Short Dress.* T'es content ? Je te parle plus. »

Tic! Tac! Tic! Tac! Clok! Elle n'avait jamais su marcher sans trébucher avec des talons, malgré des années de pratique. La tombe était ornée de colliers hawaïens, de guitares dobro, de symboles révolutionnaires socialistes juifs et russes, avec lesquels Mendel aimait jouer sans jamais leur avoir accordé la moindre importance idéologique ou religieuse. On y voyait aussi un régiment non négligeable d'ours en peluche et de cartes postales surchargées de paillettes et de cœurs roses. « T'es comme Lady Di, Mendel, t'as des fans de merde. »

Rebecka s'approcha de la pierre tombale et tendit les bras vers la tête d'une chauve-souris en chiffon particulièrement gigantesque. Lorsque la pulpe de ses doigts caressa la surface lisse, elle poussa un cri de terreur : c'était la tête d'un homme chauve aux oreilles pointues. L'inconnu portait un grand manteau militaire. Il se tenait immobile et accroupi face à la stèle. Rebecka tremblait et ne parvenait plus à émettre le moindre son. Très lentement, il tourna la tête vers la veuve. Elle hurla à nouveau lorsqu'elle contempla son visage. Il avait des oreilles déchiquetées, de grands yeux ronds qui répandaient une lumière semblable aux pupilles d'un chat. Quand il comprit son désarroi, l'individu se leva brusquement et tendit vers elle de longues mains cadavériques. Elle se mit à courir, malgré ses talons hauts. Elle souhaitait atteindre les escaliers, comme si l'empire du monstre devait s'arrêter dès qu'on aurait quitté la luzerne. Sans un bruit qui aurait trahi son déplacement, l'inconnu était déjà devant la rampe métallique et lui faisait face. Alors Rebecka devint folle : elle repartit en sens inverse parmi les tombes, cherchant à lui échapper. Il la talonnait, avançant plus vite qu'une personne ordinaire et sans effort apparent. Elle se tordit une cheville et tomba dans l'herbe mouillée. La jeune femme, les jambes écorchées, se cogna le front contre une tombe. Elle était sale, essoufflée, les fesses dans la terre. Le monstre se précipitait sur elle. Il lui sembla qu'il voulait la manger. Rebecka le cogna de toutes ses forces et tenta de reprendre sa course désespérée. Une seule chaussure aux pieds et des douleurs terribles à l'autre mollet. Il la rattrapa instantanément, la saisit par la taille et la plaqua contre un arbre. Puis il ouvrit une bouche de cauchemar pleine de dents de requin. Ses doigts, comme autant de pattes d'araignée, pianotaient sur les épaules de la veuve et l'immobilisaient. N'ayant plus rien à perdre, Rebecka lui brandit sous le nez le pendentif du rabbin. Ça ne produisit absolument aucun effet. Elle perdit sa dernière chaussure en tentant, sans succès, de se dégager.

— Ça suffit ! ordonna la créature. Vous êtes assez blessée comme ça.

Il vit alors une égratignure sur le bras gauche de la jolie brune, qui se terminait en une rivière de sang invisible à des yeux moins entraînés que les siens. Il ne put se retenir de lécher la chair blanche.

« Ce type est un vampire », pensa Rebecka. Elle considéra toutes les circonlocutions possibles pour l'appeler autrement, pour s'en faire une autre idée ou se convaincre que l'affaire n'avait rien de surnaturel. Mais face à certaines évidences, on ne peut pas lutter.

— Vous êtes un vampire.

— On n'est pas obligé de verser tout de suite dans les remarques stigmatisantes. Je suis désolé… pour ça…, dit-il en désignant du regard le bras fraîchement léché. C'était trop tentant. Il y a aussi des griffures à la surface de vos cuisses…, ajouta-t-il en descendant, les narines frémissantes. Mais je n'ose pas…

Rebecka recommença à lui agiter son pendentif sous le nez.

— Oh ! Et arrêtez avec votre bidule de hard rock !

— C'est le… un machin… de Salomon.

— Et ça sert à quoi ?

— À vous éloigner.

— Faites-vous rembourser. Ça ne marche pas.

— Je vous préviens que mon sang n'est compatible avec rien…

Puis elle se mit, comme quelques heures plus tôt la victime de Haydée, à réciter la prière que font les juifs en cas de désespoir :

— Shéma… shéma Israël…

Le vampire la maintenait sans faiblir contre le tronc d'arbre.

« Merde ! pensa Rebecka. Je vais mourir et j'ai des prières juives en tête. Moi qui ai passé ma vie à jouer les athées, merde ! »

— … Shéma Israël…

— Arrêtez, oui !

— Adonaï Élohénou…, elle chantait d'une voix plus assurée.

— Non, je dis pas « arrêtez » parce que j'ai peur de vos prières. Je dis « arrêtez » parce que c'est embarrassant. Ça ne fonctionne pas sur moi, vous voyez bien.

— Lâchez-moi…

— Si je vous laisse dans cet état, vous allez encore vous blesser. Je ne sais pas ce que vous vous imaginez. Je ne suis pas venu ici pour vous faire du mal.

— Quand on a votre gueule, on traîne pas la nuit dans les cimetières !

— Ça n'est pas mon habitude, figurez-vous, mais j'étais fan. De lui. Vous aussi manifestement ?

— Non. Moi non. Moi je ne suis pas là pour la musique. Vous ne me tuez pas, c'est ça ?

— Je ne sais pas, répondit le vampire.

Rebecka recommença la lutte. Le mort vivant, sans aucune difficulté, la maîtrisa à nouveau.

— Non, et je ne vais pas vous mordre ou vous prendre votre sang ou rien de tel, je sais me tenir, malgré ma condition. Si je dois vous assassiner, c'est uniquement à cause du secret. Vous m'avez vu. Il y a des lois très strictes. Si les gens savent mon existence, enfin l'existence des êtres non répertoriés, il y a des risques politiques énormes. Vous n'avez pas l'air capable de garder un secret.

— Je suis docteur. J'ai le secret médical. C'est un serment. On ne brise pas ça.

— Ça ne va pas suffire, je suis désolé.

Et le vampire ouvrit grande la bouche et fit briller ses crocs.

— Le sang que vous buvez, c'est juste de la nourriture ou bien c'est quelque chose de symbolique ? Ou alors vous avez l'impression, comme les Papous, d'absorber l'âme de votre victime ?

Elle avait laissé parler le petit train des idées. Ça venait sans doute de la sauver.

— Les Papous font comme ça ? demanda le vampire.

— Je ne sais pas, ça m'est venu tout seul.

— Vous êtes docteur de quoi ?

— Écoutez, n'ajoutez pas une humiliation supplémentaire au moment du trépas, je suis psy.

Le vampire ne répondit rien.

— Arrêtez ce silence ! Je sais très bien ce qu'on peut répondre à une fille juive de New York qui fait ce métier, c'est comme ça, je suis banale, et inutile. Et…

— Moi aussi j'ai des paranoïas liées à ma judéité ! Je m'imagine toujours que c'est de l'antisémitisme quand on me déteste. Or ça n'a rien à voir. On ne me déteste pas du tout parce que je suis juif. C'est plutôt à cause de mes dents pointues et de ma capacité au meurtre. Enfin, je dis meurtre, je ne suis pas un serial killer ! C'est ma nature ! On ne va pas reprocher au lion ce qu'il fait aux zèbres. Et dans mon cas, j'ai tellement d'inhibitions que je vous promets que d'ordinaire, je ne fais pas mal à grand monde. Je m'appelle Ionas, au fait. Ionas Fuhrman. D'Odessa.

— Rebecka Streisand. Odessa aussi, mais il y a longtemps ! J'en suis partie quand j'avais huit ans. Ça me fait marrer quand les gens civilisés se plaignent de l'antisémitisme ! On voit qu'ils n'ont pas connu l'Ukraine ! Enfin, moi, c'était il y a longtemps…

— Moi aussi, répondit le vampire. Longtemps. Bon. Je ne veux pas faire durer le supplice. Soit vous acceptez, soit je vous tue.

— Accepter quoi ?

— De me prendre.

Rebecka était à un taux d'adrénaline où les moindres bêtises lui semblaient sensées. Il lui arrivait cette disgrâce pour la première fois de son existence, légitimant en cela toutes les conneries du cours d'hébreu à base de « ne porte pas des jupes si courtes ». Elle était en train de subir une agression sexuelle. En espérant que cette épreuve allait suffire à lui garantir la vie sauve, la jeune veuve commença de déboutonner la chemise du vampire.

— Qu'est-ce que vous fichez ? demanda Ionas Fuhrman. Me prendre comme patient ! Vous êtes troublée ou quoi ?

— Vous voulez faire une psychanalyse ? demanda Rebecka toute rouge.

— Oui. J'essaie la littérature depuis longtemps mais je n'avance pas. Et là où en est ma situation, j'ai vraiment besoin de parler. J'enfreins mille lois en vous proposant ça, mais j'ai besoin d'être égoïste. Ça fait précisément quatre-vingt-quinze ans que je me débats avec des soucis sans les affronter clairement. J'ai besoin d'aide. Vous comprenez, bien entendu, que ça rend les choses encore plus sensibles. Je veux dire, le secret professionnel. Je vais vous dire des choses que personne ne doit savoir. Donc il ne faudra pas…

— Parler.

— Sinon je vous tuerai.

Elle avait expliqué qu'à présent elle devait rentrer. Elle recevrait volontiers le vampire le lendemain. Il répondit que les heures ouvrables ne seraient pas compatibles avec sa sensibilité dermatologique. Et Rebecka comprit qu'il n'avait pas l'intention de la laisser seule. Il n'avait pas encore confiance. Elle raconta alors, ce qui était vrai, qu'il y avait du monde dans l'appartement de son défunt époux et que son logement de fonction ainsi que son cabinet se trouvaient en Nouvelle-Angleterre. Ionas affirma que c'était une très belle coïncidence parce que son château aussi était là-bas. Rebecka trouva ce hasard-là très inquiétant et se demanda si elle n'était pas victime d'un coup monté. Puis elle se dit que de tout temps Providence et ses alentours avaient attiré les monstres, et qu'après tout, ça avait du sens qu'il vienne de là-bas. Le vampire proposa de l'emmener à Arkham par voie aérienne, en volant dans ses bras. Rebecka déclina l'invitation. Il argumenta que s'il avait été un super-héros elle aurait accepté et se serait même empressée de trouver ce mode de transport très romanesque. La jeune femme se contenta de répondre qu'elle préférait conduire la Lexus. Un regard du vampire lui suffit à deviner qu'il pensait que c'était une bagnole de merde. Elle précisa qu'elle possédait aussi une Triumph et que c'était d'ordinaire en deux-roues qu'elle se déplaçait. Le vampire demanda s'il avait le droit de grimper sur le siège passager et Rebecka répondit qu'il n'en était pas question.

Elle fit donc le trajet seule au volant, en risquant très souvent l'accident dès qu'elle eut constaté que le vampire volait autour de la voiture. Il affectait la silhouette d'un grand parapluie chahuté par le vent avec parfois, dans la lumière des phares, un sourire réjoui, comme s'il avait trouvé une solution à de très anciens problèmes. « Ce type, pensa Rebecka, respire le bonheur. Il n'a vraiment rien à faire chez une psychanalyste. »

II

La grosse Lexus se traînait. Le champignon s'enfonçait à la manière d'une pantoufle molletonnée, on ne sentait pas les accélérations. Ça ne servait à rien d'aller vite dans ce genre d'attelage puisque même en flirtant avec l'excès de vitesse, l'intérieur de l'habitacle demeurait stable, angoissant d'équilibre. Alors Rebecka Streisand ouvrait les fenêtres pour sentir l'air glacé. On avait été « Broke-Streisand » trop longtemps. Il fallait réapprendre son nom de jeune fille. Périodiquement, les claquements du manteau de son nouveau client la faisaient sursauter. Kingston, Hudson, Albany. Le vampire s'était maintenu en vol à la hauteur de la limousine pendant tout le trajet. Quatre heures pour faire Brooklyn-Providence sur la route 870. Parfois le monstre volant disparaissait derrière la cime des conifères. Par moments, il tentait des acrobaties qui n'amusaient que lui. Il s'était allongé sur le toit et Rebecka avait cru à une collision involontaire. Sous le coup de l'impact, la doctoresse commença à claquer des dents anxieusement. Elle vit alors Ionas qui passait ses doigts de tarsier par la vitre ouverte du véhicule. Il avait introduit son nez pointu à l'intérieur malgré la vitesse, tout près du volant.

— Excusez-moi, Rebecka. C'était pour vous distraire.

— Sortez ! C'est dangereux ! hurla-t-elle.

En lui criant dessus, elle se demanda d'où ce vampire savait son prénom.

— Non ! Je maîtrise totalement, répondit le monstre.

En disant cela, lui qui ne savait pas conduire s'était assis DEVANT le pare-brise, sur le radiateur. Rebecka hurla et fit une embardée. Le vampire désolé se propulsa dans les airs et par miracle il n'y eut pas d'accident. Elle continua de crier sur lui pendant au moins cinq minutes, le traitant de noms qu'il ne voulait pas entendre. Il avait copié cette attitude chez les chats domestiques qui consistait à disparaître lorsqu'on avait un reproche à lui faire. S'adressant aux étoiles et à la route déserte, Rebecka continuait de beugler par la vitre baissée sur l'air de « Vous êtes complètement branque, on a failli mourir tous les deux ! ».

Lorsque les cris cessèrent, le vampire reprit son altitude de croisière près de la limousine. Il se garda bien de plaisanter sur le fait qu'un accident de la circulation ne le rendrait pas plus mort qu'il n'était déjà. Autour d'eux, le décor avait changé. En voyageant de Brooklyn à Providence et de Providence à Arkham, on changeait de pays et pour ainsi dire, on changeait de siècle. Dès qu'ils bifurquèrent sur les routes locales, les pêcheries, les maisons blanches en bois et les cités endormies se succédèrent.

— C'est beau, n'est-ce pas ? fit le vampire.

— Moi je déteste, répondit Rebecka.

Sur leur passage et bien qu'il fût près de vingt-trois heures, des visages apparaissaient aux fenêtres, dans un double mouvement : d'abord on les observait, ensuite on se cachait.

— Entrez dans la voiture. C'est mieux.

— Rassurez-vous, fit le vampire, à cette heure et à cette distance, ils ne me voient pas. Vous n'avez plus peur que je vous saigne à blanc ?

— Ils me prennent pour une sorcière, dans le coin. Pas la peine d'en rajouter.

— Je connais la région, vous savez ! Mon château est à quinze minutes à vol d'oiseau. Par la route, c'est plus compliqué. Mais c'est un des rares privilèges de mon état. Je pourrais vous y emmener. Dans mes bras. J'insiste.

— Mon cabinet, c'est déjà assez. Le château du vampire, on fera ça une autre fois, répondit Rebecka.

Elle se forçait à ne pas tourner les yeux vers Ionas qui essayait de se faire le plus discret possible, encastré sagement dans le siège passager.

— Des maisons, des cimetières, reprit Rebecka, des maisons et des cimetières et rien d'autre. Regardez, les villages ont l'air abandonnés. Les seules choses un peu entretenues, ce sont les temples. Tous les miles, il y en a plusieurs l'un à côté de l'autre. Si on cherche, il doit bien y avoir une Église pour vous. Ça, personne ne vous le reprocherait dans le coin ! Vous adoreriez la Sainte-Boucherie-Vampirosophique, vous auriez droit au salut du bout du chapeau tous les dimanches. Mais si vous osez leur dire que le ciel est noir et qu'il n'y a personne là-haut…

— Je vais vomir.

— C'est l'athéisme qui vous choque ? demanda Rebecka.

— C'est la voiture. Pas l'habitude.

— Et quand vous gerbez, c'est du s... ?

Avant qu'elle ne termine sa phrase, Ionas avait ouvert la portière en route et s'était propulsé hors du véhicule. Le vampire était parti se vider les entrailles loin des regards au moment où la voiture abordait la colline de l'université. Rebecka pria pour que le gardien n'ait pas vu un type volant aux oreilles en pointe sortir de sa limousine. L'université Miskatonic d'Arkham disposait de mesures de sécurité particulières, au regard des disciplines hautement sensibles qu'on y enseignait. Ainsi fallait-il passer une grille, mettre ses iris face à un scanner, poser le bout de ses doigts sur une surface de plexiglas à faisceau laser vert. Il fallait également dire son nom et pourquoi on arrivait si tard. Et expliquer, enfin, pourquoi ce véhicule venait sur le campus. Est-ce que cette voiture allait rester ? On avisa la jeune enseignante que sa moto plus la limousine ça faisait deux places de parking. « Il y a des lieux comme ça, pensa Rebecka, où l'on fait tout pour que vous vous sentiez mal à l'aise. »

Tandis que sa grosse voiture grimpait les lacets de la route intérieure, elle eut une pensée nostalgique pour l'hôtel Cipriani de Venise et sa piscine chauffée. Elle y avait attrapé des poux, malgré la cinquième étoile et l'élégance du personnel. « C'est sûr, se dit-elle en regardant les bâtiments du parc, ça n'a rien à voir. » Un boiteux balayait la route alors qu'on était au milieu de la nuit. Rebecka ne l'écrasa pas bien qu'à aucun moment le travailleur nocturne n'ait fait quoi que ce soit pour éviter sa voiture. Elle se rappelait qu'au Cipriani on mettait du citron partout. Dans les gâteaux sablés qu'on donne après le café, sur le *vitello tonnato* et même dans certaines pizzas. « Ici, non. Ici, tout est moche, guindé et bizarre. » Le bâtiment universitaire se dressait en haut de la colline, évoquant un austère mélange du palais de Balmoral de la reine d'Angleterre et du rocher-prison d'Alcatraz. C'était un lieu d'expérimentations animales, un asile psychiatrique et l'endroit idéal pour que les riches familles de Nouvelle-Angleterre entretiennent la consanguinité de leurs rejetons.

À cette heure tardive, tout le bâtiment baignait dans l'obscurité à l'exception des fenêtres de l'avant-dernier étage, celles qui s'ouvraient juste au-dessous de l'appartement de fonction de Rebecka. Elle s'aperçut que Ionas le vampire avait disparu depuis un petit moment. Tandis qu'elle se demandait s'il était parvenu à la suivre dans l'enceinte de la Miskatonic, deux coups de fusil retentirent. On venait de tirer depuis les fenêtres éclairées.

Un instant après, comme une répercussion rythmique, Rebecka claquait la porte de sa Lexus qu'elle venait de garer sans aucun respect des marques au sol du parking. Elle se mit à hurler dans le vide :

— Cinglé ! Qu'on lui donne une chaire, c'est déjà hallucinant, poursuivit-elle pour elle-même, mais que ce type-là ait le port d'armes, ça me fait douter de…

— Rassurez-vous, il vise mal.

Rebecka sursauta et fit promettre au vampire de cesser d'apparaître ainsi à l'improviste. Il s'excusa d'être silencieux, mit ça sur le dos de son aptitude au vol. À Ionas qui fanfaronnait d'avoir si bien évité les coups de fusil, Rebecka répondit simplement :

— Croyez-moi, s'il avait voulu vous toucher, vous auriez un *vitello tonnato* à la place du visage.

— Moi aussi ! J'aime l'italien !

— Vous mangez autre chose que du sang ?

— Non. Je hume.

Ils passèrent une porte à tambour. Il n'y avait pas de concierge et ils ne croisèrent personne.

— Je vous évoque donc un bon repas italien ? demanda le monstre avec son accent européen.

Rebecka ne jugea pas bon de lui répondre. Elle venait de trouver le moyen de se sentir coupable en s'imaginant que c'était grave d'avoir songé au Cipriani, puisqu'elle s'y était rendue sans Mendel.

— C'est compliqué, dit-elle au vampire, d'être en deuil.

— Docteur, reprit Ionas, je crois que j'ai beaucoup de choses à vous raconter.

III

Elle avait dû attendre l'ascenseur pour prendre pleinement conscience de l'étrangeté de sa situation. Elle s'était presque accoutumée au vol du mort vivant et à ses dents pointues. Mais se retrouver dans le silence d'une cabine exiguë avec lui et constater qu'aucun souffle ne s'échappait ni de sa bouche ni de ses narines donnait une ampleur considérable à sa respiration de mortelle. Rebecka, se collant au fond pour ne pas frôler son nouveau patient, avait l'impression d'être un bovin. Les tressautements de son buste à chaque exhalaison ne faisaient écho à rien chez son compagnon d'ascension. Pour ne pas le regarder dans les yeux, elle observait la moquette et y comptait les alvéoles hexagonales. Remarquer à cette occasion que même dans l'ascenseur Ionas avait les pointes des bottes légèrement décollées du sol ajouta encore à son malaise.

— Vous dormez là ? demanda le vampire après qu'elle eut ouvert la porte.

— Le cabinet est à droite.

— Et vous n'avez pas peur ? s'enquit Ionas sans

malice apparente. Moi, ici, avec la réputation de cette fac… AAAAH !

Rebecka venait de briser un vase crétois. Le fracas de céramique avait fait sursauter le vampire, qui éprouva tout de même le besoin de s'excuser.

— Pardon, dit Ionas, je vous ai rendue anxieuse alors vous cassez tout.

— Non ! Je. Non. Bon. Fermez-la ! Assis. Qu'on en finisse.

Elle se cogna la tête au contrepoids d'une lampe de créateur et lui ordonna de ne pas bouger. Elle ne souhaitait pas rester face à lui en robe déchirée, ça lui paraissait nuisible pour son autorité, et bien trop incitatif. Elle alla se changer derrière une porte vitrée, mais plutôt opaque, sans allumer afin qu'il ne puisse pas voir sa silhouette. C'était brouillon et dangereux, mais elle ne voulait pas le laisser sans surveillance. Tandis qu'elle se rhabillait, le vampire semblait se tenir tranquille. Pour meubler le silence, Rebecka se plaignit de sa condition :

— Ici, ils accueillent mieux les voyants extralucides que les psychologues. Je vous prie de croire que mes collègues de tératologie appliquée, d'exorcisme ou de nécromancie disposent de commodités autrement plus plaisantes que mon nid-de-poule !

Elle apparut dans une nouvelle tenue. Ionas se garda bien de proférer la moindre remarque.

— Je reste comment ? demanda le vampire qui tournait autour du divan.

— Habillé, répondit Rebecka.

Assez satisfaite de sa plaisanterie, elle s'installa en face de son patient et éprouva son premier moment d'abandon depuis le veuvage. Là, en pleine nuit à jouer au docteur pour une créature monstrueuse, elle ne se sentait finalement pas si mal. Il fallut que le spectre parle un petit moment avant qu'elle prenne totalement conscience de cette volupté : enfin, elle était à sa place. Dans ces rares moments où l'on estimait qu'elle pouvait se montrer utile à quelque chose, Rebecka Streisand s'aimait bien. Étrangement, quand on lui donnait du « docteur », ça la rendait irrépressiblement joyeuse et enfantine. C'est sans doute pourquoi elle portait toujours des lunettes sévères pendant les séances, pour qu'on ne voie pas comme elle était déchiffrable.

La jeune veuve avait installé son cabinet dans une pièce attenante à son logement de fonction, dans les combles de l'université Miskatonic. Depuis qu'elle avait épousé Mendel, elle avait dans les cheveux un petit nœud en forme de chauve-souris, au centre duquel s'épanouissait un crâne très gothique-punk. « Un thérapeute ne devrait pas arborer de tels signes distinctifs, aurait dit son maître Haftel, il doit s'appliquer à rester insignifiant afin que le client puisse aisément se déverser comme on ferait sur le papier blanc d'un cahier. » C'était un sacrifice au folklore fétichiste de son mari. « Cependant, est-ce qu'en présence d'un vrai mort vivant ça n'est pas inapproprié, cette tête de mort factice dans mes boucles ? Phosphorescente, en plus. » Elle jouait avec ce mot, « phosphorescent », avec ce qu'il charriait comme souvenirs de Halloween et comme images d'archives de forêts asiatiques incendiées. Elle s'abandonnait à la contemplation de ses orteils délicatement recouverts de vernis indigo.

Chaussures compensées aux talons de quatorze centimètres à semelles en rotin, offrant au spectateur une vue imprenable sur son cou-de-pied cambré au maximum. Très fine bride en cuir de vache teint en noir. Elle portait une jupe stricte bien remontée au-dessus des genoux du fait de ses jambes croisées. Sur son nez tombaient de lourdes lunettes d'écaille à monture sixties, qu'elle remettait en place d'un geste inconscient et autoritaire, toujours de l'index gauche, la main droite écrivant sans cesse. Rouge à lèvres mat, presque noir. Elle se la jouait psychanalyste glam-rock depuis longtemps et n'avait pas jugé bon de changer de style après le récent décès de son mari. C'était la première fois qu'elle se regardait depuis les obsèques. «J'ai bien fait de ne pas me montrer au cimetière, pensa-t-elle. Près des tombes, on m'aurait prise pour Elvira.»

Recroquevillé sur le divan d'en face, le vampire roulait des yeux inquiets. Nul ne l'avait obligé à s'allonger pour cette séance. Il faisait un cirque un peu déplacé.

— … si je vous donne les réponses moi-même, ça ne va pas vous aider énormément, sourit Rebecka.

— Donc quoi ? Vous voulez que je vous dise si MOI je considère le vampirisme comme une maladie mentale ?

— Je souhaite simplement que vous ne vous reposiez pas sur moi pour évoquer votre parcours, précisa-t-elle en faisant crisser ses Dim-up d'un mouvement des cuisses.

Elle se dit que Ionas devait se retenir de mordre et se mit à imaginer que le nez fin de la créature d'Ukraine devait être occupé à la renifler : « Van Cleef ? Non, c'est Givenchy, non Hermès. Il s'en fiche de mon parfum, il fait abstraction de ces fragrances chimiques et il isole l'odeur de ma peau. Voilà ce qu'il doit penser à mon sujet, le parfum du cheveu, la pulsation du sang. Il imagine où passe l'artère dans le gras de ma cuisse. Il doit se dire qu'il pourrait mordre sans me tuer. Pour revenir me finir plus tard. Quand il sursaute, je vois très bien ce que c'est. Il se force à ne pas me sauter dessus. Il essaie de se convaincre que je ne suis pas son dîner, ou qu'il n'a pas faim. Combien de temps ça reste efficace, chez un vampire, le surmoi ? »

Il s'assit, tête dans les mains. Au premier regard Rebecka l'avait trouvé répugnant avec son crâne glabre et ses oreilles de gargouille. Puis elle s'était intéressée aux yeux en amande, à l'imperceptible duvet sur sa peau, aux doigts fins qui accompagnaient chaque mot d'une danse à la précision chirurgicale. Lorsqu'il se laissait observer un moment on oubliait la chauve-souris et on trouvait un félin oriental non dénué d'attraits. Même les petites dents pointues évoquaient plus les chats d'Istanbul qu'un chiroptère. « Il ne baise pas ? Non, forcément, il ne doit pas avoir de vie amoureuse puisqu'il dévore les gens, se persuadait Rebecka. En fait, il n'y est pour rien. C'est moi qui fiche des décharges érotiques pour couper court à la morbidité. Je suis en situation de bouleversements chimiques à cause du veuvage, attention de ne pas me fixer sur un objet dangereux ! Penser à autre chose. Phosphore. Phosphorescent. Je dois me sentir coupable de songer aussi peu à mon mari qui est mort ? Les petits enfants asiatiques sous le phosphore. Il paraît que les garçons pensent à des horreurs lorsqu'ils ne veulent pas venir trop vite. Je m'appelle Rebecka, je suis veuve et j'essaie de ne pas tomber amoureuse d'un patient dangereux. Les techniques anti-éjaculation précoce vont-elles s'appliquer à mon cas ? Phosphore. Évadons-nous dans la polysémie de ce vocable. Les décalcomanies phosphorescentes qu'on voit au plafond des chambres de collégiennes pour Halloween. C'est un patient. C'est un vampire. Arrête de tortiller les genoux et de faire d'imperceptibles ronds de bouche pour le chauffer. Vampire = danger. Patient = tabou. Il a l'air du *Cri* de Munch, d'une araignée d'Odilon Redon. Voilà. Penser qu'il ressemble à un octopode. Oublier qu'il a tout du chat égyptien. Si ça se trouve il sait mordre sans déchirer la peau. Je voudrais être son morceau de poulet. Rebecka, chut ! Patient = tabou. Vampire = danger. »

— Je vois parfaitement ce que vous avez dans le crâne, gémit le vampire.

Rebecka sursauta et rabaissa d'un geste le pan de sa jupe, s'efforçant d'avoir l'air d'une forteresse imprenable.

— Pour vous, poursuivit Ionas, quelqu'un qui reproduit chaque nuit le même rituel depuis un siècle est forcément prisonnier d'un comportement par rapport auquel il doit prendre du recul.

— Au risque de me répéter, précisa Rebecka en recoiffant une mèche invisible, ce que je m'imagine moi n'a aucune espèce d'importance. On dirait que vous avez besoin de mon assentiment. Que vous essayez de…

— De vous séduire ?

Les lunettes manquèrent de tomber du nez en trompette de Rebecka Streisand. « Ferme les lèvres. Sois indéchiffrable. Tout de suite ! »

— Oui, sans doute, poursuivit le vampire en s'approchant d'elle et en tordant ses phalanges comme il avait vu faire sur les aquarelles d'Egon Schiele. J'ai tellement toujours besoin de justifier mes actes. C'est complètement maladif. Ce qui est grave, ça n'est pas ce que je fabrique, c'est la façon dont je le fais.

Les iris du vampire reflétaient en la décuplant la faible lumière du cabinet. Son visage mort dodelinait à moins d'une main étendue de la gorge de Rebecka.

— … au lieu de me résoudre à ça, au fait d'être ce vampire, je passe mon temps à m'excuser, à mordre d'une dent, à culpabiliser, à broder toute une justification autour de mes…

« Il a l'air de Woody Allen. En mieux », se disait la veuve sans oser s'avouer qu'elle vivait un moment intéressant.

— … c'est très juif, non ? Non. Sans doute non. Vous voyez, je tente même la justification grégaire. Mettons que je suis un vampire, que je n'y peux rien, que je constate le plaisir qu'y prennent la majorité de mes congénères et que dans mon cas c'est un enfer…

« Woody Allen en mieux. Plus jeune. Plus vif. Plus… chat ! C'est totalement anormal que je me sente glisser vers une sorte de volupté. Il m'hypnotise ou quoi ? »

— Vous pensez vraiment que je m'adresse à vous comme si j'essayais de vous draguer ?

Rebecka put enfin s'avancer, les coudes sur les genoux, puisque le mort vivant avait un peu pris ses distances. Elle se sentait finalement assez à l'aise. « La proie, ça n'est pas moi », pensa-t-elle.

— Et vous, qu'est-ce que vous en dites ? lui demanda-t-elle.

— Je ne sais pas.

Il avait l'air perdu. Puis il sourit. C'était bien sûr une expression calculée, faussement candide, une tentative d'attendrir en se donnant l'air inoffensif.

— Vous trouveriez ça déplacé, ajouta-t-il, ou hyper banal ?

Elle ne répondit rien.

— Ou bien ça serait une façon d'éluder les vraies questions qu'implique la thérapie.

— Je me demande, fit Rebecka, si vous ne seriez pas plus à votre aise avec un thérapeute de sexe masculin.

— Ah non ! se récria le vampire en montrant les dents jusqu'aux gencives. Pas de sexe masculin !

— Vous avez peur des autres hommes ?

— Ça va pas ! Je ne crois pas qu'ils boxent dans ma catégorie, hein ? Vous avez dû voir toutes sortes de choses mais jamais un type comme moi !

— Ça vous rassurerait d'apprendre par ma bouche que vous êtes un cas unique ?

— Tout ce que je vous raconte, motus et bouche cousue, hein ? ordonna-t-il nerveusement. Parce que ça implique certaines personnes encore vivantes et d'autres encore mortes vivantes, ce qui est encore plus dangereux. Si des créatures magiques savent que vous avez parlé d'elles, il y a un code, on vous zigouille, c'est forcé. D'autant que si on sait que je vous ai parlé, c'est pas bon pour ma pomme. Et vous me dites que vos ancêtres sont également d'Odessa, alors avec la veine que j'ai, il y aura votre grand-mère cachée dans mes souvenirs. Ça va être elle ma névrose. Et vous serez sa réincarnation et… enfin je sais pas pourquoi je m'inquiète, des souvenirs, je n'en ai pas. J'ai ce trou, comme si tout s'était arrêté à ma mort. Et ensuite du brouillard, comme du tilleul-menthe. Je ne me suis réveillé qu'après la Première Guerre mondiale. Votre famille a émigré quand, en Amérique ?

— Je me demande si vous n'auriez pas dû choisir une psychanalyste non juive.

— Ah, non, pitié ! Livrer sur un plateau à un praticien de Nouvelle-Angleterre un youpin centenaire qui boit du sang pour survivre ! J'imagine déjà les raccourcis.

— J'essaie juste d'avancer.

— Je vous signale que j'ai en son temps écumé le cabinet du docteur Jung et que ça n'a sans doute pas contribué à le rendre philosémite ! Non !… Je peux vous appeler Rebecka ? Rebecka c'est joli…

— Docteur.

— Eh bien, docteur Rebecka, je n'ai jamais pris la psychanalyse au sérieux. Je sais que c'est une connerie ; mais par pitié, ça doit rester une connerie juive.

— Vous êtes grave !

Elle se marrait franchement. Le vampire aussi commençait à se détendre, à sourire. Il s'étirait sur le divan avec délectation, « très chat », s'interdisait de penser Rebecka pour qui l'évocation du phosphore perdait de plus en plus son efficacité. « Napalm. Je vais passer au napalm. Les "bidons spéciaux", en cas d'urgence, verser sur le djebel. » Elle se faisait rire. Elle ressentait du désir et de l'inconfort. Son fétichisme se trouvait miraculeusement nourri par la situation : un meurtrier sur son fauteuil.

Le vampire continuait de parler, très vite, avec un sourire inquiet, puis au milieu d'une phrase il s'envola. D'abord imperceptiblement. Il restait dans sa position de félin qui fait ses étirements, sortant une griffe pour en examiner l'élasticité tandis que sa lourde redingote se détachait lentement du cuir Chippendale où un instant avant il reposait. Il volait comme un hélicoptère, lévitation stationnaire, s'élevant millimètre après millimètre, feignant de n'en avoir pas conscience.

— Mon petit, lâcha-t-il, un chrétien qui s'adonne à la psychanalyse me semble aussi incongru que Madonna avec son bracelet de kabbaliste !

— Vous êtes graaaaave !

Il s'était retourné, il se trouvait maintenant sur le ventre, puis il avait effectué une révolution au-dessus de la tête de Rebecka. Elle le suivait des yeux, incapable à présent de dissimuler sa fascination. Tout ce qu'elle parvenait à répéter, en riant, c'était « vous êtes grave ». « Et moi, songeait-elle, je suis aussi conne que la prune reine-claude rougie par le soleil et qui va tomber toute seule de l'arbre si personne ne la cueille. »

— Et je vous plais ?

— Assis !

Il s'écarta un peu, mais resta en l'air, en tailleur.

— Ne me prenez pas pour un ennemi, Rebecka ! J'essaie juste de vous dire que si on tente, comme moi, de sauver la psychanalyse, on est contraint de la réfuter comme science exacte et de ne garder que son aspect poétique, littéraire, et, pardonnez-moi de le dire, religieux.

— Vous êtes en train de me balancer que je suis aussi zinzin que tous les autres profs de la Miskatonic ! Moi qui croyais être la seule dans toute cette université qui enseignait quelque chose d'un tant soit peu rationnel.

— Rebecka, docteur, si on vous a collée dans une faculté de « parascience et d'ésotérisme herméneutique », c'est pas pour rien ! Soyez certaine que vos patrons pensent comme moi : votre « science » n'est que l'héritage littéraire et prophétique du docteur Freud. Et c'est une pensée magique. Et c'est une mystique juive. Vous voyez bien ! Ils ont embauché un Zoulou qui fait des danses de la pluie en sifflant avec sa narine dans un os de mouton, parce que c'est l'idée raciste qu'ils se font de l'Afrique ; et ils ont condescendu à avoir une juive, de sexe féminin de surcroît, pour faire la névrosée de service. À leurs yeux, vous êtes la petite sorcière du royaume disparu des youtres. Vous devriez prendre votre rôle à cœur, c'est très mignon. Vous êtes en voie de disparition. Le zoo devient une option à ne pas écarter pour votre espèce.

En débitant tout ça il s'était mis la tête en bas, la pointe des pieds s'agitant au plafond. De là où il l'observait, elle ne pouvait pas ignorer la vue plongeante dont il bénéficiait sur son décolleté.

— Rebecka ! Si vous persistez à m'affirmer que votre travail est une vraie science, on ne va nulle part. C'est un truc de rabbins, d'artistes, d'écrivains. Les chrétiens ont Dalí et nous avons Freud. C'est une extase oraculaire.

— Je n'ai rien à vous offrir à boire, dit-elle en constatant qu'il regardait son cou.

Elle se mit à rire toute seule, décidément très satisfaite de ses propres plaisanteries. Le vampire ne répondit pas à cette provocation. Il était dans son discours et Rebecka frôlait l'hyperventilation.

Pour continuer à le regarder dans les yeux, elle avait dû se balancer en arrière sur son fauteuil. C'est elle, du coup, qui se retrouvait presque allongée. « Napalm. Bidons spéciaux. Viêt Nam. Sahara. Rebecka, reprends-toi ! »

— Est-ce que c'est ça la question, Ionas ? Je veux dire, pourquoi venez-vous solliciter une thérapie ? Si vous effectuez cette démarche, c'est que vous espérez que ça vous fera du bien.

— Sans doute, répondit-il en souriant, la bouche pas loin des lèvres de Rebecka, mais est-ce que je viens pour Freud ou pour vous ? Qu'est-ce qui me fait le plus de bien, votre savoir pratique ou vos…

— La séance est finie.

À ces mots, il se mit à voler partout dans la pièce. Elle lui indiqua la fenêtre, puisque c'était par là qu'elle souhaitait qu'il sorte.

— On va se revoir quand ? demanda le monstre.

— Pas avant la semaine prochaine. Vous comptez à nouveau me faire une dissertation sur mon métier, dit-elle en le raccompagnant, ou vous allez enfin me parler de vous ?

— Je me méfie, objecta Ionas qui enjambait déjà la fenêtre à guillotine. Si je vous dis trop de choses, vous pourrez me faire du mal.

— Je m'en fiche du temps que ça prend, c'est vous qui payez.

Elle était contrainte de parler fort car le vampire volait déjà au-dessus du vide.

— Ha ! ha ! Si vous acceptiez une invitation au restaurant, je me livrerais plus volontiers.

— Ça foutrait en l'air la thérapie ! cria-t-elle avant de quitter la fenêtre. Et vous ne mangeriez rien du tout et… et moi non plus puisque je suis au régime ! ajouta-t-elle en croyant que le vampire s'éloignait dans la nuit et qu'il ne l'entendait plus.

— Vous avez tort, fit la voix malicieuse de Ionas qui était revenu et battait des pieds dans le froid en riant, son dos frottant contre les briques de la façade.

— Mais merde, tirez-vous !

Il se tourna vers elle, leurs pointes de nez se touchaient presque.

— Et si vous continuez de me draguer de façon aussi lourde, je vous raye de mes rendez-vous !

— Je ne suis pas lourd, je suis « vintage ». Et si vous me rayez, je vous mange.

— Vous ne vous apercevez pas que tous vos comportements sont des boucliers pour ne surtout pas aborder les choses sérieuses ?

— Mais c'est très sérieux !

Elle arpentait son bureau d'un pas sthénique, presque militaire, fuyant du regard le vampire qui avait à nouveau pénétré chez elle et qui voletait dans un claquement de manteau, la bouche toujours à la hauteur de la sienne.

— Votre psychanalyse, c'est pas du tout sûr que ça marche et que ça me fasse du bien. Par contre, et je peux l'affirmer de façon infaillible… (il lui bloqua le passage, tâchant de ne pas sourire pour ne pas avoir l'air trop prédateur)…, je sais que si vous acceptiez de m'embrasser, ça produirait un effet dulcifiant, apaisant, positif, c'est une très vieille médecine que je pratique souvent.

— Classe ! Parlez-moi de vos autres conquêtes, ça fait hyper envie.

— Non bien entendu que non mais non vous pensez bien que si je me donne tant de mal c'est que vous êtes spéciale, que vous avez un…

— Tirez-vous ! Mais vous vous entendez !!! J'ai enterré mon mec ce matin ! Ça vous inspire rien ?

— Je ne vois pas le rapport, répondit Ionas avec le plus grand sérieux.

— Ah oui ? Si vous mouriez et qu'on essayait de vous piquer votre nana avant même que vous soyez refroidi, vous feriez quoi ?

À cet instant le vampire fit une drôle de tête. Son regard se brouillait. Ça lui évoquait quelque chose. Il se creusa la tête puis il résolut de se concentrer sur le moment présent.

Il avait remis les pieds au sol, se tenant debout, le thorax touchant presque les bras charnus de la psychanalyste croisés juste sous les seins, comprimant les globes, rendant difficile un regard direct aux yeux furibards.

— Et si vous doutez de l'utilité de mon boulot, ne revenez pas. Et si vous souhaitez me revoir, ça sera dans le cadre d'une analyse et c'est tout, compris ?

— Si on me parle mal je peux mordre ! (Il savait en un éclair redevenir terrible.) Et je suis capable de me faufiler chez vous quand vous dormirez. Je peux vous observer pendant votre sommeil et aussi vous boire. S'il me prenait l'envie de franchir sans vous demander la permission la sacro-sainte barrière qui sépare le patient de sa thérapeute, que feriez-vous ? Vous n'en sauriez rien du tout, je vous signale, puisque vous dormiriez. Et je vous mordrais dans des endroits dont vous n'avez pas idée. Et qui ne laissent pas de traces. Et si ça se trouve, ajouta-t-il avec un rictus qui ne détendit absolument pas l'atmosphère, si ça se trouve je vais vraiment faire tout ça et vous l'ignorerez, qu'en pensez-vous ?

— Tirez-vous ! Vous me faites peur. Et ne revenez plus jamais.

Ionas entendit derrière lui le claquement de la fenêtre que Rebecka fermait à double tour. Malgré la vitre close, l'air de la nuit et le parfum poisseux du hêtre dans les branches duquel il se cachait, le vampire percevait l'odeur de Rebecka : son désir, sa peur, sa colère.

« Je m'y prends mal et je ne sais pas ce que je veux, songea-t-il. J'ai besoin d'elle et qu'elle s'occupe de moi. Quand je la regarde, je pense à un amour d'un autre siècle et qui n'est plus là. Cependant je peux aimer cette Rebecka et j'accepte pour la revoir de jouer au docteur. Même si cette mise en scène thérapeutique s'avère aussi grotesque que le confessionnal de nos frères chrétiens ! Non. Je dis ça pour appliquer mon vieux truc : draguer, baiser, mordre. Je dis ça pour mettre le bazar. Pour ne pas accepter simplement qu'il me faut de l'aide. »

Il volait à une vingtaine de mètres du gazon, traversant le campus, obliquant entre les maisons en bois blanc de la petite ville de Salem. Pire que Boston ! Rien de bon pour sa santé dans ces coins-là ! Rentrer au manoir. Essayer de dormir. Et un de ces jours avoir le courage de retourner en Europe ! Sans vraiment savoir les monstres qu'on y retrouverait.

IV

Une fois le vampire parti, Rebecka se retrouva dans un état de terreur extrême. Maintenant que s'étaient éloignés ses jolis sourires, son vol à la Peter Pan et ses gestes gracieux, Ionas la laissait avec cette regrettable certitude : elle avait fait entrer chez elle une créature à qui le meurtre ne répugnait pas. Elle ne connaissait presque rien sur les vampires. Si ce n'est qu'ils savent tourner la tête de leurs victimes avant de les vider de leur sang et de les abandonner soit mortes, soit transformées en monstres, soit à jamais désespérées par leur absence. Elle n'avait pas besoin d'embrasser Ionas pour deviner que ça serait très bon et qu'après lui les hommes ordinaires manqueraient de magie.

« Plus question de psychanalyse ou de médecines douces, pensa Rebecka. Il me faut du bon vieil exorcisme. Il faut que je demande l'aide d'un des zinzins des étages inférieurs. »

Les autres professeurs, blancs, anglo-saxons et protestants, originaires pour la plupart de Nouvelle-Angleterre depuis les Pères pèlerins, gardaient avec

Rebecka des distances polies : parce qu'elle s'était persuadée qu'ils étaient tous racistes. Parce qu'il y avait encore écrit « Ukraine » sur son passeport et que seule une carte verte l'autorisait à fouler, momentanément, le sol sacré de ce bastion universitaire. Ils se gardaient d'elle, surtout, parce que c'était une femme, pensait Rebecka, parce que leurs ancêtres avaient pris l'habitude de noyer ce genre de sorcières et qu'il reste forcément quelque part des traces de cette animosité pour les dames qui ramènent trop leur science. Sans parler de l'aura de drogues et de musique rock qu'exhalait son défunt mari et qui devait se percevoir jusqu'à Providence.

Oui, les respectables professeurs d'ésotérisme, de magie, de démonologie n'adoraient pas qu'une jeune femme affichant chaussures à plateformes et décolletés affriolants, et à n'en pas douter de la lingerie française, s'invite dans leur campus. Ils la rangeaient, Rebecka en était certaine, dans la catégorie des personnes qu'on n'invite pas à dîner. Leur demander de l'aide ne l'amusait pas. Mais là, vite, d'urgence, ce dont elle avait besoin, c'était d'une bonne lampée d'obscurantisme !

« Au moins sont-ils polis ! » se dit-elle. Même s'ils pensaient des horreurs à son sujet, leur bonne éducation de Boston leur interdirait de jamais en souffler mot. *Juive, pute, Russe, gauchiste*, on ne lui balancerait jamais rien de tout ça à la figure. Elle aurait droit, au pire, à une tasse de thé pisseux et à quelques remarques sur le-danger-inconsidéré-qu'elle-avait-fait-courir-à-l'université-en-y-introduisant-sans-autorisation-un-vampire.

« Finalement, conclut Rebecka, à part le Cinglé de Providence, personne dans toute l'université Miskatonic ne dit à haute voix son racisme ou sa misogynie. »

Le toit craqua au-dessus d'elle une fois de trop.

« Mais à part le Cinglé de Providence, se rappela-t-elle, aucun professeur ne dort sur le campus. Je vais patienter courageusement en attendant que les autres arrivent et j'irai demander conseil demain. Quand il y aura du soleil. Des petits oiseaux. »

Une branche griffa la fenêtre avec insistance. Après quoi un imperceptible froissement d'ailes la fit bondir. Et Rebecka put prendre la mesure de son état : elle crevait de peur. La jeune femme alluma toutes les lumières, ce qui ne la rassura absolument pas. Elle croyait voir le vampire dans chaque coin d'ombre. « Les enfants ont cette chance, on allume et ils vont mieux. Moi non. » Elle imaginait comment Ionas pourrait la déchirer, comment ses dents de chat sauraient sans aucune difficulté faire jaillir le sang. Elle n'osait pas se déshabiller. Assise sur son lit avec ses chaussures et son tailleur, elle n'avait même plus le courage de se regarder les bras, les pieds, elle ne pouvait poser les yeux sur aucun morceau de son corps car, où que portât son regard, elle n'apercevait que des veines palpitantes, aisément identifiables, dangereusement accessibles. « Je suis une petite mouche prise dans la toile de l'araignée. »

Un craquement, un peu plus fort que les précédents, et elle laissa échapper un cri.

Ravalant tout ce qui lui restait de fierté et d'estime d'elle-même, la jeune veuve se leva comme un robot et prit la seule décision envisageable puisqu'il lui fallait de l'aide immédiatement : elle se dirigea vers les appartements du professeur Howard Phillips Lovecraft, mieux connu des élèves sous le sobriquet de « Cinglé de Providence ». Le seul, parmi tous ses collègues, qui n'hésitait jamais, sourire aux lèvres, à la ranger parmi les représentants les moins dignes de l'espèce humaine. Le seul pour qui les paranos de Rebecka relatives au racisme, à la misogynie ou à la xénophobie étaient indubitablement justifiées, ces traits de caractère constituant pour Lovecraft autant de médailles dont un homme bien né ne pouvait que se glorifier. Ajoutez au tableau des soupçons dans une affaire de nécrophilie, une santé mentale déficiente et des accès de violence trop souvent relatés dans la gazette universitaire. Sans compter son âge réel, puisque, à en croire les registres, il était aussi vieux que Ionas le vampire. Elle songeait aussi aux armes de guerre qu'il collectionnait et qu'il n'hésiterait sans doute pas à mettre en batterie si on venait nuitamment frapper chez lui sans être annoncé.

« Espérons que depuis tout à l'heure il n'a pas rechargé son fusil. »

Il fallait vraiment que Rebecka soit terrifiée pour aller gratter à la porte du Cinglé de Providence.

V

Officiellement, Howard Phillips Lovecraft était mort le 15 mars 1937. Il s'agissait en réalité d'un stratagème élaboré pour que ses ennemis perdent sa trace. Sous couvert de littérature de gare, le romancier s'était fait une spécialité de dévoiler de nombreux complots et sectes occultes.

Le public avait perdu sa trace jusqu'à ce qu'en janvier 2004 il montre son nez à l'université Miskatonic, demandant qu'on mette à sa disposition un logement confortable, un laboratoire, des armes. Il condescendait à donner des cours, à faire passer des diplômes, mais réclamait le privilège de ne pas publier, ni dans des revues universitaires, ni dans des éditions populaires. Depuis soixante-dix ans qu'on le disait mort, Lovecraft n'avait pas cessé d'écrire mais il ne souhaitait pas que le public connaisse tout le détail de ses recherches. Financièrement, cette nécessaire discrétion lui pesait beaucoup, et il en concevait une jalousie maladive pour le succès des autres écrivains.

Les talons de Rebecka martelaient l'épaisse moquette du couloir. Des lumières semblables à celles qui éclairent la viande au supermarché s'allumèrent tandis qu'elle s'approchait de la porte. Une caméra de surveillance lui fit un clin d'œil. « Parano ! » Elle aurait juré qu'un cliquetis imperceptible avait salué son arrivée à proximité du paillasson de Lovecraft, comme si un piège à loups venait de s'armer. Personne ne répondit lorsqu'elle pressa la sonnerie électrique. Elle entreprit de frapper à la porte, sans plus de succès. Puis elle perçut un pas qui trottinait derrière l'huis, semblable à la démarche d'une vieille dame anxieuse.

— Allez-vous-en ! Je ne suis pas visible, fit une voix chuchotante et essoufflée.

— Je suis Rebecka Streisand, la prof de psycho, je vis au-dessus.

— Partez ! Je ne parle pas aux envahisseurs.

— Vous charriez ! Je viens de New York où j'ai vécu vingt-deux ans depuis que j'ai quitté l'Ukraine. Je n'ai pas changé de nationalité parce que…

— Ne faites pas comme si vous n'aviez pas compris : je ne parle pas aux envahisseurs DE L'ESPACE.

Howard Phillips Lovecraft s'était également fait remarquer deux ans auparavant pour avoir prononcé une « allocution prolégomène à un *Traité des populations exogènes* » dans laquelle il prétendait que les juifs avaient débarqué des confins du cosmos à la fin du précambrien sous la forme de crevettes luminescentes. Il racontait également que les Noirs venaient des replis creux des volcans du pôle Sud et qu'au même titre que les Chinois ils avaient pendant des millions d'années respiré le soufre du fond des mers en guise d'oxygène. Chinois qui pour aggraver leur cas n'avaient perdu leurs branchies qu'au IVe siècle avant Jésus-Christ, lors d'un conflit territorial où il était question d'Atlantide et en comparaison duquel le Proche-Orient d'aujourd'hui ferait figure de prairie paisible. Quant à l'islam, Lovecraft y voyait une retranscription codée du culte de Nyarlathotep, une façon de préparer le terrain avant l'avènement d'un Dieu aveugle censé purifier le monde dans le sang et le feu. Lovecraft avait également déclaré que ni les Arabes ni les Perses ni aucune population se réclamant du Coran ne comprenaient le vrai islam, dont le véritable prophète réincarné n'était autre que… lui-même. Lovecraft prétendait s'appeler Abdul al-azred et professait que les vrais Livres saints étaient en sa seule possession et qu'à l'exception du président des États-Unis, il ne pourrait les faire lire à personne. Aujourd'hui que le Président était noir, ça lui posait sans doute des problèmes de conscience.

— Professeur ! Je ne viens pas de l'espace ! J'habite l'étage du dessus.

— Ça n'est pas parce que vous l'ignorez que ça n'est pas vrai ! J'ai épousé une juive il y a bien longtemps et elle non plus n'en savait rien ! Mais qui connaît ses vrais parents, hein ? Vous êtes le jouet de forces qui vous dépassent. Dans votre cloaque utérin attendent des monstres avides de mort.

— Aidez-moi, j'ai un problème de vampire.

— Les vampires n'existent pas. Fichez-moi la paix.

— Un type qui vole, qui n'a pas de cheveux et qui veut me sucer le sang, vous appelez ça comment ? Vous avez tiré sur qui, au fusil, tout à l'heure ?

— Partez ! Partez ! Avec vos pattes qui s'agitent fébrilement devant votre cerveau luminescent ! Partez ou j'appelle sur vous la colère de Nyarlathotep car je suis son prophète ! Éloignez de mon huis votre laitance visqueuse et vos minions à naître !

— Dites donc, ça fait pas du bien de plus avoir d'activité sexuelle !

— Je n'entends rien, partez ! Partez ou je balance un coup de mitraillette Thompson dans le bois de la porte !

Rebecka, qu'on venait de traiter de crevette de l'espace, retourna dans sa chambre. « On m'a fait beaucoup de compliments dans ma vie, mais *cloaque* et *laitance* c'est nouveau. Quant aux minions à venir, évoquer mon stérilet n'aurait sans doute fait qu'aggraver mon cas ! Il y aurait vu une croix égyptienne », pensa-t-elle, tâchant de se faire rire et n'y parvenant pas.

— La crevette, elle vous dit zut ! cria Rebecka allongée sur son lit.

Puis elle songea qu'il lui fallait faire des progrès en insultes. « Il faut aussi que je me trouve un superviseur. Aller cogner à la porte d'un écrivain antijuif vieux de cent trente ans, passer du temps avec un vrai vampire en sachant pertinemment que ce qui me fascine le plus chez lui c'est qu'il est si vieux, ne pas souffrir de la mort de mon mari. Je n'ai plus de thérapeute. Plus personne à qui raconter ce que je fais. J'agis sans doute n'importe comment. Dans tout ce qui m'arrive reviennent l'idée de vieillesse et la présence d'êtres assez hostiles et prédateurs pour satisfaire mes envies d'autodestruction. "Ce que nous avons de plus profond, c'est notre peau", disait Valéry. "Ce que nous avons de plus profond, c'est notre peau", me répondait le docteur Haftel à chaque fois que je lui reprochais de n'avoir que des diplômes de dermatologue. Depuis que Haftel n'est plus là, je me sens très perdue. »

Un étage plus bas, Lovecraft non plus ne trouvait pas le sommeil. Sa silhouette immense et maigre errait parmi les artefacts de son laboratoire, en proie à l'insatisfaction narcissique. Dans un coin, son domestique Phlorian tentait de se faire tout petit. Malheureusement, même en position assise, le colosse s'avérait plus grand qu'un homme ordinaire debout, et sa simple respiration semblait indisposer son maître. Le vieil ésotériste était perturbé. Pour se calmer, sans un regard pour les instruments hallucinants qui encombraient son refuge, il alluma un banal ordinateur portable et se rendit sur YouTube. Il voulait se voir en majesté. Il apparut bientôt sur l'écran, vêtu d'un costume en tweed, et débita avec une satisfaction évidente ses théories choquantes : « … Ça n'est ni du racisme, ni de la politique, c'est un fait avéré… » L'extrait s'interrompit avant les applaudissements du public, ce qui le mit très en colère. Le vieillard tapa du poing sur le clavier métallisé.

— Quel est l'imbécile qui a été chargé de mettre cette conférence sur Internet ?

— Mouchloufchestmoi, grommela Phlorian, gêné.

L'écrivain cacochyme se déplaça alors vers le site amazon.com, afin de comparer les chiffres de vente de ses romans à ceux d'autres auteurs. Cette initiative ne fit rien pour le rendre de meilleure humeur.

— Stephen King vend plus que moi ! Philip Roth vend plus que moi ! Toni Morrison vend plus que moi ! Des libéraux, des juifs, des Noirs !

Il fit usage de plusieurs pseudonymes afin d'affubler les ouvrages en question de très mauvaises notes.

— Salopard de King !

— Moufmoufquichest ?

— Ne mens pas, je sais que tu le lis en secret ! Et je suis très en colère de cette attitude, Phlorian !

— Moumoumou…

— Tu dois savoir que c'est uniquement à cause de mon état administrativement décédé que je n'ai pas recouvré les droits d'auteur qui me sont dus ! Te rends-tu compte du nombre d'écrivains qui vendent davantage que moi et qui ne le méritent pas ! Qu'en penses-tu ?

La grosse bouche de Phlorian émit une sorte de flatulence difficile à interpréter.

— Oui, Phlorian. C'est par la science que nous allons tous les coiffer au poteau. Et la fille d'au-dessus ? Qu'en penses-tu ? Se pourrait-il que cette ignorante nous apporte vraiment un… oui, Phlorian, un brevet ? Imagine qu'elle ait vraiment mis la main sur une créature dont la longévité…

— Boubiplouf !

— Moi, c'est différent ! Tu sais parfaitement au prix de quels sacrifices je me maintiens en vie. Mais si grâce à cette idiote on pouvait examiner…, de l'intérieur un être qui possède vraiment la vie éternelle…

— Chtevenkingmfff…

— Oui, Phlorian ! Si je brevette la vie éternelle, on sera plus riches que Stephen King.

VI

À deux heures du matin, Rebecka se tenait encore assise sur son lit, toutes lumières allumées et pas encore dévêtue, l'oreille attentive aux moindres bruits suspects. Le coin-coin ridicule de son iPhone lui fit une peur bleue quand il retentit, son volume poussé au maximum.

— Je vous ai foutu la trouille…, pardonnez-moi, ça ne se reproduira plus, fit la voix de Ionas. Je crois que je fais ça pour repousser le moment où je vais rouvrir ma mémoire. C'est une manigance pour saboter les choses. Pour éviter de vous dire mes secrets. En même temps, je sais que ça me ferait beaucoup de bien. (Rebecka observa un long silence.) Je ne recommencerai plus, je vous promets. Si vous voulez, vous pourrez même noter tout ce que je raconte et en faire un livre, vous gagneriez plein d'argent. J'ai vu sur Google que vous aviez publié deux romans il y a cinq ans et puis plus rien, je suis un sujet très intéressant. Toutes les filles rêvent d'écrire des livres, non ? C'est une remarque misogyne ? Si c'est misogyne, pardon mais c'est une constatation bâtie sur cent ans de rencontres. Les rares fois où j'ai eu l'impression qu'une fille ne voulait pas écrire, c'est parce qu'elle n'avait pas encore osé l'avouer. Et une nuit, forcément, elles finissent toujours par dire : « Tu sais quoi ? J'aimerais bien écrire. » Les filles qui ne rêvent pas d'écrire, ça existe sans doute, mais je n'en ai pas rencontré. C'est discriminatoire ce que je viens de dire ? Je m'enfonce ?

— Moi je m'en fiche d'écrire, finit par répondre Rebecka. Vous étiez en train de me parler de vous, non ?

— Moi je ne m'en fiche pas, vous avez raison. J'ai une bonne histoire et je ne m'en souviens pas, ça baigne dans le tilleul-menthe...

— Ça revient souvent, chez vous, le tilleul...

— Je peux revenir quand ?

Dans son manoir, entouré de chats gris, c'était le vampire qui semblait anxieux cette fois.

— Vous avez utilisé votre joker, parvint à articuler Rebecka Streisand d'une voix blanche. À la prochaine connerie je vous laisse vous débrouiller tout seul. Et accessoirement, je vous redis que je m'en fiche complètement d'être écrivain, je suis très heureuse de mon métier ! Je ne fais pas ça faute de mieux et vous pouvez penser ce que vous voulez de ma pratique professionnelle, j'ai le sentiment de soulager beaucoup de gens... (le vampire restait silencieux)..., vous m'entendez ? Beaucoup de gens se sentent mieux grâce à moi.

— Reprenez-moi, je serai sage, murmura Ionas. Vous avez raison, c'est moi qui ai des envies d'écriture. Il me faut un public. Comme Shéhérazade. Si elle ne raconte pas, on lui coupe la tête. Dans mon cas ça ne servirait à rien car ma tête baigne dans du…

— Tilleul-menthe ?

— Oui. Il me faut une femme. Belle. Une à qui j'aie envie de…

— Vous êtes grave, fit Rebecka avant de raccrocher.

Trop épuisée pour analyser ses sentiments, la jeune veuve plongea le nez dans son oreiller et s'endormit sans se brosser les dents.

Coin-coin ! Moins de cinq minutes plus tard, le téléphone la tirait du sommeil. *Coin-coin !* Encore le vampire.

— Non mais quoi ? demanda Rebecka dans un demi-sommeil.

— Pardon, fit la voix brisée de Ionas qu'on reconnaissait à peine.

— Vous allez me foutre la paix, oui !

— Je n'arrive pas à me coucher, j'ai peur.

Il ne faisait plus du tout le malin.

— Vous pouvez ingérer des drogues ?

— À part le sang, je n'ai droit à rien.

— Si je ne peux pas vous prescrire de psychotropes, il vous faut être patient et attendre d'éventuels développements de la thérapie.

— Vous ne vous rendez pas compte, dès que le jour approche, je suis sous terreur.

— Il s'approche doucement, tout de même, il est deux heures du matin !

— J'ai des frayeurs diurnes, je vous dis ! Je ne vais pas dormir ! Je veux danser avec vous dans le ciel ! Venez ! On va danser !

— Pas question !

— Ça ne va pas ! Je vous jure que ça ne va pas chez moi !

— Calmez-vous ! Qu'est-ce qu'il se passe quand vous ne roupillez pas ?

— Je sautille.

— Et quand finalement vous trouvez le sommeil ?

— Je cauchemarde. Et ça me re-tue. Et au réveil, incapable de profiter de rien. Je mords sans conviction.

— Il vous manque une pensée heureuse avant de vous endormir. Dites-moi une chose qui vous ferait plaisir. Un truc dont vous avez énormément envie.

— Ce que j'aimerais, c'est…

— À part mon cul !

— Alors, je ne sais pas.

— Des choses que vous aimiez avant votre mort.

— Non. Ça me torture. Je ne suis pas sûr. Je ne cherche pas le souvenir. C'est vrai que je ne me rappelle pas grand-chose, mais c'est peut-être pas une bonne idée de dissiper le…

— Tilleul-menthe ? On va travailler là-dessus mais maintenant…

— Maintenant venez me rejoindre.

— Non.

— Je vous en supplie.

— Vous avez conscience des barrières thérapeutiques que vous me demandez d'enjamber ? Sans compter les périmètres de sécurité.

— Vous n'avez rien à craindre. Venez.

— C'est absurde.

— Je vous paierai. Venez tout de suite.

— J'ai pas besoin d'argent.

— Venez.

VII

Il aurait été assez judicieux de ne pas aller chez le vampire. Bien entendu, elle se sentait très attirée par lui mais ça ne constituait pas une justification suffisante pour se retrouver seule à moto sur une route déserte.

« Qu'est-ce qui me motive ? Recueillir les confidences d'un homme vieux de plus d'un siècle parce que mon père, mon thérapeute et mon époux sont morts ? Si c'était ça, je n'avais qu'à rester avec Lovecraft. »

Rebecka finit par s'avouer que le sentiment qui la poussait à risquer sa peau se nichait au creux de son ventre et que ça n'était pas la force du désir, pas plus qu'un intérêt thérapeutique : elle avait très peur et elle aimait ça. « Et j'ai bien fait de ne pas prendre la limousine. »

Elle faisait exprès de rouler pleins gaz sur le chemin forestier. Parfois une branche cognait sur le haut du casque et sa Triumph dérapait. Elle se bornait alors à mettre la musique plus fort dans ses écouteurs, Los Lobos en l'occurrence.

« Mon château est au-dessus d'Innsmouth, avait expliqué le vampire au téléphone. Il n'y a qu'une route, vous ne pouvez pas vous tromper et vous êtes en sécurité, elle ne mène que chez moi. Personne ne l'emprunte.

— À cause du vampire ? avait-elle plaisanté.

— Sans doute que j'y suis pour quelque chose, parce que je n'ai pas de quoi financer la réfection du chemin. Du coup, c'est très pénible de traverser la forêt et les marécages qui entourent mon habitation. »

La route plongeait vers le petit port d'Innsmouth, cité quasiment désertée du fait de son incapacité à adopter les méthodes modernes de pêche industrielle. Les pavés obligèrent bientôt Rebecka à ralentir au milieu des maisons basses aux planches gorgées d'eau. Elle ne distinguait pas de lumières derrière les vitres badigeonnées de peinture grise. Cependant elle avait la certitude que partout dans les demeures délabrées des formes s'agitaient. Des filets déchirés pendaient de part et d'autre de la route étroite, comme autant de toiles d'araignées. Dans l'eau elle crut un instant voir jouer des enfants nus, ou des poissons, ou juste une lumière. Malgré la chaussée disjointe, elle tenta enfin d'accélérer. Elle n'aimait décidément pas cette ville. Une vieille femme apparut au milieu de la rue à l'instant où la moto bondissait vers l'avant. Rebecka hurla assez fort pour couvrir la voix de Ritchie Valens dans son casque antibruit et fit un dérapage. Sa moto s'immobilisa à quelques centimètres de l'eau du port. C'était un miracle qu'il n'y ait pas eu de mort. Haletante, Rebecka arrêta, se retourna, voulut présenter des excuses à la vieille, mais la forme emmitouflée dans sa robe trempée continuait de traverser la rue comme si de rien n'était. En silence.

— Hé ! Madame ! Ça va ?

En guise de réponse, la mégère reprit son chemin dans un affreux bruit succionnant, comme si en guise de jambes elle se déplaçait sur un bouquet de tentacules.

— Hé ! Madame !

La vieille se retourna enfin et les yeux blancs qu'elle darda vers Rebecka n'avaient pas l'air très humains.

« C'est la fréquentation de ce vampire qui me fait voir des monstres partout, ou quoi ? »

Rebecka accéléra à fond sans chercher à vérifier ce qu'elle avait cru apercevoir. Tandis que le petit port de pêche disparaissait dans le rétroviseur, la route s'enfonçait dans une forêt où même de jour la lumière ne devait pas se diffuser correctement tant son feuillage était compact.

Très consciemment, Rebecka avait revêtu une tenue affriolante pour aller chez le vampire. Au-delà des envies de séduction, c'était sa façon de dire un certain pouvoir. Quand elle avait le sentiment que les yeux de l'interlocuteur finissaient dans son soutien-gorge, ça lui donnait un minimum d'autorité. Peut-être était-ce la raison principale pour laquelle elle avait refusé de choisir entre motocyclette et talons hauts, les deux accessoires lui paraissant nécessaires à sa panoplie. De ça aussi, elle se fit le reproche. De quoi ça avait l'air de faire tant d'efforts pour ressembler à une pochette des Stray Cats le jour d'un enterrement ? Afin de se rassurer, et de se convaincre que ses bouffées érotiques relevaient de la plus totale normalité, Rebecka se rappela les mouroirs. Elle avait vu crever plusieurs grands-parents dans diverses villes et à chaque fois les infirmières des services gériatriques avaient des chaussures de pute. À l'inverse, dans les maternités, c'étaient les souliers blancs en plastique avec picots confortables. « On fait ça quand il y a la mort, les talons, les seins, la bouche peinte. C'est du totem protecteur. »

Objectivement, après la boue du chemin, ça n'avait plus l'élégance requise. Rebecka n'avait plus trop l'air d'une amazone glam-rock faisant voler les feuilles d'automne sous les roues de son engin. L'expédition devenait du moto-cross et la vase lui giclait sur le visage à chaque coup d'accélérateur. « Les godasses morflent – des Louboutin de Paris, misère ! » Il fallait mettre pied à terre toutes les cinq minutes pour éviter des souches. Ces ennuis très concrets – ne pas se ramasser la figure – lui permettaient de ne pas trop prêter attention à ses inquiétudes relatives aux forêts magiques. Faisant de son mieux pour se persuader qu'aucune silhouette ne l'observait derrière les arbres et que tous les mouvements qu'elle percevait étaient dus au vent ou à de petits animaux inoffensifs, Rebecka bataillait contre le chemin en crottant ses habits.

Lorsque son véhicule se mit à ralentir tout seul et à crachoter, elle fut persuadée d'être victime d'un charme. « Le bois enchanté se défend, pensa-t-elle. Les engins modernes ne sont sans doute pas bienvenus dans les forêts qui entourent la maison du vampire. » La moto cala pour de bon. Il manquait seulement de l'essence. « Est-ce que je suis conne à ce point ? »

Le docteur Rebecka Streisand avait attaché ses Louboutin au guidon et poussait sa moto qui lui semblait aussi pénible à faire avancer qu'un cheval mort. Aller en pleine nuit chez un monstre, se perdre dans la forêt, oublier de mettre de l'essence, le tout dans une tenue beaucoup trop élégante, ça lui ressemblait. Elle finit par s'étaler dans la boue et fondit en larmes.

Ça ne s'arrêtait pas. Elle n'avait même pas pleuré à la mort de son mari et les digues craquaient maintenant. Quand le conjoint s'était pendu, elle n'avait pas pleuré. Lorsqu'on l'avait fichu en terre, elle n'avait pas pleuré non plus et même après sa mort, lorsqu'elle avait découvert par voie de presse la lettre d'amour, celle qui ne lui était pas destinée mais qui avait causé tant de souffrances, elle n'avait pas pleuré. Son compagnon s'était fichu en l'air pour une autre. Quelle autre ? La lettre ne disait rien là-dessus. Aucun visage auquel arracher les yeux. « Par orgueil, il s'est tué, peut-être ? Puisqu'il s'agit en définitive du sort commun : construire sa vie, avoir envie d'exister davantage, et d'une façon ou d'une autre se heurter à un mur. Parce que la nouvelle fille ne veut pas de vous ? Ou parce que vous vous sentez coupable de partir de là où vous êtes ? On ne se tue pas parce qu'on veut l'impossible, mais parce que quelqu'un dans l'enfance vous a donné une bonne éducation. Mon mari s'est pendu parce qu'il était bien élevé. Il n'a pas supporté la possibilité de me quitter. Parce qu'on lui a appris qu'il était responsable du bonheur des autres, qu'il portait le monde sur ses épaules, qu'il n'avait pas le droit d'être égoïste. Non. Je suis orgueilleuse. Peut-être qu'il n'a juste pas aimé qu'une fille le rejette. Est-ce que je saurai un jour ? Est-ce que c'est important de savoir ? » Rebecka mit les fesses sur une souche d'arbre et posa son front sur ses genoux. « Mendel est mort et je n'ai pas versé une seule larme. Pourtant je crois bien que je l'aimais encore. Ça sort maintenant que j'ai de la boue mouillée sous mon t-shirt et de l'eau partout. Je sens bien que tout jaillit maintenant mais ça ne veut rien dire. Quand on pleure, habituellement, c'est qu'on a appris ou découvert quelque chose. Si je viens de faire une découverte, pensa Rebecka en se mouchant bruyamment sur son bras, je ne sais pas ce que c'est. Ma moto est lourde. J'ai des frissons. Je n'ai pas eu de relations sexuelles depuis la mort de Mendel et je n'ai pas la patience de me demander depuis combien de temps nous avions cessé de baiser avant sa mort. Peut-être que ma révélation c'est ça : je suis comme le vampire. Je suis après la mort et je suis vivante (la mort d'un autre dans mon cas). Donc il faut que je m'en arrange. Que j'accepte qu'il y ait ça, la terre, et qu'il y ait ceux qui n'ont pas la chance d'y dormir peinards. »

Elle se releva et redressa à grand-peine sa motocyclette. Ce faisant, une chaîne de la mécanique lui lacéra la jambe, du mollet jusqu'à la cuisse. Comme souvent, elle cria toute seule : « Comprends pas ce film de Cronenberg où ils baisent pendant des accidents de voitures ! Moi ça ne m'excite pas du tout, d'être blessée ! » Rebecka se mit en branle. « Je me demande comment on devient un vampire. Je ne sais pas si ça se fait de poser la question. Quand je pense à

Mendel, j'espère juste qu'il ne sait pas comment faire pour revenir, et qu'il va rester sagement dans son trou. »

Les pieds nus dans la terre, elle poussait sa motocyclette en soufflant comme une vache.

— Combien de temps jusqu'à la maison du vampire ? répétait-elle, fidèle à son habitude de parler dans le vide.

— À ce train-là une bonne heure.

Une voix de fille venait de retentir au-dessus de sa tête, dotée d'un sérieux accent russe. Elle leva le nez pour scruter les branches mais ne distingua personne. La pluie se mit de la partie. Rebecka continuait de pousser sa Triumph, incapable de comprendre qui lui avait parlé depuis les arbres. Elle était du genre à regarder ailleurs quand quelque chose lui faisait peur. Donc au lieu de tendre l'oreille pour entendre si la voix causait encore, elle remit ses écouteurs et poussa la musique à fond. Le Klezmer Great Depression Orchestra la ramenait vers Odessa. Vers une petite enfance religieuse, pas si désagréable, assez rassurante finalement. *Chicken Balls of Fire*, son morceau préféré.

« Qu'est-ce qu'on pourrait faire d'une guitare dans la musique klezmer ? avait-elle demandé à Mendel le jour de leur rencontre.

— La péter en mille morceaux », avait-il répondu.

Des cuivres, du violon, une clarinette s'agitant sur une rythmique aussi déglinguée que celle des Pogues. Ça la réchauffait, ça la rapprochait un peu de chez elle. Très loin du bois sombre et glacial où sa moto s'enlisait.

Malheureusement il n'y avait pas de paroles dans le *freilech* qu'elle écoutait. Elle essayait de s'empêcher d'en inventer, mais allez ordonner à votre cerveau de ne pas faire quelque chose et voyez le résultat. Dans sa tête se mélangeaient la vieille sorcière qui crapahutait sur le pavé d'Innsmouth, la voix d'une fille russe dans les arbres et la douleur entêtante à l'intérieur de sa jambe, « comme quand on se mord la langue, mais sur toute la cuisse ». Tout ça rythmé par les gouttes de pluie. Et dans cette fantasmagorie, elle imaginait que le vampire venait la chercher, qu'il la sauvait. Elle avait été bouleversée de l'entendre dire, dans sa panique du téléphone, « danser dans le ciel avec vous ». On lui donnait un rôle cosmique et en échange, elle aurait apprécié qu'on vienne lui tendre la main quand elle pataugeait dans la plus salissante des réalités. Mais personne ne surgit pour la tirer d'affaire.

Quelques instants plus tard, Rebecka la surdouée pour faire toujours ce qui ne fallait pas chantonnait :

« *People live in these woods*
They don't mean me no good
Des gens vivent dans les arbres
Ils m'ont l'air bien bizarbres. »

Elle prit une pomme de pin en pleine figure. Une fille nue peinte en vert avec des cornes sur la tête se tenait à sa droite et gesticulait, parlant très fort.

— Pardon ? dit Rebecka en retirant son casque.

— Tu réponds jamais quand on te cause ?

« Elle n'est pas à poil, rectifia Rebecka pour elle-même. Elle porte une sorte de collant vert pomme conchié de mousse. Ce ne sont pas des cornes, sur sa tête, mais des branches. Ce ne sont pas des collants non plus, mais sa vraie peau. » Il s'agissait bien d'une fille tout en bois dont les yeux en amande diffusaient dans la nuit une lueur phosphorescente.

— Qu'est-ce que tu fais là ? demanda la créature sylphide avec un accent slave.

— Je vais chez le vampire. J'ai rendez-vous, répondit Rebecka sans pouvoir masquer sa terreur.

— Si j'étais toi, je rentrerais chez moi tout de suite.

Puis elle lui tourna le dos et s'éloigna sans hâte, laissant Rebecka s'escrimer avec sa moto. La belle plante lui offrait ainsi l'occasion de détailler une silhouette assez enviable. « Ça ne sert à rien que je continue le tai-chi, le Pilates et la piscine, je n'aurai jamais un cul comme cette fille en bois. Est-ce que c'est la fiancée du vampire ? Est-ce qu'elle fait exprès de marcher quelques mètres devant moi avec tant de grâce pour me faire comprendre que je n'ai aucune chance face à elle et que hormis mes nichons qu'on a envie de tordre à pleines mains, je ne suis qu'un petit boudin des villes ? C'est formidable la jalousie, pendant un instant on oublie presque qu'on a froid et qu'on est terrorisée. »

— Tu es le… docteur, c'est ça ? demanda la fille.

— Vous voulez pas m'aider à pousser ma moto ?

— Non.

— Merci, c'est super sympa ! J'en ai pour combien de temps avant d'arriver ?

— Je te l'ai dit, non ? Une heure ! Mais tu as de la chance ! Le temps que tu arrives, il fera déjà jour, et il sera endormi. Comme ça il ne te tuera pas tout de suite.

— Ha ! ha ! Mais non ! C'est pas ce que tu crois ! Je ne suis pas du tout sa proie ! Moi je suis une amie.

— Ouais, ouais…

Avec son accent russe, la fille des bois se mit à imiter la chanson de Rebecka :

> *« People live in these woods*
> *They don't mean me no good. »*

« C'est très ennuyeux, pensa Rebecka, elle chante beaucoup mieux que moi. »

VIII

Le vampire avait attendu Rebecka jusqu'aux premières lueurs du jour. Pensant qu'elle ne viendrait pas, il s'était couché, dans la terreur des cauchemars qui ne manqueraient pas de l'assaillir dès que ses paupières se fermeraient. Il s'était demandé s'il n'aurait pas dû prendre quelques précautions au cas où vraiment Rebecka se serait pointée pendant son sommeil. Il n'habitait pas une demeure ordinaire, et il eût mieux valu qu'il prévienne la jeune femme de certaines choses à éviter. Les rayons du jour eurent raison de cette louable initiative. Avant qu'il parvienne à saisir un stylo et du papier pour noter des recommandations, le vampire s'endormit comme une masse.

« Peut-être que mon cul est plus gros que le sien, mais elle est en bois. Je ne crois pas que ce soit un matériau aussi chaud et aussi souple que ma peau, et moi je ressemble à Scarlett Johansson en brune, ce qui n'est pas rien. »

Rebecka débitait ce genre de futilités pour ne pas penser aux monstres quand la grande maison apparut entre les arbres.

Il fallait traverser un pont vétuste pour accéder à la demeure du mort vivant. Un chemin de planches qui depuis longtemps s'était affaissé et ondulait quelques centimètres au-dessus du marécage dont il était censé protéger le visiteur. Par endroits, le poids de la moto faisait tremper dans l'eau les lattes de bois.

Toujours pieds nus, Rebecka se remémorait cette phrase qui apparaît dans le *Nosferatu* de Murnau et qu'affectionnaient les dadaïstes : « Quand il eut franchi le pont, les fantômes vinrent à sa rencontre. »

Ce n'était pas le manoir typique de Nouvelle-Angleterre. Rebecka se tenait face à un véritable château en pierre de taille, dont la structure, affaissée par les années, n'était que partiellement immergée. Ainsi de l'autre côté du pont de bois, quand on s'était frayé un passage parmi les arbres morts et les douves dont rien ne permettait de deviner la profondeur, on voyait quatre tours. Trop basses. Rebecka se dit qu'il devait y avoir au moins un ou deux étages du château sous le niveau de l'eau. Le vampire s'était reconstruit un sol là où ce n'était pas prévu. Rien d'américain dans cette demeure, il avait dû faire venir l'édifice pierre par pierre depuis l'Empire austro-hongrois.

Rebecka avait moins peur et si elle grelottait encore ce n'était que de froid désormais. Elle gara sa moto contre la façade en choisissant un endroit qui n'était pas susceptible de s'enfoncer dans l'eau, la rosée du petit matin lui chatouillant la plante des pieds. Dans un renfoncement protégé des intempéries, elle avisa une grosse voiture italienne un peu déglinguée. Elle se dit que ce n'était pas le genre de Ionas, de conduire ça. Aucun fantôme ne vint à elle, aussi ne prit-elle pas soin de verrouiller l'antivol de son bolide. Puis elle repensa à la salope de la forêt aux fesses parfaites. Elle avait senti au premier coup d'œil que la créature verte la détestait. « C'est une bestiole surnaturelle totalement construite pour faire perdre la tête aux hommes, mais elle n'a aucune disposition pour interagir avec son propre sexe. Elle s'y est très mal prise avec moi. » Rebecka la jugeait déjà, comme on ferait d'une patiente. « Elle exprime à chaque geste sa terreur de l'abandon, donc elle surinvestit la démarche, les caractères sexuels secondaires, elle offre son sexe pour qu'on ne la laisse pas seule. La pauvre, elle doit beaucoup souffrir. Et moi, poursuivit-elle, pourquoi je fais son diagnostic ? Pour avoir sur elle un certain ascendant ? Ou plutôt pour mettre toute mon attention dans les symptômes que je peux comprendre. Oui, conclut-elle tristement, je mobilise une énergie folle pour ne pas trop me souvenir que j'ai tapé la causette avec une fille qui a du bois à la place des muscles et des yeux qui éclairent la nuit. »

Elle fit demi-tour, sortit la chaîne de son petit coffre et assujettit la roue avant de sa motocyclette à une gargouille de pierre. La porte d'entrée, à double battant, avait la forme d'une gueule de dragon. Rebecka actionna à plusieurs reprises le heurtoir dont les coups se répercutèrent à l'intérieur sans provoquer de réaction notable.

— Hé ho ! Vampire ! J'entre chez vous !!

Il devait dormir. Elle entra. Elle se persuada qu'elle n'avait pas peur.

Les pensées idiotes repartaient à plein tube. Rebecka en était à « nous sommes vendredi matin, je n'ai pas d'obligations professionnelles jusqu'à lundi ; je vais passer ma journée à tout fouiller dans sa maison puisqu'il dort et puis ce soir il se réveillera et il sera charmant et il me racontera toute sa vie et ça sera délicieux et soit nous allons baiser, soit je respecterai l'interdiction du rabbinat concernant la fréquentation des vampires et celle du code de déontologie pour les patients et le deuil, mais nous deviendrons très bons amis. Zut ! J'ai pas pris d'affaires de rechange. Débarquer chez un mec avec des habits pour plusieurs jours, ça peut l'effrayer… Oui mais là je ressemble à un sac à dos d'éclaireur israélite recouvert de la boue du Néguev et mes cheveux on dirait qu'on y a écrasé des miettes de bagel et des foies hachés de poulet. S'il n'y a pas de douche ou de shampooing chez lui, je fais comment ? Je veux dire, même si on ne tombe pas amoureux ? »

Aucune odeur d'humidité n'était perceptible à l'intérieur. On avait parfaitement isolé les lieux. L'atmosphère, entre les craquements d'un feu et les odeurs de fleurs séchées, s'avérait étonnamment accueillante. D'épais rideaux obturaient les fenêtres du vestibule. Il devait en être de même pour toutes les autres ouvertures, afin que les rayons du jour ne mettent pas en péril la santé de l'occupant du manoir.

Après les quelques instants nécessaires pour s'habituer à la pénombre, Rebecka fut capable d'identifier les contours de la pièce.

La créature vivait manifestement là depuis longtemps. On notait des objets bien rangés, selon des habitudes un peu maniaques. Chez un vieux garçon ordinaire, il y aurait eu des traces de fesses en décalcomanie dans chaque fauteuil. Pas ici, parce que le vampire s'asseyait avec légèreté, peut-être gardait-il même un reliquat de lévitation lors des séjours en canapé. Tout ça lui sembla élégant, civilisé, pas effrayant du tout. Surtout, comme elle était curieuse, il lui apparut que l'abondance de placards, de rangements et de passages secrets faciles à découvrir constituait la promesse d'une journée agréable. Le vampire devait dormir profondément pendant les heures diurnes, Rebecka se promit de mettre ce temps à profit afin de fouiller partout. Pour des motifs professionnels, bien entendu.

Avant d'ouvrir chaque meuble, elle jugea plus sûr de faire un grand tour du propriétaire. L'excessive propreté des lieux incita Rebecka à se demander si c'était uniquement le travail d'un vieux garçon. Avec déplaisir, elle commença à s'interroger sur l'existence d'une main féminine derrière cet ordre charmant. Qui changeait l'eau des fleurs ? Qui s'arrangeait pour qu'il n'y ait pas un rond de poussière autour du porte-parapluies ? Et qui entretenait le feu de la monumentale cheminée ?

Un paravent partiellement replié et décoré d'oiseaux khmers donnait sur d'antiques escaliers qui plongeaient vers le sous-sol. Elle fit quelques pas et mit au jour un boyau en pierre de taille qui descendait à pic vers les profondeurs de la demeure. Là encore, elle ne constata pas de trace d'humidité. Et là où aurait dû se trouver le niveau de l'eau, elle n'aperçut qu'un couloir très sain. Aucune torche ne permettait de voir jusqu'où descendaient les marches. Rebecka s'imagina que le vampire gisait quelque part en dessous, à l'abri d'une éventuelle déchirure de rideaux. Dans l'état d'hébétude et d'épuisement où elle se trouvait, la psychanalyste n'avait aucune envie d'aller vérifier s'il dormait tombeau ouvert ou couvercle clos.

« C'est une bonne façon de tirer au clair la question de ma pratique analytique. Oui. On remet toujours à plus tard cette interrogation un peu enfantine : est-ce que ça marche ? Dans le cas qui m'occupe, ça pourrait bien se résumer de façon très simple : soit la psychanalyse est une science valide et je parviens à "soigner" ce vampire et il ne me tue pas. Soit je suis un charlatan qui pratique des rites aussi inopérants que les autres mystiques et je ne peux pas l'aider et il va me vider de mon sang. Non. Il n'a jamais dit ça. C'est la fille en bois vert qui m'a menacée juste pour que je me tire. La pire chose qu'il puisse m'arriver, c'est qu'il m'embrasse. »

Un chat frôla sans malice apparente le mollet écorché de Rebecka avant de trottiner vers le premier étage. Laissant sur le parquet impeccable de l'entrée son sac boueux et son casque de moto, la jeune femme emboîta le pas au félin. Elle songea que ses escarpins étaient restés telles deux guirlandes de Noël pendus au guidon de la Triumph. Déambuler pieds nus dans la maison du monstre lui parut ajouter encore à sa vulnérabilité. Chaque marche de l'escalier qui courait autour de la pièce grinçait assez pour terroriser un agent d'assurances qui aurait joué sa réputation sur cette maison. Comme elle avait constaté que le vampire passait le plus clair de son temps à voler, Rebecka pensa qu'il n'était pas certain que ces paliers bouffés aux vers soient en état de supporter le poids d'une trentenaire new-yorkaise bien nourrie malgré ses attaches fines. Heureusement, rien ne s'écroula sur son passage, ce qui lui épargna des considérations humiliantes relatives à sa constitution généreuse.

Elle ne s'aperçut pas que la fille végétale était cachée parmi les plantes exotiques du jardin d'hiver. Tandis qu'elle traversait cet espace du premier étage dont chaque verrière était soigneusement recouverte d'un borniol noir, Rebecka ne prêta attention qu'à la vapeur tropicale, aux plantes grasses, à l'exquis agencement des lieux. Certaines essences semblaient animées de vie et, avec plus de fascination que de crainte, elle se demanda lesquelles relevaient de la catégorie « carnivore ». Les yeux phosphorescents de la mandragore étaient quasi clos. Planquée derrière un tronc de palmier dattier, elle affectait l'immobilité d'un entrelacs de branchages. Rebecka ne voyait rien, même si la créature se tenait à moins de quarante centimètres d'elle. Le jardin d'hiver s'achevait sur un sas obturé par deux portes à double battant, chacune protégée d'un épais rideau. Sans doute pour éviter aux oiseaux multicolores de se répandre dans tout le manoir. Rebecka avait suivi le chat à travers ces espaces entrouverts.

« Enfin une bonne nouvelle », songea-t-elle en posant la plante des pieds sur un tapis très épais. Elle se tenait sur le seuil d'une immense chambre à coucher disposant d'une salle de bains attenante – vieille, certes, mais propre. Passant devant le lit à baldaquin, Rebecka se précipita vers la baignoire et conclut à l'existence et à la bienveillance de l'Éternel après s'être assurée qu'à part une fuite bénigne du vase d'expansion, l'eau chaude fonctionnait et que l'endroit ne manquait ni de serviettes éponge, ni de sels, ni de produits de beauté. Rien pour les cheveux cependant, à l'exception d'un antique séchoir qu'on ne savait pas où brancher. Partout dans la pièce s'amoncelaient des piles de papiers recouverts d'une écriture élégante. « Je vais fouiller toute la maison et je vais lire tout ça, se dit-elle, mais avant, je vais prendre un bain. Si mon patient dort toute la journée, j'ai bien le temps. »

Se croyant seule et en sécurité, Rebecka retira en hâte ses vêtements crottés et se plongea avec un soupir de délice dans la vaste baignoire aux pattes léonines.

« Boucles d'Or, se dit-elle, n'a pas dû avoir plus de bonheur quand elle a bu la soupe de papa Ours. »

Un cochon avait jugé malin de disposer à la verticale du bain un immense miroir. Suspendue au plafond de la salle de bains, la glace obligeait Rebecka à contempler une image très précise de sa morphologie. Cette vision, elle nue dans la baignoire du vampire, ne fut pas sans provoquer son petit contingent d'idées déplacées, parmi lesquelles figurait en bonne place cette question extravagante : « Est-ce qu'il y a un rasoir quelque part dans cette pièce et est-ce que j'ai le droit de l'utiliser ? »

Quelques minutes plus tard, elle se demanda ce qu'aurait pu dire sa défunte maman si elle avait su qu'elle était en train de se faire le maillot à l'aide d'un coupe-chou trop bien aiguisé, un pied posé sur la baignoire en faïence d'un garçon mort depuis quatre-vingt-quinze-ans.

« Il ne faut pas se couper », répétait-elle en se remémorant tous ces films dans lesquels, chronologiquement, Max Schreck, Bela Lugosi, Christopher Lee et Klaus Kinski avaient épanché leur soif à l'artère d'un raseur imprudent. « Si quelqu'un pénétrait à l'improviste dans la salle de bains maintenant, je ferais un bond de deux mètres et le rasoir me couperait au minimum la chatte et plus vraisemblablement l'artère fémorale. »

Liane était là cependant, depuis un moment, mais Rebecka n'en avait pas conscience. Elle continua donc avec un frisson délicieux de s'égaliser les poils en songeant à des morsures intimes. « Qui prend ses aises comme ça dans le château d'un vampire ? Il y a des jours, on se dit qu'on ne risque rien. Comme lorsqu'on est enfant et que les parents ne sont pas là. On a la maison pour soi. »

Une serviette autour des fesses et une autre entortillée dans les cheveux, Rebecka retourna bientôt dans la chambre à coucher.

Elle s'aperçut alors qu'une armée de chats dormait entassée sur le lit. Cent ? trente-deux ? Comment dénombrer les individus parmi cette masse de poils, de queues, de ronflements gracieux ? Elle n'en avait jamais vu autant rassemblés les uns sur les autres. Tandis qu'elle s'asseyait sur le bord du grand lit, chacun des félins ouvrit un peu les paupières et ce fut une constellation de grands yeux ronds qui se mit à scintiller dans la pénombre. On ronronna un peu, on s'installa mieux, et on reprit la longue sieste diurne.

Rebecka souleva le dessus-de-lit en patchwork afin de se faire une place dans les draps sans entrer en contact avec les poils des chats. Quelques quadrupèdes dérangés par l'opération changèrent de place et laissèrent apercevoir à la psychanalyste quelques centimètres de la peau grise du vampire qui dormait sous eux.

Elle poussa un hurlement qui fit détaler pas mal de chats mais ne réveilla pas Ionas qui gisait dans le lit, tout contre elle.

Il aurait suffi de faire attention au costume soigneusement plié sur le fauteuil pour se douter que le vampire dormait là, et qu'il était nu.

Les chats remontèrent prudemment sur le couvre-lit.

« Il n'est pas effrayant quand il dort. Il a l'air du garçon qu'il devait être en Russie le jour de sa mort. Rien ne le distingue d'un mort ordinaire. Il est totalement vulnérable. Est-ce que je m'autorise à poser un index sur son épaule ? Le long de sa gorge ? Ça ne le réveille pas. C'est donc ça qu'il fait ? Mordre les gens dans leur sommeil ? Je comprends. Il est froid comme du marbre. Aucune réaction ne lui vient lorsque ma paume de main tout entière se pose sur sa poitrine. J'imagine que son sommeil est plus profond que celui des vivants. Je suis en train de caresser son thorax et c'est parfaitement inapproprié. »

Les battements de cœur du vampire devaient s'entendre depuis le couloir. Ils étaient très lents, d'une régularité infaillible, produisant des claquements effrayants de bois sec. La mandragore s'était avancée silencieusement jusqu'à l'entrée de la chambre. Elle observait Rebecka avec une expression de rage.

« Je ne sais pas ce que je cherche ici. J'ai sommeil. Je voudrais dormir près de lui, j'en ai beaucoup fait pour aujourd'hui. Ça serait totalement non professionnel de dormir maintenant. Il faut plutôt fouiller partout, c'est mon travail. » Rebecka remonta les draps sur le corps de Ionas. Les chats revinrent un à un recouvrir la carcasse du vampire endormi.

Elle resta debout sans rien faire comme une imbécile, n'osant pas se remettre sur le lit près du vampire, incapable également de voir Liane qui n'avait qu'une idée en tête : l'égorger.

« Je dois enquêter sur ce patient. Je vais commencer par fouiller dans ses papiers. Ce n'est pas de la curiosité mal placée, c'est mon boulot. » Rebecka retourna dans la salle de bains, Liane la suivit sans un bruit. La praticienne se replongea dans la baignoire, fit couler davantage d'eau brûlante et saisit une des innombrables piles de papiers griffonnés qui jonchaient le carrelage.

IX

« Des notes sur la guerre. » Shenandoah. Des porcs se repaissent des morts. Un vampire à la tête d'un régiment désespéré se lance à cheval contre les troupes yankees. Des crocs contre le blindage des bateaux de guerre. Puis des dates. Est-ce que ce sont des souvenirs ou de la documentation ? Des noms de batailles américaines. Des cartes annotées « Notre maison », « La maison de Hiéléna ». Les mots « cosaques » raturés, remplacés par « confédérés ». Il joue à quoi ? Puis un début de roman :

Nosferatu mon amour

« Rhh ! Le titre ! Cent ans à tenter d'écrire et il fait pas mieux, pfft ! Et moi qui doute de mes capacités scripturaires, se dit Rebecka. Moi qui n'ai que trente et un ans et qui allie le talent, la beauté et… bon… je lis… »

Ce n'était pas la peine de quitter la Russie pour se retrouver dans une autre guerre. En Russie, les puis-

sances dirigeantes partent du principe que nos coreligionnaires sont moins bien disposés au meurtre que les autres populations, c'est pourquoi on impose aux enfants juifs un service militaire qui dure quinze ans, en guise de remise à niveau. Un entretien bref avec le tzar et la tzarine m'aurait permis de dissiper ce malentendu en leur donnant l'assurance que nous savions massacrer nos semblables aussi bien que les autres peuples. Mais je n'ai jamais pu rencontrer ces éminences et lorsque les recruteurs sont venus nous chercher, mon grand frère et moi, maman a proposé de nous emmener chez le rabbin, afin qu'il nous crève un œil ou qu'il nous estropie en tranchant nos tendons derrière le pied. Ces deux opérations, presque aussi courantes que la circoncision, permettent aux mères juives de Russie de garder leurs enfants pas trop loin. Mais j'aime dessiner, et courir. Mon frère aussi. Maman nous a donc fichus dehors, avec ordre d'aller le plus loin possible, dans une terre sans tzar, sans tzarine, sans lois spécifiques aux youpins.

Je vous préviens tout de suite que je vais vous raconter comment je suis devenu un vampire. Donc si vous ne croyez pas que les morts reviennent, je ne vais pas chercher à vous convaincre. Je ne crois pas non plus pouvoir expliquer tout ça. Je peux juste vous balancer toute l'affaire, et vous me direz si ça valait le coup de se mettre dans un tel état par amour.

Donc nous sommes allés en Amérique. En 1856. Dans la mesure où nos compétences professionnelles étaient circonscrites aux travaux de ferme, avec une prédisposition pour les vaches et le bois, nous n'avons guère pu trouver notre place dans les grandes villes. En quelques saisons, à force de dégringoler vers le sud, on s'est retrouvés au Texas.

En arrivant dans ces États du Sud, nous ne fûmes pas trop dépaysés puisqu'il y avait un nombre non négligeable de Noirs et qu'ils étaient traités ici de façon assez similaire à ce qu'on faisait aux juifs dans la Sainte Russie. Nous avons donc tout de suite vu dans ces similitudes des perspectives professionnelles : ils mangent peu, prennent des coups, subissent des viols et des mutilations, et on attend d'eux qu'ils travaillent nuit et jour sans se révolter. Cela entrait parfaitement dans notre domaine de compétence, puisque nous avions pratiqué semblable métier dans notre contrée natale. Malheureusement, nous devions apprendre bien vite que notre peau blanche nous interdisait d'être esclaves. Bien entendu, notre vision progressiste du monde nous conduisait à juger sévèrement cette façon d'empêcher des jeunes gens de travailler à cause de leur épiderme. Mais c'était une terre étrangère et il fallait respecter les coutumes locales. Après tout, qui sait, si un nègre s'était présenté en Russie, il aurait peut-être été privé de pogrom. Comme il n'était pas possible d'être esclaves, et que les travailleurs qui relevaient d'une autre catégorie n'étaient pas bienvenus dans les champs, nous avons envisagé de devenir patrons. C'est-à-dire que nous nous sommes acoquinés avec des brigands, que nous avons volé des vaches et des chevaux dans un État et que nous sommes allés en vendre une partie dans un deuxième État. Puis, avec l'argent récolté, nous avons fait l'acquisition d'un petit domaine dans un troisième État, domaine où il fut possible de faire fructifier la moitié restante du bétail. Mon frère Caïn a ensuite insisté pour que nous assassinions nos coéquipiers car il préférait que les affaires se traitent en famille, il m'a fait remarquer de surcroît qu'il ne fallait pas s'associer avec des malfaiteurs et que des types qui avaient volé tant de chevaux et de bêtes étaient capables de tout. Afin de réussir notre intégration dans cette société américaine, nous avons agi de notre mieux pour acheter des esclaves. Or, pour une raison qui m'échappe encore à ce jour, nos nouveaux voisins répugnaient à vendre des Noirs à des juifs. Talmud en main, j'arguais pourtant que notre Torah ne s'était jamais opposée à l'esclavage, qu'elle le réglemente de façon très judicieuse, et que juifs, chrétiens et mahométans ont en commun des préceptes très semblables lorsqu'il s'agit d'asservir les autres peuples. Rien n'y fit. On ne put acheter aucun Noir. Et il n'était pas question d'en voler comme nous avions fait pour les vaches puisque, disposant de la parole, ils savent nommer leurs anciens maîtres. On dut se contenter de Mexicains qui en plus du gîte et du couvert exigeaient des émoluments en devises, ce qui ne nous satisfaisait que médiocrement. L'avantage du Mexicain réside principalement dans le fait qu'il ne sait pas trop différencier le protestant du juif, ce qui lui évite de trop discriminer. Pour le reste, on comprendra que le refus de nous engager comme esclaves et le refus de nous vendre des esclaves avaient achevé de nous convaincre que même cette Amérique n'aurait jamais pour nos semblables que l'apparence de la fraternité. On était sur nos gardes. On regardait ce qui dans cette terre nouvelle ressemblait à la Russie et ça nous terrorisait, car la Russie est un enfer. Puis on s'attachait à détailler ce qui changeait de la Russie, et cela faisait germer d'autres inquiétudes.

Puisque j'ai promis de parler avant tout des événements postérieurs à ma mort, je ne dois pas détailler nos premières aventures américaines. On montait à cheval. On rassemblait des bêtes. On en piquait lorsqu'on pouvait et quand d'autres nous volaient nous les poursuivions et on les assassinait afin d'éviter qu'un juge goy ne nous donne tort pour des raisons théologiques. On appréciait d'autant mieux notre nouvelle vie qu'aucun massacre spécifique ne nous était tombé sur la figure depuis notre arrivée. Les Noirs, ainsi que je l'ai dit, servaient d'exutoire à une population qui n'avait ensuite plus le temps ni l'énergie de se préoccuper des deux frangins dont la Bible professe que Jésus s'appelait en réalité Hillel, qu'il était circoncis et ne mangeait pas de porc.

Pour le dire plus simplement : pas de pogroms dans le Far West. Très peu de rabbins également, ce qui nous satisfaisait pleinement. Laisser loin derrière nous les figures effrayantes du tzar et de Jéhovah fit cesser instantanément nos scolioses et nos migraines ophtalmiques. Comme si soudain le monde avait cessé de nous peser sur les épaules. Il m'est souvent arrivé de penser qu'en quittant l'Égypte et en abandonnant Pharaon dans la mer Rouge, nos ancêtres auraient dû également y laisser le bon Dieu. Nous eussions ainsi constitué dès le XIII*e* *siècle avant notre ère le premier peuple agnostique. Au lieu de ça, l'intervention divine a conduit nos ancêtres à traîner quarante ans dans un désert qu'on traverserait en trois jours sur le dos d'un bon cheval, avec pour seule contribution notable* *à l'évolution humaine l'invention des galettes de pain azyme.*

Au lecteur affolé de découvrir que le mort que je suis n'a toujours pas la foi, il me faut révéler qu'aucune connaissance sur le sujet ne m'est venue depuis mon trépas. Je veux dire par là que ma parole n'a guère plus de valeur qu'une autre. Je ne fais pas autorité. Il existe sans doute aussi des vampires très croyants, je n'en fais pas partie. J'ai vécu en priant sans cesse et sans croire en rien d'autre qu'à ma culpabilité hyperbolique, et il me semble que la mort a encore exacerbé ces tendances. À bien y réfléchir, le pire danger du mort vivant réside dans cette fameuse «raideur cadavérique» dont les béotiens persistent à répéter qu'elle ne s'applique qu'aux muscles. Or il est question bien entendu de tout autre chose. Nous parlons ici de ce que les spécialistes appellent la «hantise». Autrement dit la faculté que développent les vampires, les fantômes, les zombies, les squelettes et les garous à répéter chaque nuit ou chaque pleine lune les mêmes gestes, les mêmes peurs, les mêmes conneries. Un type qui traverse son château tous les soirs à heure fixe en braillant dans un bruit de chaînes le prénom d'une fille disparue depuis des siècles et dont tout le monde a oublié l'existence, voilà ce que je redoute le plus. Et à ce mot, «hantise», j'aime mieux substituer ceux de «paresse intellectuelle», afin de ne pas trop me complaire dans mes petites obsessions.

Tout ça pour dire que je n'ai absolument pas fait exprès de me trouver une fiancée juive. Quand j'étais enfant, je me souviens d'avoir demandé au rabbin ce que signifiait le mot «sodomite». Il me répondit que ça désignait les «invertis». N'étant guère plus avancé par manque de connaissances sociales, je demandai des précisions. Le rabbin me tira l'oreille afin de l'élargir et que j'entende mieux ce qu'il y hurlait : « C'est aussi grave que si tu épousais une fille non juive. » Pour toutes ces raisons, on comprendra que j'aie tout fait dès mon arrivée au Texas pour dénicher la moins juive des fiancées, ce qui théoriquement n'aurait dû poser aucun problème dans la mesure où ni mon frère ni moi n'avions croisé de coreligionnaires depuis notre traversée du río Lobo.

Celle-là semblait tellement américaine que je n'aurais pas pu me douter qu'elle était de ma tribu. Quand on voit une grande brune souriante sautiller au son du violon de son père, je parle d'un violon de l'Ouest américain qui ne serine que des marches militaires et des ritournelles en tonalités majeures. Quand on voit une fille comme ça, il n'y a pas marqué « juive » sur son front. En Russie, je me serais méfié, car elle correspondait exactement aux descriptions des conteurs de récits hassidiques : sourcils de jais, pommettes bien hautes comme si son arrière-grand-mère avait été violée par un cosaque, lèvres triangulaires, comme si son arrière-arrière-grand-mère avait eu une aventure avec un marchand de soie tatar, seins énormes puisque nourrie aux galettes de pommes de terre maternelles, mais je ne le savais pas encore. Avec ses bottines modernes et sa coiffe en coton brodée, j'aurais mis ma main à couper qu'elle était chrétienne, sudiste, absolument non cachère et donc tout à fait destinée à mes bras avides.

Je crois, mais c'est facile de dire ça cent cinquante ans après les faits, qu'elle m'a aimé pour de mauvaises raisons. Sans doute était-elle attirée par l'aspect sau-

vage et russe, elle qui était née ici et qui n'avait de nos contrées glacées que des images légendaires. Son papa fabriquait des violons, des guitares et des mandolines. Il fournissait tous les orchestres du coin, ainsi que les régiments. On l'appréciait également pour son jeu enjoué, très peu juif finalement. C'était la famille Shuman, des pionniers absolument semblables aux autres Allemands, Russes ou Irlandais qui tentaient de se faire une place dans ces nouveaux territoires. Ils étaient plus religieux que mon frère et moi, puisque la Torah était tout ce qu'il leur restait de juif. Donc ils égrenaient les fêtes, les jours de jeûne, avec une régularité parfaitement leibnizienne. Ils agissaient à la protestante, et je m'émerveillais de la facilité avec laquelle on trouve sa place dans ces États américains à condition d'accepter le conformisme local, c'est-à-dire croire en Dieu, le vénérer à heure fixe et occuper le reste du temps à faire des affaires. Et malgré cela, pour Hiéléna, les vrais juifs, c'étaient mon frère et moi. C'est sans doute pour cela, plus que par charité, que sa famille nous a si facilement reçus. Parce que nous avions à leurs yeux quelque chose de traditionnel. Aucun effort ne put jamais dissiper leurs élans grégaires à notre endroit. Même quand nous blasphémions, ils semblaient trouver que nous le faisions d'une façon particulièrement cachère, qui les charmait.

Ma mémoire immédiate s'altère à mesure que j'avance en âge, et il en sera probablement de même pour mes lecteurs s'ils atteignent un jour la longévité depuis laquelle je vous cause, mais en échange j'ai développé un souvenir pur comme le cristal des très vieilles choses, même celles antérieures à ma mort. Par exemple, je me souviens très bien des premiers sentiments que m'a inspirés Hiéléna. Trop belle pour moi. Puis, immédiatement après, bien que presque puceau, j'ai eu en tête cette phrase idiote : « J'aime ton cul », qui suffit à mettre certains esprits faibles comme le mien en situation de totale dépendance. Je lui trouvais un air crédule, bienveillant, buté et pas foncièrement intelligent, ces quatre épithètes constituant à mes yeux d'extraordinaires qualités, puisque je ne pourrais pas m'acoquiner avec une femme trop maligne. J'ai besoin de dominer, d'être admiré, et je ne connais que trop mes limites intellectuelles et morales. J'ai besoin, pour aimer confortablement, de pouvoir subjuguer sans trop d'efforts. Hiéléna me faisait crédit. De tout. Elle me croyait savant en religion, en littérature, en guerre. Quelques lignes d'hébreu ou de latin suffisaient généralement à lui donner le change et j'envisageais avec elle un avenir radieux. Son seul défaut résidait peut-être dans les efforts qu'elle produisait pour me convaincre qu'elle aussi était cultivée. Ainsi me bombardait-elle régulièrement de livres ou de chants qu'elle entendait me voir découvrir, apprécier, afin de créer entre nous une sorte de communion dont la finalité m'est toujours passée très loin au-dessus du ciboulot. « J'aime ton cul » ne suffisait absolument pas pour sceller dans son échelle de valeurs un amour éternel. Elle se lamentait, quasiment dès notre première rencontre, de mon désintérêt pour les choses qu'elle voulait m'enseigner. « Toi tu m'apprends tant d'histoires, sur la Russie, sur le monde, et tu ne retiens rien des petites choses que j'essaie de te faire lire. Si nous nous quittions, tu ne garderais rien de moi. » Si. Puisque j'aime ton cul. Si, puisque ce que j'aime c'est toi. Ta présence. Physique. Magique. Dès que tu approches, tout en moi se calme, je souris malgré moi, mes mains trouvent leur place autour des fesses précédemment évoquées et claquer des bises sur tes joues vaut mieux qu'un livre. Pourquoi tu m'emmerdes avec ton âme et ta Russie imaginaire dont je me tamponne le coquillard ? J'aime ton cul. C'est très matériel, c'est très américain, c'est très réel, de définir une topologie pour moi sur cette planète. Tu es mon territoire et je t'aime. Je veux être là pour toujours. Là c'est dans toi. Ça la précipitait dans des abîmes d'angoisse, elle se disait désincarnée, car être aimées pour leur être palpable constitue aux yeux des filles croyantes un symptôme d'abandon. Elles se sentent seules. Comme si leur identité profonde voletait loin au-dessus de leur corps. Par manque de rouerie intellectuelle, je ne parvins jamais à lui faire entendre à quel point j'aimais le réel. Et elle se haïssait. Sans le dire. Mais elle pensait que pour être intéressante elle devait comme un bon chien m'apporter des livres et des œuvres artistiques. Elle n'écrivait pas, ne dessinait pas, ne jouait même pas des instruments de son père. Elle pensait que pour mériter l'amour, il fallait se montrer capable de créer. Le verbe « être » ne signifiait rien à ses yeux, et jamais je ne pus lui faire entrevoir son sens. Dire que j'aimais la bonté profonde et bête qui irradiait de ses yeux noirs. Lui expliquer sur tous les tons qu'elle disposait d'un talent quasi christique : admirer l'autre, lui donner du courage, le rendre invincible. Elle avait cette habilité amoureuse et on sentait que si son amour se donnait à un homme elle le rendrait invincible. Hiéléna avait cette force : prendre un homme ordinaire et le transformer en héros par la puissance nourricière de ses attentions. Lorsque je le lui disais, elle se sentait seule et perdue. Elle se voyait réduite à l'état de chimère, de symbole, alors qu'elle aurait voulu que je l'admire pour je ne sais quelle cuistrerie scolastique. Il me fallut donc, parce que j'aimais son cul, entretenir la légende de ses dispositions intellectuelles. Ce n'était pas si difficile. Et je mis une certaine énergie à m'esbaudir devant chaque ouvrage qu'elle m'agitait sous le nez. En échange de quoi j'avais table ouverte chez ses parents. On m'y laissait essayer des violons. Je joue très correctement, et mon présupposé atavisme russe faisait excuser les fautes de temps. Mon frère venait aussi. Il aimait également Hiéléna. Il appréciait surtout la situation solide de ses parents, installés depuis longtemps parmi la population locale, presque entièrement désenjuivés. Mais mon frère Caïn n'était exclusif en rien, et ses largesses trouvaient déjà à cette époque de nombreux lieux d'épanchements. Autant dire que naquirent dans cette région beaucoup de petits rouquins à l'air ashkénaze pendant la période où il s'y installa. Il n'eut aucun mal à me laisser courtiser Hiéléna plus assidûment que lui, car la perspective d'un mariage ne l'excitait qu'à moitié.

Hiéléna mettait un plaisir pervers à m'empêcher de la baiser. Je puis avouer aujourd'hui que nous ne nous sommes jamais connus bibliquement avant ma mort. On me suçait parfois, avec une indéniable concentration. Elle faisait ça comme la lecture, en bonne élève, et plus que le contact de ses lèvres sur ma bite décalottée, j'admirais sa façon de s'appliquer. Cette envie de systématiquement faire les choses bien, pas pour recevoir des compliments mais parce qu'on aime la perfection, voilà un autre motif qui m'a fait aimer Hielena. Elle tenait aussi à diriger son monde, et m'imposer une quasi-abstinence sexuelle avant notre mariage n'était qu'un des aspects de l'asservissement volontaire auquel je me soumettais. Je ne voulais plus de bon Dieu et Hiéléna me semblait assez butée et emmerdante pour lui suppléer efficacement. Le juif, élevé dans la crainte constante de l'anéantissement, ne peut pas tomber d'un coup dans la liberté. S'il abandonne son créateur courroucé, il lui faut incontinent verser dans d'autres esclavages au risque, sinon, de sombrer dans une totale dissolution du moi. Je n'avais plus ni ma mère ni le tzar ni le rabbin, il me fallait un roi et ce fut Hiéléna. Aussi avançais-je dans l'existence avec au cou un médaillon contenant son portrait. Une photographie très peu souriante, avec un chignon bien serré sur le haut du crâne et un regard qui signifiait « si tu t'approches d'une autre fille je le saurai ». J'adorais ça. Être fidèle. Compter les jours avant notre mariage. Être un chien aimant. Le lecteur ironique verra sans doute dans cette situation une évocation de l'enfer ; j'aimerais qu'on tienne compte du fait qu'il s'agissait selon moi du plus grand bonheur possible sur cette planète : obéir à l'être aimé afin qu'il nous aime en retour. Faire ce qu'on me dit à la lettre pour que s'éloigne de moi cette invention sémite que le monde moderne nomme culpabilité et qui fait courber le dos. J'étais un matérialiste dans un monde de causalités, mon dieu se nommait Hiéléna et je lui étais soumis corps et âme. Je jugeais sévèrement ce grand frère qui tandis que j'inventais un nouveau monothéisme répandait dans tout le Texas les gènes de nos ancêtres. Nous nous disputions, Caïn et moi. Nous nous battions souvent mais ne pouvions durablement nous éloigner l'un de l'autre. Il était la grande brute charmante et je constituais l'élément romantique et grave de la fratrie. Chacun aimait son rôle et le jouait consciencieusement. Je devais épouser Hiéléna. Il ne restait qu'à fixer la date quand arriva le sergent recruteur. Ça ne servait à rien de quitter la Russie puisqu'il y avait aussi la guerre ici. On nous expliqua que nous devions faire la guerre pour l'armée des confédérés, pour défendre le Sud, la liberté de pratiquer l'esclavage et la singulière interdépendance qu'avaient établie les locaux avec la population noire. On s'en foutait complètement, de la guerre entre le Nord et le Sud. Et s'il n'y avait pas eu Hiéléna, ses parents et notre ranch, on aurait bien fichu le camp à nouveau. Mais il nous apparut assez vite que ne pas prendre part à cette guerre constituait le meilleur moyen de voir notre ranch brûlé par l'un ou l'autre camp. On accepta donc d'intégrer la 34ᵉ armée du général McPremium, non sans nous être assurés que les parents de Hiéléna allaient surveiller nos vaches, nos chevaux et nos Mexicains en notre absence. Il fut convenu qu'on s'écrirait beaucoup, que notre amour était sans égal et que je ne baiserais rien d'autre que le médaillon que j'avais au cou durant toute mon absence.

Beaucoup de filles vinrent admirer mon frère sur son cheval blanc au jour de notre départ. Hiéléna me regardait de loin, derrière sa fenêtre, car elle désapprouvait cette guerre et souhaitait me le faire sentir. Je crois que si elle avait pu, à l'instar de nos rabbins ou de ma mère, me mutiler pour que je ne m'en aille pas, elle aurait étudié de très près cette solution. Mais les outils manquaient pour cette opération et je partis tout de même.

La guerre était amusante et j'étais assez idiot pour ne pas en profiter pleinement, puisque je pensais à mon prochain mariage, en m'imaginant à tort qu'il annonçait des choses plus exaltantes qu'un conflit armé. Les soldats s'avéraient particulièrement médiocres, dans les deux camps. Sous les beaux uniformes, ce n'était qu'un ramassis de garçons de ferme maladroits assez peu aptes au métier des armes. À notre grande surprise, mon frère et moi nous découvrîmes une âme de guerrier. Je crois qu'on se montait beaucoup le bourrichon avec notre ascendance prétendument slave et nous nous référions de moins en moins à Moïse et de plus en plus à Ivan le Terrible lors de nos discussions. Caïn mesurait une bonne tête de plus que les autres, il avait les bras de Samson et semblait ignorer la peur. Quant à moi, on me découvrit des facilités au commandement. Je m'amusais intérieurement de ma capacité à gouverner une meute de soldats alors qu'une petite brune à poitrine opulente avait si aisément réussi à me transformer en animal servile. Et puisqu'ils m'obéissaient je me mis à aimer mes soldats. Ils se battaient pour les grands propriétaires blancs, pour l'esclavage et pour le Sud, même si aucun d'eux n'aurait jamais assez d'argent pour se payer ni des esclaves ni un arpent de coton. C'étaient de braves pauvres types, assez semblables aux braves cons d'en face, mais moins bien équipés. J'admets que les historiens ont mis le succès des Yankees sur le compte de leurs idéaux égalitaires afin d'enseigner aux jeunes que le Bien triomphe toujours ; mais dans mes souvenirs, ils avaient surtout de meilleurs fusils. À bien y réfléchir, je n'ai connu pareil déséquilibre que lors de la Première Guerre mondiale, bien plus tard, quand les troupes russes se battaient contre les Allemands. Les Russes n'avaient qu'un fusil pour dix combattants tandis que les uhlans débarquaient en trains blindés et testaient sur mes anciens compatriotes les premiers bombardements modernes. Très vite, on apprit à tirer au flanc.

(*Note de l'auteur*: Je ne suis pas crédible avec cette Amérique. Ça doit être faux. Essayer de passer par un autre pays pour retrouver la mémoire. Ça vient avec fluidité mais j'ignore si ce que je raconte m'est réellement arrivé ou pas.)

C'est un livre sur moi, n'est-ce pas? Je ne suis pas là pour vous raconter la guerre. Des récits guerriers il y en a déjà assez, tandis que, grâce à moi, vous tenez en main la seule autobiographie totale écrite à ce jour. Pas publiée, bien entendu. Puisque, à chaque fois que je vais voir un éditeur, ça se termine très mal. Plus les années passent, plus tout ça prend d'importance à mes yeux, l'acte de publier. Alors en ces temps où les jeunes gens «publient» dix fois par jour sur Internet leur «statut» afin de renseigner le monde sur leur état du moment, moi je fais, plus que jamais, ma sucrée. Mais jugez plutôt: tous les autres romanciers sont dans l'incapacité d'achever leur récit de vie. Ils sont face à un dilemme: soit ils mettent le mot «fin» avant de crever et dans ce cas l'histoire n'est pas complète, soit ils aspirent à l'exhaustivité et partent vers les vertes prairies de Nanabohzo le Grand Lapin en laissant derrière eux un ouvrage non fini. Or je suis un vampire. Et je puis à loisir évoquer de son début à la fin ma vie d'homme, puis ma renaissance, puis relire et réécrire sans fin pour améliorer. Pourquoi a-t-on à ce jour publié si peu de récits écrits par les vampires eux-mêmes ? Vraisemblablement parce que mes semblables souffrent d'une terrible forme de perfectionnisme. Autant dire que dans mon cas particulier ça relève presque de la maniaquerie. Je ne compte plus les fois où j'ai recommencé « from scratch » *comme on dit aujourd'hui l'histoire que vous tenez en main. Et c'est à chaque fois le même processus : je prends rendez-vous avec un éditeur. Il accepte de me recevoir malgré les conditions étranges que je lui pose, c'est-à-dire la nuit, c'est-à-dire sans témoins. Parfois je me déplace, parfois il vient courageusement braver les ombres d'un de mes châteaux. Et puis je lui dis que c'est difficile de décider qu'un texte est mûr, qu'il devient publiable. Alors il veut emporter mon manuscrit mais je m'y oppose. J'exige de lui faire moi-même la lecture, à haute et intelligible voix. Dans mes châteaux c'est plus impressionnant. Mais cette cérémonie peut aussi avoir lieu dans un grand bureau, rue Sébastien-Bottin chez Gallimard, dans le Flat Iron Building des éditions McMillan. Puis lorsque j'ai terminé ma lecture, dans les lumières dangereuses de l'aube naissante, l'éditeur ose un petit compliment, propose une avance. J'imagine alors mes mots accessibles au public. Je visualise la couverture de mon livre, et un titre qui ferait référence à la fois à mon état de goule et à la guerre de Sécession,* Autant en emporte le vampire. *Une photo retouchée représentant Hiéléna et Ionas (je m'appelle Ionas, ai-je négligé de le préciser ?) s'étreignant sur fond de ranch en flammes. Caïn armé, prêt à faire feu. Leur enfant. Et je pense à l'imperfection de mon texte, à mon incapacité terrible à rendre compte de la tragédie qui s'est jouée. Alors je prends peur. L'éditeur tente de me retenir mais c'est toujours le même scénario. Je veux partir, qu'il n'y ait pas de témoin de ma tentative pathétique de raconter les choses. À la fin il n'y a pas de roman mais un éditeur qu'on retrouve la tête en arrière sur son fauteuil, saigné à blanc. Et je balance mes pages là où on ne les retrouvera pas, cramées, broyées, répandues dans le premier fleuve qui passe, celui des chiottes s'il n'y a pas de «Seine River» sur mon passage. Et le plus tragique, c'est que je sais dès que je tiens entre mes doigts le corps sans vie de l'éditeur que ce manège va recommencer quelques mois plus tard. À l'instar de la momie de Toutankhamon qui a clairsemé les rangs des archéologues depuis un siècle, il existe un vampire qui décime les éditeurs de fiction et j'ai le regret de vous avouer qu'il s'agit de moi.*

Ils ne se doutent pas, quand avec mes façons précieuses je leur annonce en début de nuit qu'«il est délicat de décider quand un texte est mûr pour la publication», qu'ils vivent leurs dernières heures sur terre. Moi je le sais. Je me connais. Je sais que je ne règle rien. Ni dans mon souvenir incertain de Hiéléna, ni dans ma façon de ne pas achever ce récit. En cela, je suis l'inverse du héros moderne et c'est ce sujet que j'entends pulvériser, c'est mon combat: cesser la hantise. Je me vois reproduire chaque nuit les mêmes actions, je mesure à quel point rien ne m'est jamais révélé, ni réponse ni espoir, et les blessures avec le temps ne se soignent pas. À peine puis-je enrober ma mémoire d'une ironie méchante que me reviennent des images claires et enfantines: le visage de Hiéléna, la certitude qu'elle n'aimait que moi, la rage puérile que j'ai eue lorsque après ma mort je me suis aperçu que les joies dont je rêvais ne seraient pas possibles. Tu ne l'épouseras pas. Tu ne lui feras pas d'enfants. Tu es condamné pour l'éternité à pleurer cet amour. Et puisque ton cœur est brisé, tu ne mourras même pas. Tu resteras sur la croûte terrestre, incapable de passer à autre chose. Pas foutu, même, de raconter ça de façon satisfaisante. Tu es une saloperie de vampire, condamné à regarder les gens derrière les fenêtres closes de leur chambre à coucher. Tu ne peux pas appartenir à leur cycle de vie. Ton libre arbitre se résume à décider si oui ou non tu vas te laisser aller à ton penchant désormais naturel : massacrer les vivants. Jésus n'avait pas demandé à être un dieu d'amour. Tu es un buveur de sang et c'est la faute à pas de chance. Ton horizon est extrêmement limité : boire ou ne pas boire.

Non. Et c'est pour ça qu'il faut raconter sa vie. Je veux explorer à nouveau tous les événements, en examiner chaque détail et triturer tout ça. Pas pour m'y morfondre de façon complaisante mais pour avancer. Je refuse ce diktat selon lequel les morts seraient condamnés à jamais à ne pas résoudre leurs conflits intimes. Il faut tout raconter à nouveau. Il faut comprendre et il faut en tirer des conséquences, afin que mon éternité soit plus douce. J'y vais. C'est la dernière fois que j'écris l'histoire de Ionas et Hiéléna et cette fois je m'en fous. J'y vais comme un taureau idiot, en disant toutes les étapes, en me regardant comme un personnage, sans me parer des oripeaux du héros tragique puisque je suis grotesque. Je veux qu'à la fin tout ça n'ait plus d'importance et laisser Hiéléna où elle est : dans sa tombe. Et tant pis s'il y a ces trous de mémoire, si j'ai le sentiment à chaque fois qu'il s'agit de souvenirs reconstruits. Je dois faire COMME SI *je me souvenais. Il faut passer en force.*

Après quatre ans de guerre nous étions plus brigands que soldats. Il me semble que mon amour pour Hiéléna ne s'est jamais aussi bien porté que pendant cette séparation forcée. Nous nous écrivions énormément, parfois dix lettres par jour, qui mettaient des mois à parvenir à leur destinataire quand elles ne se perdaient pas tout simplement, créant dans la tapisserie de notre idylle des vides et des arythmies propices à la sacralisation. Son médaillon ne me quittait pas et j'avais réussi à me persuader que la photo de ma fiancée qui pinçait les lèvres à la jointure de mes clavicules suffisait à me rendre invincible au combat. J'allais à la guerre protégé par une amoureuse castratrice, aucun péril n'eût pu me toucher, puisque je devais rentrer au ranch, l'épouser et lui appartenir. J'étais son bien et la mort n'avait rien à dire sur cette transaction à condition que je lui sois fidèle. Je crois pouvoir affirmer que je n'ai pas été le seul soldat à croire dur comme fer que l'abstinence sexuelle serait son gage de bonne conduite auprès de la destinée.

On pillait indifféremment les fermes nordistes et sudistes, à condition de ne pas laisser derrière nous d'indices ou de témoins vivants pour nous incriminer. Nous étions également passés maîtres dans l'art d'égarer les lettres de mission et d'arguer d'obstacles imaginaires qui empêchaient notre compagnie de montrer son drapeau au milieu des plus tragiques batailles. Le jour de ma mort, nous étions cachés depuis quelques mois déjà dans une anse d'un affluent du fleuve Mississippi.

Nous avions élu domicile dans l'épave d'un bateau à aubes que nos hommes avaient traîné à contre-courant, comme l'eussent fait chez nous les bateliers de la Volga. Le navire se trouvait amarré par nos soins, transformé avec goût en une sorte de lupanar/garde-manger/dortoir.

(*Note du vampire* : Cesser le flan ! Personne ne va me juger crédible en Américain. Il me semble que je n'ai jamais mis les pieds aux USA avant 1951.)

« Et après ? » se demanda Rebecka.

Dans la salle de bains, autour d'elle, elle aperçut d'innombrables manuscrits, chacun sur un papier différemment jauni, avec écrit « Version guerre des Boxers », « Version Cuba », « Version Pancho Villa ».

« Il ne manque que la Russie, finalement, dans ses Mémoires ! Voilà ce que c'est, pensa Rebecka, d'écrire dans son bain. »

Et elle replongea au fond de l'eau, des bulles lui sortant du nez, les papiers bien rangés sur le carrelage. Pas de gouttes d'eau sur les feuilles.

— C'est la tristesse, fit la mandragore, il se réfugie dans ses gribouillis. Je lui dis, pourtant, que ça ne sert à rien.

Rebecka sursauta. Incapable de se donner une contenance.

— Parfois, il pleure pendant des heures. Il a tort d'écrire. Alors les chats sont encore plus nombreux et ils lui lèchent le visage. Mais ça ne le console pas du tout.

La fille végétale avançait vers la baignoire. Elle s'était rendue parfaitement visible et l'apparition des bourgeons, de sa nudité impudique et de son regard impitoyable fit frissonner Rebecka. Avant que la baigneuse puisse réagir, la fille végétale attrapa un sèche-cheveux électrique et le jeta vers son ennemie. Le séchoir traversa la salle de bains et vint crever la surface de l'eau. Rebecka sursauta. Liane était déçue : l'intruse ne grillait pas.

— Faut le brancher, espèce de conne ! lui lança la brune depuis son bain. J'imagine qu'avec tes branches sur la gueule, tu t'en sers pas souvent, du séch… blg… blub… plgggbbbfbfbf…

La mandragore s'était jetée sur elle, lui avait agrippé les oreilles et lui plaquait le crâne au fond de l'eau. *Bonk !* L'arrière de sa tête tapait la faïence. Rebecka tenta de saisir les bords de la baignoire, s'y cassa les ongles. La saleté verte lui collait des coups de coude dans le nez, la renvoyait au fond. Elle s'assommait à moitié. Ça faisait un bruit assourdissant, personne ne venait l'aider. Rebecka se mit à battre des jambes, elle réussit à sortir brièvement la tête hors de l'eau et poussa un cri.

— Ionas dort bien. Il va pas t'aider, affirma Liane.

Rebecka lui envoya un coup de tête mais le visage de la sylphide était tellement solide qu'elle se fit mal. Liane en profita pour lui balancer une gifle, griffes dehors, bois pas si tendre, ce qui lui mit le visage en sang. La mandragore la replongea dans l'eau. Tandis qu'on la noyait, Rebecka songea à une foule d'arguments sensés pour plaider sa cause, mais il y avait trente centimètres de liquide entre l'air libre et sa bouche. Elle parvint juste à s'emplir les poumons d'eau brûlante. Elle mit alors l'énergie du désespoir à labourer le bas-ventre de la plante malfaisante à coups de genou, mais Liane était trop forte.

X

Ricardo Americano dormait dans sa crypte depuis quelques jours. Lors de sa dernière sortie, il avait ingéré plusieurs dizaines de litres d'alcool fort et il s'était affalé dans l'obscurité, contre la pierre froide, le temps que son corps élimine, afin de reprendre forme humaine. Là, en dessous du niveau de l'eau, protégé par la muraille étanche, il parvenait à trouver un peu de repos, loin de la panique sexuelle.

Aux tréfonds d'un sommeil sans rêves, il se mit à percevoir d'infimes percussions. Il pensa immédiatement que des gens forniquaient pas loin. Son imagination se mit en marche et péniblement, ça le réveillait. Trois étages au-dessus, Liane était en train de noyer Rebecka. Ionas dormait à côté et n'entendait rien. Ricardo perçut les coups réguliers, répercutés par la structure du bâtiment. Il reçut au fond des tympans quelque chose du clapotis de l'eau. Il s'imaginait des choses, en levrette. Puis deux cris retentirent, poussés par deux voix féminines distinctes, qui le tirèrent définitivement de son sommeil. Il ouvrit ses yeux rouges, entaillés d'iris en lames de couteau. Ses veines jugulaires commençaient à gonfler exagérément.

« Pas dès le réveil ! »

Avant de se lever, Ricardo se cogna consciencieusement le front contre le sol. La douleur lui mit un peu les idées au clair et il parvint à se retenir de laisser sortir le monstre. La tête dans les mains, se grattant les cheveux, il se persuada que tout ça n'avait été qu'un songe. Pas de lesbiennes dans le château ! Il fit un état des lieux rapide de sa tenue : le costume Smalto n'était pas sur un cintre, il ne l'avait pas retiré depuis une semaine d'hibernation. Sa propre odeur l'indisposait. Il avait pris son repos comme une bête, dans la crasse et les fluides corporels. Il faudrait se doucher. Boire de l'eau fraîche. Plus tard. Ricardo retomba le nez sur sa paillasse et s'apprêtait à dormir quelques jours supplémentaires quand les cris redoublèrent. Une fille cognait sur l'autre, poussait des cris de jouissance, répandait de l'eau partout. Ricardo se dit qu'elles étaient forcément dans une baignoire et qu'elles avaient un gode-ceinture.

Laissant derrière lui sa veste et sa chemise, le géant italien entreprit de gravir les marches en pierre. Il tenait à peine debout. Il se claqua la figure et, sourire aux lèvres, se dirigea du plus vite qu'il put vers la salle de bains des étages. Il entendait Liou qui braillait « Tiens ! Tiens, salope ! » Son vrai nom, c'était Liane, mais elle tenait au diminutif. Il ne s'était jamais douté que sa colocataire eût pu avoir un tel comportement. Ça lui plaisait. Il commença à grogner et se passa la langue sur les dents. L'autre fille ne criait plus. Il comprenait. Lui aussi, après un orgasme très fort, pouvait sombrer dans un sommeil de plomb. Il se demandait si la jouissance des filles dépendait de leur capacité à mouiller. Dans le jargon pornographique (il avait tourné beaucoup) on disait «*squirt*». «On caresse vigoureusement et c'est une fontaine, ça n'est ni du sperme ni de la bave ni de l'eau. C'est le liquide magique de la jute des filles.» Il s'excitait trop. Il allait encore perdre le contrôle et ça serait la catastrophe. Tandis qu'il parvenait au jardin d'hiver, pour penser à autre chose, l'Italien se saisit d'un des oiseaux tropicaux qui lui voletaient autour de la figure et lui arracha la gorge. Ce petit assassinat l'apaisa un peu. Il cessa de penser aux femmes-fontaines et continua, pieds nus, érection difficile à dissimuler, dans son pantalon en soie dont on ne voyait plus le pli du repassage après la bringue.

Le vampire dormait sous ses chats. «Il ne sait pas ce qu'il perd», pensa Ricardo. Après quoi, arrivant à la salle de bains, le locataire du sous-sol fut bien déçu.

— Tu tombes bien ! dit Liou. Il faut se débarrasser du corps avant que Ionas se réveille.

Liou était arc-boutée une jambe dans la baignoire et une jambe dehors, à tenter de sortir de l'eau une fille volumineuse.

«C'est un peu méprisant quand on dit des Méridionaux que nous aimons ce genre de femmes, songea Ricardo. C'est une façon de prétendre qu'on a des goûts grossiers, qu'on aime en avoir plein les mains. Mais c'est tout de même un peu vrai. Quel dommage qu'elle soit morte !»

Le corps de Rebecka bascula sur le carrelage et elle se cogna la tête contre le bidet. Elle cria, vomit de l'eau et se mit à tousser bruyamment.

— Elle va jamais crever, cette conne ! Passe-moi un ciseau ! demanda Liou.

— On dit une paire de ciseaux et arrête ! C'est quoi ce nouveau truc, de tuer les gens ? s'offusqua Ricardo.

Rebecka continua de régurgiter de l'eau savonneuse sur le tapis de bain et leva les yeux vers le nouveau venu qui empêchait la mandragore de l'assassiner. C'était un TRÈS beau mec couvert de poils. Une sorte de Jeff Goldblum pas maigre et pas juif, sans défauts, quoi ! Javier Bardem en moins espagnol, sans défauts ! se répétait-elle. Il puait. Que des qualités. Il fit un geste parfaitement hypocrite : lui tendre une serviette afin qu'elle se sente mieux, qu'elle n'ait pas l'impression qu'on la regardait toute nue en la zieutant plus attentivement qu'un scanner d'aéroport avant qu'elle ne se couvre.

— Je vais prendre une douche, vous m'attendez à côté, suggéra Ricardo avec un très fort accent italien.

— Vous me laissez pas seule avec elle, ordonna Rebecka.

— Mais, madame, je suis… pas présentable. Je ne savais pas que vous veniez. Je suis très odorant.

— Le vampire dort. Personne me protège. Moi je m'éloigne pas de vous, balbutia-t-elle.

— Bon, fit l'Italien. Je vais dans la douche. Vous… vous restez ?…

— Là, sur le tabouret. Je vous regarde pas, promit Rebecka. Mettez le rideau.

Alors le grand brun se désapa et ferma imparfaitement le rideau de douche. Il ne pouvait s'empêcher de siffler sous l'eau chaude.

— Pas trop fort, l'eau, demanda Rebecka.

— Ah ! Vous aimez ma chanson ?

— Non, pas particulièrement. Je veux être sûre que vous entendrez si la petite pute m'attaque à nouveau.

Liou, qui n'était pas partie et dont les doigts fins tripotaient une lime en acier, fusilla Rebecka du regard.

— Moi je lui fais du bien, dit la mandragore. Je vais pas te tuer, OK. Mais alors tu te casses tout de suite !

— Je n'ai pas l'intention de vous piquer votre amoureux ! se moqua Rebecka. C'est votre amoureux, le vampire ?

— Tu ne sais rien.

— Expliquez-moi, alors ! Ce n'est pas moi qui suis venue le chercher, votre vampire.

— Il veut un docteur, maugréa Liou. Pour se souvenir. Il a tort.

— Qu'est-ce que tu sais de la médecine, toi ?

— Je soigne par les plantes.

Et Liou s'approcha de Rebecka. Elle secoua un peu la tête et du pollen phosphorescent commença à piquer le nez de la psy. Rebecka se sentit vaciller et agita très fort la serviette avec laquelle elle se séchait les cheveux. La poussière végétale se dissipa.

— Qu'est-ce que tu me fais ?

— Il faut PAS qu'il se souvienne, tu comprends ! murmura Liou. Il sait déjà beaucoup trop de choses.

— C'est sa décision. C'est lui qui…

— S'il savait de quoi il ne faut pas se souvenir, il voudrait pas s'en souvenir !

Le sexe battant contre la cuisse, ses mèches de cheveux mouillés tournicotant près des yeux, Ricardo tenta de saisir le sens de cette déclaration sans y parvenir.

— Ouh, tu lui fais de la métaphysique en sortant du bain…

— Dis-lui, Ricardo, supplia Liou. Explique-lui le problème.

— Oui. Madame, il faut que vous arrêtiez d'être aussi belle. Pour moi, c'est un problème.

Rebecka ne put s'empêcher de rigoler. Si elle avait eu le sentiment que le vampire avait un trop-plein d'hormones latines, ce spécimen-là défiait tous les instruments de mesure.

— Non. Ce n'est pas drôle, madame. Le décolleté, là, il me rend fou. Si vous ne le cachez pas…

— Et je le cache où ?

— Je vous assure, arrêtez ! Quand vous parlez, les seins bougent.

Rebecka fut déçue. En une phrase le dragueur latin pouvait donc devenir aussi embarrassant qu'un adolescent la bave aux lèvres. Elle eut une de ses colères imprévisibles et mal placées :

— C'est que de la viande, merde ! C'est vexant, c'est objectivant. C'est pénible ! Vous ne pouvez pas désarmer ça, quand vous regardez une fille.

— Madame ! Arrêtez !

— Oui ! ajouta Liou. Arrête tout de suite ! Et c'est pas du tout de ça que je voulais qu'il te parle.

Mais Rebecka n'écoutait plus personne.

— Vous aussi, vous avez des nichons, non ? demanda-t-elle à l'Italien.

Bien entendu, elle disait ça en anglais, elle disait « *man-boobs* ».

Ricardo, qui trouvait que tout était plus sexy dans la langue d'Hemingway, en fut très ému. Et joignant le geste à la parole, Rebecka posa sa paume sur le torse mouillé du mâle.

— Putain mais toi t'écoutes personne ! hurla Liou.

À côté, le vampire dormait toujours. Il ne fut pas dérangé par le rugissement qui suivit et qui fit trembler tout le château. Sous les yeux de Rebecka et en un clin d'œil, la voûte palatine de Ricardo avait changé, devenant capable de telles vocalises. Sa bouche prenait la taille d'une mâchoire de fauve. Il s'était enfoncé les griffes dans les mains, pour prévenir le jaillissement des poils, des dents, mais la transformation enclenchée, le malheureux ne pouvait plus rien faire pour la stopper. Quelques secondes plus tard, il se tenait devant les filles, sensiblement plus grand qu'avant, le corps recouvert de fourrure et une gueule bestiale à la place du visage. Rebecka avait sauté en arrière. Elle cherchait la porte.

— Non. Ça va, fit le loup. J'arrive tout de même à me retenir de massacrer les gens.

— Donc les… les loups-garous, ça existe aussi, constata Rebecka.

— Je ne sais pas, répondit Ricardo.

— Si. Quand même. Là, même sans disposer de grandes capacités d'observation…

— C'est pas ce que vous croyez. C'est pas pour le sang. C'est pour embrasser des filles.

Rebecka se mit à rire.

— Ça vous fait marrer, grommela le loup. On voit bien que c'est pas à vous que ça arrive. C'est une vraie addiction. Et je garde cette gueule tant que j'ai pas embrassé… l'objet du désir.

— N'insistez pas, fit Rebecka. Je ne vais pas vous aider à régler ça.

— Je me doute bien. C'est tout mon drame. À l'état normal, je ne suis pas répugnant. Mais quand j'ai ce manque, personne ne peut avoir envie de moi. Alors comme j'ai une déontologie, je ne viole pas les femmes que j'aime. Parce que c'est toujours de l'amour, hein ! Même pour une minute, c'est de l'amour. Mais bon. Je suis obligé de mettre au point des techniques pour qu'on me désire… malgré mon physique. Vous voulez que je vous fasse une technique de drague ?

— Non. Mais sans rire, c'est une vraie maladie. Vous devriez consulter, suggéra Rebecka. Ça porte un nom, cette névrose ?

— Le vampire se fout de ma gueule, il dit que je suis le Loup-Dragou.

— C'est pas ça que je voulais que tu lui expliques, grogna Liou.

— Oui. Voilà. Pardon, fit Ricardo. Soit vous partez pour de bon, madame, soit on vous tue. Et si vous parlez de notre existence…

— Excusez-moi, l'interrompit Rebecka, mais vous lui faites quoi, au vampire ? Vous le shootez pour qu'il se souvienne de rien ? C'est cette manigance-là que je mets en danger ?

— Pas ça ! beugla Liou. C'est pas vrai ! Je lui invente des histoires !

— Oui. Vous lui mentez.

— On sait pas, répondit Liou. Avant sa mort, tout ça. On sait pas. Et le peu qu'on sait c'est pas génial. Alors on se raconte comment c'était dans notre enfance, lui et moi. Des fois tu te dis que c'est tellement la merde d'être une grande personne que tu DÉCIDES de redevenir petit.

— Je suis atterrée ! fit Rebecka. Au lieu d'inventer des mensonges rassurants, il faudrait creuser dans ses vrais souvenirs. J'ai l'impression que pour un vampire les circonstances du décès sont un peu comme le moment de la naissance pour les humains. Je me dis aussi que les premières années à être vampire, c'est comme la petite enfance pour nous, enfin pour moi. Comment peut-il se construire si personne ne se souvient de rien ? Vous vous enferrez dans une spirale extrêmement malsaine. Ce que je devrais faire, comme thérapeute, c'est vous consentir un tarif de groupe. Et vous ? Vous vous souvenez dans quelles circonstances vous…

— Tu vois, mon loup, elle comprend rien. On aurait dû la tuer, fit Liou.

Et sans laisser à Rebecka le temps de faire quoi que ce soit, la mandragore lui immobilisa les mains et se mit à agiter fortement la tête d'avant en arrière. Rebecka pensa au vent dans les feuilles.

— Doucement ! fit le loup. Moi aussi tu m'endors.

La vision de Rebecka se brouilla.

— Ne me tue pas, parvint-elle à articuler avant de s'effondrer.

Pendant ce temps, voyant que le calme revenait, les chats recommencèrent à s'agglutiner sur le vampire endormi.

XI

Les jardins du laboratoire d'anatomie comparée de l'université Miskatonik d'Arkham étaient quasiment déserts le week-end, ce qui autorisait au professeur Lovecraft quelques promenades hors de son bunker sans éprouver sa santé mentale.

Comme beaucoup d'occultistes, il avait la phobie des contacts humains, des regards trop directs, des échanges – même involontaires – de fluides organiques. Il craignait aussi les pigeons et disposait d'une longue canne dont il battait sauvagement l'air sur son chemin.

Certains buissons poussaient devant les fenêtres de ses appartements, depuis lesquelles il avait vu quelques mois auparavant des élèves planter des essences psychotropes, cannabis et champignons. Lovecraft s'était mis à photographier et répertorier les petits libéraux responsables de cette activité mais s'était bien gardé de les dénoncer.

Envisageant dans cet événement comme une occasion inespérée de disposer de cobayes humains sans passer sous les fourches caudines des administrations scolaires, l'occultiste avait peu à peu remplacé le cannabis par d'autres plantes bien plus anciennes, dont il modifiait les boutures chaque semaine, sans manquer de se renseigner sur les dérèglements organiques dont pouvaient être affectés les étudiants consommateurs.

Comme la plupart des élèves de la Miskatonic se bousculaient à son cours, il n'était pas compliqué pour Lovecraft de faire chausser à Phlorian des lunettes de Tindalos et de faire passer sans le leur dire aux intoxiqués un examen d'imagerie interne.

Vu de l'extérieur, Phlorian passait pour un type normal : on le prenait pour un colosse emmitouflé sous un ciré de marin même en plein soleil et qui sentait les fruits de mer parce qu'il ne devait pas être très porté sur l'hygiène. C'était injuste car le fidèle serviteur du professeur était plutôt propre, mais il ne pouvait pas dévoiler au monde sa nature réelle. Phlorian était un « profond », entendez par là un grand poisson quadrupède aux yeux de faïence offrant d'indubitables similarités avec la Créature du lac Noir, en relief et, malheureusement, odorama. Il dissimulait ses écailles et ses appendices palmés sous un imperméable, un bob ciré et des gants de cycliste. Quant à son groin de rascasse et à ses dents pointues et translucides comme celles d'un congre, il les cachait sous des lunettes de soudeur et une marinière à col roulé. Il ne fallait pas qu'on voie qu'il existe de tels monstres. Restaient le remugle lacustre et les fluides glandulaires, dont la gigantesque chose ne contrôlait qu'imparfaitement les dégazages.

Le jour déclinait ce vendredi quand le professeur se dirigea vers l'allée où étaient plantées les drogues expérimentales. Une moustiquaire tenue à bout de bras palmés par Phlorian permettait à Lovecraft de ne pas inhaler les innombrables abominations microscopiques charriées par le « bon air du soir ». Son bâton antipigeons fauchait joyeusement l'espace devant lui. Bien qu'il ait toujours à l'esprit que derrière l'infime pellicule de bleu qui nous sépare du néant le ciel est désespérément noir, Howard Phillips Lovecraft souriait.

Il avait l'allée pour lui et s'apprêtait à inoculer aux plants que fumaient les étudiants une souche extraterrestre du bacille de la variole. « Cette semaine je leur offre ça. Si j'ai bien calculé mon coup, les vésicules nécrosées ne devraient se former qu'à l'intérieur de leurs organismes et sur les parois des muqueuses, ce qui évitera des paniques collectives. Je les laisse incuber une quinzaine de jours et je repique les plantes avec un antidote. Ils ne sauront même pas qu'ils ont été malades et pour une fois pendant leurs longues études, ils auront aidé la science. »

L'optimisme primesautier du professeur cessa quand il vit la plantureuse juive endormie sur les graviers de l'allée, le corps très imparfaitement recouvert d'une serviette de bain et les cheveux enturbannés. Cette créature lui rappelait sa première épouse, connue dans une autre vie, source probable de ses préjugés ethniques.

« Elle a fumé ! Je me tue à n'inoculer mes inventions qu'aux étudiants et cette probable électrice d'Obama vient tout consommer sans autorisation. Réveillez-la, Phlorian ! Qu'elle ne nous fasse pas un coma ! Ah ! Cette faculté qu'ils ont de toujours attirer l'attention sur eux ! »

Lovecraft avait raconté à son serviteur amphibie tant d'horreurs sur les juifs que l'homme-poisson n'osait pas s'approcher de Rebecka.

« *Goddam !* Il faut tout faire soi-même », jura Lovecraft en cognant sur les genoux de la jeune femme à l'aide de sa canne antipigeons.

La psychanalyste s'éveilla presque à poil dans le jardin de l'université, face à un Lovecraft recouvert d'une moustiquaire, qui lui tapotait les jambes. Derrière le vieux fou se tenait une sorte de géant aux traits dissimulés sous une panoplie de marin, qui sentait fort le nuoc-mâm malgré la brise crépusculaire.

— Debout ! Droguée ! Dépravée ! Debout ! Suivez-moi ! Si on vous ramasse dans cet état, on va arracher mes plantes et votre stupidité aura compromis une expérience de première importance.

Rebecka eut beau protester qu'elle n'avait ni coupé ni mangé ni abusé d'aucune essence locale, son hébétude lui interdisait de se rebeller. Elle suivit docilement Lovecraft dans son domicile de fonction.

— Vous pouvez arrêter avec la canne, maintenant ? demanda-t-elle. J'ai les jambes couvertes de bleus !

Dès qu'ils eurent passé la porte, Rebecka voulut se sauver mais Phlorian barrait le passage. Lorsqu'il écarta vivement les bras pour l'empêcher de passer, la captive aperçut distinctement des écailles entre son pull rayé et son pantalon, ainsi que sur ses poignets, là où les mitaines s'écartaient des manches. Rien ne semblait familier dans ce laboratoire effrayant. Ni dans les vitrines, ni sur les paillasses, ni même sur les écrans d'ordinateur. Au milieu de la pénombre scintillaient des armes d'un autre monde, des squelettes à la morphologie inintelligible, des membres et des organes baignant dans un liquide de conservation qui n'était pas du formol, tout semblait extraterrestre ou tellement déformé que ça ne relevait plus de l'espèce humaine.

Des alphabets incompréhensibles lui sautaient aux yeux, dont la calligraphie, scintillant sur les claviers, faisait vaciller la raison. Plusieurs maquettes à la géométrie impossible lui donnaient le vertige. Elles projetaient leurs ombres sur une carte du ciel où aucune étoile n'occupait sa place habituelle. Pour finir, les pieds nus de Rebecka piétinèrent sans le vouloir des relevés topographiques de la région où circulaient des routes dont elle eût pu jurer qu'elles étaient inventées. Des chemins jamais vus, menant à des agglomérations qu'aucune autre carte officielle ne répertoriait. Et du nom de ces villes s'envolaient des ficelles de laine rouge reliées à des photographies de temples et de mausolées en basalte, en obsidienne, en pierres vieillies comme des châteaux cathares. Mais personne jamais n'avait observé de tels bâtiments aux lieux indiqués.

— Attache-la, Phlorian ! Non ! Pas les jambes jointes, elle pourrait s'enfuir ! Chaque cheville entravée séparément, de part et d'autre du fauteuil. Les mains aussi, qu'elle ne fiche pas du sébum partout ! Vous m'entendez, ne touchez rien ! Et les yeux !

— Ça suffit vos plans SM, oui ! Vous allez me foutre la paix !

— Que faisiez-vous droguée dans le coin du jardin ?

— Je n'ai pas pris de drogues.

— Voulez-vous que j'en réfère à la direction de l'université ? Non, alors tenez-vous tranquille ! Mon assistant va effectuer quelques prélèvements. Phlorian ! Je souhaite une prise de sang et un frottis de la muqueuse buccale, après quoi nous lui ferons fumer l'antidote. Elle a dû abuser des cristaux que j'avais bouturés lors de ma dernière intervention. Peut-être que l'ascendance cosmique de son métabolisme la prédispose à…

— Je vous dis que je n'ai rien fumé ! J'étais chez un patient, un vampire, et sa… colocataire m'a droguée.

— Droguée ! Vous voyez !

— On m'a forcée, zut ! Je vous explique que je soigne un vampire.

— Les vampires n'existent pas.

— Et les vertus de la psychanalyse non plus, c'est ça ? Ainsi on était lui et moi entre créatures imaginaires. Vous allez me détacher, oui !

— Phlorian, laisse tomber le frottis, je veux un échantillon de ce qui se passe dans les cils de sa cloison nasale.

L'amphibien qui s'apprêtait à enfourner dans la bouche de Rebecka une sorte de spatule en bois comparable à celle des esquimaux glacés des cinémas se ravisa. Extrayant d'un tube stérile une espèce de coton-tige, il le fit pénétrer sans douceur dans la narine droite de Rebecka avant de lui imprimer un très désagréable mouvement giratoire.

— Aïeuu ! Mais ça suffit !

— Silence, mademoiselle. Vous vouliez mon aide, vous l'avez ! trancha Lovecraft.

Le monstre marin plaçait à présent le contenu morveux de sa pêche dans une centrifugeuse qui émit toutes sortes de bruits liquides avant qu'un écran se mette à afficher en trois dimensions les résultats, rédigés comme il se doit dans un idiome vernaculaire.

— Cannabis !

— Vous vous foutez de moi ? se récria Rebecka.

— Ou du chanvre, ou du coquelicot. Mais extrêmement concentré, précisa le vieux cinglé.

— Elle a juste agité ses espèces de branchages et ça m'a saupoudrée…

— Qui ?

— Une fille en bois.

— Un vampire, une mandragore à présent ! Quel romantisme enfantin ! Continuez comme ça et le Fantôme de l'Opéra va venir jouer *La Traviata* sous vos fenêtres chaussé de souliers à boucles.

— Vous croyez que j'ai l'air de plaisanter ? Détachez-moi, je vous prie, et laissez-moi aller m'habiller décemment.

— Vous ne partirez pas d'ici tant que je ne saurai pas la vérité ! Phlorian, couvrez-la puisqu'elle a des pudeurs ! À voir la façon dont vous exhibez vos pattes postérieures et vos mamelons lors des réunions de professeurs, ça serait bien la première fois !

Phlorian détacha Rebecka et lui tendit une blouse d'hôpital de couleur vert triste. La camisole se fermait dans le dos, à l'aide de sept petits cordons. C'était le genre de vêtement censé faciliter les soins prodigués aux patients puisqu'il laissait visibles et le dos et les fesses de celui ou celle qui le portait. Rebecka s'abrita derrière une pyramide de quartz ornée de calamars afin d'enfiler la blouse, en râlant. Ne souhaitant solliciter ni le triton ni le vieil aliéné, elle noua elle-même les sept cordelettes, avant de se glisser dans le vêtement comme elle aurait fait avec un long t-shirt.

— Vos plans fétichistes, grogna Rebecka, ça ne m'intéresse pas non plus !

— Comprenez-moi, chère... collègue – le mot lui écorchait la bouche –, s'il y avait des vampires en costume trois-pièces élégants et amoureux, des mandragores nées de la turgescence et du désespoir des étudiants endormis le vit à la main sur les pages de Hölderlin, des créatures de Frankenstein délicates et honteuses de ne pas maîtriser leur puissance, je ne serais pas là ! Vous ne verriez pas toutes les abominations qui pendent dans cette pièce et dont je repousse les invasions depuis bientôt deux siècles ! Mademoiselle, ce contre quoi nous nous battons, ce n'est pas ça ! L'horreur existe, l'horreur est partout, l'horreur est indicible !

» Vous ne pourrez pas la circonscrire dans une forme aussi satisfaisante pour les aspirations humaines qu'un vampire ! Il existe bien des êtres qui se nourrissent de sang mais les cônes et les bâtonnets de votre cornée ne pourraient même pas les visualiser. La réalité, mademoiselle, c'est que l'humain est une poussière insignifiante et accidentelle déposée sur l'échine de puissances aveugles, terrifiantes et si anciennes que vos lèvres échoueraient si elles tentaient de former les syllabes de leurs noms abhorrés.

— Tout ça je ne sais pas, répondit Rebecka, mais moi je dois retourner chez le vampire parce que ma moto est là-bas et je ne supporte pas qu'on déconne avec ma moto.

— Définissez « vampire », demanda Lovecraft.

— Un type de cent ans qui a l'air d'en avoir vingt-cinq.

— La vie éternelle, ça m'intéresse.

— Vous ne l'avez pas déjà ?

— Non. Moi j'ai altéré… je dois m'injecter… ça ne vous regarde pas, mais la vie éternelle… vous n'imaginez pas ce que pourrait rapporter le brevet !

XII

Le miaulement pénible des chats tira le vampire de son sommeil. Ils faisaient leurs griffes sur son vêtement, ils le piétinaient, conscients de ne pas risquer grand-chose. Ce vampire ne tuait plus leurs semblables.

« Je me lève crevé. J'ai rêvé de la psy. Elle prenait son petit air pète-sec avec lunettes. Je jouais la comédie de l'analyse pendant un moment, puis je me levais, je disais "Ça suffit", je la plaquais au mur et je la saignais comme une vache. Mon problème, c'est que je ne tue qu'en rêve. Mon trouble, c'est trop d'impressions, pas assez de souvenirs. Je suis dans les limbes. »

Le vampire écarta le rideau d'un geste théâtral, enjamba la fenêtre en bois déglinguée et se jeta dans le vide. Avant de s'élancer vers un lieu habité, il voleta trois fois autour de son château pour inspecter les environs, c'est alors qu'il avisa la Triumph garée devant les douves.

Il descendit près du bolide et sans poser le pied à terre se mit à respirer la selle et le guidon, promenant son index sur les lanières de cuir des souliers à talons qui pendaient encore le long des poignées de frein. Il remarqua sans peine les traces de pieds nus menant chez lui. Puis, toujours voletant à soixante centimètres du sol, il refit le parcours qu'avait effectué Rebecka la veille. Inspectant chaque tache de boue séchée, chaque reliquat olfactif, il s'aperçut bien vite que dans la salle de bains quelqu'un d'autre avait fait du rangement.

— Liou !

La plante verte ne répondit pas. Quand elle se planquait, c'était qu'elle n'avait pas la conscience tranquille. « On verra plus tard, décida le vampire. D'abord, j'ai faim. »

Tandis qu'il volait vers son dîner, Ionas se demanda si Liou avait pu tuer Rebecka. « La moto est toujours garée ici. Et cependant il n'y a plus de docteur. J'aurais senti du sang s'il y avait eu un meurtre chez moi. Mais si ça s'est passé ailleurs ? Non. Liou n'est pas si méchante », tenta de se rassurer le monstre. Il s'aperçut alors de l'absence de la voiture italienne. Bien entendu, ça ne voulait peut-être rien dire. Mais si la mandragore avait demandé au loup de faire disparaître un corps…

« Je n'ai pas dit clairement à Rebecka pourquoi j'avais besoin de ses services : je ne tue pas mes victimes. Pendant des années, j'y ai vu un motif de fierté. Je m'étais persuadé que je valais mieux que d'autres vampires, puisque la survie des dormeurs à qui je vole du fluide me tenait à cœur. Comme si j'étais plus gentil que les autres. Cher docteur, je viens vous voir parce que je ne parviens à tuer personne. Je mords mes victimes sans conviction et d'une seule dent, je leur prends très peu de sang et je m'efforce de ne pas laisser d'indices de ma présence. Rien de tout ça n'arrive à cause de ma prudence, ou de ma considération pour les vivants, ni même parce que je serais lâche. Je fais un blocage, docteur. Voilà ce qu'il faudrait lui avouer. J'ai vécu un événement traumatisant dont je ne me souviens pas. C'était il y a cent ans, j'en conviens, mais ça me hante encore, je suis encore dans le monde où quelqu'un est mort, ce sont les mêmes agencements. C'est absurde car ça n'existe plus que dans mon crâne. Et c'est flou ! Je ne sais pas qui c'était, je ne me souviens pas des détails. Je me rappelle juste que tout est de ma faute. Et ça m'empêche d'agir de façon instinctive. »

L'air de la nuit lui fouettait le visage, il descendit vers le sol, le bas de son manteau militaire s'accrochant aux barbelés d'un champ. Il se força à mordre du gros bétail. On croirait à une chauve-souris sud-américaine ayant perdu son chemin. « Lorsque je mords des vaches, ça n'est pas seulement par souci de discrétion. Je crois que je veux m'avilir. J'ai besoin d'un docteur pour faire sauter toutes ces barrières et pour enfin réapprendre le meurtre. Me désinhiber, voilà. »

Il volait près du sol, ses croquenots frôlant l'herbe sèche. « Une bête à l'écart du troupeau fera l'affaire. La grosse vache somnole sur ses quatre pattes, je la mords près de l'épaule, elle ne sent rien. Je voudrais faire l'effort de la tuer vraiment. Je ne peux pas avaler tout son sang, j'en gâcherais, aucune importance, j'aimerais juste me prouver que je peux tuer. Je m'interromps après quelques lampées, je n'assassine même plus les bêtes. »

Il s'était repu de mauvais sang animal. Assez pour se couper la faim et n'avoir plus rien à faire jusqu'à l'aube. La fatigue extrême où l'on se trouve durant ces longues nuits, quand on cherche ce qui pourrait remettre en marche le cœur et donner l'illusion que les choses évoluent vers une résolution. Le sang de vache irriguait les synapses du mort vivant qui redevenait moins bête. La psy était venue. Elle avait dû le voir endormi et repartir sans sa motocyclette. Si Liou ne l'avait pas tuée, elle avait appelé pour qu'on vienne la chercher au château ? Eu égard à l'état de la moto, elle n'avait pas pu repartir avec. Liou aurait demandé à Ricardo de l'aider. Peut-être que toute cette histoire ne relevait que du covoiturage ? En étaient-ils capables, ces deux-là, de se dévoiler à une humaine sans l'assassiner ?

Il n'avait pas rendez-vous avec Rebecka avant la semaine suivante. Les psychanalystes, à l'instar des autres religieux, semblent ne vivre que pour cette ritualisation permanente des relations humaines. Le vampire respectait ce genre de manies. Mais ça ne lui ressemblait pas. Quand on vit une longue nuit sans famille ni descendance, on devient très adepte du caprice. Et lorsqu'on veut une chose, on fait de son mieux pour l'obtenir tout de suite.

Ionas décida de retourner chez Rebecka. « Si elle est réveillée, nous discuterons, et si elle dort, je l'observerai sans qu'elle le sache. Et je ferai de mon mieux pour ne pas la mordre sans autorisation. Mon cerveau prend toujours les chemins tristes, il doit être aussi mort que le reste de mon organisme et affiche un malin plaisir à se souvenir de la femme que j'aimais quand je vivais, un visage au milieu du brouillard. Je voudrais bien penser à quelqu'un d'autre. Il faudrait voir si ce que je ressens pour Rebecka pourrait faire l'affaire. Je tombe amoureux d'elle. Et je la mords tous les soirs. Juste un peu afin qu'elle mette très longtemps à en mourir. Mais il faudrait ça, se droguer à quelqu'un d'autre afin que l'esprit ne prenne plus en permanence des chemins tristes. »

Il voulait voir Rebecka tout de suite. Pour lui parler. Pour la mordre si elle l'y autorisait. Et, sans oser se l'avouer, il voulait être certain que Liou ne l'avait pas massacrée.

« C'est éteint chez elle », constata le vampire en arrivant près de l'université Miskatonic. Il s'approcha et remarqua avec anxiété que la fenêtre à guillotine de chez Rebecka était grande ouverte. « Je la croyais plutôt du genre à se claquemurer. » Il se plaqua contre le mur de briques et tendit l'oreille. Rien. Crapahutant sur la façade comme une grosse araignée, il se faufila par l'ouverture. Son nez pointu s'emberlificotait dans le rideau. Il espérait que la dormeuse ne le voyait pas, car plus il essayait de se libérer du rideau, plus ses mouvements ressemblaient à ceux d'un acteur du cinéma burlesque. Puis, incapable d'affecter la discrétion qu'on attend des êtres de la nuit, il fit tomber une petite horloge vénitienne sur le parquet. Tandis que se brisait au sol le mécanisme délicat, Ionas se plaqua au plafond. Dans le bureau de la psy, rien d'autre ne bougea. Alors, imitant les gestes d'un nageur de brasse coulée, il voleta vers la chambre à coucher. Quand il aperçut le lit vide et pas défait, la chemise de nuit pliée sur la chaise et ne vit aucun téléphone portable sur la table de nuit, il commença à s'inquiéter. Lourd comme une pierre, le vampire se laissa choir sur la moquette de la chambre. Ses yeux de chouette balayaient la pièce : toujours rien. Puis il tourna les talons, fit mine de s'en aller en marchant bien lourdement, les semelles touchant le sol comme un vulgaire mortel. Il prenait la démarche du type convaincu qu'il n'y a personne dans les lieux. Alors qu'il enjambait la fenêtre, il entendit le bruit tant redouté : une expiration de soulagement, accompagnée d'un imperceptible craquement de bois. Ionas se retourna brutalement et déclencha un courant d'air terrible dans la pièce tandis qu'il volait vers Liou. La petite mandragore se trouvait dans le placard, serrée contre un grand Méditerranéen à chemise ouverte et à tête de loup.

— C'est pas du tout ce que tu crois ! s'écria Liou.

— Où est Rebecka ? demanda le vampire, toutes griffes dehors. Et lui ? Qu'est-ce qu'il fait là ?

— Il veut rien faire de mal.

— Tu parles ! Je sais très bien ce que tu fais aux filles, Ricardo !

— Mais non, copain, c'est pas du tout ce que tu t'imagines. D'ailleurs elle et moi on s'est parlé hier, on s'entend très bien, mais…

— Sa moto est tombée en rade, Ionas. Alors ce matin, on l'a raccompagnée. Et Ricardo, tu vois bien, il a sa tête de loup depuis qu'il l'a vue, alors il voulait…, tenta Liou.

— Discuter avec elle, pour qu'elle comprenne le problème, expliqua Ricardo.

— Et si elle comprend pas, tu l'embrasses de force, c'est ça ?

— Parce que toi tu demandes la permission aux gens avant de les mordre peut-être ?

— Qu'est-ce que vous avez fait de mon docteur ?

— Mais rien, je te jure, c'était vide, assura la mandragore.

— Liou, ça ne serait pas la première fois ! Je te jure que je commence à m'interroger sur toutes ces filles bien que je rencontre et qui pour des raisons mystérieuses ne reviennent jamais.

— Tu me feras jamais confiance, n'est-ce pas ?

Et en disant cela, Liou se mit à pleurer.

— Non, tu arrêtes ça, gronda Ionas, parce que c'est du chantage affectif puéril, parce que là je te parle de la vie de quelqu'un, alors tes enfantillages…

Mais Liou s'assit par terre comme une gamine, pleura encore davantage et se moucha dans les robes de la psychanalyste.

Ionas leva les bras au ciel, tourna plusieurs fois dans la pièce en volant tellement tout ça l'agaçait.

— Mais dis-lui, toi, qu'elle exagère ! lança-t-il à Ricardo Americano.

— Non, je suis désolé, Ionas, mais ce coup-ci je ne suis pas dans ton camp, grommela le lycanthrope. Même moi, tu sais, tu me déçois. Tu doutes de Liou, tu doutes de moi, je vais te dire, le maillon faible de notre colocation, à mon avis, ça serait plutôt celui qui fait pas confiance à ses amis les plus proches. On se connaît depuis combien de temps, hein ?

À cet instant on entendit hurler Rebecka. Ionas se jeta sur le loup, le saisit à la gorge.

— Où elle est ? Je te préviens que…

Le loup lui retourna une beigne, avec griffes et chevalière pour appuyer sa thèse. Quand le vampire calmé atterrit à l'autre bout de la pièce, Liou ajouta :

— On te dit que c'est pas nous, ça te va ?

— Chut ! leur cracha Ionas.

— Oui, ben « chut », ça sert à rien, elle crie plus, fit remarquer le loup.

— Elle était peut-être en train de se faire assassiner par quelqu'un, et là, c'est fini. Si elle est déjà morte, on n'entendra plus rien, remarqua Liou.

— Si vous n'avez rien de plus utile à dire, vous rentrez au château, trancha le vampire.

— Oh, puisque c'est proposé comme ça, je m'en vais, marmonna le loup.

Et il marcha vers la porte d'entrée, signifiant à Ionas que vraiment, quand on est traité de la sorte, on n'a pas du tout envie de se rendre utile.

— C'est dommage, tu vois, parce que moi, avec mon flair, je te retrouve qui tu veux dans le périmètre de ce campus. Ma truffe elle sert pas que pour la poudre, tu sais.

— Oui, bon, pardon, aide-moi, demanda le vampire.

— Tu vois, c'est ça que je voulais entendre, répondit Ricardo.

— Laisse tomber, il est trop orgueilleux, laisse-le avec sa victime, ajouta Liou.

— Aidez-moi, pardon, merde !

— Merde, s'il te plaît ? demanda le loup.

Rebecka hurla à nouveau. Liou fit remarquer que c'était bon signe : elle n'était pas encore crevée. Le loup-dragou écarta ses volumineuses narines et les millions de récepteurs olfactifs que contenait cette merveille biologique se mirent à analyser les informations.

— Je sens de la boue, beaucoup, et vraisemblablement des linges de personne âgée, des tissus qui datent du siècle dernier, du tweed, des vapeurs qui picotent, matériaux chimiques. Suivez-moi.

Nez contre terre, il sortit dans le couloir, bifurqua à droite et indiqua l'escalier.

— Bingo ! Ça sent ce parfum si subtil et affolant dont s'asperge ta psy bien-aimée !

Il se précipita à l'étage en dessous. Aussitôt des scanners dardèrent vers lui des faisceaux tremblotants verts, puis un mécanisme cliqueta, après quoi plusieurs petits points lumineux rouges apparurent sur la chemise en soie sauvage de Ricardo Americano le loup-dragou, qui eut à peine le temps de hérisser ses poils, de se jeter à terre et de se demander si ça existait, ou non, ce fameux sixième sens que l'on prête aux lycanthropes. Des armes à balles argentées firent feu dans le couloir, comme si le logement du professeur Lovecraft avait été équipé d'une console Kinect capable de déterminer l'espèce tératologique d'éventuels intrus et de leur infliger la réponse appropriée pour qu'ils ne s'attardent pas sur le paillasson.

— Insistez de ce côté, dit Ionas, je passe par la fenêtre.

— Insister quoi ? Je suis pas *bullet proof* ! Regarde, regarde ma chemise !

— Les balles ont tapé plus haut, lui fit remarquer Liou en indiquant les impacts sur le mur.

— Je n'en disconviens pas, rétorqua le loup, mais elle est froissée. Et… attends, c'est extrêmement grave !

— Quoi ?

— Ça, je te jure que quelqu'un va me le payer. Un bouton manque !

— C'est pas de maintenant, c'est le bouton du ventre, tu sais très bien que tu prends systématiquement des tailles trop petites, dit Liou.

— Mais absolument pas ! Chez Kenzo ils n'habillent que des gens de ma corpulence, je veux dire carrés. Non. C'est tombé dans ma chute. Bordel, Liou, c'est pas des boutons qu'on trouve facilement.

Et tout à son obsession de sapeur, le loup-dragou s'élança à quatre pattes dans le couloir à la recherche du bouton égaré.

— Phlorian, demanda Lovecraft, veuillez pincer à nouveau notre prisonnière afin d'ajouter à la confusion de ses compagnons.

Rebecka, révoltée, tentait de réagir, mais elle était attachée dans une position sensiblement identique depuis le milieu de la journée. Elle s'efforça de ne pas hurler lorsque Phlorian la pinça.

— Phlorian ! Je vous ai demandé de la faire hurler ! Voulez-vous bien vous intéresser à votre travail ! Trouvez quelque chose qui provoque vraiment ses cris !

— Mmoumouhhh, répondit Phlorian, un peu désemparé.

— Je ne sais pas, moi, recourez à votre imagination.

À l'extérieur du bâtiment, les grandes oreilles ourlées de Ionas subissaient tous les signaux sonores alarmants qui provenaient du dedans : les hurlements de la délicieuse Rebecka, les déflagrations de balles argentées et les grognements de Ricardo qui trouvait intolérable qu'on ne le laisse pas tranquillement retrouver son bouton de chemise. Jugeant qu'il y avait danger pour ses amis, et n'ayant que peu de souvenirs de l'époque où il était soldat, le vampire se rua chez Lovecraft, tête la première et sans aucune stratégie préalable. Son crâne glabre traversa la fenêtre en provoquant une explosion de bouts de verre extrêmement coupants. Il se fichait de la douleur et avait bien l'intention, une fois qu'il aurait déterminé qui vivait dans cette pièce et ce qui s'y passait, de terroriser l'assemblée afin de ramener dans cet établissement universitaire un semblant de calme. Un coup brutal sur l'occiput mit fin à son projet, le gigantesque Phlorian venait de lui écraser une béquille sur la tête.

Il s'évanouit. Puis fut réveillé par Rebecka qui continuait de brailler, mais pour l'engueuler cette fois : on n'avait pas idée d'être aussi bête ! Un assaut ça se prépare, on ne se jette pas ainsi dans la gueule du loup. À propos de loup, Ionas constata que Ricardo était attaché pas loin de lui, à l'aide de matériel médical : des camisoles et des ceintures de cuir rembourrées de laine qui n'avaient pas l'aspect du neuf.

Liou n'était pas visible. Quant à lui, le vampire s'aperçut qu'il était assis et attaché. Phlorian, pour une raison que Ionas ne parvenait pas à expliquer, tenait Rebecka par les cheveux et lui agitait mollement la tête.

— Vous pouvez demander à votre gros débile d'arrêter de me décoiffer ! se plaignait Rebecka.

— Phlorian, cesse ! ordonna le professeur. Il n'est plus nécessaire de la faire hurler à présent, puisque ses amis ont accouru à son appel. C'est remarquable, n'est-ce pas ! Cette créature amphibie qui est née sous les océans avant que la Pangée se sépare en divers continents comprend d'instinct que si on vous décoiffe, vous vous mettez à crier.

— Ce qui va surtout se passer, c'est que vous allez vous faire virer de l'université, oui ! Vous voulez que j'établisse la liste de ce que je subis dans votre laboratoire depuis ce matin ! Mon vieux, je vais vous coller le syndicat enseignant, les associations féministes et les associations juives sur le dos, vous êtes à deux doigts du crime contre l'humanité !

— L'humanité, chère collègue, n'est qu'un accident passager dans le choc de forces aveugles dont vous pouvez remercier la Providence de vous laisser ignorante. Vous devriez considérer comme une chance votre étroitesse d'esprit car si vous étiez capable, ne serait-ce qu'un instant, de comprendre les motivations profondes des puissances cosmiques qui gouvernent les choses, vous sombreriez irrémédiablement dans la folie.

— C'est marrant, fit Ionas, vous parlez comme dans les bouquins de Lovecraft.

— Vous avez lu mes livres ? demanda le professeur qui se radoucit aussitôt (mais ne libéra pas ses prisonniers pour autant).

— Attendez ! s'exclama Ionas. Vous êtes en train de me dire que vous seriez LE Lovecraft. Vous ne vous rendez pas compte ! C'est impossible, il aurait près de cent cinquante ans…

— Et vous, mon garçon, quel âge vous donnez-vous ?

— Non mais moi c'est différent, moi je suis un… oh ! Vous êtes un vampire aussi ?

— Les vampires, ça n'existe pas.

— En tout cas, je suis confus d'avoir brisé vos fenêtres. Vous ne vous rendez pas compte, j'ai lu tous vos ouvrages, je suis un grand admirateur. Si on fait la liste des gens qui ont réellement compris le tragique, après Sophocle, il y a quoi ? Kafka et vous, c'est tout ! Bon, Hölderlin éventuellement mais…

— Vous voulez pas nous détacher d'abord et parler littérature ensuite ? demanda le loup-dragou qui n'aimait pas trop froisser les manches de son blazer dans des sangles d'hôpital.

Lovecraft se désinfecta les mains. De la façon dont il était attaché, Ionas ne pouvait voir les instruments qu'il manipulait. Mais la façon dont ses camarades ouvraient des yeux terrifiés ne le rassurait pas. En tant que vampire, il avait une sainte terreur des dentistes. Ce qu'il entendit cliqueter derrière sa tête était bien plus bruyant et infiniment plus dérangeant qu'une fraise.

— Détachez-nous, professeur, demanda Ionas, moi et mes compagnons, on se tiendra bien…

— Impossible. Ça fait partie du traitement. La projection peut être traumatisante. J'ai besoin que vous l'acceptiez. Pour certains films, il vaut mieux enchaîner les spectateurs, sinon ils partent avant la fin.

— La projection de quoi ? demanda le vampire.

Lovecraft lui cogna le crâne avec un petit marteau, comme on aurait fait pour ouvrir un œuf à la coque. Puis il brandit une seringue animée de mouvements électriques. Avant qu'il se remette du coup sur la tête, le vampire sentit une terrible intrusion dans l'os de sa joue. On lui injectait une substance glaciale. Les derniers mots qu'il entendit avant de disjoncter furent les hurlements de Rebecka. Elle incendiait le vieux savant en lui parlant de procédure, de déontologie, de limites.

Pendant ce temps, le loup grognait en essayant d'arracher ses menottes. Liou, pensant qu'on ne l'avait pas vue, fit irruption par la fenêtre. Sa tête de bois apparut dans la lumière d'une flamme ; Lovecraft bondit vers elle avec en main un outil ancien à l'extrémité incandescente : sa canne antipigeons.

— Voyez le tisonnier au bout ? Je vous touche et ce feu vous change en petit bois.

Malgré les menaces, la mandragore se ramassa comme un chat offensé, prête à contre-attaquer au moindre signe d'inattention.

— Je ne vais pas faire trop de mal à votre Éternel, affirma Lovecraft. Et à présent, je m'adresse à vous trois…

Sans lui laisser finir sa phrase, Liou sauta dans la pièce. Phlorian l'amphibien la ceintura comme au rugby et chuta au sol avec elle dans un feu d'artifice de feuilles et de bave, après quoi il lui mit des menottes. Lovecraft poussa un cri dont on n'aurait pas cru capable un homme de son âge. Il exigeait le calme. On allait extirper de la cervelle du prétendu vampire le secret de la vie éternelle. Il finit par obtenir le silence. Malgré les sédatifs, Ionas parvint à articuler qu'il ne savait rien.

— Il vous dit qu'il ne se rappelle pas, intervint Rebecka. Si vous souhaitez contrer ses blocages mentaux, c'est un chemin qu'il doit entreprendre de son plein gré, seul, dans le cadre de l'analyse, ça prend du temps. Ce n'est pas avec votre brutalité que…

— Ça suffit, trancha le vieillard. Vous êtes dans la croyance. Moi, j'ai besoin de résultats.

Lovecraft se fit aider par Phlorian pour sangler de façon encore plus étroite le vampire sur son fauteuil.

— On dirait une chaise électrique, c'est quoi ? demanda Rebecka.

— C'en est une. Enfin, la structure. Mais rassurez-vous, ce n'est pas pour le griller.

Le vampire ne contrôlait plus rien. Le vieux et son serviteur lui attachaient des lanières de cuir sur tout le corps. Derrière son crâne, Lovecraft approcha une sorte de projecteur terminé par un harpon. Il actionna un interrupteur et un gros bruit de ventilation emplit la pièce.

— À présent, je vais utiliser du matériel de trépanation. Je vous prie de ne pas bouger. Ça va être un peu désagréable.

— Vous faites quoi ? demanda Ionas, la bouche molle, totalement incapable de se défendre.

— Rien. Presque rien. Je vais percer un petit orifice derrière votre boîte crânienne.

— Bon. Très bien, répondit Ionas, complètement drogué.

Rebecka continuait de hurler, invoquant le serment d'Hippocrate. Lovecraft répliqua qu'au même titre qu'une psychanalyste, il n'était diplômé d'aucune médecine sérieuse et n'était tenu de sauver la vie de personne. Dans un craquement affreux, il enfonça la pointe barbelée de son projecteur derrière la tête du vampire. Comme un brise-glace dans la banquise, la machine excavatrice se frayait un passage dans les masses engourdies du vieux cerveau.

— Et grâce à ça je vais voir ce que j'ai dans la tête ? questionna Ionas.

— Pas juste vous ! Tous les spectateurs ici présents vont en profiter.

— Je vous en supplie ! s'écria Rebecka. Ne sortez pas son cerveau de la tête si vous ne vous sentez pas capable de le remettre ensuite.

— Rassurez-vous, répondit le vieillard, nous sommes très loin de la chirurgie. Éteignez toutes les lampes, je vous prie, Phlorian, nous sommes au cinéma.

Dans un claquement électrique, Ionas se sentit totalement baigné d'une lumière aveuglante. Et pour les autres personnes attachées dans la salle, la projection put commencer. De chaque œil du vampire jaillit un cône lumineux qui se répercutait sur le mur situé face à lui. Lovecraft indiqua une manivelle à Phlorian qui devait effectuer souvent ce travail de projectionniste. L'amphibien se mit à tournicoter une bobinette et l'écran descendit, occupant tout un mur. La vision binoculaire s'avérait instable. Il fallut régler, à l'intérieur même de la tête de Ionas, le débit sanguin, ainsi que la pression artérielle dans chaque œil. Après quoi chacun put observer ce qu'avait vu le vampire lorsque, cent ans plus tôt et vêtu d'une robe de femme, il était sorti de la tombe. Au même titre que les autres spectateurs, Ionas se vit arraché au présent. Le laboratoire disparut totalement de son entendement. Il rêvait son passé. Et dans chaque particule de son corps vampirique, il avait la certitude que les images disaient la pure vérité. « C'est comme chez le dentiste, pensa-t-il, si on ne m'avait pas attaché au fauteuil, je me serais sauvé. »

XIII

Il voyait des morts partout. Une sorte de championnat du monde des pogroms.

L'Odessa qui défilait sur l'écran, Rebecka ne la connaissait pas. Elle se rappelait juste une ville portuaire endormie qui ressemblait au littoral amalfitain en plein été et où, par moins trente l'hiver, on allait danser en micro-jupe à l'Ibiza Club, même quand on n'avait pas l'âge. À six ans, on la laissait entrer là-bas avec d'autres gamines pour faire leurs goûters d'anniversaire. Des truands avec pistolet à la ceinture protégeaient leurs tables des importuns, parce que le papa d'une de ses copines d'école possédait l'établissement. Elle se souvenait d'un oncle très honnête mais juif, le pauvre, qui s'était disputé avec un natif au sujet d'un ustensile électroménager abîmé. C'était quoi ? Un grille-pain. Le tonton était allé à la police et on lui avait cogné l'appareil sur la figure en disant des choses désobligeantes sur les enfants d'Israël. Et l'oncle avait dû refaire sa denture. Le grille-pain n'avait toujours pas été réparé mais les choses n'allaient jamais beaucoup plus loin à Odessa. On se faisait courir après, c'est tout. À l'école, on lui crachait derrière la tête, c'est la façon de faire en Ukraine. « Remercie le bon Dieu que nous ne soyons pas noirs, disait la maman de Rebecka, parce qu'on nous causerait davantage de soucis. Un jour tout de même nous irons en Amérique, parce que l'Europe est impossible. En Amérique, les juifs ne servent à rien, alors on leur fiche la paix. Ici, ils servent à calmer les nerfs des gens. »

Mais sur l'écran, dans l'Odessa de Ionas le vampire, les juifs se rendaient encore plus utiles que dans les souvenirs de Rebecka : on les cognait davantage. Les premiers cadavres traînaient sur le chemin comme semés par un géant Poucet qui n'aurait pas trouvé de caillasses pour se rappeler sa route. Le vampire suivait la piste en volant. « Ça mène chez mon amour », balbutiait-il. Et plus son vol s'approchait de la Moldavanka, plus on découvrait de massacres.

— Ce sont les paysans qui ont fait ça ? C'est le tzar ? En quelle époque sommes-nous ? demanda Rebecka.

En bafouillant, le vampire la rassura :

— Les hommes n'y sont pour rien, Rebecka.

Il se sentait comme une arche volante dans laquelle toute l'assemblée aurait embarqué.

— Tu te souviens, Liou ! murmura le vampire. Les vivants n'ont pas tué ce jour-là. C'est ta sœur, c'est Haydée ! Quand les choses sont hors de proportions, il y a toujours des causes surnaturelles.

— Non. Haydée était dans la forêt, répondit la mandragore. Je lui faisais respirer des tisanes, elle se tenait tranquille. Arrête ce film, Ionas.

— Tu répètes ça depuis cent ans, objecta Ionas, tu sais que c'est faux. Ta sœur…

— Vole vers la forêt, dit Liou, et tu verras. Elle s'y trouve et elle est docile et… non. Arrête. C'est mieux.

— Rendez-vous à l'évidence, suggéra Rebecka. Vous voyez bien que ce sont des hommes qui ont fait ça.

— Absolument pas, répondit le vampire. Je vais vous montrer.

Il se sentait horriblement à l'aise dans ce monde passé et dégorgeant de douleur.

— C'est comme dans les moments où je ne parviens pas à écrire, marmonna le vampire, sauf qu'avec vous j'y arrive.

Il avait l'impression de les transporter tous au chaud dans le jabot de sa robe. Dissimulés dans les plis, tous les spectateurs l'accompagnaient dans son cauchemar : Lovecraft et son serviteur amphibien ; Liane mais elle n'aimait pas son nom alors disons Liou ; Ricardo Americano avec sa tête de loup tant qu'il n'aurait pas un *French kiss* d'une fille avec de jolies dents ; Rebecka, enfin, qu'il parait de pouvoirs surnaturels comme savoir soigner, soulager, montrer le bout du tunnel.

Il volait au-dessus des rues jonchées de cadavres dans une robe de femme tachée de sang, et ses compagnons le regardaient faire. Alors il eut le courage de se rappeler les événements. Sans inventer que ça s'était déroulé en Amérique ou à Pékin ou chez les Eskimos, il contempla enfin les choses telles qu'elles avaient eu lieu et fit à cette occasion une étrange découverte : sur le pavé, on trouvait des juifs fusil en bandoulière, un béret sur le côté, des brassards écrits en yiddish et aucun uniforme. Morts comme leurs congénères, mais en donnant le sentiment de s'être battus.

Ionas expliqua à nouveau à Rebecka et à l'assistance que c'était du travail de vampire et que la responsable s'appelait Haydée. Une fille dotée de pouvoirs maléfiques, en colère parce qu'elle était enceinte et seule. Par sa faute à lui, indirectement, en tant qu'ange des ténèbres. Il avait vu comme Haydée était dangereuse mais il ne s'était pas occupé de calmer sa folie guerrière. Rebecka lui suggéra de mieux observer le paysage : c'était avec des balles de revolver que les petits partisans avaient été tués.

— Encore pire ! expliqua Ionas. Haydée a dû réveiller le bataillon de cosaques. Je me souviens de tout, à présent. C'est une armée de squelettes, elle peut faire du dégât.

Un voile de fumée passa sur l'écran. L'assistance crut un instant que le voyage était interrompu. Puis ils virent crépiter des flammes. Le quartier juif brûlait. On ne voyait plus grand-chose. Lovecraft augmenta la puissance électrique de son projecteur. Les veines ophtalmiques de Ionas se tordaient, tétanisées par l'électricité. La pression dans les globes oculaires du vampire devenait telle que ses yeux pouvaient exploser à tout moment. Sur l'écran la luminosité s'intensifia, la chromie virait au rouge, on trouva un mode de projection assez tranché pour percer les nuages de fumée. Et dans la nuit et le feu, ils virent la Moldavanka transformée en cimetière. Des moujiks sortaient des maisons, les bras chargés des maigres biens de leurs victimes. Ils torturaient les rares survivants. La police débarquait et leur prêtait main-forte. Ionas tenta de prouver que c'était encore de la faute des vampires. Haydée avait hypnotisé tous ces malheureux :

— Comment expliquer, sinon, cette belle unité entre les gendarmes et les voleurs pour exterminer tous les habitants du district israélite ? Comment expliquer que Yaponchik, le roi des brigands, tolère ça ? Voyez les braises ! Vous vous imaginez bien que ça dure depuis plusieurs jours sans discontinuer. Qui aurait l'énergie de tuer ainsi pendant que la Terre tourne plusieurs fois sur elle-même, sans poser le couteau, sans faire une pause ou sans dormir un peu ? Vous voyez bien que cette haine est surnaturelle. Haydée est par là, comme jadis Hagar, comme les frères de Joseph, comme ceux qui tout au long de l'histoire ont cru que leur père ou leur époux ou leur frère s'était mal conduit et en ont conçu cette inextinguible rage à laquelle les Hébreux servent d'exutoire. Rassurez-vous, ce n'est pas l'homme qui a fait ça. Rassurez-vous, c'est l'œuvre des monstres.

— On ne la voit pas ta vampire, disait Liou. Sortons du film !

— C'est normal, répondit Ionas. Je me souviens de tout. La vampiresse s'en prend à la femme que j'aime.

Et il fonça vers la maison de Hiéléna. Le défilement des images devint erratique. On aperçut sur l'écran le cadavre d'un homme gigantesque. Un juif à tête de lion taillé pour la bagarre. Il gisait dans le jardin, ses armes encore en main. On lui avait défoncé la tête à coups de crosse.

— Caïn, murmura Ionas, et l'assistance comprit qu'il lui était cher.

Puis à l'entrée de la maison, le corps massacré d'une femme brune. Le vampire se mit à faire «non» de la tête et ça brouilla les images.

Agacé par ce dysfonctionnement, Lovecraft lui remit le crâne en place et cogna fermement dessus comme aurait fait un amateur de football si son récepteur avait eu des parasites au moment d'une action décisive.

On vit le vampire trifouiller le corps de la jeune femme, en appeler aux dieux dans une langue inconnue. Il se voyait faire. En robe de dame, cherchant sur une morte l'interrupteur qui la rendrait semblable à lui : une créature qui traîne par terre sans la moindre idée de ce qu'elle fiche là, avec le sentiment de s'attarder sur un territoire qui ne la concerne plus. Il mordit la malheureuse. Il but son sang. Il s'écorcha le poignet et aspergea la bouche inerte de son sang à lui. Aucune de ces initiatives ne produisit le sursaut escompté.

— Haydée ! C'est la faute de Haydée ! répétait-il.

Il délaissa la gisante et se mit à fureter dans la maison. Tout était défoncé là-dedans. Il se débattait dans un amoncellement de vaisselle brisée et de flammes mourantes.

— Arrêtez avec vos histoires de vampires, lui dit Rebecka. Il faut que vous parveniez vous-même à cette conclusion, vous voyez bien que vous n'êtes pas capable de perpétrer ce qui s'est produit ici. C'est l'état du monde, c'est tout. Vous péchez par un mélange d'orgueil et de culpabilité. Ne vous vexez pas mais c'est assez répandu.

— Silence ! fit Lovecraft. Qu'il nous explique le processus de la vie éternelle, le reste n'a pas d'intérêt.

— Ionas, qu'est-ce que tu cherches dans cette maison ? demanda Liou.

— L'enfant. L'enfant ne pleure pas et je ne trouve pas son cadavre. Taisez-vous tous ! Restez dans mes jupes.

Il les plia en quatre, se les fourra plus profond dans les recoins de la robe. Et il reprit son envol au-dessus du quartier embrasé.

— Bien, fit Rebecka, vous venez donc d'avoir le souvenir d'un épisode particulièrement douloureux. Le choc est rude et vous devez souffrir. Une blessure morale, aussi terrible soit-elle, a un point culminant d'une douzaine de minutes, pas davantage. Croyez-moi. Il vaut mieux se confronter à une réalité difficile qu'entretenir des chimères.

— Taisez-vous !

Tandis que le vampire volait à toute vitesse vers la Lune, Rebecka risqua un œil entre les pans de la robe. La maison qu'elle voyait disparaître lui rappelait quelque chose. Elle se dit que c'était SA maison à Odessa. Et très vite elle se convainquit que non. Chez elle, ça ressemblait mais c'était différent. Même avec cent ans d'écart, elle avait reconnu les lieux. Comment s'appelle ce processus dans lequel le docteur fait un transfert sur son patient ? « Quel nombrilisme, pensa Rebecka, il faut toujours que je m'imagine que tout me concerne. » Elle regarda une dernière fois la maison basse à deux étages, sa tonnelle et son petit jardin. Elle étudiait toutes les différences avec SA maison familiale de la Moldavanka, qui se situait deux rues plus loin. Cette rue, celle d'où partait le vampire, n'avait rien à voir. C'était celle de la famille de Mendel.

— Merde ! hurla Rebecka. Vous n'étiez pas au cimetière pour la musique ! Vous connaissiez mon mari ! J'en suis sûre !

— Phlorian ! Anesthésie cette folle, ordonna Lovecraft depuis un repli de jupon.

— Lâchez-moi ! protesta la psychanalyste.

— Fous-lui la paix, grommela le loup en tirant sur ses bracelets métalliques.

Lovecraft donna un coup de canne à la patte du loup. Liou agita ses branches et parvint à ramener un semblant de calme narcoleptique dans la salle de projection.

Ionas se repérait aux bruits. Quand on vole si vite avec des pleurs de sang dans les yeux, l'écran cinématographique devient indéchiffrable. On espère alors que l'auditoire se rappellera que le mot « audiovisuel » constitue un quasi-équilibre entre les arts de l'oreille et la stimulation de l'œil. *Visuel* ne comporte qu'une lettre de plus qu'*audio*. Dans un système majoritaire à un tour, comme peut l'être le cinéma de masse, ça donnerait au visuel la majorité absolue. Mais si l'on accepte de réveiller sa chauve-souris intime – et comment procéder autrement quand des larmes opaques empêchent de faire le point ? –, on accorde à l'auditif la place qu'il mérite.

Rebecka crut sortir du film quand les images disparurent. Puis elle eut l'impression que la robe du vampire lui giflait le visage et tous les mouvements du vol lui furent imposés brutalement. Elle expérimentait une perte totale de repères gravitationnels. On l'entortillait dans le vent, la pluie, et elle eut le sentiment très net que si elle prononçait une syllabe de plus elle allait se vomir dans le décolleté.

— Hou ! Hou ! faisait Ricardo Americano, qui subissait le même grand huit.

Lovecraft, à leurs côtés, eut besoin de s'asseoir. On les trimballait très brutalement. Les bois de la mandragore s'entrechoquaient comme si toute la pièce rebondissait aux inflexions du vol.

On perçut soudain un vacarme liquide, suivi d'une odeur âcre de bouillabaisse : Phlorian venait de dégobiller sur le marbre du laboratoire. Comme lorsqu'un enfant gerbe dans l'avion, chacun des spectateurs fut à un cheveu de l'imiter, sauf le vampire qui volait si vite, totalement immergé dans son film. Alors les autres, pour ne plus sentir les fluides gastriques du rejeton des abysses en ciré jaune, furent contraints de s'impliquer encore davantage dans la projection.

C'était le moment du drame où l'on ne sait plus quel temps il fait dehors. On ne pense plus en minutes. Chaque point de montage graphique ou sonore induit un battement qui va se substituer, jusqu'à la conclusion du drame, aux flux et reflux réguliers du sang dans nos valves cardiaques.

XIV

Aux crépitements de la ville en flammes répliqua bientôt le rythme du ressac. On survolait la mer. L'orage se mit de la partie. Puis, tandis que la température baissait, on entendit le roulis obsédant d'une cascade. Il fallait priver d'images les spectateurs pour qu'ils découvrent leurs capacités à distinguer les manifestations sonores de ces phénomènes. Comme si on leur avait demandé, les yeux bandés, de se prononcer sur une liqueur et qu'ils s'étaient surpris à pouvoir la reconnaître. On descendait. Le vaisseau-vampire en vêtements pour dame atterrit au sommet d'une colline percée de croix de fer. Au bas de ce tertre s'étendait une immense forêt brûlée. Quelques pendus prenaient la pluie sur les branches de l'arbre. D'autres gisaient au sol, leurs cravates de chanvre consumées par un incendie récent.

— Où sont-elles ? demanda le vampire. Où sont les deux sœurs ?

L'arbre brûlé se mit à vibrer. Son écorce craqua lorsqu'il parvint dans un effort douloureux à ouvrir la bouche.

— Je ne comprends pas, insista Ionas. Où sont-elles ?

Le chêne tenta à nouveau de produire une phrase mais on n'entendait que de l'air, des craquements de branche et des bruits de cendres qui se décrochaient. La pluie continuait, trempant la robe du vampire, jouant des maracas sur la tête des squelettes indifférents.

— La mort, dit Ionas, c'est quand on s'en fout de prendre l'eau, toi tu n'en es pas là, arbre ! Où sont-elles et où se trouve l'enfant ?

Liou, dans les replis de la robe, se faisait toute petite. Elle se retrouvait spectatrice d'une pièce dans laquelle bientôt elle allait se voir. Elle n'avait pas hâte d'apparaître. Mais l'immersion était si puissante que la mandragore ne pouvait plus interrompre le charme ni même articuler une phrase. Comme les autres, elle attendait la suite. Le vampire demanda à nouveau à l'arbre de lui montrer le chemin vers Haydée et vers Liane qui n'avait pas encore son surnom à l'époque. Autour d'eux, parmi les haies de buissons calcinés, à l'ombre des croix tranchantes, ils ne voyaient pas où elles avaient pu se planquer, surtout avec un bébé. Alors le chêne ouvrit la gueule. Très grande mais encore une fois, aucun son intelligible ne fut émis. Du vent lui sortait du palais et des narines, comme si l'ouverture avait provoqué un courant d'air, comme si c'était immense, ses intérieurs. Sa bouche s'ouvrit jusqu'à terre et la lèvre inférieure ourlée de mousse disparut dans le sol brûlé. Devant eux venait d'apparaître une porte. Et à l'intérieur un chemin qui plongeait au cœur de la colline. Les spectateurs s'engagèrent avec leur véhicule vampire dans les boyaux souterrains. Bien vite ils s'aperçurent qu'aucune lumière n'entrait dans ce monde cavernicole. Cependant, puisqu'ils voyaient le spectacle par les yeux de Ionas, ils distinguaient assez bien le paysage. Autour de chaque paroi de terre pendaient les racines de l'arbre. Comme il était la seule créature végétale d'importance plantée dans le coin, nul doute que les excroissances lui appartenaient toutes. Tellement de terminaisons palpitantes de sève, et plus on allait profond, plus c'était vivant. On évoque la « partie immergée » au sujet des icebergs. Là, si on s'en tenait aux proportions, l'arbre sur la colline n'était qu'un furoncle microscopique planté sur le front d'un cachalot.

Une sentinelle cosaque montait la garde dans un coin du couloir. C'était un des squelettes les moins gradés de l'armée de Haydée car sa résurrection ne s'était pas très bien déroulée. Lovecraft, regardant à travers l'ourlet des épaulettes de la robe, le détailla avec intérêt. Cette créature russe parvenait à tenir debout, fusil en main, malgré une jambe manquante, un seul œil valide (brillant et bleu) et une région abdominale totalement vidée de ses entrailles. On s'approchait, manifestement, des mystères de la longue vie.

— Soldat, qu'est-ce que vous fabriquez là ? demanda Ionas.

— Pardon, pardon, répondit le pauvre gars dont seule la moustache semblait réglementaire.

Il essaya de se tenir droit.

— Ne vous appuyez pas sur votre fusil comme si c'était une béquille ! Qu'est-ce que c'est que ce comportement ?

Le soldat-squelette en aurait rougi si son épiderme avait été encore irrigué.

— Allons, ordonna Ionas, garde-à-vous !

Il se mit consciencieusement le fusil sur l'épaule, tenta d'adopter une position digne ; mais fatalement, n'ayant qu'une jambe pour tenir debout, le malheureux s'écroula dans un fracas d'osselets.

— Pardon ! Pardon, chef, s'excusa-t-il en claquant des dents.

— Repos ! ordonna Ionas.

Et dans l'œil unique du soldat mort, la lueur bleue disparut.

Le plus discrètement possible, le vampire en robe souillée se faufila dans le couloir. Une lumière presque imperceptible guidait son cheminement, ainsi qu'une rumeur sonore qui se transforma en brouhaha tandis qu'il progressait, choisissant à chaque fois l'embranchement où le bruit augmentait.

Il finit par déboucher au plafond d'une immense caverne. Le chemin souterrain donnait sur un escalier que deux sentinelles-squelettes venaient de déserter pour se mêler à la masse des soldats mécontents. Ils criaient sur Haydée. Depuis les fronces de la robe tachée de sang, le public put découvrir la méchante de l'histoire. Une immense rousse très sûre d'elle, vêtue de ses cheveux, enceinte jusqu'aux yeux et tenant dans ses bras une petite fille bien réveillée. Le bébé agitait ses quatre membres comme pour dire : « J'ai un an, je sais marcher. Lâche-moi, pauvre folle, laisse-moi me tirer d'ici. »

Près de la vampiresse, la Liane d'il y a un siècle agitait follement la tête, mais l'armée des squelettes ne disposait pas des capacités intellectuelles nécessaires pour être influencée par ses pollens psychotropes. On ne peut pas vous calmer le cerveau quand vous n'avez plus de cerveau.

— Quoi ? demanda Haydée. Quoi ? Quoi ? Quoi ? Vous êtes vivants, vous êtes avec moi. Vous protégez mes enfants, ne sommes-nous pas bien sous terre tous ensemble ?

— Mais… c'est que…, osa un petit caporal à la mâchoire à moitié décrochée.

Il se désolidarisa du groupe et avança, casquette protégeant ses génitoires, comme un représentant syndical.

— C'est que quoi ? demanda la madone.

— C'est que nous sommes une armée. Nous voulons déferler sur le monde.

— Oui !

— Oui ! Oui ! firent quelques-uns en claquant leurs osselets.

— Nos collègues cosaques vivants ont tous les droits ! Ils mettent le feu, ils violent, ils éventrent ! Et nous ? On devrait se contenter de rester sous la terre ?

— Quel intérêt de revivre si on se claquemure au sous-sol ? demanda un autre.

— Nous aussi, grogna un troisième squelette, on veut mettre à feu et à sang la Moldavanka.

— Tout le monde est mort, là-bas ! hurla Ionas. Qu'est-ce que vous allez faire de plus !

Les squelettes tournèrent la tête vers leur ancien chef, en robe, qui volait vers eux et poursuivait son sermon :

— Imaginez votre ennui dans une ville vidée de ses juifs ! Quel combustible, désormais, pour votre colère ?

— Quand on sera débarrassés des juifs…, fit un squelette.

— Ne le prenez pas mal, petit maître, rien contre vous…

— Mais c'est une prise de conscience salutaire, osa un autre soldat. S'ils meurent tous et que notre rage subsiste, c'est bon.

— Ça signifie qu'on peut enfin s'en prendre au reste de l'humanité.

— Déferlons sur le monde ! hurlèrent les morts. Déferlons sur le monde !

Même Haydée semblait désolée de cette agitation. Elle adorait la mort, les massacres et la violence, mais la gestion de personnel l'agaçait au dernier degré. Ionas traversa en volant le grand hall souterrain et rejoignit Haydée et Liane sur le monticule d'où elles régnaient sur cette armée.

— Ionas, fit Haydée, agacée, deviens le roi des morts avec moi, je ne les supporte plus.

Puis, en désignant la fille de Hiéléna et Caïn qui s'agitait dans ses bras, elle ajouta :

— Je n'ai pas la patience que celle-là grandisse pour donner un héritier à ton frère, je ne sais pas quand je vais accoucher de celui que je porte, sois le roi, ces morts m'épuisent. Fais taire cette chiourme !

— Donc là-haut, demanda Ionas, là-haut dans la Moldavanka, ça n'était pas toi ?

— Quoi moi ? demanda la rousse. Moi j'ai sauvé la petite fille. Pour le reste, je suis arrivée trop tard.

Il fallait qu'on répète bien les choses pour que Ionas comprenne. Donc là-haut, dans les flammes, ça n'avait été que le rythme normal de l'histoire humaine, ne laissant aucune place aux héroïsmes et aux vengeances par-delà le tombeau. C'étaient les borborygmes d'une société ordinaire et simiesque.

— Le jour où ces singes ont découvert les cuillers, ils s'en sont servis pour casser la tête de leur voisin avant de s'apercevoir qu'on pouvait manger sa soupe avec, lui expliqua Haydée.

— Je croyais que tu haïssais Hiéléna, son enfant, que tu voulais te venger de mon frère, balbutia Ionas.

— Ton frère, je le voulais près de moi, répondit Haydée. Et tout ce qui aurait fait obstacle à mon désir… moi, tu sais, avec le désir, je ne rigole pas… Les autres, je les aurais tués uniquement si ça m'avait ramené Caïn… et donc, il reste son enfant. Tu vois, le mien est vivant, c'est une certitude… mais en attendant qu'il mette le nez dehors…

— Je ne te crois pas, affirma Ionas. Une rage comme la tienne, ça ne se calme pas comme ça…

— Non. Mais face à la géopolitique, quoi qu'on fasse, maintenant, on est ridicules, se désola Haydée. Si j'arrivais à présent à la surface du monde avec mes deux cents squelettes, et même si je leur trouvais des chevaux fantômes, nous passerions totalement inaperçus. Nous sommes les cavaliers, mon petit Ionas, mais l'apocalypse n'a pas besoin de nous.

— Et pour l'immortalité, fille d'Azatoth ? Comment fais-tu pour réanimer les cadavres ? glapissait Lovecraft dans la dentelle.

Personne ne l'entendit.

— Haydée, ordonna Ionas, donne-moi l'enfant. Je la ramène là-haut.

— Là-haut ? Je suis cruelle, répondit-elle, mais pas à ce point. Elle va rester ici avec mon armée pour la protéger. Je l'élèverai avec mon autre héritier quand il naîtra. Même si Caïn n'est plus là. Je l'aime tellement. Je lui suis liée à jamais. Même à sa descendance. Sa fille, elle épousera mon garçon.

— Mais ton ventre, tu ne sais rien ! Ça se videra peut-être demain, peut-être dans mille ans, et ce qu'il y a dedans, ça pourrait aussi bien être mort.

— Pas du tout ! Ça me parle ! En permanence ! Ne m'énerve pas. Et c'est un garçon !

Les soldats continuaient de s'agiter et de brandir nerveusement leurs armes.

— Haydée, dit Ionas calmement, je ne crois pas que tu puisses être une très bonne mère pour cet enfant. Ni pour aucun autre.

En entendant ces mots, la vampiresse se mit à rugir. Elle leva son bras droit, toutes griffes dehors, pour le balafrer. Ionas laissa venir le coup. Dans ses jupons, les spectateurs du film eurent le sentiment que c'était aussi à eux qu'on lacérait le visage. Haydée était penchée en avant, ne tenant le bambin agité que d'une main. C'était exactement ce qu'attendait Ionas. Dans un frou-frou, le vampire bondit et arracha le bébé des bras de la folle. Sa trajectoire ne permettait pas la fuite en avant. Il fallait prendre appui sur le mur du fond de la grotte, derrière le trône de la morte aux cheveux rouges. Ionas avait les pieds à l'horizontale, comme un danseur de crawl qui fait demi-tour contre la paroi d'un bassin. Mais alors qu'il s'apprêtait à détendre ses jambes, Liane s'était approchée de lui et saupoudrait sa tête de pollen soporifique. Avant de perdre ses forces, il entendit la mandragore murmurer :

— Je ne peux pas te laisser partir loin de moi, Ionas. Ma sœur aime Caïn et moi je t'aime.

Puis elle saisit l'enfant afin qu'il ne se blesse pas pendant la chute du vampire. Elles s'étaient donc partagé le butin : pour une sœur, l'héritière de Caïn, et pour l'autre Ionas. Ionas voulait sortir du rêve et cogner sur la Liou d'aujourd'hui. Le sortilège cinématographique ne le lui permettait pas. Le Ionas du film tombait sur les genoux. Il se sentit happé par le sommeil magique au moment où son regard croisa les yeux de la fillette de Caïn et Hiéléna. Il la vit dans les bras de Liane, ignorante du destin qu'on lui promettait. Elle venait de survivre à ses parents et avait été recueillie par une créature assez folle pour décider de la soustraire au monde. Haydée avait l'intention de la faire grandir là, sous la terre, avec pour compagnons de jeux des squelettes cosaques. Ionas voulait lui épargner ça. « Je ne peux pas l'élever, pensa-t-il, même les caniches je n'y parviens pas. Et la ramener à la surface pour l'abandonner dans un continent en flammes, avec la certitude du mal que lui fera le monde, ça serait de la cruauté gratuite. »

La petite fille agitait les bras contre le torse de la mandragore. Avant de sombrer dans le sommeil magique, Ionas se jeta sur l'enfant, persuadé qu'elle serait plus heureuse morte.

XV

Lovecraft lui cognait la tête du pommeau de sa canne en glapissant :

— Retournez-y ! Retournez-y ! Je n'ai pas mes informations !

Le loup voulut défendre son ami vampire. Il tira un bon coup sur ses menottes et les fit exploser. Des maillons d'acier propulsés par son geste brisèrent instantanément trois ustensiles translucides, provoquant une fuite de vapeur bleue, une coulure corrosive sur la paillasse, qui traversa jusqu'au marbre du sol, ainsi que l'évasion d'une dizaine d'insectes aux abdomens gros comme des betteraves. De peur que Ricardo ne blesse son maître, Phlorian lui sauta dessus et tenta de l'étrangler. Liou se cassa les petites branches des avant-bras : elle se retrouva libre et sans mains. Elle les ferait repousser plus tard. Avant toute chose la mandragore gigota frénétiquement de la tête pour que tout le monde oublie la projection cinématographique. Malheureusement pour elle, la fumée bleue échappée des bocaux avait sur ses sécrétions une vertu inflammable. Et au lieu du tilleul-menthe, chacun se retrouva saupoudré de flammèches douloureuses. Tous crièrent. Rebecka sautillait sur sa chaise, dans sa chemise d'hôpital indécente. Elle demeurait la seule personne de l'assistance à n'être pas libre de ses mouvements. En s'égosillant, elle conjurait chaque protagoniste de se calmer mais son hystérie inefficace ne rassurait personne. Dans son dos la chemise s'était finalement dénouée complètement. Elle se rappela qu'elle devrait y penser au cas où on la libérerait : « Ne pas se lever avant d'avoir refait les nœuds sur mon cul. Ou alors rester dos au mur. »

Ionas bougeait la tête. Il s'agitait tellement que la pointe en harpon du projecteur de cinéma finit par s'extirper de son crâne. Le vampire sentit dans sa nuque un écoulement brûlant où se mêlaient le sang, la lymphe et la gelée corticale, autant de fluides vitaux grésillant sous la chaleur du projecteur. Ces blessures-là allaient se soigner.

— Où est la vampiresse ? Celle-là, certainement, elle sait faire revivre ! questionnait Lovecraft. Elle, elle connaît les secrets ! Qu'est devenue cette Haydée ?

Le vieil occultiste tapotait la tête du vampire comme si c'était la sonnette d'une réception d'hôtel. Ionas s'extirpait péniblement de son propre film. Il était encore hébété, dans ce moment après une révélation où l'on espère du silence. Au lieu de quoi, au milieu du bourdonnement d'insectes-betteraves, les pieds pataugeant dans des bocaux brisés et le nez dans des vapeurs bleues, il se réveillait au sein d'une bagarre de poissonniers.

— Ne cognez plus sur ma tête ! supplia-t-il.

Lovecraft cessa. L'assemblée fit silence.

— Dans ce cas, maugréa Lovecraft, dites-moi où est votre femelle aux cheveux rouges.

— Renvoyez-moi dans le rêve, demanda le vampire. Et on le saura. Moi, je ne l'ai pas vue depuis cent ans.

Le savant examina l'arrière de sa tête.

— Impossible ! Vous êtes un idiot, vous avez interrompu la projection de périsprit.

— Renvoyez-moi là-bas.

— Vous m'écoutez ou quoi ? Voyez plutôt dans quel état vous avez mis les choses !

Sans le détacher, il lui passa derrière la tête le genre de miroir dont on dispose chez les coiffeurs. Ionas s'aperçut que les lobes postérieurs de son cerveau étaient en grande partie caramélisés.

— Je vous avais dit de ne pas bouger, le gronda Lovecraft.

— Il n'y a aucun hasard, Ionas, c'est ça ? lui reprocha Rebecka. Mes capacités médicales, vous vous en foutez ! Si vous étiez au cimetière de Brooklyn c'est pour une bonne raison. Dites-moi le nom de famille de la gamine…

— Liou, j'ai tué cette enfant ? demanda gravement le vampire.

— Ionas, je sais qu'il y a eu des drames, avoua la plante. Mais je ne m'en souviens pas vraiment. À force de te saupoudrer de produits, moi aussi j'en respire tout le temps et franchement je vois pas ce que ça apporte, de trifouiller dans le passé.

— J'ai tout vu à l'envers. Je voyais Haydée comme la mauvaise fille. Mais elle n'a utilisé sa folie possessive que pour sauver ce qui restait de la famille de Caïn. Et moi, j'ai tué la survivante. C'est pour ça que tu es restée avec moi, Liou, pour me saupoudrer sans cesse et que j'oublie mon crime ? Et on est partis loin de l'Europe.

— Où est la femme éternelle ? demanda à nouveau Lovecraft.

Rebecka se persuadait que personne n'était mort. Elle était certaine que la petite fille avait dû être la mère ou la grand-mère de Mendel Broke. Tout ça, elle ne comprenait pas encore bien comment, n'était qu'une gigantesque machination destinée à l'embêter, elle. Et la mort de Mendel ne pouvait pas être naturelle. Elle repensa à l'enterrement, se souvint d'une grande fille à la tignasse rouge qui était passée en coup de vent. C'était en plein jour mais tout de même. Certains vampires très qualifiés devaient pouvoir sortir sous le soleil relatif de Brooklyn. Dans des circonstances assez exceptionnelles, pour entretenir leur morbidité naturelle. Lors des obsèques d'un homme qu'on a poussé au suicide, par exemple.

— J'ai quelque chose à voir dans cette histoire ? demanda Rebecka Streisand.

Le vampire fit sauter les sangles qui le retenaient prisonnier. Il avait dans le regard une telle détermination que même Lovecraft ne tenta pas d'arrêter son geste. Il libéra sa psychanalyste, l'enveloppa dans une couverture et lui chuchota :

— Ça vous rassurerait vraiment beaucoup ?

— Quoi ?

— Que votre mari ait été poussé à l'infidélité et à la mort par une créature surnaturelle ?

Rebecka sentait un torrent de larmes près de lui dégringoler des paupières. Elle ne parvenait pas à regarder Ionas en face. Il s'approcha encore davantage. Ses lèvres grises – c'était sans doute fait exprès – effleuraient l'oreille de la jeune veuve à chaque syllabe. Ils étaient joue contre joue.

— Rebecka, continua le vampire, pour moi, ç'a été pareil que vous. J'ai voulu croire qu'il y avait un monstre magique alors que tout était normal. C'est grâce à vous sans doute, oui, avec votre injonction à regarder les choses, à cesser le tilleul-menthe, ça m'est apparu clairement : normale la mort, normal de ne pas recevoir l'amour qu'on attend, normal que rien ne marche. Alors dans votre cas, allez, faites ce petit saut dans le vide et chantonnez avec moi : normal, il en aimait une autre. Normal, il est mort pour elle. Normal, il est mort et rien de magique n'est intervenu. Et pour ce qui concerne mon histoire, le méchant, je crois, ça n'est que moi.

Il enjamba la fenêtre.

— Merci docteur. Je sais quoi faire. Je suis libre à présent.

Et s'envola dans la nuit.

— Attendez ! cria Rebecka. Où allez-vous ?

— Vous ne saurez pas, répondit le vampire. Personne ne vole aussi vite que moi.

— Emmenez-moi, demanda-t-elle.

— Vous ne pouvez pas me forcer à me retourner, répondit Ionas en faisant le malin.

Tandis qu'il s'apprêtait à accélérer, il entendit le bruit imperceptible de pieds nus qui trottinaient vers la fenêtre, l'enjambement suivi du froissement de la chemise d'hôpital contre la rambarde : Rebecka sautait dans le vide. En un clin d'œil, se désolant qu'elle fût aussi intelligente, Ionas avait fait demi-tour et tenait Rebecka dans ses bras au-dessus du vide.

— Revenez ! vagissait Lovecraft depuis la fenêtre ouverte. Je veux mon secret !

Sans un mot, le vampire s'envolait loin de l'université, emportant Rebecka Streisand.

— Où va-t-on ? demanda la jeune femme.

— Vous m'imposez votre présence. Tant pis. Au moins verrez-vous où ça mène, la lucidité.

XVI

— On a exposé mon intimité, cria le vampire pour que sa voix ne soit pas étouffée par la vitesse du vol. Je me suis extrait de la projection et vous aviez tous le nez dans mes images. Je vous ai vus vous disputer. Vous aviez déjà tous une opinion sur le sens de mon drame. Avant que moi-même je puisse souffler, analyser. Mais ça n'est pas grave. J'ai tiré les conséquences.

— Quoi ? demanda Rebecka. Vous comptez faire quoi ? On va dans un endroit où il y a du monde ? Parce que je n'ai qu'une chemise d'hôpital sur le dos. Moche, en plus.

— Prenez mon manteau.

Et en plein vol il la dénuda, elle commença de tomber. Il plongea dans le vide et éprouva une vive émotion quand le corps gras et chaud de la jeune femme fut en sécurité dans ses bras. Elle hurlait par peur de choir à nouveau et, totalement dépassée par la situation, la fille moderne laissa le mort vivant lui enfiler l'une après l'autre les manches de son pardessus militaire.

— Fermez les boutons. Vous aurez chaud et je verrai moins vos seins. Vous me plaisez, vous savez. Pardonnez-moi, je flirte alors que ça n'a plus la moindre importance.

— On va où exactement ?

— Là où on s'est rencontrés.

Le vampire planait à une vitesse folle. Le trajet qui un jour plus tôt avait exigé quatre heures de voiture, il était en train de l'effectuer en moins de trente minutes.

— Vous allez au cimetière, c'est ça ?

— C'est ça. Au cimetière de Brooklyn.

— Donc, quand vous y étiez, ça n'était pas pour moi ?

— Pas uniquement. J'effectuais mon petit entretien.

— De quoi ?

— De ma tombe, pardi. Figurez-vous que je suis logé très près de votre époux.

— Et vous allez me faire croire que c'est un hasard ?

— Ça ne constituerait pas une si grosse coïncidence. Les juifs d'Odessa ont continué d'agglutiner leurs morts dans le même périmètre, même après avoir immigré aux États-Unis.

— Ionas ! Vous mentez mal ! J'ai le droit de connaître…

— Rien du tout, docteur ! C'est moi le malade. Vos problèmes, on s'en fiche. Ce sont les miens qu'on règle. Regardez, on n'est pas seuls.

Une bagarre avait lieu près de la sépulture couverte de fleurs de Mendel Broke. Des jeunes gens, tous de sexe masculin. Trois groupes, une dizaine de personnes en tout, criant très fort.

— Qu'est-ce que c'est que cette agitation ? Que fait la police ? demanda Ionas.

— Vous êtes vraiment surpris ? souffla Rebecka. Vous les connaissiez réellement, les chansons de mon mari ?

— Oui… mais je ne savais pas qu'on viendrait l'asticoter encore après sa mort. Ça ne fait pas mon affaire. J'avais prévu d'en finir avec un peu plus de dignité.

Se faisaient face autour de la tombe du chanteur Mendel Broke des représentants des groupes humains sur lesquels il avait le plus cogné dans ses chansons : des religieux de plusieurs obédiences et des nationalistes. Tous de bords opposés afin que le spectacle soit total.

Des barbus juifs avec leurs couettes et leurs chapeaux de fourrure entendaient retirer les étoiles de David qui ornaient sa tombe afin que le mécréant ne soit pas accueilli chez le Seigneur. Des barbus mahométans avec petits calots en napperon fait main voulaient lui écrire des insultes en arabe, langue qu'il ne maîtrisait pas plus maintenant que lorsqu'il était vivant. Pour finir, des représentants de la Fraternité aryenne avaient prévu d'affubler sa tombe d'une croix en flammes, pour lui rappeler que ses disques étaient toujours *banned in Alabama*. Et au lieu de se mettre d'accord afin d'effectuer chacun son tour ses petites déprédations, les trois partis étaient en train de se taper dessus. Les Arabes étaient plus déterminés mais moins nombreux. Les juifs criaient fort et ne savaient pas se battre. Ainsi, au moment de l'atterrissage du vampire et de Rebecka, c'était la Nation blanche qui avait le dessus.

— C'est comme ça, fit Ionas, on n'y peut rien. Je vais devoir vous montrer ce que je sais faire.

En voyant débarquer ce jeune Russe volant et vêtu d'une veste de soldat, en apercevant la brune à forte poitrine qui dissimulait à grand-peine ses chairs girondes sous un lourd manteau militaire issu du même uniforme, les trois camps vociférant dans le cimetière étaient disposés à se mettre d'accord, comme des chiens qui vous mordent parce que vous avez tenté de les séparer. Possédant en commun le monothéisme et la peur des femmes, tous ces jeunes gens tendaient le doigt vers les nouveaux venus, montraient les dents comme des singes inquiets qu'une nouvelle espèce envahisse leur cage.

— Ionas, par pitié, ne tuez personne, demanda Rebecka.

— Vous voulez rire ? Je vous ai dit que j'allais mieux. Dans ce cas précis, c'est le Blanc qui doit servir d'exemple, non ? Si je m'en prenais à mes coreligionnaires ou aux islamistes, nous aurions dès demain une publicité très défavorable dans les journaux. Mais avouez que les garçons qui arborent des croix hitlériennes n'auront quoi qu'il leur arrive jamais les faveurs de la presse grand public. Je vais juste en choisir un.

Et à une sorte de boxeur qui se jetait sur lui manche de pioche en main, Ionas fit exploser le thorax d'un coup de poing. Il le dépiauta d'un geste surnaturel et lança la peau tatouée à la meute qui attendait derrière. Tous furent éclaboussés par le sang de la victime et les trois factions, soudain, se sentirent très solidaires les unes des autres.

— Vous m'avez fait beaucoup de bien, docteur, murmura le vampire.

— Moi ? Arrêtez ! Arrêtez ! Ça, je n'y suis pour rien !

— Vous plaisantez ! Avant de vous causer, je n'osais tuer personne. Ça fait si longtemps.

Dans leur intérêt, il eût mieux valu que les profanateurs de sépulture soient pleutres et s'enfuient. Mais dans un seul mouvement rageur, ils se mirent à charger le vampire. Et Ionas fit un massacre. Personne n'en réchappa. Rebecka l'entendait rire. Elle cachait son visage dans ses mains et n'en percevait que mieux les hurlements des victimes. Ils juraient dans les langues qu'ils connaissaient, appelant à l'aide le Très-Haut. Mais ni Yahvé, ni Mahomet ni Wotan ne vinrent à leur secours. Au milieu d'une mare de sang, après que le calme fut revenu, Rebecka contempla le vampire qui gonflait le torse, il avait sensiblement grandi. Il souriait de toutes ses dents, rayonnant de puissance.

— Merci, lui dit-il, je vais bien dormir.

— Ce n'est pas mon œuvre, balbutia Rebecka.

— Si ! Si ! Merci ! Vous imaginez mon orgueil ! Pendant si longtemps, croire que j'étais un rempart contre la sauvagerie ! Qui étais-je pour aller ainsi contre l'ordre des choses. Ha ! ha !

— Ionas, non ! Ce n'est pas votre place ! Ce n'est pas votre destin de faire souffrir à ce point.

— Non, Rebecka ! Juste cette nuit. Venez ! Venez, vous allez voir. Cette nuit doit être parfaite. Ça n'est pas Odessa. Mon rêve, c'était de finir à Odessa, mais convenez-en avec moi, Brooklyn, c'est pas mal.

Elle prit sa main et le vampire l'entraîna dans les airs. Rebecka se laissait faire. Elle avait le sentiment que tout ça, pas le massacre, mais la voix douce et la main tendre, ça lui semblait aller dans le sens de la vie.

— On va… ?

— … voler ensemble pour l'instant. Vous voulez bien ?

— Vous avez changé d'avis, c'est ça ? Il y a dix minutes vous vouliez vous jeter dans une tombe.

— Pas « une » tombe. Ma tombe. J'ai fait construire ce caveau tout exprès depuis longtemps. Avec mon nom. Une chose définitive équipée d'un mécanisme efficace : rouages suisses, chimie germanique, ingénierie américaine. Je crois que si ça fonctionne, quand je me jetterai dedans, ça sera sans appel… mais n'en parlons plus.

— Vous avez eu ce moment sanguinaire… et vous avez changé d'avis.

— Voilà.

— Vous vous êtes dit « assez de sang ».

Ionas ne répondit plus. Les arches monumentales du pont de Brooklyn apparurent derrière le cimetière. Il volait très vite. De grands oiseaux blancs les frôlèrent et partirent en caquetant. Ils traversaient la fumée des bateaux-cargos. Rebecka regarda en bas et poussa un cri où se mêlaient angoisse et fascination. Cent mètres en dessous d'elle clapotaient les vagues. Ionas plongea. Il s'amusait à la faire zigzaguer entre les navires. Il l'éblouissait en stationnant dans la lumière des projecteurs maritimes. Malgré la nuit, le port connaissait une activité intense. Rebecka craignait qu'on les remarque et qu'ils prennent des coups de fusil. « Par chance, pensa-t-elle, ce vampire sait passer totalement inaperçu. » Il sautillait de la pointe des bottes sur les filins, les grues et les antennes radars. Elle hurlait de joie comme à la fête foraine. Elle trouvait cela tellement gracieux, qu'il n'ait pas besoin de ses pieds pour voler mais qu'il s'en serve tout de même. À chaque coup de talon du vampire sur un container ou à la surface d'une cheminée de fonte, le vol reprenait, plus enthousiaste. Frôlant les obstacles, s'abîmant les genoux, les coudes et les habits comme font les gosses, Ionas le vampire prenait soin d'elle, lui offrait du spectacle.

— J'ai rêvé de ça, disait-il, vous savez. Pas avec vous et pas ici. Mais mon rêve c'était ainsi.

— Moi j'ai enterré mon mari hier matin.

— Moi aussi, j'ai enterré mon mari, fit le vampire, ça fait cent ans mais ça ne change rien.

— Oui. Oui. Vous avez tout redécouvert aujourd'hui, concéda Rebecka. Donc il y a eu un choc…

— Exactement ! Vous ne m'en voulez pas ? Mais j'ai bien compris le message et avouez qu'à mon âge il est bien temps, n'est-ce pas ? Je dois apprendre à ne penser qu'à moi. Par humilité…

— Oui, enfin en tout cas…

— Attendez !

Et le vampire sans vergogne se mit à la peloter. Ses longues mains aux griffes de chat s'introduisirent dans le manteau. Rebecka se foutait des barrières déontologiques, elle passa les doigts sur le crâne glabre de Ionas et entrouvrit la bouche. Aucun baiser ne vint. Elle s'était méprise sur les intentions du monstre.

— Pardon, fit Ionas, où est-il ?

— Qu'est-ce que vous faites ?

— C'est dans mon manteau. Dans mon rêve, je jouais du violon et je veux que ça soit parfait.

— Et votre violon serait…

— Dans la poche, là !

— Il est petit.

— Vous êtes marrante, docteur ! L'instrument est dans mon château, mais regardez !

Il exhiba un téléphone portable dernier cri avec un écran digital.

— J'ai une application qui permet ça. C'est formidable ! J'ai rejoué mon air favori. Pas piqué sur Internet, enregistré vraiment, avec mon propre violon.

L'incongruité de la situation déclencha le rire de Rebecka. Elle avait les fesses nues sous un manteau de soldat. On la faisait voler au-dessus du port et son patient, mort depuis cent ans, était en train de lui faire la démonstration d'un programme de synthèse musicale. Mais le vampire était fébrile et fit tomber l'appareil téléphonique. Son rêve n'était donc pas parfait. Manifestement cette contrariété lui gâchait tout. Il plongea dans le vide afin de récupérer l'ustensile électronique. Rebecka, malmenée dans ses bras, se sentit en un instant décoiffée, brutalisée, considérée comme quantité négligeable. Ils avaient fondu en piqué jusqu'à moins de dix mètres du pont d'un immense cargo quand le bruit du téléphone se brisant en dix morceaux leur parvint aux oreilles.

— Tant pis, fit Rebecka, c'est pas grave. On peut chanter.

Le vampire n'avait plus le même regard.

— Oui, quelle importance, de toute façon, je vais vous tuer.

XVII

Il avait fait un geste de marionnettiste et Rebecka s'était retrouvée propulsée très haut dans le vide. À toute vitesse, il volait vers elle. Il chanta, comme pour régler une formalité, un petit air dans une langue ancienne et Rebecka, telle la figurine d'une boîte à musique, perdit le contrôle de ses membres et dansa dans le vide. Un peu trop vite. Elle voulut lui parler mais d'un autre geste magique, Ionas lui scella les lèvres.

— Ah, ne dites rien, ordonna-t-il, c'est déjà assez pénible.

Il s'approcha d'elle et la prit par la taille, fredonnant toujours. Dans un mouvement de valse raide, ils entamèrent une danse mécanique. Rebecka agitait la tête. Sa liberté musculaire était extrêmement réduite. Elle pouvait, volontairement, remuer un peu la mâchoire mais sans produire de son. Elle parvenait, sur quelques centimètres, à obliger ses articulations à bouger, mais seulement au prix d'une grande douleur. La volonté du vampire l'écrasait. Il commandait presque totalement l'enveloppe charnelle de la jeune femme. Elle pensa à Mendel dont le cadavre attendait en dessous. Son petit train des idées, comme à chaque fois qu'il eût été urgent de penser à autre chose, délirait à plein régime : on était tous morts. On n'était que des morts animés. Il n'existait rien d'autre que l'agitation causée par cette insignifiante anomalie électrique qui pousse les mécaniques inertes à tressauter inutilement. Cette anomalie : la vie. Et bientôt ça serait fini. En plein vol et sans prévenir, le vampire découvrit l'épaule de Rebecka. Elle ouvrit grands les yeux et ne put rien faire pour l'empêcher de mordre franchement sa gorge. Du sang éclaboussa le visage de Ionas. La plaie laissée par sa morsure laissa dégouliner sur la victime quelques grosses gouttes, bientôt rendues glacées par le contact de l'air nocturne. Rebecka sentait qu'on l'entraînait ailleurs. Elle comprit où il allait. « Pas étonnant, pensa-t-elle, vampire ou pas, ça n'est qu'un touriste, un moujik. Pas étonnant qu'il m'entraîne sur la statue de la Liberté.

— Je vais vous tuer là-haut.

— NNnnnnnnnnnnnnn.

— Non. Je ne veux pas vous laisser me parler ou me raisonner. Je souhaite commettre l'irréparable. Quand j'ai appris tout à l'heure que j'étais peut-être un meurtrier, c'est très difficile de vous expliquer ça… j'en ai conçu un immense soulagement. Oui. Je devine à votre regard que ça ne vous semble pas logique.

— Me… sav… pppas.

— Je ne sais pas ? C'est ça ? Je ne sais pas si j'ai tué cette enfant ?

— Mmm… mari…

— Oui ! Exactement ! Je vais vous laisser causer et vous allez instiller un doute ! Vous allez m'expliquer que peut-être votre mari est le descendant de cette petite fille, et ça prouverait qu'elle a vécu et que subséquemment, je n'ai assassiné personne. Figurez-vous qu'au sujet de votre mari vous n'êtes pas la seule à avoir des théories…

— Nnnnn…

— Ne vous fatiguez pas. C'est possible. C'est même envisageable, que je ne sois pas un criminel. Mais cette éventualité, l'idée que l'irréparable soit encore devant moi parce que, avec l'éternité qui m'attend, soyez certaine que je vais avoir l'occasion d'en commettre des saloperies, ça m'écrase. Donc c'est trop lourd. Autant agir tout de suite. Que ça soit derrière moi. Allons. Il faut y passer. Vous allez me dire « Mon vieux, tu viens de saigner dix types, laisse-moi partir ». Mais ça ne vaut pas. J'avais un contentieux avec eux. Vieux d'un siècle sans doute car ils avaient tous dans le fond de l'œil cette poussière que même les animaux n'ont pas et que je n'ai vue que lors des pogroms, chez les bourreaux. Et ils profanaient une tombe. Et ils m'ont attaqué. C'était, pour ainsi dire, de la légitime défense un peu disproportionnée, rien de plus. Allons, Rebecka…

Il venait de la déposer sur la tête de la statue de la Liberté.

— … Il faut. Faites-moi un signe. Dites-moi que vous comprenez mon raisonnement. Il faut que je m'en prenne gratuitement à une victime indiscutablement innocente. Ainsi j'accepterai enfin pleinement mon sort : mort et donneur de mort. C'est grâce à vous et c'est pour vous, docteur. Cette nuit, officiellement, je prends mes fonctions.

Il plongea à nouveau dans la gorge de la jeune femme et la mordit encore, laissant gargouiller le sang, en aspergeant partout. Il eut un haut-le-cœur. À cause du choc, Rebecka regagna un peu d'autonomie musculaire. Elle se débattit faiblement, mais rien de comparable avec la puissance du vampire qui se forçait à ne pas la regarder dans les yeux. Nerveusement et pour qu'enfin l'épreuve finisse, Ionas la mordit une troisième fois. Alors sa victime trouva l'énergie de hurler. C'était le cri que l'on pousse pour sortir d'un mauvais rêve, lancé d'une voix enfantine et inarticulée, rendue ridicule par la tétanie musculaire. Rebecka sentait des picotements dans ses gencives et sur sa langue. Tout son organisme lui paraissait engourdi par la morsure du vampire. Chaque aspiration était comme une grande vague, on avait la possibilité attirante de s'y abandonner. Et de laisser partir la vie avec les dernières gouttes de sang. Elle ferma les yeux, se disant que c'était la seule action volontaire qu'il la laisserait accomplir. Puis elle eut le sentiment désagréable qu'on l'éclaboussait avec son propre sang. Elle rouvrit les paupières : Ionas vomissait, ne se sentait pas fier. Son visage barbouillé de rouge enfoui dans le jabot de sa chemise, il se détourna. Rebecka, tremblant sur ses jambes nues, parvenait à grand-peine à rester debout sur la tête de la statue.

— Pardon ! Pardon ! bafouilla le vampire, je n'y arrive pas. Je suis nul même pour ça. Cette thérapie est un échec.

Puis il s'envola tristement en direction du cimetière, pressé de rejoindre son caveau et d'actionner le mystérieux « mécanisme définitif ».

Rebecka tremblait de tous ses membres. De ses trois morsures le sang continuait de s'écouler en abondance. Elle était encore partiellement paralysée et le vent de la nuit ramenait ses cheveux sur son visage. Elle peinait à apercevoir le vampire. Il partait. Loin. Il lui avait dit que comme docteur elle ne valait pas grand-chose.

Ionas volait, fou de rage contre lui-même. Vite, la tombe ! Vite, grâce à la technologie moderne, actionner cette machinerie coûteuse qui allait enfoncer des pieux, déverser un liquide inflammable, faire jaillir l'eau bénite. Noyer la sépulture sous toutes ces conneries auxquelles la Bible de Haydée accordait crédit. Vite ! Disparaître de cette planète. À cet instant, très faiblement mais ça vaut le coup dans de telles circonstances d'avoir de grandes oreilles, Ionas entendit Rebecka qui murmurait son nom. À peine eut-il tourné la tête qu'il la vit, toute tremblante, qui boitillait vers le rebord du crâne de la statue. Avant même qu'il pût faire le moindre tour de marionnettiste, elle plongeait dans le vide. Ionas fonça vers elle, agacé qu'on puisse l'avoir plusieurs fois avec le même stratagème.

— Si je vous épargne, c'est pas pour que vous vous fichiez en l'air, idiote !

Il venait de l'attraper. Il la tenait dans ses bras. Le vampire n'avait pas décidé s'il fallait la ramener sur la tête de la statue, ou en haut du pont de Brooklyn, ou au cimetière, mais la voiture de Rebecka était restée à Providence, ou bien…

— Embrasse-moi ! parvint à articuler Rebecka.

Cette demande simple déclencha chez le vampire un torrent de paroles inutiles. Rebecka n'écoutait rien. Elle serra dans ses deux mains le visage de Ionas et lui donna un baiser. Il rentra les dents. Répondit maladroitement. Elle l'embrassa à nouveau et puisqu'il y avait ça, le baiser, il considéra que la Liberté était la meilleure destination. Ils se retrouvèrent à nouveau en haut de la statue, et Ionas lécha comme un chat les plaies de son docteur qui commencèrent de cicatriser.

— Ça marche, ce que vous venez de faire, murmura-t-il.

— Non, ricana Rebecka. Je suis inqualifiable. Mais pour moi comme pour vous, c'est…

— Oui. C'est très bien !

Elle trouvait la réponse un peu trop raisonnable. Il l'embrassa encore. Avec la nuit, le vent et les mouettes, c'était indubitablement pas mal, mais une chose chiffonnait Rebecka. Oubliant que quelques instants plus tôt elle avait failli trépasser par morsure et par une chute vertigineuse, la psy osa une idiotie :

— Qu'est-ce que je suis, pour vous ?

— Ah non ! fit le vampire. Ces questions-là, après l'amour, après un mois ensemble, après une première dispute, mais pas tout de suite !

« Oui, songea Rebecka. Je sais bien. Mais je suis en train de tomber follement amoureuse de toi, vilain papillon. Moi je ne tombe jamais amoureuse. Paraît que je suis un poisson froid. Même quand mon mari crève, tu vois, je ne pleure pas. Oh ! J'espère que tu n'as pas la télépathie parce que je ne veux pas que tu entendes ça, Ionas le vampire, mais je me sens prête à tout pour toi. Est-ce que tu m'as embobinée avec un vieux tour de magie ? Je voudrais tout te donner. Ce que je ressens pour toi… »

— Vous m'avez sauvé la vie, fit Ionas.

Deux larmes montèrent aux yeux de Rebecka.

— Vous avez remarqué, précisa Ionas, je dis « vie ». Je me disais, mon identité, c'est la morbidité. Pendant cent trente ans je me suis répété ça : « mort vivant, mort vivant ». Quelle erreur ! Ce qui me caractérise, Lovecraft a raison, c'est la vie éternelle, rien d'autre. Vous imaginez ! J'ai tout mon temps ! Je n'ai pas d'attaches.

Rebecka lui sauta au cou et l'embrassa encore.

— Attendez… j'ai besoin de vous, fit le vampire.

— Moi aussi, moi aussi, oh, je t'aime ! Je sais qu'il faut pas dire ça le premier soir et certainement pas le lendemain des obsèques de son premier mari, mais si tu savais comme je t'aime !

En trente ans de vie Rebecka ne s'était jamais aussi spontanément ni totalement livrée. Elle mangeait le visage de Ionas comme si c'était une glace rhum-raisins en répétant « je t'aime », avant de s'apercevoir que son partenaire, malgré l'ambiance romantique et la statue de la Liberté, ne répondait rien.

— Quoi ? demanda Rebecka.

— Pardon, je suis affreusement gêné. Je crois que ma morsure vous a… enfin il y a eu de la panique… vous avez surinterprété. C'est peut-être juste une conséquence de mes passes hypnotiques…

— QUOI ?

— Comme docteur. J'ai besoin de vous comme docteur. Sans vous je ne vais pas pouvoir tenir le coup. Vous savez, choisir la vie, tout ça.

— Tu m'as embrassée.
— C'était la thérapie, non ?
Rebecka baissa la tête.
— Non ? demanda à nouveau le vampire.
Elle fronçait très fort les sourcils et se sentait ridicule.
— Rebecka ! Rebecka, ne soyez pas triste, ne soyez pas en colère ! Je viens de passer cent ans de fidélité amoureuse absolue à une fille morte. Est-ce que vous croyez vraiment que j'aie besoin de me recoller dans ce genre de cauchemar ? Pardon, le mot était mal choisi et ne le prenez pas pour vous mais entendez-moi bien. Je ne peux ni me marier ni engendrer d'héritier. Je suis une bête de la nuit qui a juste le choix entre déprimer ou profiter des... enfin découvrir le monde... Rebecka, vous ne voulez pas être mon amour. Ça va défiler dans mes bras. Maintenant que j'ai compris que rien n'a de sens, que je suis là pour m'amuser sans aucune mission sacrée, comment voulez-vous que je promette quoi que ce soit à quiconque ?
— Salaud.
— Ah zut ! Vous ne pouvez pas d'un côté m'enseigner un comportement et de l'autre vous plaindre que j'aie trop bien compris vos leçons. Moi je veux bien vous embrasser. Mais... vous me suivez ? Même si vous exigiez des développements sexuels, je n'y serais pas défavorable, vous voyez bien que vous me plaisez ! Rebecka, depuis votre baiser, c'est la première fois que rien n'est grave, alors...
— Alors tirez-vous.
— Absolument pas. J'ai besoin de vous tout le temps ! Ce n'est que le début.

— De quoi ?

— De ma thérapie.

— Il vaudrait mieux que vous choisissiez un autre psychanalyste.

— Parce que vous m'avez dit votre affection ? Je peux faire comme si je ne m'en souvenais plus. Je suis fort pour oublier, vous savez !

— Partez. Maintenant. Je n'ai jamais été autant prise pour une conne.

Le vampire trouva que Rebecka exagérait. Avec un aplomb et un manque de psychologie typiquement masculins, il se mit à expliquer à la jeune femme blessée, grelottante et vexée qu'elle devait se reprendre et se comporter de façon un peu plus professionnelle.

— Rebecka, l'urgence, c'est quoi ? L'urgence, c'est que vous avez un patient, moi pour ne pas le nommer ; un individu dangereux, instable, capable de perpétrer des horreurs. Ce garçon se sent mieux. Mais c'est fragile. Alors Rebecka vous vous reprenez ! Vous avez un boulot à faire. Il faut vous occuper de moi.

À la suite de quoi, malgré sa grande faiblesse, la psychanalyste se mit à hurler si fort que sur le pont d'un bateau de gardes-côtes des policiers dressèrent l'oreille avant de s'éloigner.

— C'est quoi ? fit l'un des agents.

— Aigu comme ça, c'est une mouette, répondit l'autre.

— Un bon paquet de mouettes, surenchérit le premier.

— Pas de doute.

La praticienne offensée cognait le visage du vampire et l'agonissait.

— Rebecka, si vous continuez, je ne vous aide pas à descendre. Je vous laisse là, moi.

Elle lui colla un coup de pied, se cassa la figure. Il la prit par les dessous de bras et s'envola dans la nuit à toute vitesse.

Pendant tout le trajet, le vampire présenta des excuses pour son manque de tact. Mais malgré des trésors de délicatesse, il ne parvint pas à tirer un mot de Rebecka. Lorsque enfin ils arrivèrent sur le parking de l'université Miskatonic, Phlorian qui faisait le guet réveilla Lovecraft sans faire de bruit. Ils n'allumèrent aucune lumière.

— Vous ne vous inquiétez pas si je ne vous téléphone pas cette nuit, osa Ionas en lui disant au revoir. C'est parce que, comme vous l'avez constaté, j'ai cassé mon téléphone…

— Vous êtes idiot, Ionas. Je n'ai rien fait pour vous. C'est Lovecraft et sa projection. Moi, j'ai juste sauté dans le vide.

— C'est ça ! C'est ça qui m'a fait tellement de bien. Votre médecine, c'est ça : vous avez sauté dans le vide.

XVIII

Il voulut la déposer en passant par la fenêtre de sa chambre mais le loquet était fermé. Il resta alors un moment sur le parking, tenta de la saluer en bonne et due forme mais il n'était pas en grâce.

— En tout cas, Rebecka, je reviens demain soir. J'ai besoin qu'on se raconte des choses, qu'on « débriefe » comme on dit.

— Tirez-vous, répondit-elle.

— Vous ne m'avez pas compris, murmura le vampire en lui saisissant le poignet, j'ai BESOIN de vous.

Rebecka se rappela qu'il avait raison. L'aspect sentimental était sans doute négligeable : ce malade avait la capacité de la saigner à blanc et de présenter des excuses un instant après.

— Très bien, conclut-elle avec raideur. Venez demain soir et on fera un état des lieux.

— Vous êtes sûre que je peux vous laisser seule ? Et vous savez, il ne faut rien dire. Au sujet de mon existence. Ce sont des choses avec lesquelles on ne rigole pas.

— À demain.

Elle vérifia qu'il était parti, puis se précipita, par l'escalier, à son étage. La porte était entrouverte. Elle alluma et poussa un hurlement. Calmement assis sur son lit, Lovecraft et Phlorian l'attendaient.

— Sortez !

— Nous poireautons dans l'obscurité depuis des heures, ne comptez pas sur moi pour repartir bredouille, répondit le vieillard. Qu'avez-vous appris sur votre ami ?

— Où sont les autres ? Où est la mandragore ? Où est le loup ?

— Ça s'est bien terminé pour eux. Figurez-vous que la plante était jalouse de vous. Elle en a fait état à haute voix et son camarade à poils en a pris ombrage, lui reprochant de n'avoir d'yeux que pour le vampire. Après quoi tous deux ont piaillé en gesticulant. Et pour finir, la bête a attrapé la sylphide et s'est mise à lui picorer l'orifice buccal.

— Un baiser ? demanda Rebecka.

— J'imagine que pour ces primitifs, c'est ainsi qu'on appelle un tel échange de fluides salivaires ; mais pour moi qui ai été mieux élevé, un baiser, c'est autre chose. Je vous montre ?

— Merci, ça suffit pour ce soir.

— Non ! Vous ne savez pas le plus beau ? En embrassant la fille verte, le lycanthrope est redevenu… presque humain.

— Presque ?

— Européen. Du Sud. Moins dolichocéphale que moi mais tout de même, c'est un progrès. Et… mon secret… à propos de l'Éternel ?

— Rien pour l'instant. Merci. Bravo. Bonne nuit. Partez.

— Hm… dans ce cas, je ne vous dirai rien sur la mort de votre mari, susurra le vieillard.

— Qui vous a parlé de mon mari ?

— Je sais que la fille rousse est encore en activité. Je sais que la femme-plante en connaît bien plus qu'elle ne veut l'avouer. Et il n'est pas exclu que votre Éternel ait aussi sa part de responsabilité. Donc, vous devriez espionner tout ce petit monde pour moi.

— Vous bluffez, vieille moisissure !

— Non, non, ma petite crevette de l'espace, j'observe. J'aborde des sujets, et lorsque je vois le noir de l'œil se rapetisser, c'est que j'ai touché un point névralgique. Je suis un sérum de vérité ambulant, et ça marche même sur les mandragores. La science, c'est ça, pulvériser le mensonge et mordre l'objet de ses recherches comme le dogue d'Argentine. Pour desserrer mes mâchoires, il faut découper au ciseau. Mais à propos… il vous a mordue ! Ça, c'est utile ! Je peux analyser ?

— Partez. Et… et dites-moi pourquoi quand vous poireautez des heures dans une chambre vous n'allumez pas la lumière.

— C'est bien simple ! Vous voyez le filament électrique ? À vos yeux, c'est juste un métal rare, mais si on entrouvre le voile d'illusions qui…

— Non. Ça va, je m'en fous, partez, maintenant.

Elle le mit dehors, ainsi que son serviteur. Après quoi elle vérifia que le vampire ne l'espionnait pas derrière la fenêtre. Elle réfléchissait à ce qu'on venait de lui dire au sujet de Mendel. Elle était tellement effrayée qu'elle ne se sentait pas disposée à enquêter sur sa disparition pour le moment. Mieux valait rester vivante avec des doutes que crever avec une révélation. Moins de quinze minutes plus tard, elle avait fait sa valise.

Rebecka avait demandé au taxi d'attendre à l'extérieur du campus. Elle emportait le moins de choses possible : une malle Vuitton assujettie à une structure à roulettes par des tendeurs de vélo, un énorme sac à dos derrière lequel elle disparaissait presque, son ordinateur coincé sous le bras, le chargeur électrique enroulé dessus en équilibre précaire et un sac Birkin en bandoulière. Elle descendit de son logement pieds nus et par l'escalier, afin que Lovecraft n'entende rien. Il fallait se sauver incognito. Dans le parc, en évitant l'allée centrale, elle trottina sans bruit. Il y avait encore un balayeur boiteux au milieu du chemin, à croire qu'il passait ses nuits là. Sans chercher à comprendre pourquoi il hantait ces lieux, Rebecka fit un détour par les buissons. Elle ne se montra sous les réverbères qu'au dernier moment, quand il fallut passer la grille. Le vigile paraissait endormi.

— Où on va ? demanda le chauffeur. Quoi ?

Elle le dévisageait. Rebecka voulait être certaine qu'il n'était pas en bois ou recouvert d'écailles ou porteur d'une vengeance immémoriale. C'était un vieux type quelconque avec de l'embonpoint et un physique qu'on oublie. Il ne fit pas un geste pour l'aider à entasser ses affaires dans le coffre. « Tant mieux, songea-t-elle, ça évite de perdre du temps. » Elle avait fait tout ce chemin sans remettre ses chaussures, ce qui eut pour conséquence tout un tas de petites écorchures sur la plante des pieds, à cause des graviers. Elle s'en moquait. Il fallait d'urgence se tirer d'ici, sans témoins, et partir le plus loin possible.

Trois heures durant, le type roula. Et la passagère ne voulait pas lui dire un mot. Elle se retint de téléphoner depuis le taxi pour réserver son billet d'avion. Même si le chauffeur semblait inoffensif, personne ne devait savoir où elle allait. Elle ne répondait à aucune des questions du conducteur, sans se rendre compte qu'un tel mutisme avait tout pour attirer l'attention. N'ayant rien à lire, elle passa tout le trajet à se masser la plante des pieds et à palper du bout des doigts les trois endroits où son cou avait été déchiré par les crocs du vampire.

— Il a de l'énergie, votre petit copain, s'autorisa le chauffeur.

Rebecka ne répondit pas. Il restait trente minutes de route jusqu'à Newark. Il devait être quatre heures du matin. Elle mit un temps infini à renouer ses chaussures : « Des spartiates plates, n'importe quoi ! » Elle chercha un foulard dans son sac, pour masquer les morsures. Il n'y en avait pas. Elle remonta donc très haut le col de son petit blouson en jean, se colla des lunettes D&G sur le nez, rentra la tête vers le sol, même si cette attitude lui faisait un double menton. C'était son idée de la discrétion.

En réalité, lorsqu'elle débarqua avec ses malles, son col remonté et ses lunettes noires dans le hall de l'aéroport, elle avait l'air de Mumbly, le chien détective des dessins animés d'Hanna et Barbera. Persuadée qu'on était toujours plus discret avec les riches, Rebecka se dirigea vers le comptoir qui comportait le plus de glissières à pompons et de macarons Executive, Premier, Connoisseur, Member's Club Gold 7 000… Elle pensa, toujours le petit train intérieur, aux salons de coiffure et aux commerces qui affichaient l'an deux mille sur leurs devantures et qui étaient devenus ringards une fois le millénaire franchi. Tous les « Coiffure 2 000 », « Brico 2 000 », « Triperie 2 000 ». Elle se dit que sur la Côte d'Azur, à côté de la maison où était mort Mendel, il y avait une grande surface dont les créateurs s'étaient montrés plus prévoyants en la nommant « Cap 3 000 ». « Là, Club Gold 7 000, on est tranquilles ! »

Au moment de donner sa destination, toutes ses pensées étaient tournées vers des souvenirs de poisson au citron et de piscine extérieure chauffée. Elle n'avait que deux mots à dire et le cauchemar se terminerait : Cipriani. Venise. Pour des raisons étranges, à cause de « Coiffure 2 000, Cap 3 000, Club 7 000 », elle choisit le prochain vol pour l'aéroport de Nice. De là on irait à Antibes. Finalement ça avait du sens. Aller dans la maison de famille de Mendel. Là où il avait eu une adolescence heureuse avec d'autres petits-bourgeois russes. Là où il avait écrit ses chansons les plus provocantes et là où, moins de dix jours auparavant, il s'était pendu à la rambarde de son balcon. Le vendeur de fruits était arrivé au matin avec sa camionnette et l'avait trouvé, accroché à la façade.

Il fallut trois heures d'attente supplémentaires avant l'embarquement. Rebecka les passa presque seule dans le lounge de la compagnie aérienne, grignotant nerveusement des biscuits plats garnis de graines de lupins et de sésame, dont elle ne put déterminer s'ils étaient censés relever du sucré ou du salé.

Pour la première fois de son existence elle s'était autorisée à retirer ses chaussures dans l'avion et à enfiler les abominables chaussettes que les compagnies aériennes compriment dans la petite trousse pleine de dentifrice et d'écouteurs qu'ils offrent aux passagers. Au point où elle en était, ne souhaitant pas séduire, Rebecka télécommandait l'écran tactile avec les orteils. Le siège disposait d'une touche massage. Elle joua avec. À ses côtés soufflait un énorme Américain qui ne se privait pas. Il reprenait du pain et demandait du vin français et dans l'intervalle entre chaque collation, il sonnait le personnel de bord pour obtenir des mignonnettes de Jack Daniel's. Rebecka l'admira d'aussi peu se préoccuper de lui-même. Elle qui n'avait pas mangé le fromage du plateau, qui s'était abstenue de saisir la coupe de champagne qu'on lui tendait, elle qui n'avait même pas pris de jus d'orange, se rabattant sur une eau minérale dont même les classes économiques devaient disposer.

On la reconnut. Lors d'un de ses nombreux passages pour nourrir la baleine échouée à côté d'elle, une hôtesse se pencha vers Rebecka et lui dit : « Hé ! Mais vous êtes de la chanson. » Alors elle remonta machinalement ses lunettes noires mais c'était foutu. On allait lui parler du deuil et la plaindre. Et constater que la veuve portait des chaussettes et appuyait sur la télévision avec ses doigts de pieds. Non. « Vous êtes de la chanson ! Streisand ! C'est une chanteuse, non ? » Rebecka répondit gentiment que c'était peut-être une cousine éloignée, mais que dans ces familles-là, on ne savait jamais. L'hôtesse repartit. Elle était dotée de fesses infiniment moins intéressantes que celles de Rebecka, cependant les messieurs de la classe affaires se faisaient des névralgies cervicales pour n'en pas louper un pixel. Elle trouva tout cela très rassurant : l'anonymat retrouvé, et l'espoir pour les veuves, même quand elles n'ont pas un cul en bois ukrainien.

Elle repensa à Liou, à la vampiresse aux cheveux rouges et à la possible filiation de son mari avec ces bestioles fantastiques. Elle décida qu'elle s'en fichait. Enfin, pour l'instant. Voilà le retournement copernicien qu'en cas de divorce ou de mort de l'âme sœur il est impératif d'effectuer. Il faut, pensa Rebecka, aimer mieux son cul que celui du défunt. Le centre de gravité de l'univers venait de se déplacer et elle en prenait acte. Elle avait commencé l'enterrement à coups de « Pourquoi ? Comment ? Qui ? » Puis elle avait risqué sa peau et l'essentiel lui était apparu : survivre. Ne se poser de questions qu'à propos de soi. « Ce qu'il pensait lui et ce qu'il avait fait, quelle importance ? Ce que je vais faire moi, ça m'intéresse davantage. Merci vampire ! Grâce à toi je sais que je veux survivre à tout ça ! Et ne plus jamais te voir ! Ni toi ni les autres suceurs de sang. »

Tandis que son voisin de siège regardait un film avec des robots pour la troisième fois consécutive, elle sonna l'hôtesse et commanda du champagne. « C'est magique, pensa-t-elle, à chaque fois que je sonne, on m'en rapporte ! »

Rebecka Streisand débarqua sur la Côte d'Azur complètement pompette. Elle se fit escroquer par le chauffeur de taxi avec une mansuétude très confucéenne.

— Deux cents euros.

— Mais bien entendu monsieur. Votre compteur est cassé puisque j'ai l'air américaine. Tout ce que vous voulez tant que j'ai le soleil dans les yeux et que mes lunettes servent pour une fois vraiment à m'éviter l'éblouissement.

— Je passe par l'autoroute ?

— Non ! Quitte à m'arnaquer pour de bon, prenons le bord de mer, je veux voir le plein soleil.

— Mais madame, le soleil, il se couche bientôt.

— Eh bien vous lui direz qu'il se couche trop tôt à mon goût.

Elle ouvrit grandes les vitres et se remplit les poumons des odeurs du littoral. On entendait un grand mistral, des palmes de dattiers qui se bagarraient et les vrombissements des bagnoles. Une cochenille laineuse et collante lui atterrit sur l'avant-bras. Elle se rappela qu'il y avait encore quelques mois, ces parasites constituaient à peu près la pire mauvaise nouvelle possible de son existence. On avait passé le fort Vauban et la vieille ville. Le véhicule faisait à toute vitesse les lacets du chemin du Cap. On cheminait entre les maisons de milliardaires, dans une végétation de plus en plus opaque. Derrière chaque grille, elle se rappelait les légendes jamais vérifiées, dans lesquelles se croisaient l'Aga Khan et les roses Meilland. Avant d'arriver à Eden Roc, le taxi plongea dans une petite allée dépourvue de bitume.

— Vous êtes bon pour nettoyer votre véhicule, lui dit Rebecka en avisant la poussière blanche qui recouvrait les portières.

— Oui. Alors justement, miss, pour le nettoyage, il y a un supplément, parce que…

— Je vais vous faire une pipe, c'est plus simple.

— Maintenant ?

— Non. Je plaisante. Je suis blagueuse.

— Ah… Eh bé, pour une Amerloque, vous parlez très bien français.

— Merci monsieur.

Que peut-il vous arriver de grave dans une agglomération dont le premier magistrat s'appelle Jean Leonetti ? Les prospectus d'une élection récente s'entassaient dans la boîte aux lettres. Il n'y avait autour de la villa ni barrières ni scellés. La police locale avait classé l'affaire. C'était un mort étranger. Il était parti se faire enterrer ailleurs. La profusion d'industriels dépensiers et de célébrités du cinéma ou de la chanson avait requis ailleurs l'attention des photographes. Ainsi le calme régnait sur la maison du suicide.

Malgré le vampire et tout ce qui lui était tombé dessus récemment, Rebecka n'avait pas attrapé d'attitudes superstitieuses ou mystiques. Il y avait eu, pendant quelques heures, une semaine auparavant, son mari en tenue de scène, accroché par la jugulaire à sa ceinture cloutée, le tout en devanture de la petite maison. Mais avant ? Trente ans de villégiature pour Mendel et sa famille. Et pour Rebecka, de très bons souvenirs. Ce n'était pas une maison de gens très riches. Les Broke en avaient fait l'acquisition en débarquant d'Ukraine, lorsque les frontières russes s'étaient ouvertes. Le père était entraîneur de football. Il ne roulait pas sur l'or mais avait disposé de la somme nécessaire à l'acquisition de cette incongruité cadastrale : la seule villa du cap d'Antibes où il était interdit de construire une piscine. La première fois que Rebecka avait dû partir en vacances avec Mendel, il l'avait emmenée là. Elle l'avait jugé moins con que prévu. Quand on s'envoie un punk provocateur qui chante la drogue et la mort, c'est un ravissement qu'il vous épargne Londres et le pont de Camden. Et quand il vous amène là où ses grands-parents et sa vieille tante boivent du bortsch glacé en jouant à la canasta, on se dit qu'il tient à vous. C'était une famille d'intellectuels russes ringards. Gros maillots de bain, peignes en écaille dans le maillot pour les messieurs : le grand-père et ses copains, tous alcooliques ; un coiffeur parmi eux. Le pépé portait des perruques, y avait-il un lien ?

Mendel avait conduit Rebecka dans le garage tandis que tout le monde prenait le café sous la tonnelle dégoulinante de glycine. Il lui avait dit que c'était le seul coin tranquille et l'avait basculée en avant en riant. Elle l'avait sommé de ne pas faire de bruit. Ainsi penchée en déséquilibre, la barre en fer d'une balancelle remisée à l'envers lui entaillait l'abdomen. Mais elle parvint à rester silencieuse. De même quand Mendel commença de la baiser, fut-elle attentive à ne pas gémir et à ne pas trop agiter la structure en fer vernie de blanc qui ne demandait qu'à grincer. Elle se faisait prendre dans le garage, et Mendel s'en foutait de lui griffer les hanches ou que ça soit difficile pour elle de se retenir de gueuler. Elle ouvrait la bouche pour dire « O ». Elle se forçait à ne surtout pas faire « O » et Mendel se marrait. Il lui attrapa à pleines mains les cheveux pour qu'elle ne bascule pas en avant et pour lui montrer qui était le chef. À cet instant, le soleil du dehors illumina brusquement les amants. La tante et la grand-mère, bière à la main, venaient d'ouvrir le garage pour y chercher des chaises longues. Des dames anglaises auraient fait comme si elles n'avaient rien vu mais c'étaient des juives russes alors elles partirent d'un grand rire, ramassèrent leurs pliants en tâchant d'agir vite, après quoi elles refermèrent la porte et les laissèrent terminer. Mendel n'avait à aucun moment cessé de bander. Et quand Rebecka voulut lui suggérer qu'on arrête, qu'on se recoiffe, qu'on se redonne une contenance, il lui fourra plein de doigts dans la bouche et la mit sur le dos. Allongée sur un tas de matelas de plage, Rebecka s'était alors sentie adoptée. Tout lui plaisait, la maison, la pornographie joyeuse du futur chanteur et peut-être par-dessus tout les vieilles dames juives. Après ça, mariage dans le vieil Antibes, célébrité, concerts dans le monde entier, suicide.

« Voilà, pensa Rebecka. Mon train des idées sert au moins à ça. Le mari pendu, ça n'est que l'écorce du fruit. La Villa romaine doit rester un refuge joyeux. »

Même les voisins n'étaient pas là. Depuis quelques années, les maisons avaient toutes été rachetées par des groupes industriels et des sociétés de location. Plus les propriétaires étaient riches, moins les villas recevaient d'occupants. Ainsi l'on pouvait passer quinze jours sans voir personne d'autre que les jardiniers, le facteur et les camionnettes des marchands de primeurs. On était début avril. Rebecka se baignait, début avril, comme pour qu'on comprenne bien son ascendance et que le froid n'était pas un problème.

Elle alla se mettre les fesses dans l'eau à la Garoupe, grignota un poisson grillé et s'apprêtait à rentrer à pied. La nuit tombait. Elle s'interrogeait sur l'adresse des concessionnaires moto de la région. Elle voulait une nouvelle Triumph.

— C'est grave, pour une beauté comme vous, d'être seule ici ! Vous êtes américaine ? Vous venez pour le festival de Cannes ?

— Si les starlettes de Cannes avaient débarqué, vous ne seriez pas en train d'adresser la parole à une trentenaire américaine en surpoids, répondit-elle.

— Oh, vous parlez bien la langue ! Vous avez eu un amoureux français ?

— Te fatigue pas, paie-moi un verre.

— Vous êtes…

— Veuve. Serre-moi.

Le type avisa la bouteille de côtes-de-provence entamée et lui remplit son verre, le ménisque très haut dans l'éprouvette.

— Pas « sers-moi ». Serre-moi.

Le grand brun insouciant n'aimait pas trop ça, qu'on ne lui laisse pas faire son cirque. Quand une fille donnait le sentiment de céder si vite, ça signifiait qu'elle était triste, qu'elle avait en vue une dispute de couple ou une mauvaise nouvelle.

— On va aller chez toi, tu vas pleurer pendant trois heures et on va pas baiser ? demanda-t-il afin de savoir ce qui l'attendait.

— Tout l'inverse, répondit Rebecka. T'as une moto ?

Un gros véhicule pailleté à quatre roues motrices, rempli d'un nécessaire de surf, de randonnée et de canyoning, leur faisait de l'œil. Rebecka fut prise de l'envie de dire au sujet de cette passion pour la glisse des choses très grivoises. Elle avait le goût des calembours, des blagues jamais drôles et les verbalisait systématiquement au pire moment. Ainsi, durant les cinq minutes de trajet dans la voiture du Niçois, parmi les lubrifiants pour surf et dans l'odeur du Dermophil indien, elle eut beaucoup de mal à ne pas sortir de plaisanteries grossières. « Mais l'indigène est fruste, pensa-t-elle, s'il me voit faire de l'esprit, il risque de s'effaroucher. »

— Oh, c'est beau chez vous, c'est vraiment très beau !

« Ça va, pensa Rebecka, il n'a pas reconnu la villa. Ici, dans les journaux, on ne lit que les bandes dessinées et les programmes télé. »

— Serre-moi.

Et debout dans le salon de la Villa romaine, les pieds en canard sur les carrelages à damiers, le grand brun embrassa Rebecka. Il était mal rasé, tout propre et musclé. Des poils doux jusque sur les phalanges. Une sorte de gros panda idiot, c'était exactement le genre de thérapie dont elle avait besoin. Il mit au jour les blessures dans la nuque de Rebecka et attribua ces marques à un amant trop empressé, « Dis donc, t'es une sacrée cochonne », ou une remarque équivalente.

Rebecka rit poliment à cette saillie sans donner de précisions. Le type sentait l'ail et le poisson. Il avait entre les dents une infime section de feuille de basilic. Il fallait se concentrer sur l'ensemble, ne pas trop regarder les détails. Elle fixa son attention sur les grosses mains qui lui malaxaient la poitrine comme on presse des pamplemousses. Ça descendait sur son dos. Il lui chopait les fesses avec gourmandise et elle fit « O », par politesse pour l'instant, et aussi pour s'encourager à l'abandon tel un cheval qui se cravacherait tout seul. Son regard se perdait dans le fer forgé arrimé dans les jardinières, sur les courbes élégantes des bow-windows, dans la grande ombre des rideaux découpée par la lune. C'est alors qu'elle l'aperçut, claquemuré dans un angle du plafond : Ionas la regardait. Ionas était là.

Lorsqu'il croisa ses yeux, tandis qu'elle sursautait violemment, le vampire posa un doigt sur sa bouche. Malgré l'obscurité, le geste était limpide. Ça signifiait « ferme ta gueule ». Après quoi, le monstre commença à articuler des syllabes sans rien prononcer. Rebecka ne pigeait rien mais se doutait bien que ça allait dans le même sens que le doigt sur la bouche. Elle se mit cependant à hurler qu'il y avait une créature et qu'il fallait que son amant la défende. Le ton de la jeune femme respirait une terreur si sincère que le Niçois ne songea pas à plaisanter. Dans un état de panique indescriptible, l'Américaine lui montrait du doigt un coin sombre près du plafond. Et il vit le vampire. Un instant après, Ionas lui sautait dessus, le mordait au cou et le vidait de son sang. Rebecka qui n'avait pas bougé d'un pouce voyait ses propres bras trembler nerveusement. Elle perdait tout contrôle d'elle-même et criait, tressautait, transpirait une sueur glacée.

— Non mais ça va, je ne vais pas vous tuer.

Le vampire, extrêmement calme, expliqua à quel point cette situation le désolait. Il leva le nez du cadavre, et de sa bouche barbouillée de sang, se mit à parler d'une voix très aimable :

— Vous croyez que ça me fait plaisir ? Vous savez très bien que je ne suis pas un grand assassin. Vous le savez mieux que personne. Mais c'est une loi à laquelle je n'ai pas le droit de déroger : si quelqu'un découvre qu'il existe des monstres, les monstres doivent le tuer.

— Vous allez me tuer aussi, vous voyez !

— Non ! Non, vous, je vous fais confiance.

— Mon œil !

— Bon. Je ne vous fais pas confiance, mais j'ai besoin de vous. Je vais revenir tous les soirs. Vous m'analyserez.

— Et quand l'analyse sera finie ?

— Ne vous inquiétez pas, Rebecka. Avec moi, ça n'est jamais fini.

XIX

Ionas la regardait fixement comme un chien qui se demande si on va lui pardonner sa dernière bêtise. Rebecka venait de s'apercevoir que les semelles de ses chaussures compensées baignaient dans une mare de sang. Malgré la mort dont on dit qu'elle met fin à ce type d'épanchement, le cadavre de son coup d'un soir continuait de se vider. Le vampire ne clignait pas une paupière. Il se demandait comment elle allait réagir.

Lorsque la brune baissa enfin les yeux vers le sol, quand elle vit que ses pieds trempaient dans une flaque rouge sombre, elle ne sursauta pas. Les yeux de Ionas se mirent à briller. Elle leva imperceptiblement une jambe et un filet d'hémoglobine s'étira entre la partie inférieure de son soulier et l'essentiel du liquide. Ionas constata que l'orteil de la jeune femme et l'intérieur de son pied étaient un peu aspergés. Elle s'en rendit compte à son tour et là encore, ne sursauta pas. Ionas pensa qu'enfin on ne le rejetait pas. Il venait de montrer sans fard de quelles créations il était capable et cette psy gardait son calme. « Rebecka a fait des progrès depuis le cimetière », pensa-t-il.

Elle s'accroupit, toujours sans mettre les pieds hors de la mare aux odeurs métalliques. Elle détacha lentement les lanières de ses souliers avant de quitter ce périmètre écarlate. Ses pieds nus reprirent contact l'un après l'autre avec le sol de la maison. Ionas apprécia que, confrontée à une situation aussi traumatisante, Rebecka Streisand ait eu la présence d'esprit de se déchausser pour ne pas salir le tapis.

— Et pour le ménage ? dit-elle simplement.

— Vous souhaitez que je vous aide à nettoyer ? demanda le vampire qui, toujours à quatre pattes, avait encore le menton dégoulinant et les narines au-dessus de la gorge arrachée de sa victime.

— Je vous demande, précisa Rebecka, comment vous faites quand il faut qu'un mort disparaisse.

Il prit un regard inquiet.

— Pas vous ! poursuivit Rebecka. Vous, j'ai bien compris, que vous étiez ma croix. Mon mari était un vampire et dès qu'il disparaît on m'en colle un autre, ne vous en faites pas. S'il y a un dieu quelque part, j'entends très bien ce qu'il me raconte. Ce n'est pas mon destin d'avoir du temps pour moi. L'autre mort, Ionas. Comment faites-vous, d'habitude ?

Il se releva, un peu outré. Il voulait s'essuyer la bouche avec ses manches de chemise mais il retint son geste afin de ne pas salir davantage sa tenue. Il commença à se lécher les lèvres, à se les frotter du bout des doigts. À la moue dégoûtée de Rebecka, il comprit qu'on autorisait aux chats domestiques des attitudes qui ne lui seraient pas permises. Il attrapa une sorte de mouchoir jaune où étaient imprimés des rameaux d'olivier et des citrons.

— Pas ça ! ordonna Rebecka.

Elle portait encore sa robe d'été noire, courte et assez transparente. Il lui trouva, en dessous, des seins énormes et une lingerie à la fois enveloppante et suggestive. On voyait, à la marque de l'élastique, que les fesses considérables disposaient d'une culotte très peu brésilienne. Le soutien-gorge aussi occupait beaucoup de centimètres carrés d'épiderme, mais tout cela était agrémenté d'assez de fleurs brodées et de motifs repiqués pour qu'on ne soupçonne aucune pruderie derrière ces options vestimentaires. Elle n'était juste pas très string. Et elle était en train de le gronder parce qu'il avait pris le repose-tête d'un fauteuil pour essuyer le sang de son visage. Ionas se dit que depuis le décès de Hiéléna, personne ne l'avait engueulé avec un tel aplomb. Il n'avait pas besoin de grandes compétences analytiques pour constater qu'il adorait ça, se faire appeler Arthur par une brune plantureuse. Il tenta de reprendre le dessus en expliquant sa bonne moralité :

— Rebecka, je ne fais pas ça souvent. Je ne suis pas un criminel et au sujet de la disparition des cadavres, je suis aussi incompétent que vous.

— Moi je ne suis pas incompétente du tout, répondit-elle très calmement. C'est juste que j'aurais aimé éviter de demander des services à la population locale.

Elle enjamba d'une longue foulée le corps éviscéré du dragueur niçois et saisit un vieux téléphone filaire de couleur ivoire qui disposait encore d'un cadran rond équipé de trous pour l'index.

Le vampire lui demanda qui elle appelait. Il redevint menaçant et s'avança pour saisir le combiné. Elle lui fit signe de se taire. Lui, déjà habitué à cette autorité nouvelle, obtempéra sans difficultés. Il s'abstint de répéter que si elle faisait à nouveau connaître l'existence des monstres il y aurait meurtre une seconde fois. Il essaya de prendre l'écouteur, elle le lui arracha des mains sans même se retourner vers lui. Penaud, il alla se raccrocher au plafond et se pendit la tête en bas, attentif à la suite des opérations. Il la regardait du dessus et admirait ses longs cheveux noirs au-dessus de la mare de sang. Ça lui rappelait Hiéléna, lorsqu'elle avait découvert ses parents massacrés. Un événement funeste, certainement, mais un souvenir agréable aussi, pour d'obscures raisons. Parce qu'elle était vivante, finalement, et que c'était toujours mieux que le siècle qui avait suivi, et durant lequel toutes ses rencontres ne lui avaient pas laissé autant d'émotion que Hiéléna qui dort, Hiéléna qui pleure, Hiéléna qu'on regarde embrasser le frère survivant.

Rebecka parlait en russe. C'était la première fois qu'il l'entendait s'exprimer dans leur idiome commun. Le vampire en ressentit une très vive émotion. Il regardait son dos nu. Dans le bas des lombaires, il entrevit un pli horizontal. « Elle est si bien nourrie, pensa-t-il, qu'elle a même cet imperceptible bourrelet dans le dos, quand elle se cambre. Elle est cambrée en permanence. Je m'en fiche, des fesses de mon cheval de guerre, mais les fesses de Hiéléna ressemblaient au cul du cheval qui va combattre et je les aimais, même si mes mains ne s'en souviennent qu'à travers des robes. Rebecka a les mêmes apophyses graisseuses et la même générosité ferme que mes bons souvenirs. Je ne dois pas lui parler du cheval par courtoisie élémentaire et il ne faut rien dire au sujet de Hiéléna, car elle trouverait cela morbide. »

Elle avait expliqué à son interlocuteur téléphonique que ça n'était pas pour une livraison. Qu'il y avait une grosse chose à venir chercher. « Comme avec le ministère de la Culture », finit-elle par préciser, toujours en russe. Puis elle raccrocha.

— Vous parlez russe et en code ? demanda Ionas en tentant de sourire. Il s'est passé quoi, au ministère de la Culture ?

— GHB, *fist fucking*, cadavre au petit matin. Le monde de l'audiovisuel en émoi. On a dû éviter la police.

— Mais, Rebecka, à qui parliez-vous ?

— Ne riez pas. C'est le dealer de ma belle-mère.

— Il ne va pas venir ici, tout de même ?

— Il arrive, cachez-vous. Je m'occupe de tout. Et ne prenez pas cet air effrayé. C'est un ami. Je vous signale que c'est lui qui s'occupe de l'élagage des arbres du jardin. Tenez, même le fer forgé de la maison, c'est son œuvre.

Ionas fit remarquer que les grilles de la villa n'étaient pas toutes très bien ouvragées. Ce type n'avait même pas débarqué qu'il en était déjà jaloux. Rebecka lui ordonna à nouveau de se cacher et précisa que pour un garagiste, car c'était sa seule formation, le garçon en question était plutôt doué de ses mains. Ionas détesta cette allusion ambiguë.

Vingt-cinq minutes d'attente suivirent, pendant lesquelles le vampire ne prononça pas un mot. Il rampait au plafond nerveusement. Parfois il faisait semblant de dormir, allongé à l'envers, pour se donner une contenance, mais il ne trouvait pas de position avantageuse, ou digne. Alors il effectuait des sauts de carpe la tête en bas. Il finit par se cogner au lustre et Rebecka lui ordonna d'être invisible. Instantanément, il alla se terrer dans un coin d'ombre. Il voyait la satisfaction implacable qu'elle avait à se faire obéir. Ça lui plaisait beaucoup. Il allait tenter ce projet, qui consistait à s'en remettre totalement à une femme : Rebecka Streisand.

On entendit le moteur de l'Alfa Romeo plus d'une minute avant qu'elle freine devant la maison, puisque les chemins adjacents étaient déserts et que Vania conduisait comme un pilote de rallye. Il fit un appel de phares. Rebecka sortit dans l'allée de gravier pour lui ouvrir la grille de la demeure. À la voir engloutie dans les lumières du véhicule, sa robe disparaissant complètement, Ionas admirait dans les éclats dorés des feux de la voiture italienne une grande femme nue. Rien, à cet instant, ne la distinguait de Hiéléna. Cette ressemblance, depuis qu'elle avait parlé russe, lui semblait insupportable. Puis il aperçut le conducteur. À sa silhouette, il eut l'impression de reconnaître son frère. « Ça va se dissiper, pensa Ionas. Il va apparaître dans le salon et je vais m'apercevoir qu'il ne lui ressemble pas tant que ça. »

Le malfrat ordonna à ses hommes de rester près de la voiture. Ils coupèrent les phares et Vania, Timberland aux pieds et chemise mal boutonnée, entra sur la scène du crime. Il tenait Rebecka par la taille. Au plafond, Ionas voulut se persuader que ça n'était qu'un geste amical. Le nouveau venu s'accroupit près du cadavre et détailla les blessures abominables que le vampire lui avait infligées. Ionas, à cet instant, n'avait pas peur d'être découvert. Il regrettait de toute son âme de ne s'être pas dévoilé quand cent ans plus tôt il avait découvert Hiéléna au bras de son frère. « Il eût fallu, pensait-il du sang battant dans ses tempes, oser apparaître au monde, avec ma monstruosité, et tant pis pour les blessures des autres. Il faut penser à soi. Sinon, par soi-disant altruisme, par politesse dirons-nous, enfin, par mauvaise éducation, quand on se préoccupe de tout cela, on fait encore plus de mal. » Il était heureux que ce Vania qui même de près ressemblait décidément trop à Caïn puisse savoir de quoi il était capable, lui, le vampire. « Tu vois bien que cette jeune femme n'a pas pu commettre une telle abomination. Tu vois, c'est moi qui fais ça. Alors tire-toi ! Elle est à moi ! »

Mais le Russe se mit à rire en voyant le cadavre. Ionas en fut profondément humilié et resta dans l'ombre. Ce genre de garçons, ceux qui ressemblaient à son frère, il ne leur ferait décidément jamais peur.

— Toi, tu es comme une fille russe ! murmura Vania. Tu n'assassines pas avec douceur.

— *Comme ?* répondit Rebecka offusquée. Je SUIS une fille russe.

— C'est vrai, convint Vania. Même les juifs peuvent être des filles russes.

Ionas sentit une douleur dans sa lèvre inférieure. Il était en train de se mordre la bouche tellement il était jaloux. Un instant plus tard, si Rebecka ne l'avait pas fusillé du regard, il se serait jeté sur le bandit russe. Mais elle arqua un sourcil dans sa direction, le regarda fixement et du fond de son coin d'obscurité, le mort vivant baissa les yeux et se tint tranquille.

Vania était charmant, pas séducteur. Il constituait une présence bienveillante et il affichait un calme surnaturel, eu égard à la proximité d'un cadavre partiellement décapité. Il demanda de façon très urbaine si Rebecka tenait le choc au sujet de son mari. Il ne mentionnait pas le mort ni la flaque de sang. Il lui disait, avec la force tranquille des hommes qui n'ont pas besoin de se vendre, qu'il était là si elle avait besoin. Même pour boire un verre. Même pour faire des courses.

Le voyant aussi serviable, Rebecka demanda si ça allait être gratuit, de la débarrasser du cadavre. Avec un sourire solaire, le jeune colosse lui répondit que non, et qu'elle allait payer très cher. Il lui demanda enfin si elle avait besoin du tapis sur lequel gisait le macchabée. Rebecka fit non de la tête, et des mèches s'agitèrent devant ses lunettes. Ionas la trouvait bouleversante et belle. Il l'admirait de s'inquiéter de sa généalogie et de vouloir savoir d'où venait son mari, et pourquoi il était mort. Ionas savait tout sur la mort de Mendel, mais il ne souhaitait pas le dire à Rebecka, car la réalité lui aurait fait encore plus de peine que ses pires craintes. Il valait mieux laisser tomber sur tout ça un flou artistique durable. Il allait vivre ici avec elle. Sans la tuer. En s'efforçant de ne pas devenir son amant. On allait avoir l'occasion de lui parler sans cesse. Parce que ça faisait cent ans qu'on voulait avoir cette femme sous la main et qu'on avait tant à lui dire.

Le Russe laissa un de ses hommes repartir dans son coupé italien. Avec les deux autres voyous de sa bande, il chargea le mort dans sa propre voiture, parmi les planches de surf. Puis il démarra en trombe. « Même de dos, pensa Ionas, c'est le sosie de Caïn. »

Le vampire tâcha de paraître détaché mais il n'était pas à la hauteur de la situation. Malgré ses cent ans d'âge et son habitude des abominations, c'était lui qui tremblait et qui avait peur de se faire prendre. Rebecka avait maîtrisé toute l'opération sans même faire couler son rimmel. Il jugea bon, afin de regagner un minimum d'ascendant sur elle, de lui faire des reproches. Elle avait couru un grand risque.

— Ces hommes auraient pu découvrir…

— Mais ils n'ont rien découvert, trancha-t-elle.

— Et où vont-ils à présent ?

— Je ne sais pas. Ce sont des professionnels. Je ne me mêle pas de la façon dont ils travaillent, Ionas. Quand ils s'occupent des palmiers, c'est parfait. Quand ils font les grilles du jardin…

— … en fer forgé, ils sont nuls, compléta le vampire.

— Peut-être, mais les cadavres, c'est leur domaine de compétence. Je leur fais confiance.

— Moi non, répondit froidement Ionas, et jugeant qu'il restait encore plus d'une heure avant que le soleil se lève, il s'envola par la porte-fenêtre.

Le vampire n'eut aucun mal à retrouver la jeep du défunt qui roulait à toute vitesse vers la bretelle d'autoroute. Il la suivit, volant très haut dans le ciel, sans se faire repérer.

Moins de vingt minutes de route plus tard, il fut fixé sur la façon inventive dont ces lascars allaient faire disparaître le surfer. Il les vit entrer par effraction dans le Marineland d'Antibes et se douta que les animaux qu'on nourrirait cette nuit-là ne seraient pas des dauphins. Dans leur grand bassin, les orques épaulards émettaient des ronflements placides, comme si d'immenses narines faisaient usage à la surface d'une piscine de déboucheurs de sinus. Lorsqu'on leur glissa le cadavre dans l'eau, les fauves aquatiques devinrent totalement silencieux. Puis commença une étrange partie de water-polo, à l'occasion de laquelle, au lieu de glisser comme il faisait si bien de son vivant, le séducteur azuréen bondissait hors de l'eau, avant de replonger dans un nuage de sang. Les Russes observaient le spectacle en grillant des cigarettes, sans qu'aucune désapprobation puisse se lire sur leurs visages.

Ionas éprouva une profonde jalousie à l'égard de ces grands prédateurs marins qu'on autorisait à se comporter de façon sanguinaire, puisque c'est leur nature. Il se dit que dans son cas, l'interdit s'avérait parfois très lourd à porter.

— Vous ne dormez pas là, lui ordonna Rebecka.

Le jour était sur le point de se lever. Il était revenu du spectacle nautique in extremis et avait tout raconté à la psy, avec l'espoir que ce récit atroce, dont il n'avait omis aucun détail, la dégoûterait définitivement de revoir ce salaud qui ressemblait à Caïn. Mais Rebecka parut fascinée et Ionas pensa une fois encore que le monde était injuste, et qu'on lui reprochait sans cesse ce que d'autres se permettaient.

Il l'avait rejointe dans la chambre qu'elle occupait sur le toit de la villa. Cette pièce ressemblait à la cabine d'un capitaine de navire. De là on surplombait tout le cap d'Antibes et les palmiers gigantesques qui apparaissaient sur les trois cent soixante degrés de paysage faisaient penser à des mâts, des cordages ou des fanions de marine.

— De toute façon vous êtes obligé d'aller dormir ailleurs, il va faire jour.

— Et où voulez-vous que j'aille ? demanda Ionas.

— Le garage. Si vous devez… vivre ici. Je vais vous mettre dans le garage.

— Et c'est confortable ?

— On fera des aménagements.

— Pour l'instant, conclut le vampire, c'est trop tard. Le soleil montre son nez. Si je sors, je serai blessé. Je dors là. Ça ne se reproduira plus. C'est juste pour cette journée. Et puis vous vous en fichez, c'est le matin. Vous n'allez pas dormir, vous.

Rebecka prit conscience qu'elle n'avait pas fermé l'œil depuis les funérailles de son mari. Elle fit de son mieux pour n'en laisser rien voir et se leva avec raideur. Elle portait toujours sa robe noire transparente. Elle ouvrit la porte et le vampire se mit à hurler. Il venait de prendre un rayon de soleil. Elle lui présenta des excuses. Il récrimina en expliquant qu'on ne faisait pas cas de lui et qu'on donnait plus d'importance au dernier voyou venu. Elle lui promit, quand il serait dans une pièce en plein jour, de lui laisser une clé, « et vous pourrez verrouiller de l'intérieur ». Elle plongea son regard dans les grands yeux noirs du monstre. Il avait l'air perdu.

— Oh et puis zut ! s'exclama Rebecka.

Elle retira sa robe dans un tortillement gracieux et se jeta sous les draps.

— Je vous préviens que je ne vais pas me foutre à poil, annonça-t-elle.

Ionas disparut dans la salle de bains et en revint totalement nu, des gouttes d'eau encore brûlantes dessinant chacun de ses muscles. Rebecka faisait semblant de ne pas regarder. Il se glissa sous les draps et resta le plus loin possible de sa thérapeute.

— J'ai compris, vous savez, lui dit Rebecka.

— Quoi donc ?

— J'ai compris que vous n'êtes pas amoureux de moi. J'ai même compris que ma psychanalyse vous vous en tamponnez le coquillard et que tout ce que vous voulez, c'est pouvoir vous déverser sur une pauvre innocente, la garder en otage et me parler encore et toujours de vous, de vous et de rien d'autre.

— Pourquoi vous me dites ça ?

— Parce qu'on dirait que vous faites de votre mieux pour ne même pas m'effleurer. Ça va, je suis pas une porcelaine de Saxe, j'ai bien compris que vous n'éprouvez pas grand-chose pour moi, enfin, pas des choses amoureuses. Mais là, je suis fatiguée. Alors… vous pouvez peut-être simplement me prendre dans vos bras. Ça ne se reproduira plus. Mais vous n'êtes pas obligé de vous planquer à l'autre bout du lit.

— Rebecka, vous ne comprenez rien, si je ne vous touche pas, c'est simplement parce que j'ai un peu honte.

— De quoi ?

— Vous semblez oublier ce que je suis. Mon corps est glacial.

Alors Rebecka fit le chemin, et traversa l'espace sous les draps qui la séparait du vampire. Elle se blottit contre lui puis Ionas la serra dans ses bras. Elle sentait son dos contre le ventre du vampire. Elle lui fit remarquer qu'il n'était pas si froid. Et c'était la stricte vérité.

Du même auteur :

ROMAN

Aux Éditions Albin Michel

LE PLUS GRAND PHILOSOPHE DE FRANCE

ŒUVRES GRAPHIQUES

Aux Éditions Gallimard

À BICYCLETTE
L'ANCIEN TEMPS
BRASSENS – CHANSONS ILLUSTRÉES
CHAGALL EN RUSSIE (deux volumes)
GRANDCLAPIER
JEANGOT RENART, avec C. Oubrerie
JOURNAL DE MERDE
KLEZMER (cinq volumes)
MONSIEUR CROCODILE A BEAUCOUP FAIM

ORANG-OUTAN, avec S. Jardel
LE PETIT PRINCE, d'après l'œuvre d'A. de Saint-Exupéry
STARS OF THE STARS, avec P. Bagieu

Aux Éditions de l'Association

LE BORGNE GAUCHET
CARAVAN
HARMONICA
NOYÉ LE POISSON
PARAPLUIE
PARIS-LONDRES
PASCIN (six volumes)
PASCIN – LA JAVA BLEUE
LE PETIT MONDE DU GOLEM
PIANO
UKULÉLÉ

Aux Éditions Bayard

L'ÎLE AUX PIRATES, avec A. Alméras

Aux Éditions Bréal

L'ATROCE ABÉCÉDAIRE
LA PETITE BIBLIOTHÈQUE PHILOSOPHIQUE
DE JOANN SFAR (deux volumes)
LA SORCIÈRE ET LA PETITE FILLE

Aux Éditions Cornélius

Les Aventures d'Ossour Hyrsidoux (deux volumes)

Aux Éditions Dargaud

L'Art du chat du rabbin
Brassens ou la liberté, avec C. Deroudille
Le Chat du rabbin (cinq volumes)
Gainsbourg (hors-champ)
Les Lumières de la France
Merlin (quatre volumes), avec J.-L. Munuera
Le Minuscule Mousquetaire (trois volumes)
Normal
Sardine de l'espace (trois volumes), avec E. Guibert
Socrate, le demi-chien (trois volumes), avec C. Blain
Tokyo
La Vallée des merveilles
La Ville des mauvais rêves, avec David B.

Aux Éditions Delcourt

Le Bestiaire amoureux (quatre volumes)
Les Carnets de Joann Sfar (quatre volumes)
Petit vampire (sept volumes)
Petrus Barbygère, avec P. Dubois
Les Potamoks (trois volumes), avec J.-L. Munuera
Professeur Bell (cinq volumes), avec Tanquerelle
Romans petit vampire (deux volumes), avec S. Jardel
Troll (cinq volumes), avec J.-D. Morvan
et O. G. Boiscommun
Vampire, avec A. Jardel

En collaboration avec Lewis Trondheim :

DONJON BONUS, avec A. Moragues
DONJON CRÉPUSCULE (huit volumes), avec Kerascoët
DONJON MONSTERS (douze volumes), avec Mazan, J.-C. Menu, Andreas, Blanquet, Vermot-Desroches, Yoann, Blutch, Nine, Killoffer, Bezian, Stanislas, Keramidas
DONJON PARADE (cinq volumes), avec M. Larcenet
DONJON POTRON-MINET (cinq volumes), avec C. Blain, C. Gaultier
DONJON ZÉNITH (six volumes), avec Boulet

Aux Éditions Denoël

L'HOMME-ARBRE (deux volumes)

Aux Éditions Dupuis

LA FILLE DU PROFESSEUR, avec E. Guibert
LES OLIVES NOIRES (trois volumes), avec E. Guibert

Aux Éditions Nathan

CONTES ET RÉCITS DES HÉROS DU MOYEN ÂGE, avec G. Massardier
DES ANIMAUX FANTASTIQUES, avec C. Blain et B. Coppin

[illegible]

Achevé d'imprimer [illegible] 2014 en France par
[illegible]
[illegible]
[illegible]
Dépôt légal 1re publication : septembre 2014
Librairie Générale Française [illegible]
[illegible]

PAPIER À BASE DE FIBRES CERTIFIÉES

Le Livre de Poche s'engage pour l'environnement en réduisant l'empreinte carbone de ses livres. Celle de cet exemplaire est de :
450 g éq. CO_2
Rendez-vous sur www.livredepoche-durable.fr

Composition réalisée par Maury-Imprimeur

Achevé d'imprimer en août 2014 en France par
CPI BRODARD ET TAUPIN
La Flèche (Sarthe)
N° d'impression : 3006434
Dépôt légal 1re publication : septembre 2014
LIBRAIRIE GÉNÉRALE FRANÇAISE
31, rue de Fleurus – 75278 Paris Cedex 06

61/2223/0